Flaschenköpfe

Mellers sechster Fall

BRÖSELBÄR
VERLAG

1. Ausgabe/September 2011

BröselBär® Verlag, A-2340 Mödling

Coverdesign: Eva Weiss
Fotos: Eva Weiss, Creativhaus-Archiv
Satz: Creativhaus, A-2340 Mödling
Druck und Bindung: GGP Media GmbH, D-07381 Pößneck
Printed in Germany

ISBN 978-3-902578-06-8

www.wolfgang-weiss.at

Wolfgang Weiss

Flaschenköpfe

Mellers sechster Fall

KrimiRoman

Nach einer
»MordsIdee«
von
Eva Weiss

BröselBär
Verlag

Im BröselBär® Verlag erschienen:

KrimiRoman-Serie:

»Frühlingsrolle«, Mellers erster Fall	ISBN 978-3-902578-01-3
»Todesfälle«, Mellers zweiter Fall	ISBN 978-3-902578-02-0
»Kampfgeister«, Mellers dritter Fall	ISBN 978-3-902578-03-7
»Punschkiller«, Mellers vierter Fall	ISBN 978-3-902578-04-4
»Canossagang«, Mellers fünfter Fall	ISBN 978-3-902578-05-1
»Flaschenköpfe«, Mellers sechster Fall	ISBN 978-3-902578-06-8
In Vorbereitung: Mellers siebter Fall	

Biografie:

»Sechster-Sechster-Fünfzig«, Roman	ISBN 978-3-902578-00-6

JugendRoman-Serie:

»Bröselbär lebt!«, Erstes Abenteuer	ISBN 978-3-902578-11-2
»Bröselbär brennt!«, Zweites Abenteuer	ISBN 978-3-902578-12-9
»Bröselbär muss weg!«, Drittes Abenteuer	ISBN 978-3-902578-13-6

Glauben

ist die naive Form von

Wissen.

Wolfgang Weiss

Eins

Freitag, 6. August 2010

Es war ein heller Fleck, der durch das dichte Unterholz schimmerte, und er bewegte sich mal hin, mal her.

Misstrauisch, wie er war, achtete er auf alles, was ihm verdächtig schien. Weil es für ihn gefährlich werden und das Ende bedeuten konnte.

Sein Leben war so kostbar wie die Botschaft, die er zum vereinbarten Ort bringen musste. Aber noch hatte er eine Stunde Zeit. Allerdings mit der Gewissheit, dass der Treffpunkt unter feindlicher Beobachtung stand.

Daher musste es ihm zuerst gelingen, einen Köder zu legen, auf den die Bewacher reagierten. Zwei Agenten vermutete er, die von dort wegzulocken waren.

Doch das war der schwierigste Teil dieser Mission: Wie einen Köder legen, ohne dass er dabei entdeckt wurde?

Ein Fehler seinerseits und alle Anstrengung wäre umsonst gewesen. Als Spionageabwehrchef war er der Letzte seiner Gruppe, der noch nicht geschnappt worden war. Seine beiden Gefährten waren bereits gefangen genommen worden. Er hatte es mitverfolgen müssen und nicht einschreiten können, so sehr ihm danach gewesen war. Aber dann wäre die gesamte Operation zum Scheitern verurteilt gewesen.

Einen Spion hatten sie ausgeschaltet. Noch war nicht alles verloren, auch wenn er auf sich allein gestellt war.

In seiner speziellen Tarnkleidung – er hatte sie zum ersten Mal an – war er bis auf zehn Meter herangerobbt.

Den olivgrün-braunen Overall hatte er von seinem Vater bekommen, als er den vergangenen Sonntag mit ihm verbracht hatte. Mama war zwar dagegen gewesen, aber Papi wusste, was sein Elfjähriger wollte: im Wald herumstreunen, Superagent sein, Terroristen ausspionieren, aus ihren Verstecken locken und sie gefangen nehmen. Das war spannend und urgefährlich.

»Immer diese brutalen Spiele. Weißt du nichts Sinnvolleres für den Buben?«, hatte Mama seinen Papi geschimpft. Aber im Grunde musste sie froh sein, dass ihr Junge – anstatt stundenlang vor dem Computer zu knotzen – mit seinen Freunden an der frischen Luft war.

Sein Kampfanzug war natürlich das Highlight. Daher hatte ihn seine Gruppe auch zum Spionageabwehrchef ernannt. Aber nicht nur deswegen, sondern auch, weil er sich bei den Gefechten im Wald stets tapfer geschlagen hatte.

Sein Papi war Leutnant. Da war es für ihn nur logisch, dass er auch einmal zum Bundesheer gehen und dort ein ganz hohes Tier werden wollte. Mindestens ein Leutnant, so wie Papi …

Dieser Fleck da, nahe der Wasseroberfläche, irritierte ihn.

Ganz schön mutig, der Kerl, dachte Berni, der hat sich sogar ins Wasser gelegt, um nicht entdeckt zu werden.

Der Mödlingbach war immer eiskalt, auch wenn ihn die Augustsonne etwas aufwärmte. Hier minutenlang unbeweglich zu verharren, dazu gehörten viel Überwindung und Härte.

Beinahe unhörbar robbte Berni näher ans Ufer heran.

Behutsam, um ja kein Geräusch zu verursachen, bog er die tief hängenden Äste zur Seite.

Wenn er zuerst geglaubt hatte, dass es einer der feindlichen Agenten war, der sich im Wasser versteckt hielt, so wurde er jetzt eines Besseren belehrt.

Der bewegliche Fleck war … war … Wahnsinn!

Entsetzt ließ er die Äste ins Wasser zurückfallen.

Jegliche Vorsicht vergessend, kroch er aus dem dichten Unterholz heraus und lief auf den einzigen freien Platz zu, die vereinbarte Stelle nahe dem Mödlingbach.

»Aus! Aus!«, rief er. »Das Spiel ist aus! Kommt aus eurem Versteck … ich … ich hab was Grausliches entdeckt!«

Es dauerte, bis sich das Gebüsch teilte und zwei Kinder sich auf Berni stürzten, ihn zu Boden rissen und in die Mangel nahmen.

»Jetzt bist du dran! Ergib dich oder du bist tot!«, schrie die eine, die blonde Langhaarige.

»Verloren habts!«, triumphierte der andere, ein kräftiger Junge, der den auf dem Boden Zappelnden fest im Griff hatte.

»Also – gibst freiwillig auf, Berni, oder willst kämpfen?«

»Ich ergeb mich doch eh! Habts eh gwonnen!«, würgte Berni hervor, weil ihm der andere an die Gurgel gefahren war und ihn auf den Boden drückte.

Händeringend versuchte Berni sich zu befreien:

»Bist deppert, Tommi? Lass mich los, du Trottel! Ihr habts ja eh gwonnen, hab ich schon gsagt!«

Doch Tommi ließ ihn nicht los. Wie gern hätte er ihn jetzt noch richtig verdroschen.

Eifersüchtig war er auf Berni, weil er bei Karin besser ankam und jetzt sogar einen echten Kampfanzug besaß.

»Heast, Tommi, was soll das? Lass ihn los, er hat sich ja eh schon ergeben!«, fuhr ihn Boris an, den sie wegen seiner langen Haare Doris nannten.

Selbst jetzt noch ließen Boris die Doris-Rufe nicht kalt. Doch im Kindergarten hatten sie ihn geärgert. Mit seinen seidigen, blonden Haaren wurde er prinzipiell als Mädchen gesehen – und Boris klang wie Doris. Einmal hatte er in der Sandkiste seine Hose runtergelassen und der Aushilfstante wütend sein Spatzi gezeigt, damit sie endlich kapierte, dass er ein Junge war und nicht Doris genannt werden wollte. Was hatte sich da seine Mutter anhören müssen! Ihr Kind sei nicht normal, es zeige allen ungeniert sein Geschlechtsteil. Die Kindergartenleiterin hatte sofort ein Treffen aller Mütter einberufen, um das heikle Thema zu behandeln. Boris' Mutter wurde an den Pranger gestellt – sie hätte ihr Kind in eine bedenkliche Richtung hin erzogen. Da war der Mutter der Kragen geplatzt und sie hatte sich beim Leiter der Landeskindergärten ob dieses Schwachsinns beschwert. Für Boris hatte das keinerlei Veränderung gebracht. Auch in der Schule wurde er gehänselt.

Sein Doris-Schicksal …

»Urgrauslich!«, brachte Berni hervor, nachdem er sich von Tommis Würgegriff endlich befreit hatte und aufgesprungen war. »Dort im Wasser!«

Sein »Kommts!« bedurfte keines weiteren Kommentars. Boris war bereits vorausgelaufen.

»Wo?«, rief Tommi.

»Net dort, Doris! Da vorn, wo der Bach einen Knick macht!«, rief Berni, zeigte auf die besagte Stelle und lief darauf zu.

Die anderen folgten ihm.

»Pfahh! Wer macht so was?«, rief Boris entsetzt, als sie dort angekommen waren.

»Zwei Geköpfte!«, stellte Tommi, in dessen Hirn ein brutaler Horrorschocker ablief, fachmännisch fest. Er kannte sich aus bei Leichenzerteilungen – seine Lieblingsszenen.

Doch das hier war härter – Horror im 3D-Realformat.

Am Rand des Mödlingbachs, im hängenden Geäst knapp über dem Wasser, hatten sich zwei Köpfe verfangen.

Weibliche Köpfe – der eine mit blonden Haaren, der andere mit brünetten –, messerscharf abgetrennt von ihren Körpern, blutrot die Ränder um den Hals. Ihre Gesichter mit grellen Farben beschmiert. Der Griff eines Messers ragte aus dem linken Auge eines Kopfs. Langes, blondes Haar verdeckte halb das Gesicht.

Die Strömung trieb die beiden Köpfe mal auseinander, mal zusammen. Immer wieder. Durch den leichten Wellengang gluckste das Wasser eigenartig.

Wie hypnotisiert starrten die drei auf das grausige Treiben, vergaßen ihr Agentenspiel sowie die drei Mitspieler, die noch irgendwo im Wald an Bäume gefesselt waren.

»Die holen wir uns!«, rief Tommi und sah sich nach einem langen Ast um.

Soeben wurde der Kopf mit den brünetten Haaren von der Strömung erfasst und weggetrieben.

»Schnell! Hol was zum Einfangen!«, schrie Boris Berni zu. Doch Berni reagierte nicht, er sagte nur:

»Doris, du spinnst wohl! Die darf niemand anfassen, die sind ermordet worden. Wir müssen zur Polizei.«

Tommi hörte nicht auf die beiden. Er hatte einen passenden Ast gefunden und lief den Bach entlang. An einer Stelle, wo das Wasser seicht war, wagte er sich hinein. An den Haaren, die sich in der Astgabel verfingen, zog er den Kopf zu sich heran.

Kurz darauf hörten sie Tommi hell auflachen und er rief:

»Pfaah, jetzt sind wir aber eingfahrn! Das sind ja nur abgeschnittene Modepuppenköpfe!«

»Also, wie war das genau?«, wollte V-Agent Axel Körner von den Kindern wissen, die im Halbkreis um ihn standen. »Und redets net wieder alle durcheinander. Du, Mädel, beginnst.«

Körner zeigte auf die Langhaarige. »Wie heißt du?«

Die anderen grinsten, weil sich Boris vor dem V-Agenten genierte und einen roten Kopf bekam.

»Das ist der Boris, der Doris heißt«, erklärte Berni.

»Ah so.« Körner war irritiert. »Also, Boris-Doris, schieß los.«

»Berni hat die ... die Köpfe gefunden. Ich hab nur angerufen, weil ... weil ich vom Manni, der den Kommissar kennt, auch die Nummer vom S-C-ONE gespeichert ghabt hab und deswegen ...«

»Ah so ...« Körner winkte ab und wandte sich an die anderen. »Und wer von euch ist der Berni?«

»Ich«, antwortete Berni, trat vor und baute sich mit seinem Kampfanzug vor dem Beamten auf.

»Na, du kleiner Ranger«, entfuhr es Körner, »erzähl und zeig mir die Stelle, wo die Köpfe im Wasser waren.«

Berni erzählte von ihrem Agentenspiel und wie er bei seinem Anschleichen auf die Köpfe aufmerksam geworden war. Dann zeigte er die Stelle, wo er sie gefunden hatte.

»Wer von euch hat die Köpfe in der Hand gehabt?«, wollte Körner wissen.

Durch die Finger der drei Kinder waren die Köpfe gegangen.

Wenigstens nicht auch noch durch die der »Gefangenen«, die sie vor Aufregung im Wald vergessen hatten und die erst später befreit wurden.

Das war ärgerlich. Körner hoffte dennoch, dass eventuelle Fingerprints noch nicht kontaminiert und von den Köpfen abzunehmen sein würden.

Mit den Köpfen war Körner zum S-C-ONE gefahren und hatte

sie im Labor zur Spurensicherung abgegeben. Die Kinder waren ebenfalls dorthin verfrachtet worden, um ihre Fingerabdrücke abzuliefern.

Für die Kids war das unheimlich aufregend und spannend. Der Laborleiter hatte ihnen anhand einiger Beispiele erklärt, wie man allein mit speziellen Lichtfiltern Fingerabdrücke auf allen möglichen Materialien erkennen konnte – sogar auf Stoffen.

Erleichtert hatte Körner die aufgeweckte Meute schließlich entlassen und wieder in die Hinterbrühl zu ihrem Abenteuerplatz bringen lassen ...

– – –

Zwei Köpfe waren also gefunden worden.

Drei Tage zuvor war in der Mödlinger City in einen bekannten Friseurladen eingebrochen worden. Bargeld, teures Handwerkszeug sowie fünf wertvolle Perücken – alles weg. Der Laden war in einem verwüsteten Zustand hinterlassen und Feuer war gelegt worden.

Furchtbar – ein Mensch ohne Kopf, Hände und Beine saß auf einem Friseursessel festgezurrt und brannte lichterloh. Auf dem Spiegel davor stand mit Lippenstift geschrieben:

Du Schwein! Der Nächste bist du!

Nur dank der Aufmerksamkeit eines Passanten, der gegen zwei Uhr früh den Brand entdeckte, war ein weiteres Ausbreiten des Feuers verhindert worden. Doch der qualmende Rauch hatte den Friseurladen total zerstört.

Zu allem Pech war der Unternehmer unterversichert.

Einziger Trost – der verkohlte Torso war, wie sich herausstellte, der eines Schweines.

Ein Racheakt?

Der Inhaber des Ladens konnte oder wollte sich keinen Reim darauf machen. Er verhielt sich bei der Einvernahme zugeknöpft, was Axel Körner, der den Fall bearbeitete, ärgerte.

Er hatte den Chef der V-Gruppe 4 zu vertreten. Der Kommissar war mit seinem Ziehsohn und dessen Freund zwar schon wieder zurück aus Rio de Janeiro, er hatte aber noch eine Woche Urlaub aufzubrauchen – an seine Überstunden gar nicht zu denken.

Doch an diesem Tag saß Meller – er konnte es ja doch nicht lassen – in seinem Büro. Um seiner Vertretung auf die Finger zu schauen?, wie Körner bemäkelte.

Mit einem Stoß Tageszeitungen aus Rio war der Kommissar dann im Besprechungszimmer aufgetaucht und hatte sie auf den Tisch geknallt.

»Wir können froh sein, das solche grauenhafte Zustände bei uns nie einreißen werden … hoffe ich jedenfalls.«

Auf den Zeitungsseiten sah man Abbildungen von Leichen, zerstückelt, verbrannt; gefolterte Dealer mit zerschossenen Gesichtern; am Straßenrand liegende abgetrennte Köpfe, an denen Passanten scheinbar achtlos vorübergingen. Das Militär musste eingreifen, weil die Polizeieinheiten die Bandenkriege in den Favelas nicht mehr in den Griff bekamen.

Im Vergleich zu den mörderischen Vorfällen in Rio, waren die schwimmenden Köpfe hier beinahe eine kabarettistische Einlage, wie Meller kommentierte:

»Da macht sich jemand einen Spaß draus, die Bevölkerung mit grauslich bemalten Puppenköpfen zu erschrecken … Ich denke, da besteht ein Zusammenhang mit dem Einbruch in den Friseurladen. Häng dich da rein, Axel.«

Den Sommer über war Mellers V-Gruppe 4 auf die halbe Besetzung geschrumpft. Ob das vertretbar war oder nicht, das wollte der Kommissar wiederum dem S-C-ONE Chef überlassen. Dr. Erwin Brüller war sein Chef, ein knausriger. Dafür aber sehr beliebt in der Zentrale in Wien, weil er extrem sparsam regierte. Dass das zu Lasten aller Mitarbeiter ging, stand auf einem anderen Blatt. Überhaupt, seit der »Tuareg« – sie war Brüllers Vorgängerin bzw. Mellers Nachfolgerin – war alles anders geworden.

Dr. Sabine Turek, die sie ihrer wallenden Gewänder und ihres dunklen Teints wegen Tuareg nannten, konnte von Glück reden. Sie hatte sich für die nächsten Jahre eine Auszeit genommen, um sich ihrem Neugeborenen, einem strammen Jungen, widmen zu können. Ein sehr hellhäutiges Baby mit weißblonden Haaren, obwohl Tuaregs Mann wie die junge Mutti dunkelhäutig war.

Ganz der Großvater, hatte die Tuareg den erstaunten Exkollegen versichert und ein Foto gezückt, auf dem der weißblonde Opa strahlend das Turaeg-Baby im Arm hielt.

Dem Opa wie aus dem Gesicht geschnitten, hatte mancher schelmisch gedacht und für sich behalten. Über die Tuareg ließ niemand was kommen, nicht mal eine üble Nachrede. So schien ihr Baby eine Laune der Natur zu sein.

Und die Zustände beim S-C-ONE? Die waren keine Laune der Natur, sondern ein schlechter Scherz der Obersten in der Zentrale – denn alles war anders geworden und *wie* anders!

Angefangen beim neuen Gebäude: Bereits jetzt war zu wenig Platz. Ständig wurden die Gruppen aufgestockt, nur das Gebäude nicht. Das wäre von der Statik her auch nicht gegangen und war nie geplant gewesen. Also wurden die Neuzugänge auf die Büros aufgeteilt, hineingepfercht wie in einen Taubenschlag. Dass dadurch das Betriebsklima nicht besser wurde, war an fünf Fingern abzuzählen.

»Sofern man die Finger ausstrecken kann, um zu zählen«, wie Axel Körner sarkastisch auf die Enge hinwies. Als Antwort auf einen zynischen Sparvorschlag hatte er sein Fett wegbekommen.

»Wer muss aufs Klo?«, fragte der V-Agent einmal in Dr. Brüllers Anwesenheit. »Ich müsste grad, dann könnten wir eine Klospülung sparen.«

Mehr hatte Körner nicht gebraucht.

Vor versammelter Mannschaft der V-Gruppe 4 hatte ihn der S-C-ONE Chef angebrüllt. Von einem Grünschnabel lasse er sich sein erfolgreiches Sparkonzept nicht lächerlich machen. Mit einer entsprechenden Eintragung in seiner Akte könne Körner rechnen.

Dabei sah sich der V-Agent keineswegs als Grünschnabel. Er war von Beginn an beim S-C-ONE dabei.

Nomen est omen – Dr. Brüller besaß, seiner Größe und Fleischmasse entsprechend, ein trompetenstarkes Organ und war bald als Choleriker verschrien. Einen heiklen Termin bei ihm verglich Körner mit den *Posaunen von Jericho.*

Er musste es wissen, er war öfter vorgeladen worden.

Irgendwie hatte es der S-C-ONE Chef auf ihn abgesehen. Das war zwar unangenehm, ließ Körner aber ziemlich kalt.

Er wusste: Eines Tages Mellers Nachfolger zu werden, konnte er sich, solang der Brüller das Sagen hatte, abschminken. Doch er brauchte nur zu warten. Nach jeder Wahl kam ein neuer Chef nach Mödling. Das war das Gute am politischen Hickhack in der Zentrale, denn selten kam sonst was Positives von dort.

Dem Kommissar gegenüber verhielt sich der Brüller seltsamerweise zurückhaltend.

War Meller ein Schleimer, wie ihn Körner verdächtigte?

In der Zeit, als er den Kommissar vertrat, war er drei Mal mit dem S-C-ONE Chef zusammengekracht.

Er hatte sich bei Meller beschwert und indirekt anklingen lassen, ob denn der Kommissar mit dem Brüller …

»Ich mit Brüller unter einer Decke? Sag, willst du auch mich zum Feind haben, Körner?«, hatte ihn Meller angefahren. »Dein keckes Mundwerk bringt ihn auf die Palme! Da kannst du wieder sehen, wie nachsichtig ich dich bisher behandelt habe. Aber solang dich der Brüller am Schlawittl hat, brauch ich dich nicht …«

»Danke«, war ihm Körner grimmig dazwischengefahren.

»Bitte. Gern geschah's.«

Meller hatte es sich erspart, Körners angefressene Miene zu deuten. Nur zu gut kannte er den V-Agenten und wusste, was der wahre Grund für sein aggressives Verhalten war …

Gut aufgelegt war Meller beim S-C-ONE angekommen. Die Post durchzusehen und ein paar Aufgaben zu delegieren, reichte ihm nach seinem Urlaub als sanftes Eingewöhnprogramm.

Das Rio-Feeling war schwer abzuschütteln. Schließlich hatte er den dortigen Lebensrhythmus im Blut – nachdem er so viele Jahre in Rio gelebt hatte.

Den Weg von daheim bis in sein Büro hatte er zu Fuß zurückgelegt, mit Joe an der Leine. Das war gut fürs Kopf-Freimachen, fürs Positive-Gedanken-Tanken.

Den dampfenden Kaffee im Plastikbecher genoss er Schluck für Schluck, während er die Post überflog.

Plastik statt Keramik, kam ihm in den Sinn – das Einzige, was ihn an diesem strahlenden Morgen störte.

Sein Häferl mit Sonnenblumenmotiv war beim Übersiedeln zu Bruch gegangen. Ein weiteres, von Claudia Rotter spendiert, war kürzlich verschwunden und Meller wollte sie nicht fragen, wo es war. Sie deswegen im Urlaub zu stören? Er wollte nicht lästig sein, war doch seine Sekretärin allein mit unbekanntem Ziel verreist. Ein Frusturlaub?

Der Anlass war Lo Bianco. Vielmehr sein Techtelmechtel mit Exfrau Nora. Woraufhin Claudia aus Biancos nobler Holzvilla ausgezogen und dorthin geflogen war, wo's Sonne zum Abwinken gab und das Meer so blau wie der Himmel war.

Claudia wollte diesen Schuft namens Lo Bianco aus Kopf, Herz und Seele verbannen, um endlich wieder klar denken zu können, hatte sie in Tränen aufgelöst in Mellers Hemd – rechte Brusthälfte – geschluchzt. Denn jeder Gedanke an Lo schmerzte Claudia wie ein Hammerhieb auf ihren rechten großen Zeh. Der war geschwollen und tat verdammt weh. Als sie nämlich in ihrer Wut den vollgepackten Koffer vom Bett ziehen wollte, hatte jener Zeh unabsichtlich den Bettpfosten geküsst.

Lo, das schlechte Gewissen in Person, wollte den Koffer zum Auto tragen, da war Claudia ausgezuckt. Als würde er es nicht erwarten können, sie aus dem Haus zu haben. Diese Schmach und der höllische Zehenschmerz hatten Claudia aufs Bett fallen und aufheulen lassen. Weil Lo aber keine Frau weinen sehen konnte, hatte er leise den Koffer geschnappt und hinuntergeschleppt.

Diese Version bekam Meller von seinem Freund erzählt. Immerhin konnte Lo einen Brief in den Koffer schmuggeln, in dem er Claudia um Verständnis für seinen Ausrutscher und um Verzeihung bat. Wenn sie wieder daheim sei, würde er ihr erklären können, warum das mit Nora und so weiter …

»Lo, was bist du für ein herzloser Schnösel!«, hatte ihn Meller betitelt. »Claudia ist die beste, die intelligenteste Frau, die dir in deinem Leben über den Weg gelaufen ist!«

»Wie willst grad du das wissen, hey, Meller? Als wenn meine Zeit schon abgelaufen wäre oder was?«

»Ach, mach, was du willst«, hatte ihm Meller geraten.

Joe lag zufrieden in seiner Ecke, hielt einen Tennisball zwischen seinen Pfoten und schnarchte selig. Kurz wimmerte er auf, als würde ihm jemand im Traum das Futterschüsserl wegnehmen. Meller kannte das Gewimmer und musste grinsen.

Joe, dieser Nimmersatt! Sogar in seinen Träumen schien es ihm ums Fressen zu gehen.

Meller nahm einen Notizzettel, zerknüllte ihn und warf ihn nach dem Hund. Davon getroffen, schrak Joe hoch, schnupperte an dem Papier und sah sein Herrl an.

Weck mich, wenn's wirklich was zum Fressen gibt, verriet Joes Miene. Mit einem Seufzer ließ er den Kopf wieder auf seine Pfoten sinken.

Während der Computer hochfuhr, widmete sich Meller seiner Morgenpost. Er trennte sie in Behördliches und Allgemeines – meist Werbemist, den er ungeschaut im Papierkorb entsorgte. Lediglich ein Gedanke galt dieser Werbeflut: Sie ihm zu senden, war hundertprozentiger Streuverlust, pure Verschwendung wertvoller Ressourcen.

Der Computer wartete auf weitere Befehle. Der Kommissar startete das Mailprogramm … 56 Nachrichten.

Verdammte Quälgeister, es war Urlaubszeit!

Warum sitzt du dann hier?, fragte sein zweites Ich.

Er ging erst den Spamordner durch, sah sich die Betreffs sowie Absender an. Es konnte ja sein, dass sich eine wichtige Mail verirrt hatte.

Richtig – ein behördliches Schreiben aus Passau. Er erkannte es am Absender.

Mit Kollegen von dort hatte er im Frühjahr Kontakt gehabt. Da ging es um einen besonders mysteriösen Fall mit einer »vergessenen Toten« in der Südstadt. Eine alte Frau war allem Anschein nach von ihrem missratenen Enkel ermordet worden. Dieser galt seither als unauffindbar.

Ob sie den Mann endlich aufgegriffen hatten?

Schön der Reihe nach, auf die paar Minuten sollte es nicht ankommen. Erst wollte er die überflüssigen Mails vernichten.

Der Rest waren 24 Spams – alles Werbung.

Er markierte Zeile für Zeile, wollte sie schon entsorgen, doch halt – eine Mail ließ er stehen.

Sie war von Manuel Fischer, für den er seit bald zwei Jahren Ziehvater und väterlicher Freund war.

Der Urlaub in Rio hatte dem Buben besonders gut getan, da auch diesmal wieder sein bester Freund Florian mit dabei war.

Schau rein!, hieß Manuels Nachricht. Meller klickte sie an.

Ein Video startete. Erst war nur ein wirrer Mix von Kameraschwenks zu sehen: Azurblauer Himmel … Wolkenformationen … Meereswellen … halb nackte Schönheiten im Wasser … am Strand spielende Kinder … Ipanema? Copacabana? Auf die Schnelle war es nicht zu erkennen … wieder Himmel … Plötzlich zwei lachende Bubengesichter vor der Christusstatue auf dem Corcovado.

»Hey, Mario! Die zwei glücklichsten Gangster von Rio grüßen den Ko-mmi-ssa-har!«, riefen sie unisono und winkten wie verrückt. Die Kamera zoomte auf die Statue, fuhr hoch bis zum Kopf und wieder auf die beiden übermütigen Jungs … und Ende – Manuel und Florian auf dem Corcovado.

Meller wusste, dass die Betreuer des Vereins *Kinder von Rio,* während er in São Paulo bei seinem Notar zu tun gehabt hatte, mit den Buben bei der Christusstatue gewesen waren.

Dem Kommissar wurde warm ums Herz. Manuel war ein aufgeweckter, fröhlicher Junge geworden.

Dem Jungen den Vater zu ersetzen und eine solide Zukunft zu ermöglichen, das hatte er Bella versprochen.

Finanziell war's ja ein Klacks. Aber ohne jegliche Erfahrung die Rolle des Vaters für einen Halbwüchsigen zu übernehmen, diese Herausforderung bekam Meller ganz schön zu spüren, als der Junge zu ihm ins Haus kam. Nicht nur Manuels schulische Leistungen waren katastrophal gewesen, sein ganzes Leben war nach dem plötzlichen Tod seiner Mutter aus den Fugen geraten.

Diesen Schock hatte der Junge inzwischen überwunden, wenn auch mit nervenden Aktionen zum Leidwesen der übrigen Hausbewohner. Wenn nämlich der Sohnemann seine Tonanlage im Keller auf volle Lautstärke drehte, so dass das ganze Haus vibrierte.

Meller lächelte. Ehrlich gesagt – war er nicht auch so ein lästiger Lauthörer? Er dachte an sein Zimmer im alten S-C-ONE Gebäude, das er sogar auf eigene Kosten konzerttauglich umbauen hatte lassen. Seine klassischen Lieblingswerke dröhnten damals als *Mellers Mördersound* durchs Haus. Er brauchte sich den Teufel drum scheren, ob es jemanden störte. Meistens hatte er bis spät in die Nacht im Büro gesessen, denn musikalisch zugedröhnt konnte er am besten nachdenken.

Irgendwie bin ich auch pervers, kam es ihm.

Manuel hatte er erlaubt, sich einen der Kellerräume als Musik- und Hobbyraum einzurichten. Sein Ziehsohn spielte bei einer Band, die sich *Urgeile Töne* nannte, Gitarre. Sein Freund Florian saß hinterm Schlagzeug.

Meller unterstützte die Freundschaft der beiden.

Nach dem Tod von Manuels Mutter war der Junge tagelang verschwunden gewesen, was eine Suchaktion ausgelöst hatte.

In einem Holzverschlag bei Manuels bestem Freund Florian hatte Meller den Jungen schließlich gefunden.

Florian Streber, der selbst in einer sozial prekären Situation aufwuchs – sein Vater war damals schwerer Alkoholiker –, hatte Manuel in seiner Abenteuerhütte Unterschlupf gewährt.

Das Schicksal und ihre Probleme hatte die beiden Buben zusammengeschweißt.

Erika Hauser, die ehemalige Haushälterin aus der Goldmann-Villa in Rio, war dem Kommissar eine wertvolle Stütze. Obwohl sie anfangs dem Jungen gegenüber skeptisch gewesen war, hatte die schrullige Alte ihn letztendlich ins Herz geschlossen und trug einen guten Teil zu Manuels Erziehung bei.

Meller wusste, dass Erika Lilians Kind lieber gewesen wäre. Mellers Frau war schwanger gewesen. Ein Flugzeugabsturz hatte alles zunichte gemacht.

Verdammte Schicksalsschläge …

Meller seufzte und drückte das Video weg. Sein Pflichtgefühl erinnerte ihn daran, warum er ins Büro gekommen war.

Kurz überflog er den Bericht, den die Kollegen aus Passau gesendet hatten. Die Nachricht war der Hammer schlechthin:

Helmut Kleiner, mutmaßlicher Mörder seiner Großmutter, war auf Mallorca gefunden worden.

»Endlich geht was weiter im Hartauer-Fall«, murmelte Meller.

Während der Drucker die Seiten ausspuckte, holte er sich einen weiteren Kaffee.

Der Jagdtrieb, der Krimineser zweitschönster Trieb, dachte er, grinste schelmisch und eilte in sein Zimmer zurück.

Er schnappte sich die paar Seiten, nahm einen satten Schluck von der heißen Brühe, lehnte sich zurück, legte die Füße auf die Tischkante und begann zu lesen …

Ein deutscher Bergsteiger war mit seinem Hund in der Serra

de Tramuntana, einem Gebirgszug auf der nordwestlichen Seite Mallorcas, in der Gegend zwischen Valldemossa und Bunyola unterwegs gewesen. Eine Region, die von Urlaubern gern besucht wurde. Der Hund hatte den Bergsteiger auf einem Pfad abseits der Wanderstrecke in ein unwegsames Gelände geführt. In einem Seitental endete der Steig an einem kleinen, unbewohnten Steinhaus vor einer Felswand. Als der Hund wie verrückt angeschlagen hatte, war der Mann neugierig geworden und hatte die Tür aufgebrochen. Das Haus bestand aus einem Raum, von dem ein Gang zu einer vergitterten Höhle führte. Durch eine Öffnung im Felsen drang ein wenig Tageslicht in die Höhle. Eine männliche Leiche lag hinter dem Gitter inmitten mehrerer Dosen Lebensmittel, die teilweise geöffnet waren. Ein Holzzuber lag umgeworfen in der Nähe.

Der Deutsche hatte sofort die Polizei verständigt und die Beamten zum Steinhaus geführt. Bei der systematischen Durchsuchung von Gebäude und Areal wurde auch eine Zisterne entdeckt, in der die zerschmetterten Überreste einer weiblichen Person lagen.

Das aufgelassene Anwesen schien eine Zwischenstation für das Gefügigmachen junger Frauen gewesen zu sein. Pässe und Ausweise waren gefunden worden, allem Anschein nach von eingeschleusten Mädchen, die zur Prostitution gezwungen worden waren. Weiters fanden die Beamten eine DVD, auf der zu sehen war, wie ein Mädchen von einem Mann vergewaltigt und erwürgt wurde. Das bedauernswerte Opfer hieß Galina Shevchenko, ein siebzehnjähriges Mädchen aus der Ukraine, auf dessen Name eins der Personalpapiere lautete.

Ihr Mörder war jener in der Höhle aufgefundene Tote. Sein Reisepass befand sich ebenfalls bei den Ausweisdokumenten – Helmut Kleiner.

Er musste seit Monaten in der Höhle festgehalten worden sein, was die gerichtsmedizinische Untersuchung durch die spanischen Kollegen ergab. Der Todeszeitpunkt wurde auf Mitte April geschätzt.

Eine Reisetasche mit Kleiners Sachen war in dem Haus gefunden worden. Es gab einen Terminplaner, in dem regelmäßige Eintragungen mit September vergangenen Jahres endeten. Auch ein Flugticket befand sich bei seinen Habseligkeiten.

Ende September war er von Wien nach Palma de Mallorca geflogen – Kleiners letzte nachweisbare Aktivität …

Der Hartauer-Fall – Kleiners Auffinden hatte den Kommissar in die Vergangenheit katapultiert. Gedankenverloren starrte er auf die grüne Mappe, die seitlich auf einem Stapel weiterer Mappen lag. Er zog sie zu sich und blätterte darin.

Im Hartauer-Fall spielten noch zwei weitere Fälle, der Wasser-Fall und der Weingartner-Fall, eine Rolle.

Wobei der tragische Fenstersturz von Ludmilla Weingartner alsbald aufgeklärt worden war. Ihre Enkelin hatte sie aus dem obersten Stock vom Balkon gestoßen.

Doch wie das Schicksal so spielt – im Zuge der Ermittlungen entdeckte Meller, dass die benachbarte Wohnung unter Wasser gesetzt worden war und beinahe eine Katastrophe ausgelöst hätte. In dieser Wohnung fand man einen Toten, von dem man ursprünglich annahm, dass es Helmut Kleiner sei.

Doch weitere Untersuchungen ergaben, dass er es nicht sein konnte. Wie sich zuletzt herausgestellt hatte, war der unbekannte Tote ein Italiener namens Stefano Branduardi, der seit Anfang des Jahres vermisst wurde.

Nachweislich könnte Helmut Kleiner also für den Mord an seiner Großmutter sowie an dem ukrainischen Mädchen verurteilt und hinter Gitter gebracht werden – würde er noch leben.

Meller ärgerte es, dass ihm der Bursche entwischt war.

Kleiner war nun in diesem spanischen Felsenloch jämmerlich zugrunde gegangen. Es gab doch noch eine ausgleichende Gerechtigkeit, empfand Meller.

Und wenn der Deutsche noch an anderen Morden beteiligt gewesen war?

Der Allmächtige würde das wissen und wenn er gnädig war, von *Kommissar Zufall* aufdecken lassen.

Im Hartauer-Fall jedenfalls waren vier Menschen völlig unschuldig zu Tode gekommen:

Die alte Herta Hartauer – vergiftet. Monatelang lag sie, von Krähen halb aufgefressen, unentdeckt in ihrer Wohnung.

Stefano Branduardi – erstickt, in einer Plastikfolie eingeschweißt. Seine Kulturreise nach Wien wurde eine Reise in die Ewigkeit.

Galina Shevchenko – vergewaltigt und erwürgt. Dem ukrainischen Mädchen war ein lukrativer Job versprochen worden, mit tödlicher Konsequenz.

Manuela Kohn, V-Agentin aus Mellers V-Gruppe 4 – erschossen. Eine mörderische Kugel blies ein junges Lebenslicht aus. Manuelas Geburtstag wurde zu ihrem Todestag …

Meller bekam eine Gänsehaut. Hätte er damals den Ausgang seiner Ermittlung in Gablitz geahnt, er hätte die V-Agentin niemals mitfahren lassen.

Doch das Schicksal lässt sich nicht in die Karten schauen und der Job war nun mal ein lebensgefährlicher.

Meller sah wieder den Türken Behlül vor sich und wie er ihn mit einem gezielten Schuss niederstrecken musste, weil es sonst ihn erwischt hätte. Der andere Komplize – Helmut Kleiner, wie er ursprünglich vermutet hatte – war entkommen.

Jetzt wusste er, dass es Haymo Sauter gewesen war …

Und wieder wanderten seine Gedanken zu Manuela Kohn. Sie war ein so lebensbejahender Mensch gewesen, allseits beliebt, und hatte stets versucht, es allen recht zu machen.

Meller konnte nicht anders, er fühlte sich indirekt mitschuldig an Manuelas Tod. Verdammtes Schicksal!

In sich verloren, sah er auf den halb leeren Plastikbecher in seiner Hand. Der Kunststoff, vom heißen Gebräu lasch geworden, knitterte zwischen seinen Fingern.

Seine Stimmung war plötzlich gedämpft, das positive Feeling mit einem Schlag verschwunden.

Gedanken an Vergänglichkeit, an Tod, an Trennung bereiteten ihm jedes Mal große Verlustängste – ein Trauma, das er als Sechsjähriger abbekommen hatte, als seine Eltern verunglückt waren. Er hatte sich nie davon erholt, es lediglich verdrängt.

Sich in seinem Alter noch therapieren lassen?

Jedem Menschen werden durch Elternhaus und Erziehung seelische Mankos anerzogen, die je nach Intensität das Leben steuern. Schicksale verhärten sie gravierend.

Des Menschen Manko: Er wird vom Charakter ferngesteuert.

Mellers Manko: Er hing an Vergangenem und konnte sich schwer davon lösen. Selbst das Keramikhäferl mit dem Sonnenblumenmuster ging ihm in diesem Moment ab.

Wer keine Vergangenheit hat, hat auch keine Zukunft.

Mensch, Meller, spinnst! Ein Häferl, was soll denn das jetzt?, schalt er sich, trank den Becher leer und schleuderte ihn gezielt in den Papierkorb. Im Urlaub hatte er sich endlich zu dem Entschluss durchgerungen, wie künftig sein Leben verlaufen solle. Das Nie-mehr-laut-Musikhören-Dürfen im neuen S-C-ONE Gebäude spielte dabei eine beträchtliche Rolle. Beethovens wuchtige Klänge, der träumerische Smetana, Mozarts verspielte Melodien, sie gingen ihm ab.

Dieses Jahr noch und noch eins. 2012 würde Schluss sein. Schluss mit Kommissar Meller.

Der S-C-ONE würde ab dem 16. Juni 2012, seinem Geburtstag, ohne ihn auskommen müssen.

Ursprünglich hatte er den 21. Dezember 2012 als Austrittstag gewählt – das Weltuntergangsdatum laut Maya-Kalender.

Wieder so eine Marotte. Ein Manko?

So aber könnte er noch von Juni bis Dezember seine persönlichen Angelegenheiten in Ordnung bringen, wie er es für sich sarkastisch formulierte. Ganz nach Mellers Art, man sollte ihm nichts Übles nachsagen können.

Natürlich glaubte Meller nicht an solch Endzeitgeschwafel und dennoch, aus einer Eingebung heraus, hatte es ihm die Entscheidung erleichtert.

Die Mayas seien schuld, dass er nicht mehr länger Krimineser sein wollte – so würde er seinen verfrühten Abgang erklären. Aber bis zum 16. Juni 2012 waren auch noch etliche Monate runterzubiegen.

Meller hätte es zwar längst nicht nötig, auch nur einen Finger zu rühren. Dass er dennoch pro Woche an die sechzig Stunden seines Lebens für Staat und Volk zur Verfügung stellte, entlockte seinem Freund mehrmals ein selten treffendes Lob:

»Meller, du bist der bescheuertste Idealist, den ich kenne.«

Lo Bianco nämlich kannte als Einziger Mellers finanziell traumhaft weich gepolsterte Situation.

Was aber hätte der Kommissar sonst machen sollen als das, was er schon immer gern getan hatte: grübeln, nachdenken, hinterfragen, analysieren, kombinieren – einfach ein Krimineser sein!

Das mochte für seinen Job von großem Vorteil sein, für sein Privatleben war es kontraproduktiv.

Einer, der viel nachdenkt und alles hinterfragt, ist sensibel. Und wer sensibel ist, ist allerlei Leiden schutzlos ausgeliefert, besonders jenen der Liebe wegen.

Nach seiner ersten enttäuschten Liebe war er planlos aufgebrochen, nur weg. Zuerst nach Indien, dann nach Australien, zuletzt nach Südamerika – einer Odyssee gleich.

Andere packte in jungen Jahren pure Abenteuerlust und sie zogen deswegen hinaus in die weite Welt. Der sensible Mellerschnösel aber war beleidigt und frustriert gewesen und nur aus diesem einen Grund losmarschiert.

Immerhin war das Karma kurzzeitig gnädig gewesen und hatte ihm eine einmalige Chance in die Arme gelegt: Lilian Goldmann, seine große Liebe.

Doch ehe er sich für ein lebenslang gemeinsames Eheglück einrichten konnte, hatte er Lilian verloren …

Meller schloss die Augen und schwelgte in der Vergangenheit. Er versuchte, Lilians Lächeln in sich zu finden. Doch ihre Gesichtszüge wollten sich nicht einstellen. Eine diffuse Silhouette war alles, was ihm die Erinnerung bot.

»Verdammt!«, entfuhr es ihm.

Er öffnete die Augen und stierte auf das Kalenderbild an der Wand. Es zeigte den Zuckerhut, eine Flugaufnahme.

Sie erinnerte ihn an den schmerzhaften Abschied von Rio, als er endgültig nach Mödling übersiedelt war …

Hier hatte er sich wieder neu verlieben können, in Isabella Fischer, die seiner Frau zum Verwechseln ähnlich gesehen hatte. Doch auch dieses Glück wurde ihm geraubt.

»Wenn das so weitergeht«, sinnierte Meller halblaut, »bleiben mir als Trostpflaster nur die Anhängsel.«

Von Isabella Fischer war ihm Manuel, ihr Sohn, geblieben.

Lilians Trostpflaster war anders gewaltig gewesen. Eine

unglaubliche Erbschaft, dazu ein süßer Hundewelpe sprichwörtlich in die Hände gelegt. Damit haderte er jetzt noch.

Nicht mit Joe, dem Hund. Das viele Geld war es, das ihm manchmal schlaflose Stunden bescherte.

Ein Vermögen zu besitzen, hieß in erster Linie, sich darum zu kümmern, Verantwortung dafür zu tragen. Da waren Menschen, die für ihn arbeiteten und ihren Lebensunterhalt verdienten.

Es war kein Lottogewinn, den man einfach verjubeln konnte. Wobei das für ihn ohnehin nie in Frage gekommen wäre.

Es waren Immobilien, Aktienpakete, Anleihen und was weiß der Teufel noch alles – ein Sammelsurium an Besitztümern, die zu verwalten waren und um die er sich kümmern musste. Auch wenn dafür ein Notar am anderen Ende der Welt saß und das Vermögen verwaltete. Meller hatte die Letztentscheidung, er war verantwortlich.

Doch Kapital und Besitztümer waren noch nie Mellers Welt gewesen. Gerade so viel zu verdienen, damit er sein Leben relativ sorglos finanzieren konnte, das reichte ihm.

Mit voller Hose lässt sichs leicht stinken, maßregelte er seinen Gedankengang und musste zugeben, dass er, seit dieses Vermögen sein Eigen war, schon manchmal mächtig auf den Putz geklopft hatte. Öfter war er für ein paar Stunden nach Florenz geflogen und hatte auf der Piazza della Signoria bei einem Cappuccino das bunte Treiben beobachtet oder war nach Mailand gereist, um sich Maßanzüge zu kaufen und Schuhe maßfertigen zu lassen …

Was für eine Maßlosigkeit!

Gewiss – die erste Million auf seinem Konto war ein tolles Gefühl gewesen. Doch das hatte sich schnell gelegt. Was ihm von Jahr zu Jahr mehr zu schaffen machte, war die Erkenntnis, ohne sein Zutun ein reicher Schnösel geworden zu sein.

Seinen Job als Kommissar hingegen sah er als Tätigkeit im Dienst der Gesellschaft. Mit dem er – nach außen hin – seinen Lebensunterhalt finanzierte und der ein relativ normales Leben gewährleistete, sah man von der perfiden Verbrecherwelt ab.

Die Gewissheit, mit jedem dingfest gemachten Gangster der Menschheit einen Dienst zu erweisen, befriedigte sein Ego und bestätigte seine Sicht auf Recht und Ordnung. Ein Leben lang wollte er etwas Sinnvolles tun, eine wertvolle Stütze der Gesellschaft sein.

Im Gegensatz dazu jedoch diese Versuchung: Er könnte dies, er könnte jenes ... ach, was er nicht alles könnte!

Zum Beispiel von einer Sekunde auf die andere alles hinschmeißen und auf Highlife machen. In Monte Carlo etwa mit einer perfekt operierten Vollbusigen an seiner Seite eine Zehn-Millionen-Jacht aufs Meer hinaus gleiten lassen?

Nein, ein Mario Meller nicht. Niemals.

Das überließ er diesen sonnenverbrannten Typen, die in ihren Protzboliden saßen und mit Geld um sich warfen.

Das war ihm moralisch um Häuserhöhen zu tief.

Für ihn war es kein Vergnügen, mit Millionen umzugehen, wenn sie einem bei der Lebensplanung stets im Wege waren.

Er hatte das für ihn einzig Vernünftige getan – den Kopf in seine eigene Arbeit gesteckt und einem Notar sein Vermögen zum Verwalten überlassen.

Sohin gesehen war Meller bescheiden geblieben und froh, dass sein irdischer Besitz, wie er ihn spöttisch nannte, weit weg in Brasilien gebunkert lag und er ihn nur zu Gesicht bekam, wenn er in Rio oder in São Paulo war, um Fernando Moreno aufzusuchen. Was für ein Glück bei allem Unglück – sein Notário war ein langjähriger Freund und der Berater der Familie Goldmann, ihm konnte er blind vertrauen.

Meller hatte keine Angst vor materiellem Verlust, er fürchtete auch den Tod nicht mehr. Aber er hatte Angst davor, etwas nicht getan zu haben, was ihm vor seinem letzten Atemzug noch wichtig erschien.

Viele Jahre hatte er ohne rechtes Ziel gelebt – abgesehen von seinem Job, den er immer noch gern ausübte.

Erst nach dem Verlust seiner Frau Lilian und der veränderten finanziellen Lebenslage führte ihn eine Erkenntnis – wie eine unsichtbare Hand – auf ein Ziel zu, das er nur noch definieren brauchte. Zugegeben, das Definieren war der eigentliche Hund.

Meller war schon immer ein Zauderer gewesen, wenn es um grundlegende Lebensdinge ging. Doch je älter er wurde, desto klarer wurden seine Selbstfindung und die daraus resultierenden Aktivitäten.

Geld macht Wünsche kaputt, Besitz beschäftigt einen um des Besitzes willen. Das wiederum verstellt die Sicht auf klare Entscheidungen.

Meller war kein Visionär, wollte nie einer werden. Sein Bestreben war, das Leben nach seinen Möglichkeiten sinnvoll zu gestalten. Wenn er schon die Chance bekommen hatte, mehr aus seiner Situation zu machen, dann hatte er die verdammte Pflicht …

Pflicht? Wem gegenüber?

Er wollte keine Verpflichtung für etwas oder jemanden übernehmen, weil es sich so gehörte, wenn man viel Geld besaß. Um sich vielleicht in irgendwelchen Vereinen das Mascherl des edlen Spenders umzuhängen, damit er sich brüsten könnte, Meller, der Big Spender?

Nein, er verabscheute diese zur Plattitüde reduzierten Spendenshows, diese noblen Bussi-Bussi-Seilschaften, die sich gegenseitig des überschwänglichen Edelmuts huldigten. Die zu

Weihnachten vor laufenden Kameras auf die Tränendrüse drückten, was imagemäßig werbegerecht aufputzte und hinausposaunte: Wenn sie's nicht täten, wer dann?

Wer viel Geld besaß, für den war es ein Leichtes, was davon abzugeben. So viel, dass es schmerzte, war es ohnehin nicht. Aber besser so, als keinen Cent rüberwachsen zu lassen.

Die restlichen 364 Tage mussten die Beschenkten allerdings selber schauen, wie sie zurechtkamen, da waren nämlich keine Kameras, keine Journalisten mehr zugegen.

Meller wollte aus Überzeugung etwas bewegen und hatte die Möglichkeit dazu bekommen – Geld, viel Geld.

Doch als edler Spender wollte er nicht auftreten und schon gar nicht öffentlich werden. Das war ihm nicht nur höchst zuwider, es konnte auch verdammt gefährlich sein. In Zeiten, wo die Medien einen sofort auf die Titelseiten knallten. Da kamen kriminelle Subjekte schnell auf böse Gedanken.

Davor hatte Meller genauso Angst wie vor übler Nachrede.

Er müsste sich outen, warum ein gewöhnlicher Krimineser mit Normalogehalt plötzlich in der Lage war, Millionen zu spenden.

Und wenn er sich weigerte?

Dann war er verdächtig. Oder nicht ganz dicht. Oder er wollte sich einen Heiligenschein erkaufen.

Warum? Gab's einen Grund? Den Heiligen Franziskus gab es bereits und dieser endete in bitterster Armut.

Der Meller – ein Gutmensch? Ein Möchtegern-Heiliger?

Jetzt spinnst dir aber einen kräftigen Stuss zusammen, Meller!, mahnte er sich zur Besinnung.

Das aber war Mellers ureigenstes Problem.

Er war nämlich durch und durch ein Gutmensch, wollte aber nie als solcher dastehen. Für ihn wäre es ein Horror, von einer

Benefizgala zum nächsten Charityevent gereicht zu werden. Als gefundenes Fressen für die Medien:

Kriminalkommissar spendet Millionen …

Er betrachtete am Monitor das schreckliche Bild von Kleiners Leiche. Helmut Kleiner – auch er war einmal ein Kind gewesen, hatte Eltern gehabt. Was hatte ihn aus der Bahn geworfen?

Kinder mit Zukunft – wie ein Blitz traf Meller diese Idee.

Er wollte mehr, als nur Geld irgendwohin zu spenden. Die Idee formte sich in seinem Kopf, wurde zum Ballon, platzte und verästelte sich. Viele kleine Ballons – er sah das fertige Konzept, sah Menschen, die ihm unterstützend zur Seite standen, sah sich selbst, den ehemaligen Kriminalkommissar, der all seine Kraft, seine Ideen und letztendlich Lilians Erbe dafür verwendete.

Auch Verbrecher waren einmal Kinder. Allerdings oft Kinder ohne familiären Rückhalt, ohne Chancen auf Bildung, ohne jegliche Lebensperspektiven.

Mellers Vision: Es nicht so weit kommen zu lassen, dass aus einem vernachlässigten Kind ein Straftäter werden würde.

Sozusagen das Übel an der Wurzel packen.

Seinen Sohn würde er bei diesem Projekt mitgestalten lassen, ihn miteinbinden. Ihm, wenn er erwachsen war, vielleicht die Leitung von *Kinder mit Zukunft* übergeben.

Manuel hatte diese einmalige Chance für ein schöneres Leben bereits bekommen. So wie Meller von Lilian.

Und wie läuft's mit dem Liebesleben, Meller?, irritierte ihn eine mahnende Stimme aus seinem Innersten.

Sie ist nicht zu überhören, dachte er bekümmert.

»Verdammt, schon fünfzig«, murmelte er, »und ich führe ein Leben wie ein Mönch.« Wobei ihm der Vergleich mit dem Franziskanerheiligen gar nicht mehr so entfernt vorkam.

Was für ein Leben? Was für ein zerrissener Gefühlslevel trotz des vielen Geldes. Oder gerade deswegen? Weil ihn aller Reichtum nicht die Bohne interessierte? Weil dieses Sich-damitbeschäftigen-Müssen, vor allem das Was-tun-damit, ihn so sehr nervte, dass er sich so lang Zeit gelassen hatte, um eine Entscheidung zu treffen?

Er, Mario Meller, der anstatt einer adäquaten weiblichen Hälfte an seiner Seite mit dem alten Hauskobold Erika Hauser, dem pubertären Manuel Fischer und dem fresssüchtigen Cockerspaniel Joe in der elitären Villa im Auholz wohnte.

Er, Mario Meller, ein George-Clooney-Verschnitt – wie ihn Lo Bianco hänselte –, der an jedem Finger zehn Frauen haben könnte.

Doch Meller sah sich als einsamen Wolf, der rundum alles checkte, beruflich wie im privaten Umfeld. Der darauf achtete, dass alle ihm Nahestehenden zufrieden waren. Kein Wunder, wenn er sich vom Lebensglück übergangen fühlte.

So sehr sehnte er sich nach erfüllender Zweisamkeit.

Was half ihm all der Besitz, wenn sein gefundenes Glück so schnell wieder zerstört wurde?

Bestätigten seine Schicksalsschläge sein böses Karma?

Was muss ich in meinem Leben zuvor angestellt haben?

Das war die Frage. War er einer gewesen, der mit Lebensglück nur so um sich geschmissen, es verhöhnt, verschludert hatte?

War sein jetziges Leben dafür die Strafe – seine Prüfung?

In Sekundenschnelle hatte er den Gipfel des Frusts erreicht, mit Blick auf eine trübe Aussicht.

Dort oben länger zu verweilen, hatte keinen Sinn.

Also, schnell wieder abwärts in positive Hochebenen!

Da hatte er doch kürzlich eine besonders interessante Dame kennengelernt, die er auf animalische Art anregend gefunden hatte. Zufällig war sie ihm über den Weg gelaufen, besser gesagt war sie am Nebentisch im Babenbergerhof gesessen, wo er sich mit Lo Bianco zum Brunch getroffen hatte.

Sie war allein und hatte ihn – wenn auch unauffällig – unentwegt gemustert. Anfangs war es ihm peinlich gewesen, weil er an die übliche Anmache gedacht hatte, wenn sie ihn ansprechen würde: *Also wirklich, Sie sehen aus wie dieser Schauspieler, der blablabla …*

Nein, es war nicht dieser Blick, auch eine andere Anrede:

»Wenn man Sie beide so sieht, würde man glauben, Sie sind vergeblich auf der Suche!«

»Und wonach genau, meinen Sie?«, hatte er erwidert, bevor ein Spruch über Biancos Lippen gekommen war.

Er kannte die zynischen Antworten, wenn Lo nicht gut drauf war, und zurzeit war Lo Bianco verdammt schlecht drauf.

Ja, diese Frau gefiel Meller und er hatte es auf einen Versuch ankommen lassen. Er entschuldigte sich kurz bei Lo und begab sich ins Untergeschoss Richtung Toiletttten. Dort hatte er vor den WC-Türen gewartet und vorm Spiegel im Gang überbetont sein Äußeres kontrolliert.

Da war sie gekommen – er hatte richtig getippt.

»Wir sollten es drauf ankommen lassen, ob die von Ihnen vermutete Suche vergeblich ist.«

Seine Visitkarte prüfend, hatte sie lächelnd erwidert:

»Kriminalkommissar? Das klingt nach Rundum-Schutz!«

»Besser als jeder Bodyguard«, waren seine Worte inklusive triebgesteuertem Eroberungsblick gewesen, und er war dabei errötet.

Mein Gott, Meller! Peinlicher geht's wohl nimmer!, hatte ihn sein Hirn lauthals ausgelacht …

Zwei

Samstag, 11. September 2010

Vom stundenlangen Gedröhne taub und von etlichen Drinks leicht benommen, zählte sie laut die Sektkartons, die im Keller seitlich vom Eingang gestapelt standen:

»Fünf … zehn … zwanzig mal zwei … vierzig plus drei!«

Sie beugte sich vor und zählte die leeren Flaschen, die auf die Schnelle hinzugestellt worden waren.

Die beiden konnten in ihrem Versteck die Frau zählen hören.

»Zwei, vier, sechs, acht, zehn, zwölf … und fünf sind siebzehn. Na servas, heut ist ordentlich was weggsoffen worden. Das wird dem Benny gefallen.«

Ja, Bennys KuK-Clubbing hatte sich ausgezahlt.

Nach wochenlangem schwachem Geschäftsgang endlich der nötige Schub, der die Kasse wieder klingeln ließ.

Bier, Wein, Prosecco, Sekt, Rum, Wodka, Tequila – etwas schwerfällig notierte sie die verbrauchten Mengen auf einem Block. Benny brauchte die Liste. Er würde tagsüber zum Großmarkt fahren, um das Lager wieder aufzufüllen.

»Na, danke – bald halb fünf!«, dachte sie laut nach einem Blick auf ihre Armbanduhr.

Es fröstelte sie und ein Schauer jagte über ihren Rücken. Hier unten im Keller überkam sie stets ein mulmiges Gefühl.

Plötzliche Müdigkeit befiel Sandy, ihre Augen brannten.

Sie nahm einen Zug von der Zigarette, streckte die Arme von sich, drehte den Kopf mehrmals hin und her und blies den Rauch zur Decke hin. Der Job, so hin und wieder hinter der Theke zu stehen, hatte ihr sofort gefallen.

Er lenkte vom Frust mit ihrem Ex ab.

Was für ein Glück, dass sie Benny kennengelernt hatte. Auch mit Pauli, ihrem Sohn, verstand er sich blendend.

Benny und ihr Ex – kein Vergleich, die beiden. Wie hatte sie nur so lang an diesem Affen kleben bleiben können!

Sie nahm einen letzten Zug, stieß die Luft aus und ließ die halb verbrannte Zigarette zu Boden fallen.

»Das sollte ich auch aufgeben«, murmelte sie, die Kippe mit der Schuhspitze zerreibend, während sie an ihren Ex dachte.

Dann inspizierte sie halbherzig die zwei angrenzenden Kellerräume. Benny hatte sie gebeten, stets einen letzten Rundgang zu machen.

Es war nämlich schon ein paar Mal vorgekommen, dass ein Betrunkener hier unten seinen Dusel ausgeschlafen oder – noch schlimmer – sich in der WC-Tür geirrt und eine Kellerecke als Klo benutzt hatte …

Die Frau war aus dem Keller raus, hatte das Licht abgedreht und hinter sich abgesperrt.

Tack … tack … tack … ihre Schritte entfernten sich …

Die beiden Typen warteten in völliger Dunkelheit noch immer hinter dem Kasten. Es hätte ja sein können, dass die Kellnerin etwas vergessen hatte und zurückkam.

Sie hörten, wie die Tür zum Lokal geöffnet wurde – plötzlicher Lärm sowie ein wummernder Soundteppich dröhnten bis in den Keller. Die Tür fiel ins Schloss, dumpfes Gehämmer wie vorhin drang gedämpft durch den niedrigen Plafond.

»Heast, Willi – jetzt lass mich endlich raus, mir tut schon das Kreuz weh. Der Servierhaxn kommt eh nimmer«, forderte der eine seinen Kumpel auf, da dieser keine Anstalten machte, das Versteck zu verlassen. Eine Taschenlampe mitzunehmen, daran hatten sie nicht gedacht.

Von Tibor, dem Ungarn, aber wussten sie, dass es im Keller keine Fenster gab und Licht sie nicht verraten konnte.

Charly schnippte ein Feuerzeug an.

»Du bist leichtsinnig, Oida. Was ist, wenn doch«, warnte Willi.

»Dann verstecken wir uns wieder. So, und jetzt lass mich endlich raus. Ich muss pinkeln.«

Charly versetzte ihm einen leichten Stoß, damit Willi endlich den Weg frei gab. Im Schein der Flamme fand er zum Schalter im ersten Kellergewölbe. Er knipste das Licht an.

Der alte, wuchtige Schrank, hinter dem sie minutenlang ausharren mussten, stand im zweiten Kellerabteil mit einer Seite an der Wand. Sie hatten ihn etwas nach vorn geschoben. Gerade so weit, dass sie dahinter nebeneinander Platz fanden.

Eine mannshohe, mit unzähligen Löchern versehene Spanplatte, die wie zufällig vor der schmalen Öffnung lehnte, machte den Schlupfwinkel zum idealen Versteck.

Der blonde Karl Hofbauer und der dunkelhaarige Willibald Traxler waren schlaksige, hochgeschossene Burschen, etwa gleich alt. Ihre gemeinsame Vergangenheit hatte sie zu einem eingeschworenen Duo werden lassen. Sie hatten früh lernen müssen, sich in der Erwachsenenwelt zu behaupten, wenn auch auf recht unredliche Art.

Als Kinder waren sie völlig auf sich allein gestellt gewesen. Ihre Väter hatten sich verkrümelt und die Mütter waren vom Freiheitsdrang ihres Nachwuchses überfordert gewesen. Die Wohnsiedlung am Wiener Stadtrand – in dem sich ihre Mütter kennen und lieben gelernt hatten – war für die beiden kurzzeitig zum normalen Zuhause geworden. Bald aber erfuhren Charly und Willi, dass ihr Leben etwas abseits von allem Normalen ablief. Von einigen Schulkameraden als »Lesbenbrut« verspottet, hatten sie es oft schmerzhaft zu spüren bekommen, wenn sie beim Nachhauseweg von ihnen verprügelt wurden.

Noch nicht volljährig, waren sie als Schulabbrecher von zuhause ausgebüchst und hatten sich durchs Leben geschlagen. In den Sommernächten schliefen sie in Parks, und wenn es regnete, fand sich stets ein überdachter Schlafplatz.

Der Stoff, mit dem sie dealten, brachte genügend Geld ein, um das Überleben im Wiener Großstadtdschungel zu sichern.

Dort lernten sie auch Tibor aus Budapest kennen, der ihnen ein lukratives Geschäft versprochen hatte, weswegen sie jetzt in diesem Kellerloch ausharren mussten, bis oben der Laden endlich zugesperrt wurde …

Sie unterhielten sich gedämpft.

»Was der Ungar gesagt hat, stimmt hundertpro?«

»Hundertpro«, versicherte Charly, der von Tibor angesprochen worden war. »Den Schlüssel hat er nachmachen lassen, als er bei denen Kellner war. Seit s' ihn rausgeschmissen haben, darf er sich natürlich nimmer blicken lassen. Deswegen machen wir jetzt den Job, verstehst?«

»Aber wenn das mit dem Loch im Boden net stimmt?«, bohrte Willi nach, dem die Sache nicht ganz geheuer war.

»Reisgänger!«, spottete Charly.

»Ich will nur nix riskieren, Oida.«

»Wer soll uns erwischen?«

»Was weiß man«, erwiderte Willi leise. »Ich spür's jedenfalls im Urin, wenn was net stimmt … So wie jetzt, Oida.«

»Ich spür nix … außer einen Mordsdruck auf der Blase.«

Charly verschwand im einem der beiden Räume, die sich links und rechts vom Hauptkeller befanden.

Willi hörte es plätschern, als sein Freund sich grunzend von seinem Druck befreite.

»Wenn wir wegen der depperten Tussi noch länger hinterm Kasten gestanden wären, hätt ich mich glatt anpinkelt«, gestand Charly, während er ungeduldig am Reißverschluss hantierte. »Das Ding klemmt auch seit Neuestem«, fluchte er. »Scheiße, jetzt ist er kaputt!«, rief er verhalten, kam aus dem Kellerabteil hervor und hielt den Zippverschlussschieber in der Hand. »Was mach ich jetzt? Ich kann doch net so …«

Er zeigte auf den offenen Hosenschlitz.

»Sieht eh keiner und ich kenn dich, Oida.« Willi kicherte. »Jetzt komm und jammert net lang herum. Wir sollten das endlich hinter uns bringen.«

Ein Schlüssel wurde in die Kellertür gesteckt.

»Scheiße! Schnell, hinter den Kasten!«, zischte Charly seinem Freund zu.

Es dauerte, bis sich die Tür öffnete. Benny, der leicht wankte, horchte angestrengt.

»Mir war, als hätt ich grad was gehört.«

»Dann war's nur eine Ratte. Ich hab vorhin alles kontrolliert und zugesperrt war auch«, erwiderte Sandy.

»Abers Licht abdrehen hast du vergessen!«, warf er ihr vor.

Möglich. Sie war sich nicht mehr sicher, ob sie es abgedreht hatte.

Sie ekelte sich vor Ratten und Mäusen. Überhaupt – der düstere Keller war ihr nicht geheuer. Seit sie bei Benny war, hatte schon mehrere Male eine der Rattenfallen ihr tödliches Werk verrichtet. Grauslich. Die toten Viecher zu entsorgen, war dann Bennys Job gewesen.

»Die Fallen kannst du doch tagsüber kontrollieren!«, jammerte sie sichtlich müde.

»Ich muss nachschauen, weil die Kadaver noch mehr Ratten anlocken. Warte bitte hier, ich komm ja eh gleich«, erwiderte er und begab sich in den Nebenraum, in dem der wuchtige Kasten stand. Zielstrebig ging er auf das gegenüberliegende Mauereck zu und räumte das Gerümpel zur Seite – ein paar Ziegelsteine, einen schweren Baumstamm, der als Hackstock gedient haben musste und auf dem ein Holzzuber stand, sowie mehrere Holzbretter, die dahinter an die Wand gelehnt waren.

Eine Metallplatte, etwa einen halben Quadratmeter groß, hatte er frei gelegt. Früher musste hier ein Ofen gestanden sein, man sah verkrustete Umrisse auf der verrosteten Platte. Direkt oberhalb steckte in Mannshöhe ein Ofenrohrdeckel in der Wand.

Benny suchte den Baumstamm ab und zog schließlich einen schmalen, an die dreißig Zentimeter langen Eisenstab aus einer der Spalten des zerklüfteten Rundholzes.

Er kniete nieder, fuhr damit an einer Ecke unter die schwere Metallplatte. Einen Ziegelstein legte er zwischen Boden und Metallstange. Durch die Hebelwirkung stemmte er die Platte etwas hoch, so dass er sie mit den Fingern zu fassen bekam. Er kippte sie auf und lehnte sie an den Holzstock.

Aus dem Loch im Boden strömte ihm kalte Luft entgegen.

Jetzt tastete er eine Seite der Öffnung ab und hatte plötzlich eine kleine Stablampe in der Hand.

»Bist du's bald?«, rief Sandy, die beim Kellereingang stand und eine Zigarette rauchte. »Mir wird kalt und ich bin todmüde!«

Benny hat eine Rattenphobie oder wie das heißen mochte, dachte Sandy. Ihr war klar, dass er mit den Mietern im Haus keine Probleme haben wollte. Angeblich hatte es eine Beschwerde gegeben, dass in seinem Keller so viele Ratten seien. Was er denn da unten gelagert hätte? Benny hatte daraufhin mehrere Fallen aufgestellt und kontrollierte diese regelmäßig. Doch jetzt im Morgengrauen, nach so einem anstrengenden Clubbing?

Sie war mit ihm in den Keller gegangen, damit er nicht so lang herumtrödelte. Sie kannte ihn, wenn er etwas getrunken hatte.

»Es dauert noch ein bisschen!«, rief er. »Geh inzwischen rauf!«

»Da oben stinkt's aber so! Warum musste der Trottel auf die Theke kotzen anstatt ins Klo?«

»Scha-hatz …! Ich beeil mich ja eh!«

»Wirklich?«

»Aber jaaa doch!«

Benny leuchtete in das Loch hinein. Mehrere Eisenbügel, die in der Mauer eingelassen waren, führten in die Tiefe.

Er lauschte, dann rief er: »Sandy?«

Sie meldete sich nicht, musste also nach oben gegangen sein.

Benny wusste, dass Sandy wegen der Ratten und Mäuse nicht gern in den Keller ging. Gerade deshalb hatte er die Sache mit den Ratten aufgebauscht, damit sie keinen Verdacht schöpfte.

Mit der Taschenlampe im Mund leuchtete er den Weg aus und stieg – Eisen für Eisen – vorsichtig hinunter. Schmutzig wollte er sich nicht machen. Er spürte jedoch, dass er einige Male das Mauerwerk streifte. Leise fluchend ärgerte er sich, dass er zu viel getrunken hatte.

Unten angekommen, ging er in gebückter Haltung, bis er auf die Abzweigung stieß. Schließlich kroch er auf allen vieren weiter. Jetzt war es ihm egal, dass er seine Hose schmutzig machte. Er kannte den Weg …

Nachdem Benny aus dem Schacht gestiegen war, mit der Metallplatte das Loch abgedeckt und das Gerümpel darüber geschoben hatte, besah er kurz sein Werk.

Er nickte zufrieden und klopfte auf seine linke Jackentasche. Sie fühlte sich schwer an.

Ein Knacksen ließ ihn erschrocken herumfahren.

Leise näherte er sich dem Schrank, von dem das Geräusch gekommen war. Er riss beide Türen auf – leer.

»Gibt's Hexen?«, entfuhr es ihm halblaut und er kicherte. Benny löschte das Licht, verließ den Keller und versperrte die Tür.

»Fertig, Sandy! Wir können!«, rief er.

Doch Sandy hörte ihn nicht. Rauchend stand sie vor dem Lokal und fror sich den Arsch ab. Sie ärgerte sich das erste Mal so richtig über Bennys Rattenverfolgungswahn …

»Fast hätt ich geglaubt, ich muss ihm eine überziehen.«

Charly war aus dem Versteck hervorgetreten – in der einen Hand hielt er das flackernde Feuerzeug, in der anderen eine Pistole, die er wieder einsteckte, während er den Lichtschalter anpeilte und einschaltete. Er knipste die Flamme aus und ließ das Feuerzeug in der Hosentasche verschwinden.

Ein paar Lockerungsübungen entspannten seinen Körper vom verkrampften Innehalten im engen Versteck. Er schüttelte seine Beine aus und atmete tief durch.

»Jetzt brauchen wir net lang suchen. Der Typ hat uns direkt zum Schacht geführt. Ich hab's durch die Löcher in der Holzplatte genau sehen können.«

Willi kam hinter dem Kasten hervor.

»Heast, Oida, noch einmal so einen Schreck und ich kipp weg.«

»Scheiß dich net an«, erwiderte Charly, zog die Pistole und zielte auf Willis Stirn. »Das hätt der Typ eh net überlebt.«

»Jetzt schleich dich, Oida!« Willi drückte Charlys Hand zur Seite und prophezeite ihm: »Irgendwann erschießt mich wirklich und dann brummst fünfzehn Jahre … wenn net lebenslänglich.«

»Dann besuchst mich halt und bringst mir im Kuchen eine Feile mit.« Charly lachte glucksend.

»Als a Toter? Sehr witzig, hab schon besser glacht! Aber dein Gefuchtel mit der Krachen geht mir schon so was von auf die Eier, Oida.«

»So wie mir dein dauerndes *Oida*. Verstehst, O-i-d-a!«

»Was soll das, Charly? Streiten wir jetzt? Oder holen wir uns, was wir noch gar net wissen, was es sein wird?«

Willi sah seinen Freund böse an und seine Lippen verloren jegliches Blut. Vor Wut zischte er ihn an:

»Na, ich pack's net! Jetzt haben wir zwei schon so viel durchgmacht … und … und immer fangst mit dem Blödsinn an … Heast, Oida! *Oida* is mein Lieblingswort! Ohne Oida-Sagen bin ich invalid, kann ich net existieren, verstehst, Oida!«

Charly wusste, wenn Willi sein *Na-ich-pack's-net* ansetzte, waren's genau drei Sekunden vorm Explodieren. Er kannte die jähzornigen Ausbrüche seines Kumpels und so einen konnte er jetzt nicht gebrauchen.

»Entschuldige, Willi. Es war net so gemeint«, lenkte er ein.

»Na, das will ich auch meinen, Oida! Sonst kannst dir zukünftig einen andern Deppen für an Bruch suchen.«

Willi schnaubte und ging erregt durch den Keller, kam dabei mit dem Fuß vor einem Ziegelstein zu stehen und wollte ihn mit einem Tritt wegschleudern. Doch der Stein verkantete sich in einer Ritze und blieb beharrlich liegen.

Vor Schmerz ging Willi in die Knie und begann zu fluchen: »Scheißziegel, bleda! Sind heut alle gegen mich?«

»Halt die Goschen! Wann uns wer hört, is alles im Oasch!«

Willis Gesicht verzog sich zu einer schmerzhaften Grimasse. Er schlüpfte aus dem Schuh und betrachtete die blutige Sockenspitze.

»So eine Scheiße«, jammerte er, hielt sich den Fuß und stelzte auf einem Bein. Er wäre hingefallen, hätte ihm Charly nicht rechtzeitig unter die Arme gegriffen und ihn gestützt.

»Jetzt reiß dich zusammen!«, zischte er Willi an.

»Wenn's aber scheißweh tut, Oida!«

Da ließ ihn Charly einfach los und Willi knallte auf den rauen Kellerboden, wo er wimmernd hocken blieb.

Ohne sich um ihn zu kümmern, begann Charly – wie zuvor der Lokalbesitzer – das Gerümpel zur Seite zu räumen.

Bald war der Schacht frei gelegt und geöffnet.

Willi hatte sich inzwischen beruhigt und war hinzugetreten. Er frohlockte: »Super, Oida!«

»Du sagst es. Der Ungar hat tatsächlich keinen Schmäh verzapft«, erwiderte Charly. Er leuchtete mit der vorgefundenen Taschenlampe in das Loch hinunter.

»Willst du zuerst, Willi?«, lud er seinen Kumpel ein.

»Na, na, geh du voraus.«

Charlys verächtlicher Grinser wirkte mehr wie eine abfällige Bemerkung. Seit ihrer Kindheit waren sie beide durch dick und dünn gegangen. Er kannte Willi in- und auswendig.

Willi war ein Feigling.

Ein Vorteil, wenn man den anderen einschätzen konnte. Da war man vor bösen Überraschungen gefeit. Von Willi würde er niemals übers Ohr gehauen werden, das wusste er.

Charly stieg in den Schacht ein.

Unten angekommen, wartete er, bis Willi neben ihm stand.

Im Schein der Taschenlampe tat sich vor den beiden ein schmaler, knapp mannshoher Gang auf.

Spinnweben hingen im rohen Ziegelwerk oder baumelten in schwarzen Fäden von der gewölbten Decke herab. Die Luft war kalt und es roch muffig nach feuchtem Mauerwerk.

»Halt dich dicht hinter mir«, riet Charly, »und zieh den Kopf ein, wenn du nicht von einer Spinne gefressen werden willst.«

Er wusste, dass Willi vor Spinnen grauste.

Doch auch er konnte sich Angenehmeres vorstellen, als so ein fettes Vieh unterm Hemd zu spüren. Es schüttelte ihn vor Ekel, als er an haarige Spinnenbeine denken musste.

Je weiter sie sich hineinwagten, desto widerlicher wurde der Gestank nach modrig Feuchtem. Der Stollen wurde niedriger und noch enger. Gebückt kamen sie langsam voran, mussten in die Knie gehen und krochen schließlich auf allen vieren.

Bei einer Weggabelung hielt Charly an, entschied kurzentschlossen und bog in den linken Stollen ein. Plötzlich hielt er an und Willi stieß mit seinem Kopf an Charlys Hintern.

»Heast, was soll das? Bist a Warmer?«, fuhr ihn Charly an.

»Entschuldige, Oida! Kann ja net wissen, dass d' stehen bleibst! Geh halt weiter, Oida?« Willi war sauer.

»Nix weiter. Wir stehen an«, erwiderte Charly, der sich nicht einmal umdrehen konnte. Das seitliche Mauerwerk ließ ihm keinen Millimeter Platz. Als er bemerkte, dass er feststeckte, kam Panik in ihm hoch.

»Heast, Willi! Jetzt schleich dich endlich! Da geht's nimmer weiter, hab ich doch eh schon gsagt!«

»Und wie soll ich das machen, Oida?«

»Na, wie beim Einparken, verkehrt zurückkriechen, du Wappler!«

Also krabbelte Willi rückwärts und tastete sich bis zur Stollengabelung hin. Dort hockte er sich nieder und wartete in totaler Finsternis auf neue Anweisungen.

Charlys sarkastische Art hatte ihn wieder einmal tief getroffen. Auch fröstelte es ihn, er war viel zu leicht angezogen. Die Sommernächte waren bereits kühler geworden und hier im Schacht war es nicht nur muffig, sondern auch um einiges frischer. Muffigfrisch.

Da spürte er, wie etwas über sein Gesicht huschte.

»Wäääh!«, schrie er auf und fuhr sich mit beiden Händen wie ein Verrückter übers Gesicht. Dabei schrammte er mit dem linken Ellbogen die raue Ziegelwand entlang.

Vor Schmerz wollte er aufschreien, doch er hielt den Mund, um sich vor Charly nicht noch mehr zu blamieren.

Schon fühlte er etwas Feuchtes zwischen seinen Fingern, als er sich den Ellbogen hielt. Bestimmt blutete er.

»Was schreist denn so blöd durch die Gegend?«, vernahm er dumpf die Stimme seines Kumpels.

»Es is eh nix«, gab Willi kleinlaut bei.

»Dann halt deinen Suppenschlitz, du Weh, du!«

»Wennst mich noch lang so beschimpfst, dann kannst dir den Schas da selber machen, Oida!«

»Wenn du glaubst? Na, dann vertschüss dich. Ich brauch dich net unbedingt.« Charlys Stimme hörte sich bissig an.

Auch wenn Willi jetzt wütend geworden war, schiere Angst hatte von ihm Besitz ergriffen. Wie sollte er bei völliger Dunkelheit aus diesem verfluchten Loch rauskommen?

Da ergab er sich seinem Schicksal und hielt einfach still, dachte über dies und jenes nach. Währenddessen presste er die rechte Hand auf den verletzten Ellbogen, damit der Schmerz erträglicher wurde. Wie leicht konnte daraus eine Blutvergiftung entstehen, kam es ihm. Er musste bei Tagesanbruch sofort zum Arzt. Aber dann fiel ihm ein, dass er keinen Hausarzt hatte. Überhaupt hatte er niemanden außer Charly, an den er sich wenden konnte, wenn's Probleme gab.

Und deren hatte er zur Genüge.

Zwischendurch hörte Willi seinen Freund klopfen, fluchen und vor Kraftanstrengung stöhnen. Dann ein Hämmern, als würde er mit etwas Hartem auf das Mauerwerk eindreschen.

Dumpfes Gepolter war kurz darauf zu hören, ein Scharren, als würde Charly Ziegelsteine zur Seite räumen.

Ein kalter Luftzug ließ Willi erschaudern und er ärgerte sich, dass er nur ein leichtes Hemd und seine Jeans anhatte. Das Hemd war jetzt zerrissen, wegen einer blöden Spinne oder was auch immer es gewesen war, das ihn so in Panik versetzt hatte.

Plötzlich traf Willi ein Lichtstrahl. Davon geblendet, hielt er schützend die unverletzte Hand vor seine Augen.

»Ich bin durch«, verkündete Charly, »und du glaubst net, was ich gefunden hab.«

»Wie soll ich's glauben, wenn ich net einmal weiß, was ich glauben soll, Oida«, entgegnete Willi, noch immer beleidigt.

»Komm und spiel net den Angfressenen! Sei froh, dass ich net so ein feiger Hund bin wie du, weil sonst wär ich nie auf das gestoßen, was ich entdeckt hab. Also, was is jetzt? Komm mit oder geh in Oasch!«

Das wirkte. Willi kroch dem Lichtstrahl entgegen und zwängte sich durch ein enges Loch, das Charly im Mauerwerk frei gelegt hatte. Sein Kumpel leuchtete mit der Taschenlampe einen kleinen Raum ab, zu dem es keine Tür gab, durch die der Raum betreten hätte werden können.

»Wie bist denn da reingekommen, so ganz ohne Werkzeug?«, staunte Willi ehrfurchtsvoll.

»Feuchter Boden. Ein paar Ziegel waren locker … und drin war ich«, erwiderte Charly nicht ohne Stolz.

Nach systematischem Abklopfen der Ziegelwand hatte er Stellen entdeckt, die verdächtig hohl klangen, und die unterste Ziegelreihe war von der Feuchtigkeit völlig aufgeweicht.

Mit bloßen Fingern hatte er einen Ziegel herausziehen können. Der Rest war mit kräftigen Stößen frei gelegt, bis das Loch groß genug war, um sich hindurchzuzwängen.

Der Raum war leer bis auf eine veraltete Tiefkühltruhe, die an der gegenüberliegenden Wand stand. Ein Stromkabel, das lose auf dem Boden lag, verschwand unter einer zugemauerten Stelle, wo früher eine Tür gewesen sein musste. Man sah es dem Mörtel an, der zwischen den Ziegeln hervorgequollen war. Er wirkte noch nicht so alt wie der an den anderen Wänden.

»Die muss schon seit Ewigkeiten da stehen«, erklärte Charly und zeichnete ein Lachgesicht auf den verstaubten Truhendeckel.

»Und? Was ist drin?«, wollte Willi wissen.

»Weiß ich doch net. Schau nach. Sollst auch dein Erfolgserlebnis haben.«

Charly wollte mit dieser Aufforderung seinen Freund wieder milde stimmen.

Dass die Kühltruhe früher benutzt worden war, das sahen sie, weil der Deckel seitlich leicht angehoben war und im Lichtstrahl der Taschenlampe etwas glitzerte.

War das herausquellendes Eis? Wohl kaum.

Das Gerät war schon lang nicht mehr in Betrieb, das zeigte die dicke Rostschicht an, die sich entlang der Deckelöffnung gebildet hatte.

Wie lang mochte diese Truhe schon hier stehen?

Und warum war der Raum zugemauert worden?

Charly kam nicht dazu, lang nachzudenken, denn Willi hantierte am Truhendeckel und versuchte ihn hochzuheben. Doch er ließ sich nicht öffnen.

»Das Scheißding geht net auf!«, fluchte Willi.

Um zu helfen, suchte Charly beim Einstiegsloch nach einem Ziegelstein, um damit den Deckel zu bearbeiten.

»Aber jetzt hab ich's!«, triumphierte Willi und riss den Deckel hoch.

Da krachte es ohrenbetäubend.

Instinktiv ließ sich Charly auf den Boden fallen.

Etwas zischte pfeifend über ihn hinweg, knallte an die Wand und fiel scheppernd zu Boden. Die Taschenlampe war ihm entfallen und erloschen.

Beißender Staub raubte ihm den Atem. Er glaubte schon, daran zu ersticken. Geistesgegenwärtig hielt er sein T-Shirt zusammengeknüllt an Nase und Mund und drückte sein Gesicht auf den Boden. Er keuchte und hustete, bis die Lungenspitzen schmerzten.

Minutenlang saugte er röchelnd Luft ein, atmete sie stoßweise wieder aus und bekam sich allmählich wieder in den Griff.

In das völlige Dunkel rief er: »Was war denn das, Willi?«

Doch Willi meldete sich nicht.

»Willi? Heast, sag was! Ist dir was passiert?«

Charly tastete sich in die Richtung vor, in der er die Gefriertruhe vermutete. Dabei bekam er Willis Körper zu spüren, der unentwegt zuckte.

»Scheiße, verdammte!«, schrie Charly auf. »Was ist mit dir?«

Mit den Händen tastete er Willi ab. Etwas Klebriges blieb an seinen Fingern haften. Er roch daran und erschrak.

Nur zu gut kannte er den Geruch – Blut.

Jetzt völlig in Panik geraten, versuchte er, die Taschenlampe zu finden. Wie ein Irrer tastete und griff er um sich, kroch in diese und jene Richtung, ohne jedoch die Lampe in die Finger zu bekommen.

»Scheiße, Scheiße! Wo ist das verdammte Ding!«

Er wusste, Willi musste etwas Furchtbares zugestoßen sein.

Eine Explosion? Dieses gefährliche Sirren über seinen Kopf hinweg kam Charly in den Sinn. Es musste etwas zerrissen und Willi getroffen haben – der Geruch nach Blut, diese tödliche Stille …

Endlich hatte Charly die kleine Stablampe gefunden. Mit zitternden Fingern versuchte er, sie zum Leuchten zu bringen.

Sie funktionierte noch, wenn auch mit Aussetzern.

Im flackernden Licht sah Charly dann die Tragödie.

Willi lag rücklings auf dem Boden, seine Finger zuckten noch ein wenig.

Doch sein Kopf – verdammt, wo war er?

Willis Kopf lag abgetrennt in einer Blutlache, die ein bizarres Muster auf dem schmutzigen Boden geformt hatte. Das linke Auge fehlte. Die blutende Augenhöhle zeigte im Lichtstrahl ein wenig von Willis Hirnmasse, die milchigweiß glitzerte.

Eine Horrorszene, die Karl Hofbauer sein Leben lang nicht mehr vergessen würde können …

Drei

Freitag, 17. September 2010

Er nannte ihn Frank.

Frank Leschak, weil der Name zu ihm passte und sie einen Jungen in der Klasse hatten, der ebenso hieß und der ihm äußerst unsympathisch war. Von ihm war er einmal verprügelt worden. Leschak war einer, der sich überall eingeschleimt hatte, wo es ihm Vorteile brachte.

Vermutlich ist er Politiker geworden, dachte er. Solche Typen konnten nur eine solche Laufbahn einschlagen.

Auch egal. Längst hatte er ihn aus seinem Leben gestrichen. Dennoch musste er sich eingestehen, in letzter Zeit öfter an ihn gedacht zu haben.

Wie auch immer, Frank sollte sein Leben genießen oder längst verrottet sein. Ihm wäre beides recht gewesen.

Doch es war sein Leben, seine Geschichte. Er sollte sie in der Ich-Form schreiben. Dagegen sträubte sich aber sein Innerstes, somit auch die Finger, die über die Tastatur huschten, um seine Vergangenheit auf dem Monitor aufleben zu lassen.

Er hielt kurz inne, nahm einen Zug von der Zigarette, klemmte sie in den Aschenbecher und genoss das Gift, das Hirn und Lunge betäubte. Dem lästigen Husten, der ihn seit Tagen reizte, versuchte er mit Räuspern beizukommen.

Während seine Gedanken bei einem Erlebnis aus der Zeit von damals hängen blieben, starrte er auf den Laptop. Emotionen bündelten sich im Nirwana seiner Gehirnzellen zu einem einzigen Satz. Und bevor er halblaut gesprochen im Raum stand, konnte er ihn auch schon lesen:

»Frank, deine Zeit ist gekommen ... und abgelaufen.«

Der Roman sollte eine persönliche Abrechnung sein. Ohne zu wissen, wo Frank Leschak – mit richtigem Namen Kurt Steinkogler – sich auf seinem erdachten, gottverlassenen Planeten aufhielt. Gottverlassen insofern, weil er sich ebenso fühlte.

Schließlich war Kurt Steinkogler, alias Frank Leschak, der eigentliche Auslöser seiner derzeitigen Misere, die im Kindesalter begonnen hatte. Sie glich der Parabel vom Flügelschlag eines Schmetterlings in Südamerika, der am anderen Ende der Welt einen Tsunami auslöst. Etwas schräg der Vergleich, aber die Ignoranz und Beleidigungen, die ihm Steinkogler seinerzeit angetan hatte, wollte er – zeitversetzt – gerächt wissen.

Jahrelanges Leid muss von der Seele geschrieben werden, dachte er und grinste hämisch. Das bewies sein Eifer, mit dem er das Dokument mit dem Arbeitstitel »Flaschenköpfe« füllte. Oder sollte er sein Werk »Knallköpfe« nennen?

Nein, Flaschenköpfe war treffender, obwohl die Köpfe richtiggehend geknallt hatten, als sie zu Boden gefallen waren.

Ja – und ihre obskuren Keramikfiguren waren es schließlich gewesen, die sein Leben um eine Erfahrung reicher gemacht hatten. Wieder fiel ihm der Vergleich mit dem Schmetterling und dem Tsunami ein. Seine persönliche Erkenntnis: Kleine Ursache schafft totale Veränderung.

Einer der Flaschenköpfe war ihm nämlich unabsichtlich aus der Hand gerutscht, als er nach der Flasche gegriffen hatte, um sein Glas zu füllen.

Die Keramikfigur war in der Küche auf dem sizilianischen Marmorboden zerschellt. Sie hatte ihn angeschnauzt, ob er denn auch schon zu blöd sei, etwas in die Hand zu nehmen?

Daraufhin entglitt ihm ein zweiter Flaschenkopf – diesmal absichtlich. Ein weiterer wurde von ihr rechtzeitig gerettet. Seither hing bei ihnen der Haussegen so, wie der Turm von Pisa stand.

Mochte sie eine Schwäche für Flaschenköpfe haben, ihm ging ihre Sammlerleidenschaft längst auf den Geist.

Überallhin steckte sie ihre schrulligen Keramikköpfe. Die kindskopfgroßen im Garten zwischen Sträucher und Blumenbeete oder am Schwimmbiotop entlang; die faustgroßen in Blumentöpfe und Pflanzentröge.

Seit er in Pension war, war es für ihn das Schlimmste, dass sie im Haus jeden freien Platz mit Flaschen, Karaffen und Vasen, aus denen babyhandgroße Keramikköpfe guckten, verstellte.

Hätte er gewusst, wie sich ihre Beziehung entwickeln würde, niemals hätte er sich mit ihr etwas angefangen!

Wer achtet denn zu Beginn einer Beziehung schon auf seltsame Eigenheiten? Der Mensch schaltet im Rausch der Liebe sein Alarmsystem ab. Schrulliges findet man originell, sieht es als Ausdruck einer persönlichen Note. Sonst wäre einem das Objekt der Begierde ja nicht aufgefallen, um sich in dieses zu verlieben.

Vor zehn Jahren hatte sie sein im Scherz ausgesprochenes Asylangebot ernst genommen und war eines Abends mit zwei Koffern und einer Handtasche vor ihm gestanden.

Sie war geblieben – und mit ihr die unzähligen Flaschenköpfe, die zwischen Unterwäsche und ein paar T-Shirts in den beiden Koffern steckten. Mehr hatte sie nicht.

Mehr brauchte sie auch nicht, da sie ohnehin meist halb nackt oder splitternackt im Haus umherlief.

Ach ja, damals war das an- und aufregend gewesen, aber wie sich das geändert hatte. Jetzt ging sie ihm nur noch auf die Nerven.

Ihr offen eine Trennung – vielleicht auf Zeit – vorschlagen?

Er fand, sie solle selbst draufkommen und die entsprechenden Konsequenzen ziehen. Sie leide unter einem latenten Flaschenkopfsyndrom und sollte sich behandeln lassen, hatte er ihr geraten, beim Streit wegen der zerbrochenen Figuren. Sich wegen zwei läppischer Köpfe so aufzupudeln, bei der Menge, die überall umherstanden.

Na, mehr hatte er nicht gebraucht, ihr das an den Kopf zu werfen. Sie war völlig ausgezuckt.

Was soll's. Wenn er schon beim Verändern war, dann konnte er gleich mit seiner Gesamtsituation aufräumen und sie von Grund auf neu definieren – sprich: totale Veränderung.

Unmerklich vermischte sich sein reales Leben mit dem seines Protagonisten. Mit dem kleinen Unterschied, dass in seinem Roman Frank derjenige sein sollte, der verlassen wurde.

Schriftstellerische Freiheit hat ihr Gutes, dachte er, was ihn einen verbitterten Lacher kostete, der von einem hämischen Grinser getoppt wurde, während er in die Tasten klopfte …

Frank saß auf der Mole seines Bootshauses und ließ die Beine ins Wasser baumeln. Gedankenverloren spielten seine Zehen mit der untergehenden Sonne, umkreisten die glühend rote Feuerscheibe, die sich im Wasser spiegelte.

Plötzlich hieb er mit einem Fußtritt in das feurige Abendleuchten, als wolle er mit der Sonne Fußball spielen. Das Wasser fügte sich, wirbelte auf und ein Wellenschlag vernichtete die Sonne. Einer berstenden Christbaumkugel gleich, zersplitterte sie … bevor sie hinterm Horizont versank.

Alles vernichten – das war der rechte Begriff für das, was er zurzeit empfand. Alles kaputt machen, was einen kaputtmacht. Was ihn an sie erinnerte, an gemeinsame Jahre, Monate, Wochen, Tage, Stunden, Minuten …

»Von mir aus SSSekunden«, murmelte Frank. Mehr lallend tropfte es aus seinen kraftlosen Lippen.

Verlassen. Verdammtes Nachdenken über ein gedachtes Wort. Er sträubte sich, es auch noch in den Mund zu nehmen.

Ja, sie hatte ihn verlassen! Oder hatte er sie verlassen?

Egal, er hatte sich darauf verlassen, dass es ewig und bis weit über den Tod hinaus halten würde, wie er diese Liebe spaßhalber zeitlich eingegrenzt hatte. Jetzt war dort, wo früher *mein Mädchen, meine Braut, meine Einzige,* in Seele, Herz und Hirn geritzt war, ein hässliches, schmerzendes Loch.

Frank bemühte sich dieses Loch mit Toskanawein zu füllen. Doch der Alkohol betäubte lediglich die Reizleitungen, die in die Denkzentrale führten, ansonsten schwappte er schwer im Magen und strapazierte die Leber. Manchmal brach das »unverdauliche Gefühl« eruptierend hervor … aber das kannte er.

Dann war da nur noch Leere in Magen und Hirn.

Ja, eine hartnäckige Leere, eine gemeine Leere!

Gemein wie Linda.

Linda hieß in Wirklichkeit natürlich nicht Linda und war in Franks Gedankenwelt der größte Arsch – nein, sie war die größte Ärschin aller Zeiten. Trotz schwerer Zunge legte er Wert auf eine geschlechtsspezifisch korrekte Bezeichnung für dieses Miststück in Gestalt seiner Frau.

Linda war ihm gerade so eingefallen. Er kannte niemanden mit diesem Namen, aber hin und wieder spielten seine Gedanken mit ihm Ping-Pong und schleuderten ihm irgendwelche Wörter nur so zum Spaß zu.

Von wegen *größter Arsch* – den hatte sie beileibe nicht, sondern einen äußerst manierlich knackigen. Doch wie schnell kann ein Körperteil zu einem Schimpfwort mutieren. Vor allem, wenn man sich so verhielt, und das hatte sie.

Linda war also der Grund, warum Frank literweise Chianti in sich hineinschüttete, während er einsam auf der Mole knotzte und über sein verpfuschtes Leben Tränen vergoss.

Apropos schütten – in den letzten Wochen hatte es tagelang extrem stark geregnet, Hochwasserwarnung inklusive. Der See hatte sichtbar an Wassertiefe zugelegt. Man konnte es an den Pfeilern der Mole erkennen, wenn man genau hinsah.

Doch in seinem Zustand sah Frank das nicht. Er registrierte auch nicht das knallgelbe Schlauchboot, das schlapp an der Mole befestigt hing und halb voll mit Wasser war.

Den Kristallkelch – er gehörte Linda – hatte er ein weiteres Mal mit dem italienischen dunkelroten Traubensaft gefüllt.

Trinken mit Stil, darauf bestand Frank. Das hatte ihn Linda gelehrt. Wenn schon saufen, dann mit Niveau und Stil. Ja, der sauteure Kelch aus Bleikristall besaß einen Stiel.

Stiel ist gleich Stil.

Die Bouteille stand geleert neben ihm auf der Mole.

Es war eine ihrer teuren Flaschen, die letzte. Zwei lagen schon im Bootshaus, genauer, sie rollten in der »Stefanie« – ganz wie der Wellenschlag es verlangte – von der linken zur rechten Bootswand. Wäre Frank nüchtern gewesen, er hätte das regelmäßige Anschlagen der Flaschen gehört.

In der »Stefanie«?

Ah ja, das Boot war auf Stefanie getauft. Es Linda zu nennen, war nicht ratsam, weil man ein Boot ja nicht umtaufen sollte. Es würde ein Unglück heraufbeschwören.

Als ob das nicht eh schon eingetroffen wäre!

Ach ja, Linda, du verdammtes Arschloch, du geiles!

Ha – das hatte was … einen kräftigen Schluck drauf!

Der Kelch knallte wieder auf die Mole und der Rest Wein darin schwappte über. Ein kurzes Aufstoßen unterstrich sein heftiges Absetzen.

Franks Gedanken wanderten in eine verklärte Vergangenheit, während sein getrübter Blick in das von der untergehenden Sonne rot glühende Wasser um seine Zehen gerichtet war.

Ein tiefer Seufzer begleitete die Hand, die den edlen Kelch erneut zum Mund führte. Er nahm einen ausgiebigen Schluck. Ein wenig davon rann seitlich die Mundwinkel hinab, weil die Menge der Mundhöhle schlichtweg zu viel war und die Lippen nicht mehr in der Lage waren zu gehorchen.

Frank stellte das Glas neben sich auf das Holz. Mit einer fahrigen Handbewegung wischte er sich das Kinn ab.

»So ein Arschloch … und ich Trottel hab mich total in die Beziehung … rrreingehängt.«

Ein Rülpser unterstrich seine Erkenntnis.

Frank hatte aufgehört zu hoffen. Die erste Flasche hatte er aus Wut getrunken. Die zweite, weil sie ihn ungemein beruhigt hatte, und die dritte – na ja, weil ihn eben nichts an Linda erinnern sollte.

Die Vergangenheit wegsaufen. Das war einfach, wenn es was zum Saufen gab. Nur, einen Menschen, den man einmal geliebt hat, kann man nicht einfach so runterschütten. Genauso gut hätte er seinen Schuldenberg, den er ihretwegen auf sich genommen hatte, wegtrinken können.

Doch Bankschulden waren hartnäckig wie ein Eiterwimmerl auf dem Rücken, das man allein nicht ausdrücken konnte.

Für Menschenrücken sollte es spezielle Kratzbäume geben, kam es Frank irrwitzig in den Sinn. In Parks und Banken.

Sogar dafür war Linda die Geeignete gewesen. Sie war die Einzige, die er an seine Hautirritation heranließ, wenn sich auf seinem Rücken ein kleiner Hügel gebildet hatte. Mit einem gekonnten Griff, mit beiden Zeigefingern oder Daumen, drückte sie den Talg aus der Erhebung.

Ach ja, Linda war eine Meisterin im Wimmerlausdrücken …

Frank kam zu der Erkenntnis, dass er sich die nächste Frau nach ihrem Wimmerlausdrücktalent aussuchen würde. Nur wie das anstellen? Sich beim ersten Date als Test gleich ein Wimmerl ausdrücken lassen? Das war nun doch zu intim.

Überhaupt – jetzt befand sich Frank im Verlassensschmerz und dieses Gefühl absoluter Hilflosigkeit war erst einmal durchzustehen.

Doch dieser Wimmerlgedanke, der hatte was. Er könnte eine Strategie entwickeln, um künftige Bewerberinnen bereits im Vorfeld auszusieben.

Dong-dong … dong-dong … dong-dong …

Von fern schlug die Turmuhr der Dorfkirche. Sieben Mal, er hatte mitgezählt.

Wäre er noch mit Linda beisammen, würde sie jeden Augenblick auftauchen, mit einer Tragtasche voll Obst und Gemüse, mit zwei Stangen Baguette, Mineralwasser und Wein …

»Frank?«

Wer rief nach ihm? Linda? Unmöglich!

Seit einer Woche hatte sie nicht mehr in seiner winzigen Küche gekocht, nicht an seinem Tisch gesessen, nicht mehr in seinem Bett geschlafen, daher auch nicht in seinen Armen gelegen.

Linda war zu einer ihrer vielen Freundinnen gereist, zu Kerstin, die es nach Stockholm verschlagen hatte. Kerstin wusste alles von ihr, daher auch alles über ihn.

Eigentlich hätte Frank genauso gut mit Kerstin zusammenziehen können, hätte er sie nur ausgehalten. Sie war, optisch gesehen, sein Traumtyp, was naturgemäß einmal so was wie eine heftige Affäre ergeben hatte. Franks Pech.

Hätte er Kerstin vor Linda kennengelernt – ob es auch zu einer Affäre mit Linda gekommen wäre?

Nicht über diese Variante nachdenken, sie war ohnehin nicht mehr von Bedeutung.

Seinen One-Night-Stand jedenfalls hätte Linda nie spitz bekommen. Doch Kerstin wollte sofort Lindas Platz einnehmen. Die beste Freundin seiner Freundin – keine gute Idee.

Da war Kerstin zur Verräterin geworden. Nicht, dass sie Linda ihren Fehltritt gebeichtet hätte, nein, er war als der Böse hingestellt worden. Linda glaubte natürlich Kerstin und nicht ihm. Ihre beste Freundin würde nie von sich aus etwas mit ihm anfangen. Frank habe damals beim Grillfest Kerstins Dusel schamlos ausgenützt und sie im WC so was von hergenommen, dass sich sogar die Nachbarn, die sich in ihrer Nachtruhe gestört fühlten, beschwert hätten …

Ach, Stefanie!

Sie Linda zu nennen, das war nicht originell. Frank und Linda, das flutschte wie ein billiger Filmtitel. Viel zu klischeehaft.

Frank und Stefanie, das rutschte nicht so geläufig über die Lippen, das eckte richtig und schmerzte …

»Wenn nichts mehr passt, schmerzt jeder Furz«, murmelte er, sich an seinen eigenen Frust erinnernd.

Abrupt hatte er aufgehört zu tippen. Arme, Hände und Finger ausstreckend, lehnte er sich zurück und schloss die Augen.

Sekundenlang verharrte er und hing seinen Gedanken nach.

Franks Bootshaus – sollte die Hütte an einem tourismusbekannten Wasser oder an einem gewöhnlichen Badesee stehen? Überhaupt, wohin sollte er Franks Geschichte verlagern? Neusiedler See oder Wörthersee?

Bekannte Seelandschaften zogen an ihm vorüber.

Wörthersee, entschied er. Die Umgebung gab mehr her.

Die Zigarette war zu Asche geworden. Er zündete sich eine neue an, saugte gierig daran und schrieb weiter …

»Hallo … ist da jemand?«

Diese Stimme! Irgendwas aus seiner Vergangenheit erinnerte ihn an eine gewisse Person, mit der er vor Jahren …

Klapp, klapp, klapp, klapp …

Wohlgeformte Beine, wie er sie sich an einer Frau sein Leben lang gewünscht hatte, schritten in Stöckelschuhen – hochkantig und spitz – die Mole entlang und blieben vor ihm stehen. Der Saum eines dunkelroten Kleides schmiegte sich um gebräunte Waden und flatterte sanft im lauen Abendwind.

Sein Kopf war zu schwer, um ihn zu heben. Auch weil die Sonne blendete und mit ihren letzten Strahlen dem kräuselnden Wasser eine herzzerreißende Schönheit verlieh. Eine unglaubliche Sehnsucht hatte ihm Tränen aus den Augen gedrückt, die sich den Weg über sein unrasiertes Gesicht suchten. Oder flossen die Tränen infolge seines angetrunkenen Zustands? Dieses salzig Flüssige wollte er, einer Seebestattung gleich, dem Wasser zu seinen nackten Füßen anvertrauen.

Warum störte ihn gerade jetzt jemand dabei?

Moment, dachte er, klickte auf die Anfangsseiten und las sich in das Geschriebene ein. Das war nicht möglich. Die Sonne war doch schon untergegangen. Also konnte sie Frank nicht mehr direkt blenden.

Er markierte mit dem Cursor den Satzteil: *Auch weil die Sonne blendete und mit ihren letzten Strahlen dem kräuselnden Wasser eine herzzerreißende Schönheit verlieh.* Und schrieb stattdessen: *Auch weil ihn die grelle Spiegelung eines letzten Sonnenstrahls in der Fensterreihe der Villa am anderen Seeufer blendete.*

»Da bist du ja!«, hörte Frank.

»Weeer lässt fragen?«, erwiderte er, die weinroten Stöckelschuhe anstarrend, ohne den Kopf zu heben.

»Na, dann schau mal.«

Diese Stimme! Frank hob mühsam den Kopf.

Sein Blick war trüb, das Gesicht ihm fremd.

Aber nein, das gab's nicht … doch ja, sie war es!

»Duuu?«, entfuhr es ihm.

»Ja, ich«, erwiderte sie, lächelte ihr typisches, ihm längst fremd gewordenenes Lächeln und ging vor ihm in die Hocke.

»Du siehst nicht gut aus, Kurt«, stellte sie fest. »Was ist passiert, dass du weinst?«

»Ich bin Frank, der Bruder. Kurt ist tot. Sein Grab ist … ist … noch offen. Ich muss es nur zuschütten. Hilfst du mir dabei?«

»Sei nicht so blöd, Kurt. Du hast keinen Bruder.«

»Doooch! Kurt ist tottt«, lallte er. »Ich bin, *hicks,* Frank. Ein sehr duuurstiger Frank nach … naaach …«, erwiderte er und hielt ihr den gläsernen Kelch hin, den sie entgegennahm und daran roch.

Sie schüttete den Rest Wein in den See.

»Du bist gemein, Rikki, *hicks,* das warst du schon immer. Deswegen hat's mit uns niiicht geklappt …«

»Halt die Klappe, Kurt! Okay, ich nenn dich Frank, wenn es dir hilft, was auch immer zu vergessen.«

Rikki streifte ihre Schuhe ab und setzte sich zu ihm auf die Mole.

»Wundert es dich nicht, dass ich so unvermutet bei dir auftauche?«

»Neinnn ... Bist eine Fata Morgaaana.«

Damit konnte er Recht haben. Rikki war immer plötzlich aufgetaucht und genauso abgetaucht.

»Hab mir dich herbeiiigewünscht, *hicks!*«, erwiderte Frank, ohne sie anzusehen.

»Da ... damit du munter wirst.«

Rikki klatschte auf seinen nackten Oberschenkel.

Augenblicklich zeichnete sich ihr Handabdruck rötlich ab.

»Auaahh ... du tust mir weeeh!«, jammerte Frank und massierte sich die Stelle.

»Na ja, tot bist du noch nicht, aber sturzbesoffen ...«

»Hallooo! Ich bin wieder da!«

Es riss ihn aus seiner Geschichte und er fuhr hoch.

Er hörte, wie die Tür ins Schloss fiel. Ein ungewöhnliches Geräusch. Es klang fremd, beinahe bedrohlich.

Zlack – eine Tür fällt zu und du kannst sie nie mehr öffnen! Das sollte er noch rasch notieren, es passte gut in die Story.

Für Frank sollte nicht nur eine Tür ins Schloss fallen, er sollte sich an ihr auch noch heftig den Kopf blutig schlagen.

Er verabscheute seinen Frank-Kurt und gerade deswegen mochte er ihn. Frank war sein perfektes Opfer, das genau in sein Konzept passte. So wie Linda-Stefanie.

Die beiden sollten in seinem Roman die Hölle durchmachen. Es gab noch eine Rechnung zu begleichen. Es auf diese Weise zu tun, war die treffendste Möglichkeit. Eine intellektuelle, eine literarische, eine künstlerische Rache.

Würde der Roman wider Erwarten ein Erfolg oder gar ein Bestseller werden, dann würde er sich zufrieden zurücklehnen können. Vielleicht einen weiteren schreiben?

Noch verbannte er solche Gedanken in die letzte Reihe seines Hirnkinos ...

Ihren Vorschlag hatte er sofort angenommen und sich von ihr hierher entführen lassen. Rein der Inspiration wegen.

Ein Wochenende in einer einsamen Berghütte in einer unbekannten Gegend mit einer begehrenswerten Frau – das versprach heiße Stunden und Stoff für seinen Roman.

Ja, ja, als Schriftsteller zu gelten, eröffnet einem unglaubliche Chancen, kam es ihm spontan.

Er wandte sich wieder seiner Story zu, starrte auf den Laptop und las halblaut den letzten Satz:

»Na ja, tot bist du noch nicht, aber sturzbesoffen ...«

Schon huschten seine Finger über die Tastatur und tippten:

»Wollen wir fffficken?«, fragte Frank mit glasigem Blick.

Na warte, dem geb ich's. Er grinste und schrieb weiter.

»Fick dich selbst, Kurt«, fuhr ihn Rikki an und stieß seine Hand weg, die er ihr zwischen die Schenkel schieben wollte.

«Sieh lieber zu, dass du schnellstens nüchtern wirst. Es gibt nämlich zwei Nachrichten. Eine schlechte und eine gute. Gut ist auch, dass du sitzt.«

»Die schlechte sssuerst«, bat Frank.

Er nahm den Kelch, um daraus zu trinken. Doch der war leer. In hohem Bogen warf er ihn ins Wasser. Leere Kelche gingen an ihm vorüber und sollten dort landen, wo er sie hinwarf.

»Das war ein Hundert-Euro-Kelch«, bemerkte Rikki.

»Leergut gehört entsorgt«, erwiderte er grimmig und warf die Weinflasche nach, da sie ausgetrunken war.

»Die schlechte sssuerst«, wiederholte Frank mit starrem Blick.

»Stefanie ist ermordet worden«, erwiderte sie leise, um die Wirkung auf Frank zu testen. Was wusste er?

»Waaas? … Er-mor-det? … Von wem denn?«

»Du wirst verdächtigt.«

»U-Und d-die g-gute?«, stammelte Frank, plötzlich nüchtern.

»Ich bin die Einzige, die dir helfen kann … und wenn du artig bist …«

Er las das Geschriebene, fügte noch: *hol ich dich aus dem Schlamassel raus!«* dazu und lehnte sich zurück.

In welches Schlamassel sollte er Frank eintauchen lassen?

Es boten sich unendlich viele Möglichkeiten.

Sein Blick fiel auf den Flaschenkopf, den er zur Inspiration mitgenommen hatte. Dann auf die Zigarette, die bereits, wie die von vorhin, zu Asche zerfallen war. Wenn er so weiterrauchte, war für ihn Rauchen direkt gesund. Da konnte er genauso gut aufhören, nahm er sich für die nächste halbe Stunde vor und erhob sich. Das Kreuz schmerzte ihn wie immer, wenn er länger vor dem Laptop saß.

Ich werde alt, dachte er und seufzte – alt und gebrechlich.

Er hatte das Geschriebene gesichert, den Computer ausgeschaltet und verließ die heimelige Dachkammer.

Ein Doppelbett, ein klobiger Kasten, ein Tisch sowie ein Sessel ließen ihm wenig Bewegungsfreiheit. Doch sein Freiraum spielte sich im Kopf ab und war unendlich ausweitbar.

»Ich komm schon!«, rief er und zog die Tür ins Schloss.

Er fixierte die steile Treppe. Mit Schwung – zwei Stufen auf einmal – polterte er die eng gewundene Holztreppe nach unten. Daheim wäre ihm das anstandslos gelungen, das Stiegenhaus war breit und übersichtlich.

Seine Beine verhaspelten sich, er stolperte und fiel der Länge nach vor ihre Füße. Ein Stich durchfuhr den linken Knöchel.

Himmel noch mal, musste das gerade jetzt passieren?

Sein altbekanntes Leiden. Als Junge hatte er sich bei einem Schiunfall den Fuß gebrochen und seither war es stets jener linke Knöchel, der sofort nachgab, wenn er ungeschickt einknickte. Hoffentlich war er nicht gebrochen.

Verdammte Scheiße, fluchte er innerlich. Als er sich aus der peinlichen Situation so elegant wie möglich erheben wollte, knickte er wie ein angeschossener Bulle ein.

»Hast du dich verletzt?«, fragte sie besorgt.

»Aber nein, nicht so schlimm. Ich hätte einfach besser aufpassen sollen«, erwiderte er mit schmerzverzerrter Miene.

Doch dann wurde es schlimmer. Glücklicherweise war der Knöchel nicht gebrochen, aber der Fuß schwoll an und die Schmerzen wurden unerträglich.

Was ihn besonders ärgerte – sein jugendlicher Elan, den er vor ihr gern versprühte, war mit einem Mal dahin. Mit dem verletzten Knöchel fühlte er sich wie ein Achtzigjähriger, wenn auch mit der Seele eines Vierzigjährigen, der aussah wie ein sportlicher Fünfzigjähriger.

Wie konnte er nur so ungeschickt sein, so leichtsinnig!

Ärgerlich!

Das amouröse Abenteuer mit dieser aufregenden Frau würde er sich abschminken müssen. Da mochte sie noch so verführerisch seine Sinne reizen und zu allem bereit sein – der verflixte Fuß hatte alles zunichte gemacht. Was er jetzt brauchte, waren eine schwellungshemmende Salbe, ein elastischer Druckverband und Tabletten gegen die pochenden Schmerzen.

Sie musste ins Tal hinunter, um aus der Apotheke die entsprechende Medizin zu besorgen. Er wollte unbedingt mitfahren. Allein fühlte er sich nicht wohl in der einsamen Berghütte.

»Nicht doch, bleib. Der Fuß muss ruhiggestellt werden. Jede unnötige Bewegung ist schlecht für den Knöchel. Ich habe Medizin studiert und weiß, was zu machen ist.«

Das wusste er auch. Nicht, dass sie Medizin studiert hatte, aber das mit dem Fuß-Ruhigstellen.

Schmerzverbissen ergab er sich seinem Schicksal.

»Leg dich inzwischen hierher, ich mach, so schnell ich kann.«

Sie stützte ihn, während er humpelnd die Couch ansteuerte. Schwerfällig ließ er sich nieder und stöhnte auf.

Mit einer zusammengelegten Decke bettete sie seinen Fuß in eine für ihn erträgliche Lage. Als Trostpflaster servierte sie ihm einen Schnaps, damit das Warten erträglicher wurde.

»Du Ärmster«, flötete sie und drückte ihm einen sanften Kuss auf die Lippen. »Wegen dieses verstauchten Knöchels lassen wir unser Wochenende doch nicht sausen, oder?«

»Dass grad mir das passiert! Ich könnt mich ohrfeigen!«

Das Stechen und Pochen im Knöchel meldete sich gnadenlos. Er schielte zur Schnapsflasche auf dem Tisch und bat:

»Würdest du mir noch einen …«

Sie reichte ihm Glas und Flasche.

»Soll ich dir den Laptop bringen? Schreiben lenkt auch ab.«

»Du bist so fürsorglich … Ja, bitte!«

Sie brachte ihm das Gewünschte, stützte mit einem Polster und einer weiteren Decke seinen Rücken, damit er so bequem wie möglich schreiben konnte. Dann verließ sie ihn.

Er hörte noch, wie sie mit seinem Wagen wegfuhr.

Absolute Stille hatte ihn jetzt voll im Griff. Kein Laut war zu hören. Beunruhigend … direkt unheimlich.

Da hörte er von fern elektronisches Dudeln. Sein Handy.

Zu blöd, er hatte es in der Dachkammer liegen lassen!

Fünf Klingeltöne zählte er, dann verstummte das Handy.

Eine unangenehme Erkenntnis schoss ihm durchs Hirn: Völlig abgeschieden lag er verletzt in einer einsamen Berghütte und niemand wusste, wo er war.

Urplötzlich verfiel er in eine panische Stimmung.

Sein Auto war weg. Wenn sie ihn jetzt einfach hier sitzen ließ?

Was wusste er überhaupt von ihr, außer das, was sie ihm erzählt hatte, bei den zwei Verabredungen?

Warum gleich den Teufel an die Wand malen, dachte er.

Nachdenken und Erinnerungen hervorkramen, befahl er sich. Schöne, wilde, groteske Erlebnisse! Mit Frauen hatte er doch so manch schräge Episode erlebt.

Stoff für seinen Roman – die Tastatur begann förmlich zu glühen, als sich seine Gedanken in Sätze verwandelten …

Jonathan Schwarz war knapp über sechzig und ein agiler Pensionist. Er war ein durchschnittlicher Typ, der nicht sonderlich auffiel. Mit eins achtzig hatte er für einen Mann eine normale Größe. Er besaß dunkles Haupthaar mit angegrauten Schläfen, was ihn seriös erscheinen ließ. Sein Gesicht war vielleicht eine Spur zu weich gezeichnet, was ihn aber sehr symphatisch machte.

Er war jener Typ Mann, für den eine Frau sich erst interessierte, wenn er eine Konversation begann. Seine Redegewandtheit, seine wortwitzigen Pointen und hintergründigen Formulierungen beeindruckten. Es waren nicht wenige Frauen, die er auf diese Weise für sich gewinnen konnte.

Sein Leben unterschied sich nach außen hin kaum von dem anderer Leute, wenn auch sein Lebensstil relativ kostspielig war. Doch er hatte genug gerackert und konnte ihn sich leisten.

Als erfolgreicher Außendienstmitarbeiter hatte er sich ein hübsches Sümmchen für einen geruhsamen Lebensabend in Wohlstand ansparen können.

Schwarz war nie ein Hasardeur gewesen, der spekulierte, um große Gewinne abzucashen. Die vergangene Börsenkrise hatte ihm gezeigt, dass er mit seiner konservativen Anlageform richtig gehandelt hatte. Sein finanzieller Polster war nicht in den Himmel gewachsen, weswegen er oft belächelt wurde.

Wenigstens hatte er nichts verloren wie so manche seiner Freunde und Bekannten, die sich von Spekulanten einlullen hatten lassen. Einige waren beinahe ihre gesamten Ersparnisse losgeworden. Jetzt schwiegen sie und gingen ihm aus dem Weg, weil sie sich genierten oder einfach nur neidig waren.

Nach dem Börsencrash hatte sich sein Freundeskreis stark reduziert. Auch damit konnte er leben.

Jonathan war einmal verheiratet gewesen. Doch die Exfrau war längst aus seinem Gedächtnis gestrichen. Die eheliche Tortur, die er mehrere Jahre lang durchgemacht hatte, hatte ihn viele Nerven und letztendlich eine Stange Geld gekostet – das Freikaufen nämlich. Seine ersten Ersparnisse waren damals draufgegangen. Kinder gab's zum Glück keine aus dieser Ehe, auch wenn er gern welche gehabt hätte. Doch nicht mit dieser Frau, was oftmals zu Meinungsverschiedenheiten geführt hatte.

Sie wollte nämlich unbedingt Kinder. Zwei, drei oder auch mehr. Warum, das hatte er bald spitzbekommen. Seiner Frau ging es beim Kinderwunsch primär um ihre Versorgung und finanzielle Absicherung.

Voller Tatendrang war Jonathan gewesen, hatte viel gearbeitet und etwas schaffen wollen. Sie weniger.

Kaum verheiratet, schmiss sie ihren Job als Dekorateurin in einem Möbelhaus hin und kümmerte sich ausschließlich um die

Gestaltung der gemeinsamen Wohnung. Er musste zusehen, wie diese mehr und mehr zum Kaffeehaus ihrer Freundinnen wurde. Seine Frau vertrödelte die meiste Zeit mit Quatschen, Kaffeetrinken und Kuchenessen. In der Küche stapelte sich Geschirr, die Wäsche blieb schmutzig oder hing tagelang im Badezimmer, und mit Zigarettenkippen gefüllte Aschenbecher standen herum. Gewiss, sie rauchten beide, das war dann auch schon die einzige Gemeinsamkeit.

Wenn er vom Job geschafft nachhause kam, saß oft noch eine ihrer Freundinnen in der Küche, die auch zum Abendessen blieb. Das war der ehelichen Harmonie abträglich und ein weiterer Grund für heftige Streitigkeiten. Infolgedessen konzentrierte er sich ausschließlich auf seine Karriere und sah sein trautes Heim mehr als Übernachtungsquartier.

Als Jonathan eines Nachts einen Lover seiner Frau aus dem Bett zerrte und aus der Wohnung jagte, war endgültig Schluss.

Sechs Jahre hatte seine chaotische Ehe gedauert, bevor sie vor dem Scheidungsrichter endete. Mit dreißig war er geschieden und pleite. Wenigstens hatte er einen gut bezahlten Job in einer Druckerei, in der er dank seiner Redegewandtheit auch als Betriebsrat für dreiundfünfzig Leute Vertrauensmann war.

»Der Löwe Jonathan« nannten sie ihn, frei nach dem Filmtitel »Die Möwe Jonathan«. Löwe insofern, weil er in manch heißen Debatten mit der Firmenleitung für seine Kollegen Rechte einfordern konnte. Die Arbeit bereitete ihm Freude, er war tüchtig und erfolgreich. So war es nur eine Frage der Zeit, bis er von einem Konkurrenten abgeworben wurde.

Im Lauf der Jahre hatte er es zu vier Firmenwechseln, zu einem Haus und zu einer stattlichen Pension gebracht. Neben diversen Affären war er hintereinander mit drei Frauen etwa je zehn Jahre lang zusammen gewesen.

In der dritten Beziehungsdekade steckte er zurzeit und diese zeigte Verschleißerscheinungen. Ein Wermutstropfen in seinem sonst angenehmen Pensionistendasein. Seine Lebensgefährtin – fünfzehn Jahre jünger – war ihm bei einem ehemaligen Kunden über den Weg gelaufen. Damals war sie eine adrette, zierliche Sekretärin gewesen, jetzt eine unzufriedene, zickige Kettenraucherin. Ob er nun für seine Restlebenszeit eine vierte Beziehungsphase eingehen wollte? Dieses Thema hatte ihm eine böse Sinnkrise beschert.

Einerseits war er es müde geworden, sich erneut auf die Suche begeben zu müssen. Andererseits fühlte er sich noch nicht so alt, um sich den Spaß am Leben nehmen zu lassen.

Er schätzte anregende Gespräche mit positiv denkenden Menschen, hatte kulturell wie gesellschaftlich viele Interessen und er liebte Frauen, die neben Attraktivität und gepflegtem Äüßerem auch Intelligenz und Wortwitz besaßen.

Aber sich wieder in eine neue Beziehung stürzen? Bis er die Richtige dafür gefunden hätte, das könnte dauern. Und wenn nicht – was dann?

Er war wählerisch geworden. Das Jagdrevier war in seinen Augen stark geschrumpft und nicht mehr so weitläufig wie in seiner besten Zeit.

Frustriert war er, weil er sich im Lauf seines Berufslebens oft hatte reinschleimen müssen. Als Kundenberater war er angehalten gewesen, immer mehr und mehr Aufträge an Land zu ziehen. Die Konkurrenz war groß und der Markt heiß umkämpft. In den Firmen, die er betreute, waren meist Frauen für die Geschäftsdrucksorten, Prospekte und Kataloge zuständig. Wenn er spürte, dass neben Qualität und Preis auch die menschliche Komponente stimmte, dann wurde mancher Auftrag in einem Singlebett einer dankbaren Liebeshungrigen oder – wenn es besonders diskret ablaufen musste – in einem Hotelbett unter Dach und Fach gebracht. Er verstand es zu reden und zu überzeugen, selbst zu fortgeschrittener Stunde. Nein, Kostverächter war er keiner und schon gar kein Spielverderber.

Ein geiler Keiler, witzelten die Kollegen und manche seiner Herzdamen. Darauf war er nicht immer stolz. Doch Aufträge mussten rangeschafft werden und auf ihn war Verlass.

Bei der letzten Firma hatte man ihm auch wieder den Betriebsrat umgehängt. Er akquirierte hauptsächlich vom Büro aus, die meisten Anfragen waren telefonisch oder per Mail zu erledigen gewesen. Großkunden besuchte er noch persönlich, allein schon, um aus dem Haus zu kommen.

Als er in Pension geschickt wurde, veränderte sich sein engagiertes Verhalten schlagartig. Von da an hatte er den Mumm, offen seine Meinung über dies und das zu vertreten.

Vieles störte ihn: die Oberflächlichkeit und Gleichgültigkeit der Menschen; das Auseinanderfallen der gesellschaftlichen Strukturen; die Verdummung und Verrohung der Jugend; die Medien, die alles nur noch nach Quote und Verkauf ausrichteten, weit entfernt von jeglicher Ethik; ebenso die einlullende Politik und ihre machthungrigen Macher. Selbst die täglichen Handgriffe, die er früher daheim gern gemacht hatte, gingen ihm schwer von der Hand. Vor allem aber seine Lebenspartnerin war es, die ihn mehr und mehr nervte.

Er war jetzt seit zwei Jahren daheim. Ohnehin kein Leichtes, damit klarzukommen. Er hatte auch seine Anlaufzeit gebraucht.

Wie hatte sie darauf reagiert? Sie war zickig und bissig geworden, mäkelte wegen Kleinigkeiten an ihm herum. Erst recht diese endlosen Diskussionen mit ihr, die sich immer öfter zu einem Streitgespräch aufschaukelten. Zum Kotzen!

Was war der Grund? Eifersüchtig war sie auf ihn, auf seine neu gewonnene Freiheit!

Daher vermieste sie ihm seinen wohlverdienten Ruhestand.

Weil er es sich leisten konnte, nach Belieben länger im Bett liegen zu bleiben. Einfach mal einen Tag lang durch die Gegend zu bummeln oder mit ehemaligen Kollegen einen draufzumachen, was ohnehin nicht sehr oft vorkam.

Ihre Vorhaltungen gingen ihm mächtig auf den Geist.

Er war missmutig und grantig geworden und suchte nach einem seelischen Ausgleich.

Da hatte er seine Lust am Schreiben entdeckt. Sich seinen Frust von der Seele zu schreiben, tat ihm unendlich gut.

Schriftsteller sind Leidgeprüfte, die aber dank ihrer Fantasie in anderen Welten untertauchen können.

Ein Leidgeprüfter war er, Schriftsteller wollte er werden. Aber einfach untertauchen? Eine überlegenswerte Option.

Jedenfalls hatte er Talent fürs Literarische, auch im Vortragen seiner Werke. Aber ob es ihm gelingen würde, jemanden mit einem Roman zu fesseln? Er konnte Menschen förmlich aus der Seele lesen und besaß die Gabe, innerhalb kürzester Zeit intimste Geheimnisse erzählt zu bekommen. Schicksale wurden vor ihm offenherzig aufgebreitet. Geschichten, die das Leben schrieb.

Er brauchte sie nur vermischen und einen Schuss Fantasie hinzufügen – der Stoff, aus dem Romane entstanden.

Er war der Meinung, dass jeder Mensch ein Buch schreiben sollte. Das Buch seines Lebens …

Einem ehemaligen Kunden, einem Verlagsleiter und langjährigem Freund, hatte er vergangenen Monat von seinem Projekt erzählt und ihn erste Manuskriptseiten lesen lassen. Dieser war von Jonathans Ironie, Fantasie und von seinem Schreibstil sehr angetan und hatte ihn ermuntert, weiterzumachen. Der Verlagsmann konnte sich vorstellen, den Roman zu veröffentlichen.

Versprechen wollte er es nicht – so fair war er –, erst sollte Jonathan sein Werk zu Ende schreiben.

Der Titel des Romans klang originell und doppelsinnig:

»Flaschenköpfe« von Jonathan Schwarz.

Pate dafür standen die Keramikfiguren seiner Lebensgefährtin, die ihm – sie mit einbezogen – seit zwei Jahren kräftig auf den Nerv gingen. Ebenso jene Quälgeister, die ihm zeit seines Lebens in die Quere gekommen waren, beruflich wie privat.

Der Roman sollte eine gnadenlose Analyse, eine beinharte Abrechnung auch mit sich selbst sein.

Sein Protagonist Frank Leschak – einer der Flaschenköpfe – würde all das durchmachen müssen, was auch ihm widerfahren war. Und damit der Roman die nötige Würze bekam, durften kleine, hundsgemeine Verbrechen nicht fehlen. Auf die fiesesten Ideen kam er während des Schreibens und war baff, wie schnell er literarisch zum »Mörder« werden konnte.

Nie im Leben wäre Jonathan im Stande, ein solches Verbrechen wirklich zu begehen. Nicht einmal Fliegen hatten sich vor ihm zu fürchten. Dafür sprachen einerseits seine hohe moralische Einstellung sowie die Achtung vor von Gott geschaffenen Lebewesen, andererseits sein Drang nach Freiheit und Unabhängigkeit. Nichts wäre für ihn schrecklicher, als hinter Gitter sitzen zu müssen.

Aber sich im Sinne seines Romans von kriminellen Gedanken verführen zu lassen, das hatte schon was.

Wie es wohl in Gehirnen professioneller Krimischreiber aussah, deren Gedanken um Mörder und sonstiges Verbrecherpack kreisten, die sich ausdachten, auf welche Weise das oder die Opfer ins Jenseits befördert werden sollten?

Je fieser, desto genialer – echt kriminell!

So sehr der Mensch das Böse fürchtet, so sehr fasziniert ihn das Mörderische. Und weil's die Pipihaut hochkommen lässt und man sich so herrlich fürchten kann, verkaufen sich Krimis hervorragend.

In Jonathan reifte mehr und mehr der Gedanke: »Flaschenköpfe« würde ein knallharter Krimi werden. Sein Mörder stand fest. Nur die Liste der Opfer wurde länger und länger ...

Anstatt wie bisher den Tag zu vertrödeln und in Kaffeehäusern herumzusitzen, hatte Jonathan das Schreibfieber gepackt. Er hatte das Gästezimmer ausgeräumt, einen Schreibtisch und Regale hineingestellt, diese mit Büchern gefüllt, um – wichtig für einen angehenden Schriftsteller – Lesestoff vor Augen zu haben. Seine Lebensgefährtin hatte seinen Sinneswandel mit Argusaugen verfolgt und schnippisch abgeurteilt:

»Da sehe ich schwarz, Jonathan Schwarz.«

Jonathan nannte sie ihn immer dann, wenn Jonny ihr auf die Nerven ging oder sie ihn runtermachen wollte.

Sie zweifelte an seinem Durchhaltevermögen. Mochte sein.

Er wollte es jedenfalls genau wissen – Probieren geht nun mal über Studieren – und verkroch sich in seinem neu geschaffenen Schreibzimmer.

Wenn das Schild *Bitte nicht stören,* das er irgendwann aus einem Hotel mitgenommen hatte, am Türgriff hing, hatte sie zu wissen: Er schrieb.

Praktisch – wenn sie lästig wurde, setzte er sich hinter den Computer und hatte sie für ein paar Stunden von der Backe.

Kürzlich, bevor er sich in sein Zimmer verkroch, hatte er sie informiert, dass er Luftveränderung, Zeit zum Nachdenken, etwas Abstand brauche. Da es für seinen Roman auch manches zu recherchieren gab, würde er übers Wochenende zu seiner Stiefschwester nach Velden fahren.

Da war sie in sein Schreibzimmer gestürmt, hatte ihm den zerrissenen Türanhänger um die Ohren geworfen und ihn angebrüllt, ob sie denn nur noch ein Inventarstück in seinem Haus sei? Er sei ohnehin so gut wie nicht mehr anwesend. Sein fadenscheiniges Romanprojekt sei doch nur eine weitere Ausrede, um sich ihr und ihren Bedürfnissen zu entziehen. Sie habe den ganzen Tag nur Stress und Ärger in der Arbeit. Diesen Frust müsse auch sie wo abladen können.

Da musste er ihr entgegenhalten, dass er selbst Stress und Ärger ausgesetzt gewesen war – und das vierzig Jahre lang. Gerade deswegen sei ihm die Schreiberei so wichtig geworden. Weil er genau jene verlogenen Strukturen, denen doch alle blindlings vertrauten, jene verkorksten Ideologien und Austricksermethoden, die selbst sie vertrat und gleichzeitig darunter litt, aufs Korn nehmen wollte.

»Warum nennst du den Roman dann ausgerechnet *Flaschenköpfe?*«, hatte sie ihn angefahren, als sie den Titel, den er ihr bisher verschwiegen hatte, auf seinem Monitor las.

»Weil wir diese Flaschenköpfe sind«, hatte er seine Idee verteidigt, »die sich ein Leben lang allen möglichen wie unmöglichen Zwängen aussetzen. Schon mit der Muttermilch wird uns ab dem ersten Atemzug eingeflößt, wie wir zu funktionieren haben und bis zum letzten Atemzug heißt es: Anpassung und Unterordnung; kuschen und bücken; lieb und nett sein; nach unten treten und nach oben schleimen.«

Er wollte in seinem Werk dieser verlogenen Gesellschaft und der Doppelmoral Paroli bieten und literarisch in den Arsch treten. Sein Roman sollte ein politisch inkorrekter, bissiger Krimi werden. Die Leser sollten nach den ersten Seiten ihre Schadenfreude an Flaschenköpfen wie Frank Leschak genießen. Das Lachen würde ihnen im Hals stecken bleiben, wenn sie draufkamen, dass es genau ihr Leben war, das beschrieben wurde.

»Was weißt du schon, wie's heute im Business zugeht«, hatte sie müde geantwortet, den Kopf geschüttelt und war zu Bett gegangen.

Ich weiß sehr wohl, wie's heute zugeht, war es ihm verbittert hochgekommen.

Er wusste nun, was zu tun war …

– – –

Ursprünglich kam sie aus der Slowakei, aus einem kleinen Dorf in der Nähe von Bratislava, sprach jedoch ein einwandfreies Deutsch.

Sie war zur Zeit des Eisernen Vorhangs und Kalten Kriegs in einer jener bevorteilten Familien aufgewachsen, deren Kinder die besten Schulen des Ostens besuchen durften.

Ihre Eltern waren Parteibonzen auf höherer Ebene, die sich manches richten konnten. Sie durfte, wenn auch nicht im Westen, immerhin in der DDR studieren. Ursprünglich wollte sie Ärztin werden. Doch durch private Turbulenzen brach sie ihr Studium schließlich ab. Es verschlug sie in ein völlig anderes Metier. Das war kurz nach dem Mauerfall gewesen, damals lebte sie in Dresden.

Es war die Zeit, in der Firmen und Betriebe aus den neuen Bundesländern billigst verscherbelt wurden. Der ehemalige Osten war systematisch kaputtgewirtschaftet worden. In den Herzen der meisten Werktätigen des ehemaligen Arbeiter- und Bauernstaates steckte eine unglaubliche Wut auf das verhasste DDR-Regime, das ein Leben nur mit Freilauf innerhalb von

Mauern und Stacheldraht erlaubte. Für die damals Fünfzigjährigen war der Zug abgefahren, denn für die Arbeitsmarktbedingungen nach westlichem Muster waren sie zu alt und zu wenig ausgebildet.

Echte Chancen boten sich nur jungen, flexiblen Leuten. Wer es verstand, vom politischen Umbruch zu profitieren, der angelte sich einen Investor aus dem Westen.

Kaputtes Land war für wenig Geld zu haben.

Ihr kluges Köpfchen hatte blitzschnell reagiert. Sie geriet an einen Frankfurter Makler, bei dem sie lernte, spekulative Objekte wie Bauland, Immobilien und Betriebe billigst zu erwerben und wieder lukrativ zu verkaufen.

Er hatte Geld bis zum Abwinken, und sie kannte den Osten wie den Inhalt ihres hautengen Slips.

Gemeinsam eröffneten sie eine Filiale in Dresden.

Sie, Anfang zwanzig, ein sprühender Unternehmergeist mit Risikobereitschaft. Im Hintergrund er, der Fünfzigjährige, ein alter Hase in der Branche sowie Lover und Geldgeber.

Dass eine solche Konstellation nur eine gewisse Zeit halten würde, war vorauszusehen. Grund war weniger die Altersdifferenz, vielmehr waren es politisch unterschiedliche Ansichten, die seit jeher in seinem Kopf einzementiert spukten. Solang die Mauer gestanden hatte, war für ihn die Welt in Ordnung gewesen. Als sie verschwunden war, hatte es ihn nur interessiert, mit den naiven Ossis richtig Kohle zu machen, sie nötigenfalls kräftig über den Tisch zu ziehen. Sein wahres Gesicht erkannte sie, als er sich sicher wähnte, sie voll in der Hand zu haben. Sie hatte zu funktionieren und einen guten Job zu machen. Dafür hatte er Geld investiert, dafür erwartete er Dankbarkeit und volle Hingabe. Wenn es ihr nicht passte – sie konnte sich ja freikaufen.

Da drehte sie den Spieß um. Eine Vergewaltigung vor angeblichen Zeugen wirkte. Zwar nicht die feine Art, aber es war ihre einzige Chance, aus den Fängen dieses Monsters freizukommen. So vielversprechend alles begonnen hatte, so abrupt war's dann vorbei mit der Maklerschiene Frankfurt – Dresden.

Immerhin hatte sie sich inzwischen etablieren können und so gab es nur noch Dresden als Standort.

Dann kam der Tag, an dem sie ihr Leben, ihr Weltbild, überhaupt alles infrage stellen musste. Das Schicksal hatte zugeschlagen – doch wie brutal! An dieser furchtbaren Gewissheit knabberte sie noch immer. Und nicht nur sie ...

– – –

Das erste Mal hatte er sie im Café Schwarzenberg gesehen.

Sie war mit dem Rücken zu ihm gesessen, hatte ihn aber beobachten können, weil ihr Tisch vor einer Spiegelwand stand.

Er hatte sie lediglich registriert, wie man Gäste wahrnimmt, wenn sie im Blickfeld saßen. Der Artikel in einem Magazin – er wusste es noch genau, es war ein Bericht über Altersarmut aufgrund des kippenden Verhältnisses zwischen Rentnern und aktiven Beitragsleistenden gewesen – hatte ihn so beschäftigt, dass er nicht bemerkte, wie er mit dem Hemdsärmel ins Schlagobers des Tortenstücks tauchte und den Schaum über den Tisch verteilte.

Erst als sie ihm zulächelte und mit Handzeichen auf das Missgeschick hinwies, war er auf sie aufmerksam geworden.

Ein Wort ergab das andere und der Verlauf des Kennenlernens hatte Jonathan an seine Zeit als Kundenberater erinnert.

Beider Wortwitz sowie sprachliche Gewandtheit hatte ein

verbalerotisches Spannungsfeld aufgebaut. Aus dem Hemdsärmellapsus wurde eine vergnügliche Plauderstunde.

Beim Auseinandergehen wurden die Telefonnummern ausgetauscht und man versprach, sich alsbald zu treffen.

Er hatte nach vier Tagen angerufen und sie trafen einander wieder im Café Schwarzenberg. Beim anschließenden Spaziergang im Stadtpark erfuhr er, dass sie als selbstständige Maklerin in der Immobilienbranche tätig und »um die vierzig« war.

Ihr kastanienbraunes, halblanges Haar passte zu ihrem Typ. Figurmäßig war sie etwas kräftiger als seine Lebensgefährtin, auch etwas größer. Optisch nicht ganz seine Kragenweite, hatte er damals gedacht. Aber sie hatte das gewisse Etwas.

Sie war solo. Männer sollte man genießen und wieder laufen lassen – ihr Credo. Eine sehr kluge Frau – seine Meinung …

Draußen dämmerte es bereits, als sie ihn weckte.

Die paar Schnäpse gegen die Schmerzen hatten ihre Wirkung gezeigt.

»Wo warst du so lang?«, fragte er benommen und richtete sich mühsam auf.

Der Fuß meldete sich stechend. Er zuckte zusammen.

»Ich musste erst eine Apotheke suchen, die Nachtdienst hat. Auf dem Land ist das nicht so einfach wie in der Stadt. Aber ich habe alles bekommen.«

»Mein Handy, ich habe es in der Kammer oben vergessen. Würdest du es mir bitte bringen? Ich wurde angerufen.«

»Später. Lass dir doch Zeit. Zuerst muss dein Fuß behandelt werden, der ist jetzt wichtiger. Anschließend werde ich uns was zum Essen zubereiten …«

Er beobachtete sie, wie sie in der kleinen Küchenzeile hantierte. Wie sie Wasser ins Spülbecken laufen ließ, ein Glas aus dem Küchenschrank holte, es unter den Wasserstrahl hielt und wartete, bis es sich gefüllt hatte.

Etwas an ihr ist anders, dachte er ... Blödsinn, der Schnaps hatte ihn ganz duselig gemacht. Gleich vier Schnäpse hintereinander in sich hineinschütten, zsa-zsa ... er lächelte.

Sie drehte das Wasser ab und ging mit dem Glas auf ihn zu.

»Aus unserem Liebeswochenende ist nun leider ein Krankenaufenthalt geworden. Doch so lang nicht dein bestes Stück verstaucht ist, darf ich ja noch hoffen.«

Sie lächelte vielsagend, während sie ihm das Glas und eine Tablette reichte. Er legte sie auf die Zunge und spülte sie mit einem großen Schluck Wasser hinunter.

»Wenn du es verstehst, mich entsprechend zu behandeln, lege ich gern meine besten Stücke in deine Hände. Zuallererst den Fuß natürlich«, erwiderte er und grinste.

Diese Frau hat Humor, es ist noch alles möglich ...

Es lag sich gut auf der Couch im verträumten Blockhäuschen oberhalb der Nebelgrenze irgendwo im Ötschergebiet.

Ihm war nicht wichtig gewesen, wo die Hütte stand.

Ausschlaggebend war einzig, mit ihr ein heißes Wochenende zu verbringen, seinem erschlaffenden Körper einen Kick zu verpassen und seine frustrierte Grundstimmung endlich zu vertreiben.

Viele Jahre hatte er außer seiner Lebensgefährtin keine andere Frau in den Armen gehalten. Damit war er einverstanden gewesen. Doch seit im heimischen Bett nichts mehr lief, hatte sich sein Jagdtrieb wieder gemeldet.

Eine Seniorenrunde hatte ihm kürzlich bewiesen, dass sein Leben ein genussvolles sein konnte. Total baff war er gewesen – und das zu seiner Schande –, weil er geglaubt hatte, Frauen seines Alters hätten dieses Thema längst abgeschlossen gehabt. Ihre lockeren Ansichten über Sex und Männer hatte er als Verhöhnung, als eine Art Abreagieren empfunden.

Was aber wusste er schon von diesen Leuten, den Frauen speziell? Was hatten sie erleben und durchmachen müssen, dass sie alle geschieden waren? Warum hatten sie ihre Partner in den Wind geschossen oder waren von ihnen verlassen worden?

Er war doch genauso einer, den das Schicksal gebeutelt hatte. Der seine biologische Uhr umso lauter ticken hörte, je älter er wurde. Der noch richtig Spaß im Leben haben wollte, solang er noch halbwegs krabbeln konnte. Jetzt, wo niemand mehr über ihn und seine Lebenszeit bestimmen konnte.

Ja, worauf denn warten?

Bald hatte er auch mitbekommen, dass er in dieser Runde gut ankam und dass manch eine sich mehr mit ihm vorstellen konnte. Das hatte ihn anfangs irritiert und er war solchen Avancen diskret aus dem Weg gegangen.

Oberflächlich Spaß haben, ja, so dachte er, aber sich auf keinen Fall auf eine Beziehung einlassen.

Nach seiner gescheiterten Ehe hatte er doch stets danach getrachtet, nicht zu viel Nähe zuzulassen.

Auch der größere Altersunterschied zwischen ihm und seiner jeweiligen Partnerin gab ihm eine gewisse Überlegenheit. Da fühlte er sich sicherer, weil er mehr Lebenserfahrung besaß. Seine bisherigen Langzeitbeziehungen liefen genau nach diesem Schema ab.

Die zwei der Seniorenrunde hatten ihm gezeigt, dass Spaß das eine war und Gefühle das andere. Das hatte ihn zutiefst berührt. Weil sie von ihm bloß eins erhofften – die Seele zu streicheln und ehrlich zu seinen Gefühlen zu stehen.

So viel Sich-in-sich-Finden widerfuhr ihm, so viel Sehnsucht nach Nähe erlebte er dabei, samt der Erkenntnis, dass das Alter völlig unwichtig war. Diese zwei Frauen hatten ihm gezeigt, wie wichtig es sei, sein Herz schnellstens an den rechten Fleck zu rücken, bevor es zu spät wäre.

Schuftig war er sich vorgekommen, mit seiner archaischen Manneslust, seinem Verlangen nach sexueller Abwechslung, um seinen Frustzustand zu ertragen.

Doch so hatte er immer gehandelt, wenn sich ein gewisser Pegel Unzufriedenheit in seine Seele schlich. Er gab die Schuld zwar nicht anderen, schob sie aber auf das Verlangen, seine Lebenssituation von Grund auf zu hinterfragen, die dann sein Tun und Handeln bestimmte. Mit allen Konsequenzen …

Und jetzt war ihm diese Frau »passiert«.

Sie würde ihn inspirieren, seine Gefühlswelt erneut zum Brodeln bringen, ihn zu Höchstleistungen anspornen, das hatte er vom ersten Augenblick an gespürt.

Intuitiv.

Seine Einstellung in sexueller Hinsicht war noch freizügiger geworden. Ein wenig war sie es ja schon immer gewesen.

Von falscher Moral hatte er ohnehin nie viel gehalten.

Bloß, um nach außen hin der Familie keine Schande zu bereiten, mit einem Partner, der – aus welchen Gründen auch immer – nicht mehr zu einem passte, zusammenzuleben?

Niemals.

Lebenserfahrung hatte ihn zum Lehrmeister seiner selbst gemacht. Treu war er seinen Grundsätzen. Wenn diese in einer Beziehung erfüllt wurden, war er der treueste Mensch.

Treue ohne Reue? Bisher ja.

Doch jetzt?

Worauf sollte er noch hoffen, noch warten? Er spürte, wie die Sonne der Freuden unterging. Am Ende des Tages hieß bei ihm schon lang: am Ende der Liebe. Zehn Jahre waren um, die nächste Dekade stand an. Ob das Morgen, die Zukunft nochmals sonnig werden würde? Das musste sie, egal, wie!

In seinem Alter gab's nicht mehr viele Optionen ...

Doch nun diese blöde Verletzung!

Sie hatte ihn total aus dem Konzept gebracht und kam ihm wie eine ausgefasste Strafe für das geplante Liebeswochenende vor, die er hier und jetzt abzusitzen hatte.

Während sie seinen Knöchel versorgte, gestand er ihr, dass er die gemeinsame Affäre literarisch verarbeiten würde.

»Da bin ich aber gespannt, wie du mich und meine speziellen Vorlieben beschreiben wirst. Wenn ich mir vorstelle, dass ich zur Romanfigur werde, in den Köpfen tausender Leser lebe – was für ein elektrisierender Gedanke.«

Sie dachte kurz nach, dann fragte sie ihn:

»Kennst du von Gutiérrez die *Schmutzige Havanna Trilogie?*«

»Noch nie gehört.«

»Pedro Juan Gutiérrez? Der kubanische Schriftsteller?«

»Muss ich passen, nein.«

»Den Roman lese ich zurzeit. Unglaublich berührend, geht mir richtig unter die Haut. Ich habe ein weiteres Buch von ihm mit dabei: *Der König von Havanna*. Du kannst es lesen.«

»Wie soll sich das ausgehen? Lesen, schreiben und wir?«

»Lieben, lesen, schlafen – das geht. Schreiben kannst du ein andermal.«

»Du machst mich neugierig.«

»Gutiérrez beschreibt schonungslos die Zustände auf der Zuckerrohrinsel und sehr berührend die kubanische Seele. Ich hab einige Zeit in Havanna verbracht. Für mich aus dem ehemaligen Osten war es möglich, mehrere Sommer dort zu leben. Trotz aller Entbehrungen und politischer Repressalien, denen die Menschen durch Castros Regime ausgesetzt sind, haben die Kubaner einen unglaublichen Lebenswillen. Im Grunde sind sie fröhlicher und zufriedener als wir, die wir in Wohlstand und Überfluss leben … Wenn es dich interessiert, werde ich dir mehr darüber erzählen. Ich habe da eine Idee, aber davon später.«

»Du machst mich neugierig«, wiederholte er.

»Das sollst du auch sein. Aber, wie gesagt, später.«

Sie lächelte geheimnisvoll und fuhr fort:

»Wenn dein Roman ein Bestseller wird, werde ich dich auf deinen Lesereisen begleiten.«

Nun, so weit wollte er nicht gleich denken.

Sie sah seine besorgte Miene und lachte:

»Haha, das war nur ein Scherz! Ich bin keine, die klammert. Du sollst deinen Genuss ausleben, deinen Spaß daran haben, so wie ich ja auch. Wir sind niemandem Rechenschaft schuldig. Du vielleicht, schließlich bist du liiert.« Sie grinste schelmisch. »Ich hab kein Problem damit. Das musst du mit dir selbst ausmachen, wirst wohl deine Gründe haben.«

Sie sah ihn kurz an und lächelte, während sie eine kalte Kompresse auf seinen verletzten Knöchel drückte und mit einer elastischen Fasche umwickelte. Ernst sprach sie weiter:

»Ich denke, fühle, lebe kubanisch. Das habe ich dort gelernt. Was ich will, bekomme ich … Und ich will dich spüren, mich in dir verlieren, deine Seele berühren und dich mit meiner Lust verrückt machen. In deinen Augen lese ich …«

Sie schwieg unmittelbar und sah ihn durchdringend an. Ihre Lippen waren leicht geöffnet, was ihn erröten ließ.

Sein Herzschlag wurde heftiger, pochte in den Schläfen.

Diese Frau konnte einem direkt unheimlich werden, so selbstverständlich, wie sie das Thema ansprach.

Das war ihm um eine Nuance zu scharf. Eigentlich hatte er sich in der Rolle des Verführers gesehen. Verdammt, ich werde alt, kam es ihm. Er fühlte sich überfordert. Daheim nur Frust, die Seniorenrunde-Damen als Ausgleich und jetzt …

»Habe ich dich verschreckt? Das wollte ich nicht. Ich habe kein Problem damit, die schönen Dinge des Lebens mit einem Mann zu erleben, den ich begehre … mit einem Literaten!«

Er und Literat, was für eine Schmeichelei!

Solch eine Hommage war ihm auch noch nie widerfahren. Bloß, weil er ihr ein wenig aus seinem Roman vorgelesen und ihr ein paar Seiten von weiteren Projekten auf dem Laptop gezeigt hatte.

Sie besah ihre Verbandskünste. Zufrieden mit dem Ergebnis küsste sie ihn flüchtig, biss ihn ins Ohrläppchen und fragte:

»Einen Aperitif? Ein Glas Prosecco? Campari Soda, Orange?«

»Prosecco«, bat er und lächelte sie dankbar an.

»Für die nächste halbe Stunde bitte ich dich, mich zu entschuldigen. Dafür gibt's ein wunderbares Abendessen, lass dich überraschen.«

Sie stand auf, kam mit einer Flasche und zwei Gläsern an sein provisorisches Krankenbett und kniete vor ihm nieder.

»Machst du's?«, bat sie ihn und reichte ihm die Flasche.

Er öffnete sie behutsam und ließ den Korken in einem schrägen Winkel durch den Raum fliegen. Der Schaum ergoss sich über seine Hand. Blitzschnell schob sie ein Glas darunter. Er schenkte ein und füllte auch das zweite.

Sie stießen an – der glasklare Klang ließ ihre Augen blinzeln.

»Auf uns … was immer daraus wird«, flüsterte sie und legte ihre Hand auf seinen Schenkel.

Er sagte nichts, nickte ihr nur zu und kam ins Sinnieren.

Wäre das mit dem Fuß nicht gewesen, hätte er sie spätestens jetzt aus ihren Kleidern geschält und ins Bett getragen. Doch nun musste er ihr die Regie für diesen Abend überlassen.

Nur nicht in Mitleid verfallen, das widerstrebte ihm.

»Kann ich dir wirklich bei nichts helfen? Ich setz mich zu dir an die Theke und schau dir beim Kochen zu.«

»Nein, lass nur! Ich hab's gern, wenn ich ungestört werken kann. Schreib du nur deine Eindrücke auf … Es ist ja wirklich amüsant, wie sich unser amouröses Abenteuer entwickelt. Das hat doch literarisch eine gewisse Würze, findest du nicht auch?«

Sie lachte und er fiel in ihr Lachen mit ein.

Sie legte alles zurecht, damit er, halb liegend, halb sitzend – den verletzten Fuß hochgelagert – auf seinem Laptop arbeiten konnte. Für Zigaretten und Aschenbecher schob sie ein Beistelltischchen an seine Seite, füllte sein Glas nach und stellte die Flasche in Reichweite auf das niedrige Tischchen aus massivem Zirbenholz.

»Musik brauche ich allerdings«, sagte sie, suchte aus einem kleinen Stapel CDs eine aus und legte sie in den Player, der auf einer Anrichte stand.

Dieses Ritual schien der Raum schon mehrmals mitbekommen zu haben, dachte er, und es störte ihn.

Plötzliche Eifersucht kam in ihm auf.

Auf meine alten Tage auch noch eifersüchtig sein?

Zu klassischen Klängen – er kannte die Melodie, aber weder Titel noch Komponist – begann sie in der Küche zu hantieren, bewegte sich tänzelnd auf erotische Art und sang mit, was seine Eifersucht noch mehr schürte.

Er dachte sich unbekannte Liebhaber in die gemütliche Stube.

Wie viele waren es wohl schon gewesen, die sie bekocht

hatte? Mit denen sie es gleich hier auf dem Teppich oder auf der Couch getrieben hatte, weil sie es nicht mehr ausgehalten hatten, ihr beim Kochen zuzusehen?

Irritiert von seinen Gedankengängen und ihrer aufreizenden Inszenierung, versuchte er, seine unmittelbaren Gefühle und Stimmungen zu formulieren und einzutippen. Im Blickwinkel sah er, wie sie ihn beim Schreiben beobachtete.

Die Brille, die er beim Arbeiten am Computer benötigte, störte ungemein, wenn er über das Glas sah. Sie verzerrte sein Blickfeld – jetzt auch seine singende und tanzende Affäre in der Küche.

Ein neuer Titel erklang. Maurice Ravels Bolero …

Eine Hitzewelle strömte über ihn hinweg, als ein Holzscheit im offenen Kamin knisternd aufloderte, vor dem er auf der weichen Matte nackt lag – völlig eins mit sich.

Lediglich der linke Knöchel war dick eingebunden.

Wohlig fuhr ihm ein leiser Schauer über den Rücken, obwohl es sehr warm in der Stube war. Sie kniete neben ihm und ließ eine spezielle Ölmischung auf seinen Rücken fließen, einem warmen Rinnsal gleich.

Nach jedem Buchstaben, den sie mit dem Öl auf seinen Rücken schrieb, hielt sie inne und ließ ihn raten. Es war ihm unmöglich, das Wort zu entziffern. Sie lachte leise und begann die Mischung sanft einzumassieren.

Schultern, Rücken, Lende, Pohälften …

Sie berührte mit den Fingern leicht die Innenseiten seiner Oberschenkel und deutete ihm, sie zu spreizen. Er folgte ihrer Anweisung.

»Schließ die Augen«, flüsterte sie, »und versetz dich an den schönsten Platz der Welt.«

Er hatte die längste Zeit die Augen geschlossen und war schon angelangt. Dort, wo ihre Hände ihn jetzt streichelten …

Das Essen, eine gegrillte Fischkreation, war hervorragend gewesen, würzig und mediterran. Der leichte Tischwein hatte das Mahl abgerundet und erst recht Appetit auf das Nachher gemacht. Kerzenlicht, in der gemütlichen Stube verteilt, dazu leise Musik und eine alle Sinne schärfende Konversation hatten sein Verlangen gesteigert.

Ohne es jemals geahnt zu haben – genau so hatte es ihm gefehlt. Was ich nicht weiß, macht mich nicht heiß, kam ihm in den Sinn.

Jetzt wusste er es und wurde entsprechend vorbereitet. Die Art und Weise, wie sie das Spiel begann, wie sie ihn bediente – er genoss jede Berührung ihrer flinken Finger.

Frühere Affären fielen ihm ein. Er durchwanderte eine Vergangenheit, die ihm mehr denn je fremd geworden war.

An einem Erlebnis blieb er hängen. Da hatte es eine Frau gegeben. Wann war das gewesen? Anfang der Achtziger? Sie hatte ihr sogar ähnlich gesehen. Ihr Name? Irene. Sie hatten es am Rand eines Kornfelds in ihrem Kombi getrieben.

Es war an einem Herbstabend und etwas kühler gewesen. Im Auto war es jedoch innerhalb von Minuten ziemlich heiß geworden. Die Scheiben hatten sich beschlagen, als plötzlich etwas gegen das Heckfenster geklopft hatte.

Erschrocken waren sie auseinandergefahren. Er hatte geglaubt, ein Spanner würde sie beobachten. »Oh Gott, das ist mein Mann!«, hatte sie hysterisch gerufen. »Der ist uns hinterhergefahren!« Sie war hektisch in ihre Kleider geschlüpft. Dass sie verheiratet war, hatte sie ihm verschwiegen. Er hatte sich die Unterhose angezogen und war aus dem Auto gesprungen, um mit ihm zu reden. Anstatt sich dem Mann zu stellen, war er von

Gelsen überfallen worden, die erbarmungslos zugestochen hatten. Sie waren mit dem Auto in unmittelbarer Nähe eines Sumpfgebiets zum Stehen gekommen. Das Klopfen an die Scheibe musste von einem Insekt, vermutlich von einem Hirschkäfer, verursacht worden sein.

Was aber war dieser hysterischen Irene durch den Kopf gegangen, nachdem er ausgestiegen war? In Panik hatte sie seine Kleider aus dem Auto geworfen und war davongefahren.

Warum dachte er gerade an dieses Erlebnis? Egal – es entlockte ihm ein Schmunzeln. Ach ja, damals …

Er genoss ihre Berührungen, öffnete die Augen und sah zum Fenster hin.

Da zuckte er zusammen und wollte schon aufspringen.

Ein Augenpaar, ein Gesicht! Schemenhaft sah er es!

Sekundenlang – schon war es wieder verschwunden.

Eine Sinnestäuschung? Weil es ihn an die Geschichte auf dem Feldweg erinnerte?

Er schloss die Augen und öffnete sie wieder.

Kein Gesicht mehr. In der dunklen Scheibe spiegelte sich nur das rustikale Mobiliar des Zimmers.

Blitzartig kam ihm für seinen Roman eine Idee.

Unauffällig, fast ohne die Lippen zu bewegen, flüsterte er: »Erschrick jetzt nicht … ich glaub, da draußen ist jemand. Wir werden beobachtet, Mel…«

Beinahe wäre ihm ihr Name über die Lippen gekommen.

Sie aber hatte ihn beim Betreten der Blockhütte gebeten, sich nicht per Namen anzusprechen. Ihr Spiel sollte völlig anonym ablaufen: Zwei Fremde, die zufällig zusammenkommen, treiben es miteinander und gehen wieder auseinander. Das reize sie besonders. Ein seltsames Ritual, hatte er gedacht, aber wenn es sie scharf machte – er spielte gern den Fremden.

Jonathan spürte, wie ihre Hände auf seinem Rücken innehielten.

»Was soll ich tun?«, hauchte sie.

»Mach weiter. Tu so, als wäre nichts ...«

Sein Glied, das er auf die Matte presste, wurde hart. Das Gefühl, beobachtet zu werden, geilte ihn auf.

Er drehte den Kopf zum Feuer hin und fragte leise:

»Hast du Angst?«

»Ich? Nicht die Spur«, erwiderte sie mit einem sinnlichen Lächeln und Glitzern in ihren Augen.

Mit Schwung setzte sie sich rittlings auf ihn. Dann tropfte sie sich Öl auf ihre Brüste, massierte sie kreisend ein und beobachtete ihre Brustwarzen, die sich aufstellten und hart wurden. Eine weitere Hand voll Öl verteilte sie auf Bauch und Oberschenkel.

Nackt, wie sie war, begann sie nun mit ihren Brüsten in kreisenden Bewegungen seinen Rücken zu massieren. Sanft und methodisch, von der Schulter bis zum Poansatz.

Erst langsam, dann schneller werdend und fester, bis sie sich schließlich an ihn presste und sich wie eine rollige Katze an seinem Körper rieb. Da hielt er es nicht mehr aus, warf sie ab, drehte sich um und drückte sie auf die Matte. Erstaunt sah sie ihn an, ließ es jedoch mit sich geschehen. Sie öffnete ihre Beine, schlang sie fest um ihn und flüsterte:

»Lass dir doch Zeit, uns läuft nichts davon ...«

Dabei tastete sie mit einem Fuß seinen Knöchel ab und drückte kurz drauf. Sofort stöhnte er auf und ließ sich rücklings auf die Matte fallen. Schon saß sie wieder auf Jonathan.

»Ich bestimme, wie unser Spiel läuft«, flüsterte sie, drückte seine Hände blitzschnell über seinem Kopf auf die Matte, so dass er sich wie gefesselt vorkam.

Sie beugte sich zu ihm hinunter, ihre Lippen berührten einander. Auffordernd öffnete ihre Zunge seinen Mund.

Nach ein paar Sekunden ließ sie ihn los und lächelte.

Sie hatte einen eisernen Griff …

Vom offenen Feuer war die Luft trocken geworden.

Während ihres Liebesspiels hatte er das nicht mitbekommen. Jetzt fühlte sich seine Kehle wie ausgetrocknet an.

Sie hatte ein Fenster geöffnet und ihm einen Drink gebracht. Erfrischend, spritzig und würzig.

Gierig schlürfte er und stellte das Glas zur Seite.

Unmittelbar setzte die Wirkung ein. Er spürte, wie das hochprozentige Gemisch die Nerven betäubte und ihn benebelte.

Zufrieden und erschöpft lag er unter ein weißes Leintuch gekuschelt vor dem Kamin und rauchte.

Sie war ins Bad verschwunden.

Mann, was hatte sie für Sachen draufgehabt. So eine war ihm im Lauf seines Lebens noch nicht untergekommen. Dabei hatte er geglaubt, in Sachen sexueller Erfahrungen sei er längst abgeklärt …

Sie kam ins Zimmer und schlüpfte zu ihm unter das Laken.

»Wieder erholt?«, fragte sie und schmiegte sich an ihn. »Bereit für den zweiten Durchgang?«

Erstaunt sah er sie an, legte die Stirn in Falten und schnippte den Zigarettenstummel in die Glut. Er war total erschöpft und befriedigt. Jetzt sofort einen weiteren Liebesritt? Was war denn das für eine Ausgehungerte?

»War nur ein Scherz!«, lachte sie. »Ich bin durch und durch geschafft. Du warst toll. Ich mag Männer deines Alters. Ihr seid nicht so verwöhnte, lasche Kerle, wie sie sonst herumlaufen. Die mehr Zeit aufwenden, um Körperhaare zu entfernen und mit Duftwasser und Cremes das letzte Männliche an sich zu verbergen versuchen. Ich liebe es, wenn ein Mann nach Mann riecht. Reinlich muss er sein, gepflegte Nägel und Zähne haben. Und wenn er behaart ist – mich törnt das nur an.«

Wie einen guten Wein genoss er ihre Worte, besah unauffällig seine Fingernägel und war beruhigt.

Dann begann er seinen seelischen Iststand zu analysieren und seine Lebensgefährtin mit der Frau neben sich zu vergleichen.

Wie unfair!, schalt er sich. In Teufels Namen – warum nicht?

Gefühle des Versäumthabens, der rasenden Vergänglichkeit beschlichen ihn. Mit dieser Frau könnte er neu beginnen!

Stefanie war auf ihrem eigenen Trip, das wusste er, das bekam er in letzter Zeit täglich zu spüren. Wahrscheinlich hatte sie einen anderen. Und wenn schon!

Mit einem Schlag würde es die Situation für alle Beteiligten ändern. Ohne Krach, ohne Frust und Leid und ohne auch nur einen Funken Eifersucht.

Wie das Meer, das auf eine steile Klippe zustürzte, peitschte es wie berauschend und schäumend auf seine Gefühlswelt ein. *Einen Neubeginn wagen! Sich ein letztes Mal aufbäumen, bevor der Sargdeckel über einem verschraubt würde!*

Es übermannte ihn das dringende Bedürfnis, seinen Frust endlich rauszulassen, ihn loszuwerden …

Sie hatte eine Zigarette angezündet, davon erst selbst einen Zug genommen und sie ihm dann gereicht.

»Du bist so still, so nachdenklich. Was bedrückt dich?«, fragte sie, während sie den Rauch nach oben blies.

»Nichts und doch so viel«, sinnierte er. »Aber es ist mir peinlich, darüber zu reden. Das klingt so, als würde ich mich bei dir über mein Leben, meine Versäumnisse, über meine verkorkste Beziehung ausweinen.«

Die Zigarette schmeckte ihm plötzlich nicht mehr. Er gab sie ihr zurück.

»Deswegen sind wir auch hier gelandet.«

»Da ist was dran«, musste er zugeben.

»Wein dich aus. Ich versteh dich«, forderte sie ihn auf.

Warum begann er von seiner Kindheit zu erzählen?, kam es ihm, als er seine Vergangenheit hervorkramte.

Immer, wenn er mit einer Frau, die intuitiv eine neue Beziehung einläutete, das erste Mal im Bett gelegen hatte, passierte ihm das. Er versuchte sich an seine letzten Affären vor Stefanie zu erinnern. Annabelle? Erika? Silvia? Wer noch? Es ärgerte ihn, weil er Zeiten und Namen durcheinanderbrachte oder sie ihm nicht mehr einfielen.

Teuflisches Alter, ich verblöde sukzessive!, schoss es ihm durch den Kopf.

Interessant aber war, wenn er von seiner Kindheit in Berndorf erzählte, sprach er von sich stets in der dritten Person. Von einem gewissen Jonny, wie sie ihn in der Schule nannten …

Die Stadt Berndorf war eng verbunden mit dem Namen Arthur Krupp und der Berndorfer Metallwarenfabrik. Krupp, ein sehr sozial denkender Unternehmer, schuf den Bewohnern des ehemals kleinen Berndorfs jede mögliche Chance für Beschäftigung, Bildung und Kultur. Für seine Arbeiter und deren Familien ließ er im Stil einer Gartenstadt Häuser, ein Theater und eine Kirche erbauen. Er kümmerte sich weiters um die Infrastruktur des immer größer werdenden Berndorfs, das sich bald zur musterhaften Industriestadt entwickelte. Doch nicht genug der Förderungen, hatte sich Arthur Krupp auch für den Nachwuchs seiner Arbeiter und dessen Schulbildung eingesetzt.

Die Berndorfer Schule mit Klassenräumen, die Zeitepochen von den Ägyptern bis zur Neuzeit darstellten, zählte wohl zu den schönsten Schulen Österreichs.

Doch das war für den Schüler Jonny nicht so von Bedeutung. Er litt eher darunter, dass die Klassenzimmer wie Heiligtümer gehalten wurden und er oft Ärger bekam, wenn er zu den ägyptischen Hieroglyphen seine eigenen hinzumalte. Regelmäßig wurden die Eltern in die Schule zitiert und regelmäßig gab es daheim Ohrfeigen von der Mutter.

»Dieser Krupp. War das nicht einer von jener Stahldynastie aus Deutschland?«, fragte sie ihn.

»Ja, das war einer von denen. In Berndorf wird Essbesteck produziert. Ich sage stets scherzhaft, wenn mich jemand fragt, wo ich herkomme: aus Berndorf, wo man den Löffel nie abgibt.«

Jonny war ein Einzelkind, ein stilles, aber neugieriges. Seine Eltern besaßen in Berndorf eine kleine Druckerei, die sie von Mutters Eltern übernommen hatten. Sie druckten all den Kleinkram, der in dieser Region von Gewerbetreibenden, Geschäftsleuten und Firmen gebraucht wurde: Briefpapier, Visitkarten, Flugblätter, Prospekte, Speisekarten. Die Gemeinde benötigte allerlei Formulare, die Vereine ließen Plakate, Einladungen und Eintrittskarten für Feste und Veranstaltungen drucken. Privatleute orderten Billetts für Hochzeiten, Geburten, Taufen, aber auch Parten sowie das pietätvolle Drumherum für Begräbnisfeierlichkeiten.

Gestorben wurde immer und das würdevoll zelebriert.

Die schwarz umrandeten Aushangblätter und Sterbebilletts sammelte Jonny in einer Mappe wie andere Kinder die Fotos von Filmstars. Er führte Listen und wusste genau, in welchem Monat und Jahr die meisten Leute gestorben waren.

Neben seinen Eltern, dem Sargtischler sowie dem Wirt des größten Gasthauses im Ort war er einer der wenigen, die sich freuten, wenn jemand unter die Erde kam.

Für die einen war's ein gutes Geschäft, für Jonny ein weiteres Blatt in seiner Totensammlung.

Da seine Eltern mit dem Tischler, der auch die Leichenbestattung durchführte, befreundet waren und mit ihm seit Jahren zusammenarbeiteten, bot sich manchmal die Gelegenheit, das bleiche Gesicht eines Toten zu sehen, bevor es hinter dem Sargdeckel für immer verschwand.

Doch Tote nackt zu sehen, das war für Jonny nur möglich, weil er mit Kurt Steinkogler, dem Sohn des Tischlers, befreundet war. Kurt ließ ihn eines Nachts in die Kammer, in der eine nackte Leiche auf einem Metalltisch lag.

Dieser Anblick hatte Jonny zunächst einen gehörigen Schrecken eingejagt. Als er aber sah, wie unbekümmert sein Freund damit umging, war auch er mutiger geworden. Das eingefallene, wächserne Gesicht des alten Mannes war ihm in Erinnerung geblieben.

Kurt konnte dem Toten sogar Geräusche entlocken.

Während Jonny mit der Taschenlampe leuchtete, kniete sich Kurt auf den Oberkörper der Leiche und drückte fest auf den Brustkorb, bis sich die Lippen bewegten – schnarchend, pfeifend, grunzend, seufzend. So, als würde sich der Mann ein letztes Mal zu Wort melden.

Für Jonny ein unbeschreibliches Erlebnis und zugleich eine Mutprobe, weil er dem Toten auch Töne entlocken musste.

Bei weiteren nächtlichen Besuchen in der Totenkammer des Sargtischlers kamen die beiden auf die abstrusesten Ideen. Sie untersuchten die Leichen, drückten und quetschten sie, fummelten an ihnen herum und zählten, wie viele Zähne ihnen fehlten. Die Meisten waren alt gestorben und hatten ein künstliches Gebiss, manche aber besaßen auch Goldzähne.

Die Scheu vor dem Tod legte Jonny bald ab.

Auch kannte er viele Tote, die er als Lebende noch mit »Grüß Gott, Herr Direktor« oder »Grüß Gott, Frau Doktor Müller« gegrüßt hatte.

Mit einer Leiche allerdings, es musste eine Verstorbene aus einer Nachbargemeinde gewesen sein – Kurt und Jonny kannten sie nicht –, nahm dann das Unheil seinen Lauf.

Tante Franzi, die jüngere Schwester von Kurts Mutter, wohnte im Nachbarhaus. Sie hatte keinen Mann, war alleinstehend und kümmerte sich immer um das Leichenwaschen sowie das Einsargen der Toten.

Eines Nachts, die Buben waren wieder einmal in die Totenkammer geschlichen, ging plötzlich die Tür auf. Hinter aufgestellten Sargdeckeln konnten sie sich rechtzeitig verstecken.

Jemand zündete ein Kerzenlicht an und sie mussten mitansehen, wie Tante Franzi zum offenen Sarg hinschlich und die Tote lang betrachtete.

Es war eine jüngere Frau, die zu Lebzeiten sehr schön gewesen sein musste. Aber auch wohlhabend, da mehrere Ringe ihre Finger zierten und sie eine Halskette trug. Der seidenweiche, durchsichtige Stoff des Kleides ließ ihren bleichen Körper schemenhaft durchscheinen. Jonny hatte die Tote mit Schneewittchen aus dem Märchen mit den sieben Zwergen verglichen.

Da – plötzlich schlug Tante Franzi wie wild auf die Leiche ein.

Wieder und wieder!

Sie fluchte leise vor sich hin und zerrte die Ringe von den Fingern der toten Frau. Einzig bei der Kette ging sie vorsichtig vor und löste sie behutsam vom Hals der Leiche. Dann riss sie Schneewittchens Mund weit auf und besah sich die Zähne.

Schließlich entnahm sie einer Schublade eine Zange, ging wieder zur Leiche hin und fuhrwerkte in deren Mund so lang herum, bis sie einen Zahn herausgebrochen hatte … und noch einen … und einen weiteren.

Drei Mal klang hart das Zahngold, das sie in eine Metallschale fallen ließ, in der schon der Schmuck lag.

Ein letztes Mal schenkte sie der Toten einen verhassten Blick, murmelte etwas, verstaute die Zange wieder und ließ Schmuck und Gold unter ihrem Rock verschwinden.

Sie sah auf die Uhr, die oberhalb eines geschnitzten Herrgotts am Kreuz hing, und wurde hektisch. Tante Franzi hatte Kräfte. Mit festem Griff wuchtete sie den Sargdeckel, der an der Wand lehnte, hoch und stülpte ihn über Schneewittchen.

Flink ging ihr das Verschrauben des Deckels von der Hand.

Die Kinder kauerten geschockt hinter den Särgen und hofften, dass Tante Franzi nun endlich verschwinden würde.

Doch da ging die Tür erneut auf und Kurts Vater stand im Raum. Erst flüsterten die beiden heftig, dann schlug Tante Franzi auf den Mann ein. Er wehrte ihre Schläge ab und bekam sie an den Händen zu fassen.

Da riss sie sich los und wollte davonlaufen.

Der Tischler eilte ihr nach und erwischte sie am Rock. Mit einer Drehung umschlang er Tante Franzi, drückte sie fest an sich und wollte sie küssen. Zuerst wehrte sie sein Gesicht ab, doch dann gab sie nach und erwiderte seine Liebkosungen.

Die beiden sanken zu Boden, wälzten sich wild küssend und umschlingend und landeten schließlich nahe Schneewittchens Sarg.

Alles geschah beinahe lautlos. Manchmal war ein Flüstern und leises Stöhnen von Tante Franzi zu hören.

Jonny sah, wie Tränen über Kurts Wangen rollten und er den

Mund zusammenpresste. Er deutete Kurt, dass sie abhauen sollten, doch dieser verneinte kopfschüttelnd.

Der Vater hatte Tante Franzi die Kleider halb vom Leib gerissen und ihren Rock hochgeschoben. Er selbst war aus seinen Schuhen geschlüpft, hatte die Hose aufgeknöpfelt, runtergezogen und zur Seite schleudert.

Die Beine weit geöffnet, empfing sie ihn. Erst fummelte er an sich herum, dann lag er auf ihr und bewegte seinen Hintern heftig auf und nieder. Dabei grunzte und röchelte er immer erregter.

Atemlos verfolgten die Kinder hinter den Sargdeckeln, was sich vor ihren Augen abspielte.

Kurt kroch aus seinem Versteck hervor und schlich zu dem Sarg mit der toten Frau. Er deutete Jonny, ihm zu folgen. Jonny aber blieb, wo er war. Auch als Kurt ihn zu sich winkte, blieb er stur stehen. Er hatte Angst, entdeckt zu werden.

Da begann Kurt vorsichtig, den Sarg mit Schneewittchen vom Tisch zu schieben.

Die Erwachsenen waren so sehr mit sich beschäftigt, dass sie rund um sich nichts wahrnahmen. Tante Franzi schrie im Rhythmus der Stöße des Mannes leise auf: »Ja, Seppi! Jaaa … jaaa!«

Wie besessen stöhnte und gebärdete sie sich unter Kurts Vater, der sie daraufhin noch heftiger mit seiner Körpermitte bearbeitete.

Plötzlich kippte der Sarg vom Tisch und stürzte mit einem Ächzen auf die beiden.

Kurt lief aus der Totenkammer …

»Unglaublich! Ein Bauernschwank könnte nicht treffender sein.« Sie musste hellauf lachen.

»Es ist aber leider nicht zum Lachen.« Er war ernst geblieben.

»Verzeih mir, aber es klingt einfach grotesk, wenn man es so erzählt bekommt ... Was geschah dann?«, wollte sie wissen.

»Eine Tragödie entstand daraus. Der Sarg traf Kurts Vater so unglücklich am Kopf, dass er ins Koma fiel und davon nicht mehr aufwachte. Zwei Monate später starb er. Tante Franzi hatte es die Nase beinahe abgerissen und sie musste mehrfach operiert werden. Damals gab es noch keine Schönheitsoperationen, wie sie heute üblich sind. Sie war für ihr Leben entstellt. Jonny, der noch immer in der Totenkammer steckte, wurde von der Tante entdeckt. Das heißt, sie hatte ihn nicht genau gesehen, weil ihr das Blut übers Gesicht gelaufen war und er beim Schein der Kerzen nicht eindeutig auszumachen war ... Doch stell dir vor, Kurt machte Jonny für den Tod seines Vaters verantwortlich. Hätte er ihm geholfen, wäre der Sarg nur auf Tante Franzi und nicht auf seinen Vater gefallen. Jonny musste seinem Freund versprechen, den Mund zu halten, sonst würde Kurt ihn umbringen – also schwieg er ... Der Vorfall wurde von Tante Franzi als Unglück hingestellt. Kurts Mutter führte das Bestattungsgeschäft noch jahrelang mit Tante Franzi weiter. Mit der Freundschaft zwischen Kurt und Jonny war's schlagartig vorbei. Jahre später pfuschte Kurt ihm einmal kräftig ins Handwerk, was Jonny eine Stange Geld kostete. Das zu erzählen, wäre jetzt mühselig und ist längst gegessen. Jonny weiß auch nicht, was aus seinem ehemaligen Freund geworden ist ... Kurt hat jedenfalls seinen Vater auf dem Gewissen – und damit muss er zurande kommen, sofern er noch lebt. Jonny jedenfalls hat der Vorfall jahrelang ein schlechtes Gewissen beschert, weil er sich mit diesem Wissen eine Teilschuld aufgebürdet hat.«

»Eine tragische Geschichte.«

Sie sah ihn an. Dann legte sie unter dem Laken ihre Hand auf sein Geschlecht und massierte es.

»So erzählt sich's leichter.« Sie lächelte ihn verschmitzt an. »Wie ging's dann weiter?«

Was für eine Frau, dachte er, legte sich zurecht und genoss das aufkommende prickelnde Gefühl. Wie fremdbestimmt verfiel er wieder in die Erzählerrolle …

Als Jonny zehn Jahre alt war, trennten sich seine Eltern. Der Scheidungsgrund war das Fräulein Hannelore, eine tüchtige junge Frau, die Jonny gut leiden konnte.

Fräulein Hannelore – damals titulierte man unverheiratete Frauen als Fräulein – hatte erst kurz in der Firma von Jonnys Eltern als Sekretärin gearbeitet, da war sie schon schwanger gewesen. Da niemand wusste, wer der Kindesvater war und Fräulein Hannelore darüber eisern schwieg, waren bald üble Gerüchte im Umlauf.

Jonnys Vater war der Einzige, der zu ihr hielt. Er wollte Hannelore eine Chance geben und sie nach der Geburt ihres Kindes weiterhin als Sekretärin beschäftigen.

Seine Frau aber verhinderte das, was schließlich zum Zerwürfnis zwischen den Eltern führte. Jonnys Mutter war fest überzeugt, das Kind sei von ihrem Mann. Erst recht, als sie ihn einmal in einer verfänglichen Situation erwischte, als er Fräulein Hannelore umarmte – im Büro! Das reichte. Wie oft mussten sie es wohl getrieben haben, wenn die Mutter bei Kunden war?

Da half es nicht, dass der Vater seiner Frau zu erklären versuchte, dass er Hannelore nur getröstet habe, weil sie mit ihren Finanzen nicht zurande kam. Als die Mutter dahinterkam, dass er dieser Schlampe – wie sie Hannelore nannte – auch noch heimlich Geld zusteckte, da wusste sie alles.

»Von wem aber war das Kind?«, warf sie ein.

Definitiv nicht von Jonnys Vater, das hatte er erst Jahre später erfahren. Seine Mutter war eine strenge, selten fröhliche Frau, die sich voll und ganz der Druckerei widmete und wenig Gefühle für ihren Sohn Jonny zeigte. Wenn es Ohrfeigen setzte, dann von der Mutter.

Sein Vater jedoch war ein gütiger Mensch und hatte für Jonnys Späße und Fantasien Verständnis.

Nach der Scheidung musste der Vater von daheim ausziehen und für Jonny brach die Welt zusammen. Auch, weil Fräulein Hannelore, die für ihn wie eine Mutter war, ebenfalls den Ort verlassen musste.

Eines Tages schnappte Jonny ein Gespräch seiner Mutter mit ihrer Freundin auf und erfuhr, dass sein Vater mit Hannelore in Velden lebte. Da riss Jonny von zuhause aus.

Er stahl Geld aus der Firmenkasse und fuhr mit dem Zug nach Kärnten. Seiner Mutter hatte er ein Märchen aufgetischt, für das ihm ein Schulfreund zu Hilfe gekommen war, damit sein Verschwinden nicht sofort auffiel.

In Velden angekommen, ging er direkt zu seinem Vater, der zwar hocherfreut war, dass sein Sohn ihn besuchte, sich aber wunderte, warum er nicht angekündigt worden war.

Ein Anruf bei der Mutter klärte die Sachlage auf, was einen herzzerreißenden Abschied Jonnys vom Vater zur Folge hatte.

Was half es, wenn er seinem Sohn versprach, ihn so bald wie möglich zu sich zu nehmen. Der Bub wollte sofort bei ihm bleiben und nie wieder nachhause zurück.

Drei Jahre später ging Jonnys Wunsch in Erfüllung.

Die Mutter verzichtete auf das Sorgerecht, und Jonny durfte zu seinem Vater übersiedeln. Es war das erste Mal, dass er seiner Mutter gegenüber so etwas wie Zuneigung empfand. Jonny war damals fünfzehn Jahre alt und bekam plötzlich eine Stiefschwester. Die siebenjährige Vera, von der er noch immer nicht wusste, wer ihr Vater war.

Hannelore war Jonny eine geduldige Mutter, die seine pubertären Auswüchse mit viel Verständnis tolerierte, solang sie nicht zu heftig waren. In der Schule integrierte er sich gut und gewann bald neue Freunde. Jonny fand schnell heraus, dass es nicht immer die leiblichen Eltern sein mussten, die einem im Leben zu Glück und Zufriedenheit verhalfen.

Drei Jahre lebte Jonny bei seinem Vater, Hannelore und Vera in Velden.

Es war die glücklichste Zeit seines jungen Lebens.

Wer der Vater von Vera war, erfuhr Jonny eines Tages von Hannelore. Es war der Sohn eines angesehenen Politikers aus Berndorf gewesen, der ihr schöne Augen gemacht hatte, sie geschwängert und dann abblitzen hatte lassen. Hannelore war stets zu stolz gewesen, ihn zu verraten. Sie hatte sich zutiefst geschämt, als er ihr vorwarf, dass jeder Bursche im Dorf der Vater sein könnte. Hannelore hatte daraufhin nie wieder was mit diesem verlogenen Kerl zu tun haben wollen.

Nach der Trennung der Eltern hatte Jonnys Vater sich Hannelores angenommen und begonnen sie zu lieben. Mochte es zwischen ihnen zwanzig Jahre Altersunterschied gegeben haben – in ihrer Liebe waren sie einander ebenbürtig. Das Schicksal war ihnen gnädig.

Was für ein Glück für den Vater, für Fräulein Hannelore, für Vera und auch ein wenig für Jonny.

Als er achtzehn war, musste er zum Bundesheer einrücken.

Der hirnlose Drill und das schikanöse Herumkommandiertwerden waren ihm ein Gräuel. Jonny diente seine Tage ab und war heilfroh, als er nach neun Monaten die Kaserne hinter sich lassen durfte.

Damals spielte ihm das Schicksal einen üblen Streich. Nach der Grundausbildung wurde er nach Baden versetzt. Dort traf er auf seinen ehemaligen Freund Kurt Steinkogler, der in derselben Kompanie diente. Schlimmer noch, sogar im selben Zimmer schliefen sie.

Beim nächtlichen Wacheschieben ließen sie ihre Vergangenheit aufleben. Das unglückselige Sargthema jedoch wurde nicht mit einem Wort erwähnt. So, als hätte es Kurt aus seinem Gedächtnis gelöscht. Jonny war das sehr recht. Aller Groll schien vergessen zu sein. Eine neue Freundschaft entstand zwischen den beiden, die schließlich zu jenen verhängnisvollen Geschäften führte, die Jonny bitter bereute, da Kurt ihn auf übelste Weise reinlegte …

»Willst du nicht doch davon erzählen?«, fragte sie ihn. »Es nagt ja noch immer an deiner Seele.«

»Lieber nicht. Sonst ist das Wochenende verdorben«, winkte er ab und bat sie, ihm das Glas zu reichen.

»Erzählen macht durstig.«

»Warte, ich bring dir eine Überraschung.«

Sie schälte sich aus dem Leintuch und begab sich mit grazilen Schritten in die Küche.

Er sah ihr nach. Was für ein wohlgeformter Körper!

Die Glut im Kamin und das milchige Mondlicht, das durch die Fenster strahlte, tauchten ihre Figur in ein orangeweißes Licht. Stefanie war ähnlich gebaut, deshalb gefiel sie ihm ja auch. Nur in letzter Zeit …

Er schob den Vergleich beiseite.

Seine Hände glitten zwischen die Beine und umfassten seinen Penis, der sich prall anfühlte, hart und warm zugleich.

Den bekommst du jetzt verpasst, dachte er und lächelte zufrieden. Er spürte das Pulsieren in seinen Adern.

Was für ein Glück, solch ein Abenteuer zu erleben!

Wie lang dieses Glück wohl anhalten würde?

Ob er mit achtzig sexuell noch aktiv wäre? Er hoffte es.

Allenfalls würden die blauen Pillen helfen. Doch dass er die nicht so bald schlucken würde müssen, dessen war er sich sicher. Achtzig – ob er überhaupt so alt werden würde?

Während er diese Wahnsinnsfrau in der Küche beobachtete, drängte sich seine unliebsame Vergangenheit in seine Gedanken. Hartnäckig. Nein, lästig waren diese Gedanken und ließen nicht locker, je mehr er an Angenehmeres denken wollte.

Beunruhigende Bilder schossen ihm durchs Hirn und führten ihn ein paar Jahre zurück …

Die Veränderung an ihm war schleichend gekommen, ähnlich wie bei Frauen das Klimakterium.

Männliche Wechseljahre?

So um die fünfundfünfzig – er stand noch im Berufsleben – hatte er gespürt, dass er oft unbegründet unruhig war und bei geringsten Anlässen, wenn ihn etwas aufregte oder ärgerte, sofort zu schwitzen begann.

Das war irritierend, ja, höchst unangenehm.

Spaß an der Arbeit hatte er noch immer, auch wenn sie längst zur Routine geworden war. Ein Vorteil, weil ihm Kundengespräche in Fleisch und Blut übergegangen waren und er Geschäftsanbahnungen sowie den nötigen Smalltalk für einen Vertragsabschluss perfekt beherrschte.

Doch es lief nicht mehr so rund wie früher – nicht nur wegen der globalen Wirtschaftskrise. In seinem Kopf hatte sich eine elementare Krise breitgemacht, obwohl er sich um seinen Arbeitsplatz keine Sorgen machen musste.

Seine Schlaflosigkeit war es, die ihn beunruhigte.

Es dauerte, bis er endlich eingeschlafen war. In seinem Kopf lief währenddessen ein verstörendes Programm ab – ein Grübeln und Sinnieren über seine Vergangenheit, über seine

Beziehungen, über den Sinn des Lebens, über die Stunde des Todes, die näher und näher rückte. Da hatte ihn oft Panik gepackt, weil er glaubte, Versäumtes nicht mehr nachholen zu können. *Viel zu jung noch!*, schrie seine Seele in einem Körper, der erste Anzeichen eines sichtbaren Verfalls zeigte.

Oft pochte sein Herz unregelmäßig und er befürchtete, es würde stehen bleiben … Auch jetzt wieder.

Er verglich sich mit einer Wanduhr, die man vergessen hatte aufzuziehen und deren Pendel plötzlich unbeweglich hing.

Kein Ticken mehr. Ewige Starre? Ein fürchterlicher Gedanke!

Bald nicht mehr gebraucht zu werden, zum alten Eisen zu gehören, den Platz für Jüngere frei machen zu müssen? Alles Ängste, die ihn vor dem Einschlafen beschäftigten.

Oft war er in der Nacht aufgeschreckt, weil er dringend aufs Klo musste. Meistens war das Bettzeug nass geschwitzt – einfach eklig. Er konnte sich nicht mehr hinlegen.

Da saß er dann vor der Flimmerkiste und zappte sich durch die Programme, ohne recht mitzubekommen, was lief.

Richtig ausgeschlafen zu sein, das kannte er schon lang nicht mehr. Morgens fühlte er sich dann wie erschlagen …

Er sah Stefanie vor sich. Sie lag neben ihm, schlief tief und fest, oft schnarchte sie auch. Er lag wach und war ihr den Schlaf neidig. Sie war jetzt in jener Altersgruppe, vor der er glaubte, sich hüten zu müssen. Beruflich. Das hatte er ihr einmal gestanden. Sich vor ihr hüten? Was für ein dummes Hirngespinst!

Stefanie hatte seine Befürchtungen nicht verstanden, hatte sich darüber lustig gemacht und gewitzelt, dass sie ihn pflegen werde, wenn er alt und steif sei. Was in gewissen Momenten ja auch von Vorteil wäre. *Haha, wie witzig!*

Freunde hatten ihn damals, als er Stefanie als seine Flamme vorgestellt hatte, gewarnt. Eine um fünfzehn Jahre Jüngere?

Er hatte immer schon jüngere Frauen gehabt. Damals war er fünfzig und stand voll im Saft, wie man zu sagen pflegte.

In der letzten Firma, in der er als Kontaktgruppenleiter beschäftigt war, hatte es einen Emporkömmling gegeben. Schwantaler, ein egoistischer Jungspitz, knapp dreißig, der es speziell auf ihn abgesehen hatte. Der Neue war eingestellt worden, um nach seinem Ausscheiden die Agenden zu übernehmen.

Doch dieser Grünschnabel hatte nicht Besseres zu tun gehabt, als sich sofort großmäulig in seine Jobs einzumischen. Die Folge: Schwantaler hatte ein wichtiges Geschäft vermasselt.

Da war Jonny richtig wütend geworden, auch weil sein Chef bei der Klärung des Sachverhalts nicht hinter ihm, dem besten Verkäufer, gestanden hatte. Dabei war es eine von Schwantaler eingefädelte Intrige gewesen, wie sich nachträglich herausgestellt hatte.

Zusehen zu müssen, wie einer der besten Kunden zur Konkurrenz abwanderte und er als Sündenbock hingestellt wurde, das schmerzte. Da war in Jonny der Entschluss gereift, die letzten Monate noch durchzudrücken und zuzusehen, dass er kräftig abkassieren konnte. Sein Elan und die Freude am Beruf aber waren ihm damals abhanden gekommen.

Mit achtundfünfzig war dann Schluss. Er durfte vorzeitig in Pension gehen. Sein rechtes Knie und das Kreuz machten ihm Probleme. Das stundenlange Sitzen im Auto sowie im Büro hatten seinem Rückgrat über die Jahre hinweg zugesetzt.

Ein Sportler war er nie gewesen, doch wenn ihn der Ehrgeiz packte, dann trieb er manches Squashmatch auf die Spitze. Sein Knie hatte er bei einem Turnier so heftig an die Wand gedonnert, dass er den Schläger für immer abgeben musste. Squash war somit tabu und er hielt sich mit Spaziergängen fit. Mehr ging nicht mehr, was die sportliche Betätigung anbetraf.

Sicher mit ein Grund, dass er zunehmend missmutiger geworden war – und er dies auch Stefanie hatte spüren lassen.

Als Hausmann kam er sich absolut deplatziert vor. Tagsüber allein daheim zu sitzen? Da war ihm bald die Decke auf den Kopf gefallen. Sein kleiner Freundeskreis – drei ehemalige Kunden, etwa in Stefanies Alter – hatte keine Zeit für ihn, stand ja mitten im Berufsleben. Er aber, ein beneidenswerter Mann mit Tagesfreizeit, hatte raus müssen, Leute treffen. So trieb es ihn tagsüber in Cafés und Einkaufszentren. Dieses Flanieren war ihm ebenso bald auf die Nerven gegangen.

Stefanie war arbeiten und steckte in ihrer eigenen Welt, in der sie genug um die Ohren hatte. Sie kam morgens schlecht aus dem Bett und verspätete sich regelmäßig. Schnell, schnell! Brausen, anziehen, schminken, Kaffee trinken und alles liegen und stehen lassen, dort, wo sie es in die Hand genommen hatte. Im Badezimmer und in der Küche sah es dementsprechend aus. Sie störte es nicht, sie war ja außer Haus. Jonny konnte ja aufräumen, als Pensionist hatte er den ganzen Tag Zeit.

Anfangs hatte er das auch getan, weil das hinterlassene Chaos seinen Ordnungssinn störte. Doch bald war es ihm zu blöd geworden und er beließ alles so, was einen stummen Machtkampf entflammen ließ. Tagelang lagen ihre Schuhe mitten im Zimmer und Kleidungsstücke auf der Sitzlandschaft. Er war über ihre Sachen hinweggestiegen, bis sie sich endlich bequemte, ihr Zeug wegzuräumen. Diesen Kampf hatte er gewonnen.

Seit etwa zwanzig Jahren lebte er in Achau, nahe Biedermannsdorf.

Er hatte sich ein viel zu großes Fertigteilhaus auf ein viel zu großes Grundstück hinstellen lassen. Die Preise waren damals günstig gewesen, der kleine Ort war lieblich, wenn auch die Gegend außer flach, nicht gerade spannend war.

Dieses Dorf aber war für ihn zur Heimat geworden. Auch wenn in seiner beruflichen Zeit das Haus für ihn hauptsächlich nur eine Schlafstätte mit Frühstückshalle gewesen war.

Dass er sich diese 250-Quadratmeter-Villa hinstellen hatte lassen, das verdankte er der Lebensgefährtin vor Stefanie.

Als diese Beziehung dann zu Bruch gegangen und vor zehn Jahren Stefanie bei ihm eingezogen war, hatte er in seinen eigenen vier Wänden erstmals ein richtiges Daheimgefühl zu spüren bekommen.

Stefanie hatte seine Behausung, die – wie sie es nannte – den Charme einer tschetschenischen Bahnhofshalle versprühte, in einen wohnlichen Zustand versetzt. Prinzipiell deckte sich ihr Geschmack mit seinem. Sie hatte ein geschicktes Händchen für ansprechendes Interieur, da hatte er sie schalten und walten lassen.

So weit das Positive an Stefanie.

Zu nerven begann sie ihn dann mit ihrer wachsenden Ansammlung von Keramikfiguren, die sich in Haus und Garten wie kleine Monster festsetzten. Noch aber hatte er die Oberhand in seinem Haus …

Vor Monaten fand er beim Surfen im Internet ein Forum für Menschen seines Alters, das ihm auf Anhieb gefiel. Er meldete sich auf www.seniorkom.at an. Die Website war übersichtlich aufgebaut und er hatte bald den Dreh heraus, wie er sich eine eigene Seite gestalten konnte.

In Anlehnung an seinen Romanhelden wählte er als Nicknamen »frankundfrei« und staunte, wie schnell er Kontakt zu Gleichgesinnten bekam, mit denen er in Verbindung treten konnte. Dabei stieß er auf eine Freizeitgruppe, die sich jeden Donnerstag in der Biedermannsdorfer Jubiläumshalle zum Kegeln traf. Eines Tages raffte er sich auf, um die »Rentnergang«

– wie sie sich nannten – in Augenschein zu nehmen. Sofort wurde er herzlich in der Runde aufgenommen.

Das Kegeln hatte ihn nie interessiert.

Da er sich aber dabei recht geschickt anstellte, fand er bald Spaß daran. Wie schon lang nicht mehr, erlebte er einen entspannenden Nachmittag. Spielend seinen Alltagsfrust vergessen, wie einfach das war. Das Schöne daran, er fand Gleichgesinnte, mit denen er sich auf Anhieb verstand …

Der fröhlichen Runde hatte er versprochen, sie beim Kegeln weiterhin zu unterstützen, und so fuhr er jede Woche zum Treffen der Rentnergang.

Seine wortspielerischen Bemerkungen und Bonmots brachten ihm bald die Sympathien einiger Damen ein. Nicht gerade zur Freude mancher Männer, die ihre Felle beim weiblichen Publikum davonschwimmen sahen. Aber so war es nun mal: Er kam mit seinem Wortwitz immer gut an.

Es war nur eine Frage der Zeit, dass sich die eine oder andere Dame dieser fröhlichen Runde mehr für ihn interessierte und ihm deutlich ihre Zuneigung zeigte, was seinen Jagdtrieb plötzlich weckte. Er fühlte sich richtig gut drauf.

Auch begann er wieder zu laufen, daheim auf dem Laufband, das seit Jahren unbenutzt umherstand, und an Donnerstagen putzte er sich besonders heraus. Sogar mit dem Rauchen hatte er aufhören wollen, was ihm allerdings nicht gelungen war.

Misstrauisch hatte Stefanie beobachtet, wie seine Stimmung nach jedem Kegeltermin eine gelöste war. Eifersüchtig geworden, hatte sie versucht, die Rentnergang lächerlich zu reden.

»Ein Haufen Kompostis, der das letzte Aufflackern zelebriert.«

»Und von einem welken Salatblatt dieses Kompostihaufens lässt du dich beglücken?«, war seine Antwort gewesen, enttäuscht von ihrer Präpotenz. Er wusste, sie meinte mit Komposti nicht ihn persönlich, aber dass sie ihm den neu gewonnenen Freundeskreis nicht gönnte, das ärgerte ihn maßlos.

Unmerklich war ein lautloser Kampf entbrannt.

Ohne ihn zu informieren, hatte Stefanie eines Tages ein schwarzes Fellknäuel nachhause gebracht, ein Katerchen. Die Katze von Bekannten hatte Nachwuchs bekommen. Ihre beste Freundin hatte ein Junges aus dem Wurf zu sich genommen und riet auch Stefanie, sich ein Kätzchen zuzulegen – zur Stressbewältigung, denn ein Haustier verhelfe zu mehr Ruhe und Ausgeglichenheit. Viel Aufwand mache das süße Kerlchen ohnehin nicht. Tagsüber war Panterchen im Garten, das bisschen Futter und einmal täglich das Kistchen säubern – mein Gott, bei so viel Zeit, die er als Pensionist hatte, wäre das ein Klacks!

Tatsache war, dass er andauernd hinter dem blöden Vieh her sein musste, da es überall Pfützen oder Häufchen hinterließ, die teure Sitzgarnitur aus orange gefärbtem Rauleder versaute und zerkratzte und sonst noch allerlei Schaden anrichtete.

Als ein Keramikkopf aus Stefanies Sammlung zu Bruch gegangen war, hatte sie ihm Vorwürfe gemacht, warum er nicht auf Panterchen aufgepasst habe, das Tier könne ja nichts dafür.

Da war ihm der Geduldsfaden gerissen. An diesem Abend war es zu einer heftigen Auseinandersetzung gekommen.

Was sich in den letzten zwei Jahren aufgestaut hatte, hatten sie sich an den Kopf geworfen, einander beschuldigt – schlussendlich wieder versöhnt. Für den Neubeginn waren sie im Bett gelandet. Mit einem für ihn ernüchterndem Ergebnis:

Er hatte nichts mehr für sie empfunden, die Luft war raus.

Ja, leicht hätte er es sich machen können. Sie würde ausziehen – fertig –, und er wäre wieder frei für eine weitere Lebensabschnittspartnerin. So lief es in seinem Kopf ab, nicht aber in seinem Herzen. Er wünschte, dass sich dieser Knoten irgendwie lösen würde. Von den zehn gemeinsamen Jahren waren immerhin acht gut gelaufen.

Warf man mit sechzig alles so locker über Bord?

Verfluchte Alt-werden-Ängste!

Doch seine Zukunft driftete in eine Richtung, mit der er sich auseinandersetzen musste: keine gemeinsame mit Stefanie.

Er war jedoch zu feig, ihr ehrlich zu offenbaren:

»Das war's, Stefanie. Trennen wir uns.«

Es klang auch schrecklich banal für acht Jahre gutes und zwei Jahre schlechtes Zusammenleben. Er war auch der Meinung, Stefanie sollte selbst zur Erkenntnis kommen und den ersten Trennungsschritt tun. Diesen Triumph wollte er ihr lassen, allein schon ihres verletzten Egos wegen …

Als frischgebackener Pensionist war er in der ersten Zeit tagsüber oft durch die Wiener Innenstadt gezogen. Auch wenn ihm anfangs das Nichts-tun-Müssen gefallen hatte, es hatte ihn alsbald isoliert.

Im Menschenstrom der Kärntner Straße, in Cafés, in Supermärkten oder in Museen hatte er die Leute beobachtet, sich in ihre Lage zu versetzen versucht, wenn sie hektisch durch die Gegend liefen, das Handy am Ohr, nichts um sich herum wahrnehmend.

So weit weg vom Business war er ja noch nicht gewesen, dennoch war ihm schmerzhaft bewusst geworden, was er in seiner aktiven Zeit an wahrer Lebensqualität versäumt hatte.

Er war sich alt, verbraucht, abgenützt vorgekommen – ja, direkt betrogen hatte er sich gefühlt, betrogen von sich selbst.

Aus der Not eine Tugend machen, war daraufhin seine Intention gewesen und er hatte sich seines Talents bedient, seine Redegewandtheit auf Teufel komm raus einzusetzen. Wie früher bei heiklen Geschäftsbesprechungen, nun beim Smalltalk mit Frauen. Sie verbal einzulullen, seine Überzeugungskünste auszureizen und zu testen, wie und ob er überhaupt noch ankam. Es waren nicht wenige gewesen, die ihm gefielen.

Was machte einen gefühlvollen Mann aus, wenn nicht der erfolgreiche Flirt mit dem Objekt der Begierde!

Früher, in der Zeit nach seiner vertrackten Ehe, war alles anders gewesen. Da waren seine Eroberungen um mindestens zehn bis fünfzehn Jahre jünger gewesen und wenn er bei einer gut ankam, war er mit ihr sehr bald im Bett gelandet, manchmal noch in derselben Nacht.

Damals, ach ja, damals war alles anders!

Von wegen, wenn er zu sich ehrlich war, dachte er sich die Vergangenheit nur schön. Je intensiver er in seinen Erinnerungen kramte, desto mehr wurde ihm bewusst, dass sich gar nichts geändert hatte.

Ja – älter war er geworden, Falten hatte er bekommen und Lebensweisheiten waren auf der Strecke vertrocknet. Sonst wäre er nicht so frustriert gewesen und hätte daheim längst klare Worte gesprochen wie's denn weiterlaufen sollte. Darin war er ja Weltmeister …

Und jetzt?

Frauen seines Alters standen nicht auf reine Bettgeschichten, auf die schnelle Nummer. Er ja auch nicht mehr.

Und was war das mit den beiden aus der Rentnergang? Wieder so ein Altersmerkmal, kam es ihm. *Gemeinsam alt und älter werden?* Das wollte er auch wieder nicht.

Vor allem nicht mit Stefanie und auch nicht mit einer Frau ihres Alters. Diese Businessladys waren alle gleich – ihr ewiges Gelaber über Karriere und Intrigen, über Schlankheitswahn, Spritzkuren und Friseurtermine, über Modeticks und Kaufräusche sowie über ihre Suche nach den Traumtypen, bei denen sie ihren aufgestauten Seelenkram abladen konnten.

Er war bei Gott kein Therapeut und schon gar nicht ein Auffanglager für frustigen Sondermüll weiblicher Natur. Er war ein Sechzigjähriger, derzeit selbst auf verfahrenem Lebenskurs, der eine maximal fünf Jahre jüngere Partnerin suchte.

Zwei Jahre schon stank ihm die missliche Situation daheim. Sein Zores mit Stefanie war ein klassisches Filmthema schlechthin – es konnte nur als Drama enden.

Da noch was anzuleiern, war aus seiner Sicht zwecklos. Zu viel war kaputt geschlagen worden und das bereitete ihm zusätzlichen Frust. Frust im Frust im Frust, dazu noch zum alten Eisen zu gehören, das waren keine lebenswerten Optionen.

Er aber wollte wieder Spaß am Leben haben.

Wenn schon weg vom Fenster, dann immerhin mit einer tollen Frau im Bett. Eine Frau, die zu ihm passte, die seinen Lebensrhythmus akzeptierte, die seine Ängste und Wünsche verstand. Mit der er keine Machtkämpfe mehr ausfechten müsste, wer intelligenter, vernünftiger, nachsichtiger, verständnisvoller oder sonst was sei.

Es war an der Zeit, den blauen Planeten nach dieser LZP abzusuchen. LZP, die Langzeitpartnerin für das letzte Quartal seines Lebens.

Sein Leben empfand er eingeteilt in:

Frühling – seine Ehefrau – ein lehrreiches Desaster.

Sommer – seine große Liebe – viel hektisches Herzweh.

Herbst – melancholisch, herbbitter mit Stefanie.

Winter – wer würde seine Eisprinzessin werden?

Eine Frau, zierlich und zart wie eine Schneeflocke, oder eine alles mitreißende Lawine? Am besten beides davon – mal so, mal so. Auch wenn er nicht sofort die Geeignete finden würde

– ein bisschen Spaß und die daraus entstehenden Affären würden ihn wieder fröhlich stimmen.

Man lernt nie aus, auch nicht in sexueller Hinsicht. Wenn nur der letzte süße Sturm des Lebens anhielt und er ihn durchstand.

Jonnys Endlichkeit war sichtbar vorgezeichnet. Die ersten chronischen Leiden machten sich bemerkbar. Doch er wollte so lang wie nur möglich vermeiden, Krankheiten zum Hauptthema werden zu lassen.

Das Leben ist schön – könnte so schön sein, wenn er wollte.

Und er wollte es …

Seine Aufrissmasche lief einzigartig und er fühlte sich wie in seiner besten Zeit, wenn er mit Frauen – in seinem Alter – im Bett landete, die ihn mit ihrer Hingabe und Sinnlichkeit beinahe überforderten. Was für fantastische, warmherzige Frauen.

Dabei war er zufällig auf diese fatale Geschichte gestoßen. Er war ihr nachgegangen. Ob sie stimmte, hatte er noch nicht herausbekommen. Aber hätte er nicht damals im Café ein Gespräch mitangehört, er wäre eines Tages glatt …

Doch die Zeit drängte ihn nicht. Die andere Seite wusste ja nicht, dass er vorgewarnt war.

Zuerst musste er noch Vera aufsuchen, danach würde er sich der Sache annehmen. Seine Strategie war festgelegt und die nötigen Schritte seinerseits waren unternommen worden.

Was für eine groteske Geschichte …

Düstere Gedanken ob dieser Erkenntnis bedrückten ihn.

Die Menschen waren schlecht. Das stimmte so auch nicht – manche waren es, und die ließen ihn seiner unbekannten Sterbestunde zurasen.

Und wenn schon – auf die raste er schon von Geburt an zu!

Was soll's: peng … tot … aus die Maus!

Das Leben danach, dieser Mix aus Unwissen, Hoffnung und

Angst, war ein schwarzes Loch, die große Unbekannte. Dieses verdammte Nichts, wovor er solche Angst hatte. Wegen dem er seine Lebenszeit mit allerlei Schrott, seelisch wie materiell, vollgestopft hatte, damit er den Tag X verdrängen konnte.

Weggesperrt in einer unbenannten Seelenkammer, den Codeschlüssel dafür in das Meer des Vergessens geworfen …

Er fühlte eine unendliche Traurigkeit. Sein Leben war, wenn er es recht bedachte, eigentlich gelaufen. Wenn er von dieser Welt gegangen wäre, würde kein Hahn nach ihm krähen.

Die Nachwuchsfrage also war biologisch für ihn unerledigt.

Mit seiner ersten Frau hatte er keine Kinder gewollt und später war er aufgrund seines aufreibenden Jobs unmöglich dazu in der Lage gewesen. Seine damaligen Partnerinnen und er wären unglücklich gewesen, so wenig Zeit wie er gehabt hatte.

Und mit Stefanie?

Ach, der Zug war längst abgefahren. Überhaupt nach dem, was er zufällig in Erfahrung gebracht hatte …

Aber da gab es plötzlich diese Frau, für die ein Kind kein Hindernis wäre, wie sie ihm angedeutet hatte.

Pech – er hatte sich vor Jahren sterilisieren lassen.

Eigentlich pervers: In jungen Jahren wollte er keine Kinder, jetzt mit sechzig könnte er sich vorstellen, eins zu haben.

Er fühlte, wie sich eine Klammer namens Einsamkeit um seine Brust legte.

Einsamkeit – der Wegweiser für Veränderung?

Es gab Vera, seine Stiefschwester, die in Velden lebte. Hannelores Tochter, acht Jahre jünger als er.

Hannelore war tatsächlich Vaters neue Frau geworden. Drei Jahre seiner Jugendzeit hatte Jonathan bei ihnen gelebt und später …

Er lächelte, als er an das erste Mal mit Vera dachte.

Angenommen, er würde an Ort und Stelle sterben müssen – er wüsste nicht einmal, wer seinen Besitz bekommen würde. Er hatte sich noch immer nicht darum gekümmert, wem er sein Hab und Gut vererben sollte.

Seiner Familie? Da gab es keine Familie. Er war der einzige Spross seines Clans und mit ihm würde dieser aussterben.

Bittere Erkenntnis befiel ihn bei diesem Gedanken. Ihm fehlten plötzlich die Erinnerungstücke an seine Eltern.

Das Wenige, von dem er wusste, lag in Schachteln auf dem Dachboden des Hauses in Velden, sofern die nicht weggeworfen worden waren.

Er hatte Vera angerufen, einerseits des Alibis wegen, andererseits hatte er vor, sie am Montag dann doch zu besuchen.

Zwei Jahre war es tatsächlich her, seit er sie das letzte Mal in seinen Armen gehalten hatte.

Jetzt wollte er sein Leben neu beginnen. Mit sechzig – der rechte Zeitpunkt. Keine Rücksicht mehr nehmen müssen, seine Gefühle ausleben und sich fallen lassen – ins Bett, mit einem liebenswerten, begehrenswerten Menschen. Das Pulsieren in den Adern wahrnehmen, neu geweckte Lust zulassen … weiche Haut an sich drücken, einander streicheln … lustvolle Worte flüstern … sich Wünsche erfüllen … genießen …

Leben – lieben – darüber schreiben. Das war es, was er hier und jetzt, frei von allen moralischen Zwängen, denen er sich über Jahrzehnte ausgesetzt hatte, auskosten würde.

Sie war im rechten Augenblick in sein Leben getreten. War sie seine Winterfrau – seine Eisprinzessin?

Bereits beim ersten Treffen hatte er das Gefühl gehabt, er würde sie seit der Sandkastenzeit kennen, so vertraut war sie ihm gewesen, dabei so aufreizend, so anregend.

Das Leben war immer wieder für Überraschungen gut – selbst für einen frustrierten Sechzigjährigen …

Sie kam auf ihn zu und reichte ihm eins der beiden Gläser.

»Das wird dich in eine Dimension schießen, wie du sie bestimmt noch nie erfahren hast.« Sie lächelte ihn an, um seine Skepsis zu zerstreuen. »Ich fliege mit, keine Angst.«

Er war neugierig. Es befreie einen völlig von sich selbst, hatte sie geschwärmt. Jetzt wollte er es auch wissen.

Wenn schon Grenzen überschreiten – mit dieser Frau würde er seinen Plan durchziehen. Schlagartig hatte er sich dazu entschieden, während er ihr zuprostete.

Er nippte ein wenig an der Flüssigkeit. Sie schmeckte leicht harzig und ölig, aber gut.

Sie beobachtete seine Reaktion.

Da kippte er mit einem Schwung das Zeug hinunter.

»Nicht so schnell«, warnte sie. »Die Wirkung kommt sonst zu heftig.«

»Soll sie kommen. Ich bin bereit«, erwiderte er und grinste spitzbübisch.

Innerhalb von Minuten setzte ein leicht taubes Gefühl ein, das sich bis in die Fingerspitzen wohlig ausbreitete.

»Wenn das Zeug mich überall so steif macht … dann … dann … mach dich … auf was …«, war das Letzte, was er noch über die Lippen brachte.

Mit voller Wucht stürzte er kopfüber in eine unglaubliche Tiefe, schoss durch eine gläserne Röhre, die in allen Farben schillerte. Verzweifelt versuchte er sich an ihr, die er an seiner Seite glaubte, festzuhalten. Da verwandelte sie sich in einen Knäuel nackter Menschenleiber, die sich an ihm festkrallten.

Er schrie aus Leibeskräften, weil sie ihn in Stücke rissen. Doch es schmerzte nicht, vielmehr verwandelte sich jedes Stück, das aus seinem Körper gerissen wurde, in ein geisterhaftes weibliches Wesen – wie schwebende Waldfeen umschwirrten sie ihn.

Gleichzeitig spürte er, wie hunderte Hände seinen Körper streichelten, wie sich die Geisterwesen mit ihm paarten, in Ekstase gerieten und ihn wieder von sich stießen.

Plötzlich wurde er von einer unsichtbaren Kraft gepackt, hochgehoben und von der Erde geschleudert. Die Schwärze des Weltalls drang in seine Lunge ein, nahm ihm die Luft zum Atmen. Panisch vor Angst ruderte er wie verrückt mit Armen und Beinen, um sich davon zu befreien. Zwecklos.

Das ist mein Ende, fühlte er mit Entsetzen und sah sich als Klumpen Materie, der auf ein gleißendes Licht zuraste …

Vier

Donnerstag, 23. September 2010

Drei Gläser Prosecco und vier Zigaretten hatte sie gebraucht, so sehr war ihr das Gelesene nahegegangen.

Eben steckte ein weiterer Glimmstängel zwischen ihren Lippen, der auf die Flamme wartete, während sie wie gebannt den Textblock fixierte und die Zeilen zum x-ten Mal las.

Es war ihr unmöglich, den Blick vom Monitor abzuwenden.

»Jetzt dreht er durch«, flüsterte sie, während sie die Zigarette anzündete, das Gift tief einsaugte und sekundenlang in sich behielt. Ein plötzlicher Hustenreiz zwang sie, die Zigarette von den Lippen zu nehmen.

»Der spinnt doch total!«, rief sie.

Mit einer Hand wedelte sie den Qualm weg. Dann überlegte sie …

Sie warf den Kopf nach hinten, atmete tief ein und aus. Schloss die Augen, öffnete sie, starrte erneut auf den Monitor.

Die Zigarette wieder im Mundwinkel, sah sie auf die Uhr – es war 22 Uhr 34 –, ihr Blick traf das Handy.

Was tun? Na, was wohl? Mit einem Ruck riss sie sich vom Szenario los, das in ihrem Kopf Formen angenommen und ihr kurz eine Gänsehaut verpasst hatte. Sie klickte auf dem Bildschirm das Telefonbuch-Icon in der Kopfleiste an.

Das Programm öffnete sich. Schnell hatte sie die Nummer der Mödlinger Polizeidienststelle gefunden …

Eine müde, männliche Stimme meldete sich. Sie erkundigte sich, was sie denn machen sollte, wenn ein Familienmitglied von einer Wochenendreise seit vier Tagen überfällig sei. Das Beunruhigende dabei, der Mann war bei seiner Schwester nie angekommen. Zu der sei er nämlich gefahren.

Der Beamte, der Abgängigkeitsanzeigen dieser Art nur zu gut kannte, versuchte beruhigend auf sie einzuwirken. Es geschah ja hin und wieder, dass ein Ehemann kurzzeitig verschwand, um seine Auszeit fröhlich in einem fremden Bett zu zelebrieren.

»Ist es schon öfter vorgekommen, dass sich Ihr Mann so oder auf ähnliche Weise verhalten hat?«

Hatte er nicht. Er sei übrigens nicht ihr Mann, sondern ihr Lebensgefährte.

»Wie waren denn die körperliche Kondition und die seelische Verfassung Ihres Lebensgefährten, als er weggefahren ist?«

Herr Schwarz hatte keinerlei körperliche Beschwerden und seelisch war er selten gut drauf gewesen. Sei das verdächtig genug?

»Ah ja. Wie läuft es denn so in Ihrer Beziehung? Gab's vielleicht Streit zwischen Ihnen, bevor er wegfuhr?«

Was sollte die Ausfratschelei? Nein, natürlich nicht!

»Kann es sein, dass Ihr Lebensgefährte zu jemand anderem gefahren ist und vergessen hat, Sie darüber zu informieren?«

Vier Tage lang vergessen, daheim anzurufen? Wenn sie wüsste, wer der oder die Unbekannte war, zu der er gefahren ist, hätte sie nicht angerufen.

»Beruhigen Sie sich. Der Herr Lebensgefährte wird schon wieder auftauchen. Wenn er frische Wäsche braucht, zum Beispiel. Ich kenn das. Ohne meine Frau könnte ich auch nicht …«

Sollte der Mann ohne seine Frau nackt herumlaufen, hatte sie sich gedacht und innerlich gekocht …

Ihr wurde geraten, sich auf die Polizeidienststelle zu begeben, um die Abgängigkeitsanzeige schriftlich zu machen, falls sich ihr Lebensgefährte am kommenden Tag noch nicht gemeldet habe. Sinnlos, mit dem Mann zu diskutieren, sie legte auf.

Bis dahin konnte alles zu spät sein!

»Aber wehe, man fährt einmal zu schnell oder das Pickerl ist abgelaufen«, grummelte sie halblaut und wünschte dem Beamten ein Abszess auf seinem Pimmel.

Sie tippte die nächste Nummer, die auf dem Monitor zu lesen war, in ihr Handy und wartete, bis jemand abhob.

»Security-Circle-One, schönen Abend. Sie sprechen mit Herbert Schnaller, was kann ich für Sie tun?«

»Für Mord«, sagte sie knapp, »wer ist dafür zuständig?«

»Wie bitte?«, tönte es ihr entgegen. »Mit wem spreche ich?«

»Ich möchte einen Mord …«, begann sie. Da fiel ihr die Visitkarte dieses Kommissars ein. »Vergessen Sie's.« Sie legte auf.

»Wieso bin ich nicht früher draufgekommen«, murmelte sie und ärgerte sich über ihre betäubten Gehirnwindungen.

Ich muss nüchtern werden, aber schnell, dachte sie …

Mario Meller war längst daheim und um diese Zeit üblicherweise schon im Bett, wäre er nicht bei einem langweiligen Krimi vor dem Fernseher eingedöst.

Vom sambamäßigen Handygedudel wurde er geweckt.

Als Chef der V-Gruppe 4 – zuständig für Delikte gegen Leib und Leben wie Körperverletzung, Mord und Totschlag –, wurde er über eine mysteriöse Meldung informiert.

Eine Frau habe beim S-C-ONE angerufen – die Rede war von einem angeblichen Mord –, dann habe sie aufgelegt.

Anhand der Handynummer konnte die Anruferin eruiert werden. Meller notierte sich Nummer und Adresse. Kaum hatte er aufgelegt, dudelte erneut sein Handy.

Als er die weibliche Stimme hörte, Name sowie Grund des Anrufs erfuhr, kam er – der Brummton.

Wenn er intuitiv eine heiße Spur witterte oder unter besonderem Stress stand, schlich sich ein tiefes Ohrenbrummen in seine Gehörgänge. Dieses Phänomen hatte er sich vor Jahren in Rio de Janeiro eingehandelt, als er bei einem Polizeieinsatz beinahe erschossen worden wäre, hätte ihn nicht ein Kollege aus der Schusslinie gestoßen. *Favela-Ton* nannte er dieses Brummen.

Anstatt sein Bett aufzusuchen, fuhr Meller zur angegebenen Adresse …

»Frau Stefanie Hochleitner? … Nun, wir hatten schon mal das Vergnügen … Ich wünsche einen schönen Abend.«

Meller, vom Flutlicht zweier Strahler geblendet, stand vor der Tür einer gediegenen Villa und gab ihr die Hand.

Es war jene Frau, der er erst vor ein paar Wochen seine Visitkarte überreicht hatte.

Zwei süße Lachgrübchen passten perfekt in das Gesicht der zierlichen, blonden Frau mit Pagenkopffrisur. Im Anflug eines Lächelns verpassten diese Grübchen ihrer ernsten Miene eine unglaubliche Erotik, die ihn erröten ließ.

Von einem angeblichen Mord soll die Rede gewesen sein.

Verdammt. Er hatte es geahnt, dass sich diese Frau bei ihm melden würde. Aber gleich mit einer Mordgeschichte?

Seelischer Gleichklang war nicht zu steuern, er lenkte einen dorthin, wo einen die kosmische Bestimmung haben wollte.

Das mit dem angeblichen Mord sollte wohl ein gelungener Scherz sein, um ihn in ihr Haus zu locken, oder was?

Innerlich musste Meller lachen, obwohl er eine Sekunde lang sauer gewesen war, dass er noch zu einem Einsatz musste. Was soll's – er war ja noch nicht im Bett gewesen und einen Kriminalkommissar mit einem Mordverdacht zu locken, war irgendwie originell. Welcher Krimineser würde da nicht sofort aufspringen, noch dazu bei dem anmutig grazilen Wesen, dem er jetzt gegenüberstand.

Die Nacht war lau. Dennoch überzog etwas seinen Rücken, einem Schauer gleich, was ihm ein vibrierendes Wohlgefühl verschaffte. Was war plötzlich los mit ihm?

Hat »er« mich erhört und mir eine Prüfung auferlegt?, fragte Meller sich, während er einen kurzen, dankbaren Blick nach oben, in das grelle Licht, wagte.

Er schwankte zwischen: als Kommissar dienstlich zu werden oder sich privat zu geben.

Vielleicht stand sie auf diese Nummer. Es sollte ja Frauen geben, die auf solche Spielchen abfuhren, auch wenn ihm noch nie danach gewesen war.

Stefanie Hochleitner schien sich ihrer Ausstrahlung bewusst zu sein. Er fand sie anregend, aufregend, erregend zugleich ... diese strahlend blauen Augen, diese volle, schön geschwungene Lippenpartie, diese feminine Figur – jede Bewegung war Erotik pur. Er klopfte seinen Denkapparat nach dem hervorstechendsten Attribut ab. Zwecklos – alle waren gleichwertig.

Mensch, Meller, was suchst du lang herum?, schalt er sich im Moment des Festhaltens seiner Gefühle.

Eine laue Nacht, eine schöne Frau, ein liebestoller Meller.

Er war Witwer, war solo und hatte seit Bella kein weibliches Wesen mehr in den Armen gehalten.

Sie musste von einer Veranstaltung, einem Konzert, einer Theatervorstellung oder von einer Vernissage gekommen sein, geschminkt, wie sie war. Für daheim brezelte sich keine Frau so auf und lief im figurbetonten Abendkleid durchs Haus – oder war es seinetwegen? Ein Gedanke, der Meller ein leichtes Schmunzeln ins Gesicht zauberte. Seinen »Flachlegeblick«, wie ihn Eva Roth süffisant bezeichnet hatte, bei einem seiner Besuche in ihrer Villa. Damals, als er noch regelmäßig seinen Cockerspaniel in die Giannoni-Gasse gebracht hatte. Ach ja, die Roth und ihre Sprüche. Irgendwie es war zwischen ihm und der ausgeflippten Künstlerin nichts geworden – schwupps, schon war sie ihm entschwunden. Die kosmische Bestimmung konnte einen ganz schön verwirren.

Einzig störend an Stefanie Hochleitner fand Meller den Zigarettenstummel, dem sie einen letzten, gierigen Zug raubte und den sie anschließend im neben ihr stehenden Pflanzentrog in der Erde versenkte.

Eine Raucherin also. Schade.

Menschen, die rauchten, waren in seinen Augen schwache Charaktere. Ein Minuspunkt für die Frau.

Was einem in Sekunden durchs Hirn jagt?, kam es Meller. Er reduzierte seine Erwartungen und entschied sich für eine rein dienstliche Ermittlung.

Sie bat den Kommissar ins Haus und führte ihn sogleich in ein Zimmer, in dem ein Computer eingeschaltet auf einem Schreibtisch stand.

»Bitte, hier, Herr Kommissar«, sagte sie, bereits eine neue Zigarette zwischen den Fingern.

Sie wirkte angespannt, als sie Meller ansah.

Diese Augen!, dachte er und wandte sich dem Monitor zu.

Er las: *Monica Silani ist das Böse pur, eine tödliche Gefahr. Sie muss sterben, damit weitere Morde verhindert werden.*

»Wer ist diese Monica Silani?«, wollte Meller wissen.

»Meine Arbeitskollegin.«

»Ihr Mann kennt sie?«

»Lebensgefährte. Wir sind nicht verheiratet.«

»Ah ja … Lebensgefährte … Sein Name?«

Meller wusste ihn. Auf dem Schild neben dem Klingelknopf war er zu lesen gewesen. Er wollte ihn aus ihrem Mund hören.

»Jonny … Jonathan Schwarz.«

»So, so, Jonny Schwarz … Kennt er Monica Silani?«

»Soweit ich bisher annahm, nicht.«

»Wie darf ich das verstehen, Frau Hochleitner?«

»Dass er sie unmöglich kennen kann … darf.«

»Kann? Darf? … Sie klären mich bitte auf?«

»Herr Kommissar, das ist eine komplizierte Geschichte. Jetzt im Nachhinein auch irgendwie blöd … ich weiß nicht, wie ich das erklären soll.«

Mellers Zuneigung für das grazile Wesen verschwand schlagartig. Jetzt ärgerte es ihn, dass er Stefanie Hochleitner seine Visitkarte überreicht hatte.

Was soll's. Manchmal kam es eben anders als erhofft. Enttäuscht ließ er seine Autorität anklingen.

»Werte Frau Hochleitner, es ist …«, Meller sah auf seine Armbanduhr, »es ist jetzt 23 Uhr 20 und ich sollte längst zuhause sein. Stattdessen widme ich Ihnen meine kostbare Freizeit und höre mir Ihr Gschichterl an … Sie verstehen mich? Lassen Sie mich nun bitte in ein paar knappen Sätzen erfahren, was zwischen Ihnen, Ihrem Lebensgefährten und dieser Monica Silani für ein Spielchen abläuft.«

Erst zitterte die Unterlippe, ihre Augen füllten sich mit Wasser. Leise begann sie zu weinen, Tränen der Enttäuschung und Wut.

Auch wenn ihre Beziehung mit Jonny seit zwei Jahren nur noch ein Lippenbekenntnis war, aber musste es gerade Monica sein? Sie kannte Jonny. Auch wenn er seinen Hirngespinsten freien Lauf ließ, ein Funken Wahrheit war immer dabei. Und jetzt musste sie auch noch diesem Kommissar Rede und Antwort stehen?

Sekundenlang starrte sie Meller an.

Das auch noch, dachte er. Frauen, die weinten, brachten ihn prinzipiell aus der Fassung. Erst recht um 23 Uhr 20.

»Na, na, na«, tröstete Meller sie, legte eine Hand auf ihre Schulter und drückte sie leicht. »Alles, was erklärbar ist, ist lösbar.«

Was soll das jetzt werden, Meller?

Wo war der behördlich empfohlene Abstand zum Bürger?

Stefanie Hochleitner war eine sichtlich in Not geratene Bürgerin. Ein Ausnahmefall, entschuldigte er sein neuerlich sanftes Drücken ihrer Schulter. Obendrein strapazierte sie nur unnötig ihre ausdrucksvollen Augen, fand er.

Meller ahnte, was da am Laufen war – eine Ménage-à-trois.

Das klassische Dreiecksdrama: ein Mann, eine Frau und noch eine Frau, meistens die beste Freundin der Frau. Die unaufschiebbare Dienstreise mutiert zum Liebeswochenende. Tatort: Hotelzimmer mit Wellness und sonstigem Pi-pa-po. Das anstrengende Seminar – darüber hat er sich bei der Gattin telefonisch ausgejammert – fordert dem Herrn, dank liebesdurstiger Gespielin, körperliche Höchstleistungen ab. Als Drama endet bald, was als Lustspiel begann, weil die Daheimgebliebene auch keine Blöde ist und ihrem Gatten nachspioniert, zwei und zwei zusammenzählt und um eine fatale Erkenntnis reicher wird.

In diesem Fall war Stefanie Hochleitner ihrem Jonny Schwarz auf die Schliche gekommen. Allerdings: Die Ankündigung auf dem Monitor, in der von Töten und weiteren Morden die Rede war – war sie der Beginn eines mörderischen Amoklaufs?

»Sie sagten am Telefon, dass Sie nicht wissen, wo sich Ihr … Ihr … Lebensgefährte zurzeit befindet?«

»Richtig. Ich weiß es beim besten Willen nicht.«

Meller, weck endlich andere Gefühlszonen auf!, ermahnte er sich, denn diese Frau stimulierte seine körperlichen Sinne. Der Mann war es, der von Mord geschrieben hatte und der angeblich unauffindbar war.

Was aber, wenn es eine gefinkelt ausgedachte Strategie der Frau war, indem sie ihren Treulosen von der Polizei suchen ließ, um ihm einen Dämpfer zu verpassen?

War auch schon vorgekommen.

Egal, irgendwas war hier verdammt seltsam!

»Wer ist der Besitzer dieses Anwesens?«, fragte er unvermittelt.

»Jonny gehört alles.«

»Was ist mit Ihrer Arbeitskollegin? Sie haben Frau Silani doch bestimmt schon kontaktiert?«

»Das ist es ja … Sie ist auch verschwunden!«

Hastig sog sie an der Zigarette und sah fahrig um sich.

Unter einem Stapel Papier und Bücher fand sie endlich das Gesuchte. Nervös geworden, drückte sie die Zigarette aus und behielt den Aschenbecher in der Hand.

Eine gediegene Villa, der sichtbare Wohlstand, viel Geld vorhanden – wenn der Mann also ein Verhältnis mit dieser Monica Silani hatte, warum sollte sie plötzlich ins Jenseits befördert werden? Mellers Gefühl nach war an dieser von ihm vermuteten Dreiecksbeziehung plötzlich etwas verdammt faul.

In Tränen aufgelöst, erfährt die Betrogene via Computer eine mörderische Botschaft und das Liebespaar ist unauffindbar. Hat dieser Jonny herausgefunden, dass seine Geliebte eine Killerin ist? Wird sie deswegen von ihm liquidiert, um weitere Morde zu verhindern? Ja, wie denn, was denn?

Eins spürte Meller: Hochleitners Tränen waren keine der Trauer. Es waren Tränen der Wut, wenn nicht des Hasses.

Genauso gut könnte es sein, dass Stefanie Hochleitner eine hervorragende Schauspielerin war und mit dieser Monica unter einer Decke steckte, ihr Jonny bereits irgendwo in einem Waldstück lag und von Tieren angeknabbert wurde.

Seit dem Hartauer-Fall im vergangenen Jahr, bekam Meller das eklige Bild nicht mehr aus seinem Kopf, wie Raben die stark verweste Leiche von Herta Hartauer halb aufgefressen hatten. Und jetzt: Ein anscheinend nicht unvermögender Mann verschwindet mit seiner Geliebten. Die Lebensgefährtin sitzt daheim, meldet erst nach Tagen sein Verschwinden und das ihrer Arbeitskollegin. Das konnte alles bedeuten. Emotionen keimen im Verborgenen, und wenn sie zum Ausbruch kommen, ist die Exekutive meist nur noch für den Abtransport von Leichen und die folgenden Ermittlungen zuständig.

Dieser Augenweide mutete Meller zwar kein solch infames Verbrechen zu. Vielleicht, weil der Zufall ihn erneut mit dieser attraktiven Frau zusammengeführt hatte, was ihn etwas irritierte. Aber was weiß man?

Was sollte er aber um diese Zeit noch erfahren?

Ein guter Anlass, diese mysteriöse Geschichte erst einmal zu überschlafen, um mit wachem Hirn dieser kryptischen Botschaft den wahren Kern zu entlocken.

Schlafen – auch so ein Wort –, das in ihm eine gewisse Sehnsucht weckte. Aber jetzt war es sein Job, zu ermitteln.

Meller rief sich zur Vernunft, er seufzte tief.

»Frau Hochleitner, am besten setzen wir uns …«, er sah sich in dem engen Raum um, in dem er sich überhaupt nicht wohlfühlte, »… ins Wohnzimmer. Sie erzählen mir dann von Anfang an, was da zwischen Ihnen und Ihrem Herrn Lebensgefährten gerade abläuft. Und wenn ich Sie bitten dürfte: ein kleines Kaffeetscherl … wäre das drin?«

Sie schniefte, putzte sich die Nase, lächelte und ging Meller voran ins Wohnzimmer.

Der Raum war riesig, er hätte einer sechsköpfigen Familie als Wohnung gereicht, und sehr geschmackvoll eingerichtet.

Zweihundert Quadratmeter Loftwohnen für zwei Personen und eine Katze, schätzte Meller, während ihn das rabenschwarze Tier schnurrend umschlich und einen Überschuss Fellhaare auf seiner hellen Hose hinterließ.

»Pfui, Panterchen! Du machst den Herrn Kommissar ja ganz voll!«, rief sie, hob den Kater hoch und schmuste mit ihm.

»Ach, das macht doch nichts«, erwiderte Meller säuerlich lächelnd und ärgerte sich, weil es ihm sehr wohl was ausmachte, er aber aus Höflichkeit so bescheuert reagierte.

Joes Fellhaare reichten ihm zur Genüge. Wenn der Cockerspaniel sein Fell durchschüttelte, dauerte es nicht lang und Meller plagte ein Niesanfall nach dem anderen und seine Augen begannen zu tränen. Erika Hauser witzelte dann immer, dass Joe wieder *Haare-Krishna* spiele.

Von wegen Hare-Krishna. Joe war Mellers bellendes Karma. Früher, als er in Lo Biancos Hütte gewohnt hatte, hatten ihn solche Niesanfälle nie geplagt. Aber damals war der Hund ja meistens bei Eva Roth gewesen. Doch jetzt, in seiner neuen Behausung, lebte er mit Joe Nase an Nase. Wer dabei den Kürzeren zog, war eindeutig: der mit der kürzeren Nase. Meller musste auch von seinem Arzt erfahren, dass er eine Tierhaarallergie hatte. Die aber würde sich im Rahmen halten, wenn er nicht allzu oft mit einem Tierfell in Berührung kam.

Na toll, was hätte er mit Joe machen sollen? Ihn in ein Ganzkörperkondom stecken und nur den Kopf rausschauen lassen?

Oder ihm mit einem Bunsenbrenner zu Leibe rücken und ihn bis auf die Haut kahlflämmen?

»Nehmen Sie doch bitte Platz … dort drüben.« Die Frau deutete auf eine orangefarbene Sitzinsel. »Ich komme gleich. Panterchen muss raus, sonst gibt's hier eine kleine Sauerei.«

Sie lächelte dabei auf eine Art, als hätte das Tier ihre Befürchtung bereits wahrgemacht.

Seltsam, dachte Meller, Katzen machen doch nur ins Kisterl?

Er blieb im Raum stehen und sah sich in dieser Loftlandschaft erst einmal um.

Die Wände waren hell getönt, zart abgestufte Gelb- und Orangetöne. Bis zum Boden reichende Fensterfronten über Eck ließen einen großartigen Blick in den Garten vermuten. Jetzt war es finster und er sah nur sich und die wenigen Möbelstücke in den dunklen Glasscheiben spiegeln.

Der Garten war bestimmt ebenso perfekt gestaltet und gepflegt. Das Haus war insgesamt ein optisches Gustostück. Das war ihm sofort aufgefallen. Neben Frau Hochleitner und Herrn Schwarz war hier auch gediegener Wohlstand zuhause.

Rechter Hand befand sich eine hochmoderne Küche mit viel Chrom, zum Wohnbereich hin offengehalten, die Vorderfronten in abgestuften, matten Grautönen. Eine geschwungene Theke bildete optisch die Trennung vom Essbereich.

Eine massive Tischplatte, Meller tippte auf Kirschholz, gestützt von Metallfüßen aus Baustahlgitter, dazu sechs mit hellgrauem Rauleder gepolsterte Sessel mit Armlehnen rundeten die Essgruppe ab. Auf dem Tisch stand eine gläserne Blumenschüssel mit Rosenknospen im Wasser schwimmend.

Längsseitig an einer Wand führte eine großzügige Treppe – graues, mattes Metall – ohne Geländer in das Obergeschoss.

Mitten im Raum konnte man zwei Stufen tiefer auf einer

orangefarbenen Rauledergarnitur Platz nehmen. Eine trichterförmige, milchig leuchtende Kreation als Hängelampe hing bis knapp oberhalb eines polierten, unförmigen Glasquaders, der als Couchtisch diente.

Stefanie Hochleitner kam zurück und machte sich sogleich in der Küche an der Kaffeemaschine zu schaffen.

»Milch und Zucker?«, fragte sie.

»Bitte, ja, beides ... Wenn Sie Süßstoff haben, bitte.«

Meller hatte auf der samtig weichen Sitzlandschaft Platz genommen. Er gähnte unauffällig. Am liebsten wäre er hier eingenickt, so wohlig war's zu lümmeln. Er reckte und dehnte sich, um endlich munter zu werden. Dabei fiel sein Blick auf eins der drei großen Gemälde, die vis-à-vis an der Wand hingen.

Originale, soweit er es von seinem Platz aus beurteilen konnte. Moderne Malerei, teilweise figural betont, satte Farben mit kräftigen, großzügigen Pinselstrichen ausgeführt. Er kannte den Stil sowie die Schöpferin der Werke.

Meller war aufgestanden und ging auf eins der Gemälde zu.

»Trimension«, sagte Hochleitner von der Küche aus. »So heißt dieser Zyklus von Eva Roth. Sie hat ihr Atelier in Mödling.«

Sie beobachtete Meller, wie er von Bild zu Bild ging.

»Kennen Sie die Künstlerin? Persönlich, meine ich«, fragte er.

»Jonny kennt sie näher, er hat die Bilder gekauft.«

»Eva ist eine sehr liebe Freundin von mir. Eine fantastische Künstlerin, wie man sieht«, erwiderte er.

Das war zu erwarten, dachte Stefanie verärgert. Der Mann wusste, wie er auf Frauen wirkte.

Solche Typen gefielen allen Frauen. Sie kannte Eva Roth nur von ein paar Vernissagen, zu denen Jonny eingeladen und sie mitgegangen war. Sie mochte diese affektierte Künstlerin nicht. Klar, dass eine wie die Roth auf den Kommissar abfahren würde

– und er bestimmt auf sie. Die Roth hatte genau das, was solche Männer heiß machte: Kurven, Charisma und einen interessanten Beruf.

Auch Stefanie gefiel der Kommissar – und wie.

Deswegen hatte sie sich seine Visitkarte aufgehoben. Warum aber hatte sie ihn angerufen? Wirklich wegen Jonny und seiner hirnrissigen Prophezeihungen? Wer weiß, was er wieder ausgeheckt hatte, um sie zu ärgern!

Der letzte Rest Benebelung von den drei Proseccogläsern war verflogen. Schlagartig war sie nüchtern geworden. Die momentane Situation wurde ihr jetzt richtig bewusst und war ihr peinlich. Jonny war ihr im Moment noch mehr egal als sonst. Wenn der Depp schon solche Blödheiten schrieb, dann sollte er auch büßen dafür …

Diese frappierende Ähnlichkeit mit dem Schauspieler, dachte Stefanie. Witzig fand sie, dass die Kaffeekapseln, aus denen soeben die heiße Brühe in die Tassen floss, von genau diesem Schauspieler im Fernsehen beworben wurden. Zurzeit lief der TV-Spot mit dem herabfallenden Klavier und Clooneys Himmelfahrt. Stefanie vermied es aber, den Kommissar auf die Ähnlichkeit anzusprechen, das hätte wie eine billige Anmache ausgesehen. Sie hatte momentan andere Sorgen.

»Ja, ganz tolle Bilder«, sagte sie zerstreut, während sie mit zitternden Händen das Tablett auf dem Glasstein abstellte.

»Stört es Sie, wenn ich rauche?« Sie griff nach der Zigarettenpackung und dem Aschenbecher, die auf dem Tablett lagen.

»Nur zu, es ist Ihr Zuhause«, erwiderte er und ergänzte innerlich, *das Sie einnebeln und dabei meine Lunge torpedieren.*

Sein säuerliches Grinsen befahl ihren Fingern, davon abzulassen.

Geht doch!, dachte er aufatmend und fragte:

»Gehe ich richtig in der Annahme, dass es zwischen Ihnen und Ihrem Lebensgefährten nicht optimal läuft?«

»Wird das jetzt ein Verhör?«, platzte sie unvermittelt heraus.

»Ja, soll es denn eins werden?«

Der Kommissar zog die Augenbrauen hoch.

»Gibt's was zu verbergen, was ich ohnehin innerhalb kürzester Zeit rauskriegen würde?« Meller lächelte hintergründig.

»Was soll das? Nein!«

Sie winkte energisch ab, angelte sich eine Zigarette aus der Packung und zündete sie nervös an.

»Ich kann nicht anders«, entschuldigte sie sich, zog gierig am Glimmstängel und stieß den Rauch in Richtung Plafond aus.

Nachdenklich sah sie die glühende Zigarettenspitze an.

»Dieses verfluchte Gift! Ich bin mit den Nerven total am Ende, sollte längst kündigen und mir was anderes suchen. Und dann führt sich Jonny auch noch so bescheuert auf! Momentan weiß ich einfach nicht mehr weiter …«

Abrupt verstummte sie, sah den Kommissar an und gestand:

»Sie haben Recht.« Dabei lächelte sie grimmig. »Es stimmt schon lang nichts mehr zwischen Jonny und mir.«

Jetzt war sie dem Kommissar ob seiner Frage direkt dankbar. Es war sonst nicht ihre Art, vor Fremden ihren Beziehungsfrust auszubreiten. Sie hatte ohnehin vorgehabt, den Kommissar unter irgendeinem Vorwand bald kennenzulernen.

Aber nicht unter solchen Umständen.

Warum hatte sie unbedingt in Jonnys Computer herumspionieren müssen? Sie könnte sich mit diesem Mann jetzt was ganz anderes vorstellen.

Wenn aber die Sache mit Monica nun doch rauskam?

Ach was – blöde Hirngespinste! Wegen so einer Lappalie würde Jonny doch nie zu solchen Mitteln greifen!

Stefanie konnte und wollte sich das nicht vorstellen. Irgendwie aber musste sich Monica verplappert haben … oder sie steckte tatsächlich mit Jonny unter einer Decke, wie sie sofort vermutet hatte, nachdem sie seine Zeilen gelesen hatte. Den restlichen Text hatte sie vorsorglich gelöscht.

Verdammte, falsche Ziege! Stefanie hätte es besser wissen sollen. Wie sonst käme Jonny auf diese abstruse Drohung?

Und warum war sie ebenfalls verschwunden? Ein bisschen zu viel Zufall, fand sie. Oder war es Jonnys Rache? Sein Spielchen, das er jetzt mit ihr trieb?

Und wie viel durfte sie den Kommissar wissen lassen?

»Ich höre«, forderte der Kommissar sie auf.

»Wo soll ich beginnen?«, fragte Stefanie Hochleitner zaghaft.

»Am Anfang«, erwiderte er trocken.

Sie begann zu erzählen, erst stockend nach Worten und Formulierungen ringend.

Jonny war seit vier Tagen überfällig. Überhaupt, es klappte nichts mehr zwischen ihnen. Was sie noch nie gehabt hatten, war eingetreten: Harmlose Diskussionen endeten in verbitternden Streitereien, ohne Versöhnungsritual. Nicht mehr so wie früher, als keine Auseinandersetzung eine Nacht überdauerte. Ihre Lebensansichten liefen scherenweit auseinander. Infolgedessen gingen sie sich seit Monaten aus dem Weg. Jeder lebte schweigend für sich. Grauslich!

Wer Schuld hatte? Beide natürlich! Stefanie hatte sich noch mehr in ihrem Job verkrochen, Arbeit und Stress gab es zur Genüge. Doch ihr Arbeitsplatz war auch nicht mehr sicher. Die Gerüchte einer Übernahme durch einen ausländischen Investor verhärteten sich. Stefanie kannte die Strategie, sich teurer Mitarbeiter zu entledigen – sie saß auf einem solchen Schleuderposten.

»Mit uns kann man's ja machen. Ich bin zwar niemandem was schuldig, habe aber auch nicht großmächtig sparen können. Mein Leben war und ist kostenintensiv. Ich lege großen Wert auf Kultur – Konzerte, Opern, Ausstellungen und so weiter. Jonny war da nie so fixiert darauf, es war nicht sein Ding … Genauso ist mir der Freundeskreis wichtig. Und jetzt mit fünfundvierzig …«

»Die ich Ihnen nie geben würde«, unterbrach sie der Kommissar lächelnd. Ein aufmunterndes Lob konnte nicht schaden. Die Frau war auch ganz seine Kragenweite. Wenn sie ihm nur nicht den Hals zuschnürte, kam es ihm sarkastisch, und er musste bei dem Gedanken spitzbübisch grinsen.

»Ich hab Sie unterbrochen. Bitte, erzählen Sie weiter.«

Irritiert sah Stefanie den Kommissar an und errötete.

Das muss mir passieren, dachte sie frustriert. Ich sitze vor dem aufregendsten Mann meines Lebens und muss ihm das Verschwinden von Jonny erklären, statt mit diesem windigen Hund einfach Schluss zu machen.

Ich muss mir Zeit zum Überlegen schaffen, dachte sie und begann zu husten. Genau – ein Hustenanfall war günstig …

Der Kommissar kam ihr zu Hilfe, eilte in die Küche und brachte ein Glas Wasser.

Ein fürsorglicher Mann, für den könnte sie Jonny sausen lassen. Aber schön langsam, nichts vorschnell verbauen. Sie würde ihn den Takt bestimmen lassen.

Tränen wirkten immer – und sie kamen …

Sie nahm einen tiefen Zug von der Zigarette, inhalierte, bis die Lunge – wie ihr Hass auf Jonny und Monica – glühte und stieß den Rauch wieder aus. Nachdenken …

Wenn Jonny der Meinung war, es sich mit dieser Schlampe zu verbessern? Reisende soll man nicht aufhalten.

Stefanies Pech war, sie hatte weder auf die Villa noch auf Jonnys Geldquellen Anspruch. Bevor sie bei ihm eingezogen war, hatte sie Jonny zuliebe einen Vertrag unterschrieben, in dem sie im Fall einer Trennung auf jegliche Ansprüche verzichten würde. Ausgenommen davon war ihr Eigentum und das, was sie an Inventar ins Haus steckte. Sie bezahlte auch keine Miete und beteiligte sich lediglich an den Lebenshaltungskosten. Das war ihm wichtig gewesen, damals vor zehn Jahren. Natürlich hätte sie auch mehr beigesteuert, aber Jonny wollte das nicht.

Strenge Rechnung, gute Freunde, war stets sein Credo. Denn wenn es in einer Beziehung nicht mehr klappte, sollte man nicht voneinander abhängig sein und vielleicht gar Rechtsanwälte beschäftigen müssen.

Von wegen! Mehr denn je war sie von ihm abhängig. Sie hätte ja stets etwas Geld beiseite legen können. Hätte, hätte, hätte! Hatte sie eben nicht und jetzt war es zu spät, das wusste sie und sah ihre Felle davonschwimmen.

Verdammter Jonny! Verdammtes hätte, hätte, hätte …

Bevor der Kommissar aufgetaucht war, hatte sie sämtliche Laden und Fächer in Jonnys Schreibzimmer durchsucht, um diesen verflixten Vertrag zu finden. Wenn Jonny Schriftliches aufbewahrte, dann in seinem Schreibzimmer oder im Banksafe. Dafür hatte sie zwar eine Zugangsbewilligung, die sie aber noch nie in Anspruch genommen hatte. Sie besaß keine wichtigen Verträge, um sie in einem Safe zu bunkern. Öfter waren sie mit Fritz Seher, seinem Berater, im Saferaum der Bank gewesen, wenn Jonny wichtige Dokumente hinterlegte oder von einem seiner Sparbücher Geld abheben wollte. Es war auch einmal die Rede von einem Testament gewesen. Dabei hatte Jonny etwas gefaselt, dass nur zwei Personen zum Zug kommen würden.

Stefanie war sich sicher, dass die eine Vera, Jonnys Stiefschwester, war. Die andere Person? Hoffentlich sie.

Ein Testament aber konnte man jederzeit ändern. In Jonnys Zimmer hatte sie nichts gefunden, was nach einem solchen aussah. Sie wollte wissen, wie sie dran war. Dazu musste sie schnellstens in den Safe. Dass sie noch nicht daran gedacht hatte! Sträflich! Doch dafür brauchte sie den Safeschlüssel und der war, wie Jonny, nirgends zu finden.

Verdammt, dass es so plötzlich zur Trennung kommen würde, war nicht beabsichtigt gewesen. Schon gar nicht, dass sie dabei leer ausgehen würde. Monica zog tatsächlich ihr eigenes Ding durch. Doch diese Suppe würde sie ihr versalzen.

Jetzt ausziehen zu müssen, passte im Moment schlecht in Stefanies Lebensplanung. Ihr Konto war wieder einmal ins Minus geflutscht, da konnte sie sich keine großen Sprünge leisten.

Unter allen Umständen musste es mit Jonny wieder klappen!

Sie würde auf seine Wünsche eingehen, so wie früher, und sich von ihrer besten Seite zeigen. Panterchen? Ach, der würde bei Freunden unterkommen, schlimmstenfalls im Tierheim landen. Ihre Flaschenköpfesammlung, die Jonny so auf den Geist ging, wäre schnell in Kartons verpackt und auf dem Dachboden verstaut. Er war ja nicht nachtragend. Gott sei Dank. Sie kannte ihn und wusste, wie er zu behandeln war. Immerhin war sie seit zehn Jahren mit ihm beisammen.

Zuerst aber musste Jonny sich wieder melden.

Ihr Vorhaben konnte sie immer noch durchziehen, dann aber ohne Monica. Gnade Gott diesem Luder, aber man trifft sich immer zwei Mal im Leben …

Wie der Kommissar ihr Grinsen unter Tränen deutete, war Stefanie im Moment ziemlich egal.

»Na also, geht's wieder«, sagte Meller mitfühlend.

»Entschuldigen Sie, mich nimmt das so her«, erwiderte sie hüstelnd. »Aber ich wollte weitererzählen ... Als Jonny in Pension ging, kam er mit der neuen Situation nicht gut zurecht, wurde missmutig, nörgelte an allem herum und war zu nichts zu gebrauchen. Dann haben zwei Ereignisse sein Leben sukzessive verändert. Dazu muss ich aber etwas weiter ausholen, vielleicht haben die ... nein, ich bin mir sicher ... die haben mit seinem Verschwinden zu tun.«

Meller hörte aufmerksam zu und nickte auffordernd.

»Wobei mir Jonnys Begeisterung anfangs sehr recht war, weil er wieder zufrieden und ausgeglichen war. Er begann zu schreiben – ein Roman sollte es werden. Den Anstoß dazu gab ein Film im Fernsehen. Er handelte von einem berühmten Schriftsteller, der in der Toskana lebte und seit dem Tod seiner Frau seit Jahren keinen Roman mehr verfasst hatte. Der neue Verlagsleiter aber wollte an den früheren Erfolg des Schriftstellers anknüpfen und mit dem inzwischen alten, griesgrämigen Mann ein Comeback starten ...«

»Ich kenne den Film«, unterbrach Meller sie. »*Liebe lieber italienisch*. Vor Monaten sah ich ihn zufällig.«

»Dann saßen Sie vermutlich zur selben Zeit vor dem Fernseher wie wir ... dieser Film jedenfalls hat Jonny innerlich aufgewühlt. Noch in der Nacht hat er sich vor den Computer gesetzt und zu schreiben begonnen.«

»Kann ich mir vorstellen, dass der Film einen, der gern schreibt, motivieren kann. Da gab's doch den jungen Mann, der den Alten überreden sollte, einen Roman zu verfassen ...«

»Richtig. Der Bursche durfte nicht ohne unterschriebenen Vertrag zurückkommen. Der Alte hatte das natürlich überrissen und ihn abblitzen lassen ...«

»Zurück zu Ihrem Jonny. Wie ging's dann weiter?«

»Ja wie ging's wohl weiter … Jonny verkroch sich mehr und mehr hinter seinem Romanprojekt und saß nächtelang vor dem Computer. Sogar einen Laptop legte er sich zu, damit er auch unterwegs schreiben konnte … Beim Recherchieren für sein Projekt im Internet stieß er auf eine Seniorenrunde, die er aufsuchte. Sein Roman handelt nämlich auch von Konflikten zwischen Jung und Alt.«

»Wen und wo genau?«, wollte Meller wissen.

»Rentnergang nennen sich die Leute. In Biedermannsdorf in der Jubiläumshalle treffen sie sich wöchentlich zum Kegeln. Ich war nie mit dabei, hab keine Zeit für solche Späße, muss ja arbeiten. Jonny jedenfalls hat mir davon erzählt und angekündigt, sich mit der Rentnergang regelmäßig zu treffen. Ich kann ihn ja verstehen, alle waren etwa in seinem Alter und in Pension, vermute ich mal. Als er aber immer öfter auch nachts nicht nachhause kam, hat mich das schon geärgert. Wir sind zwar nicht verheiratet und jeder von uns kann tun und machen, was er will. Es gab aber zwischen uns das Übereinkommen, dass jeder Bescheid sagte, wenn er länger wegblieb. Man macht sich sonst unnötig Sorgen … Ich hab ihm auch nie nachspioniert.«

Stefanies Augen flackerten.

Sie lügt, dachte Meller.

»Doch, einmal … Ich war an Jonnys Computer und hab was gesucht. Dabei bin ich zufällig auf ein Dokument gestoßen, in dem er wirres Zeug über Betrügereien, Verbrechen und andere schlimme Sachen aufgelistet hatte. Erst dachte ich, es seien Notizen für seinen Roman, als ich aber Namen von Leuten las, die ich kannte – Details, was wann und wie ablaufen sollte –, da habe ich gedacht, ich sollte die Polizei verständigen.«

»Und – warum haben Sie es dann nicht gemacht?«

»Ich hab Jonny darauf angesprochen. Er hat gelacht und gemeint, das seien doch nur Gedankenstützen, die er sich mache, um Personen, Zeiten und Orte so authentisch wie möglich in Handlungen einbauen zu können. Obendrein könne ich jederzeit in seinem Computer nachlesen, er habe keine Geheimnisse vor mir … Ganze Seiten waren voll mit solchen Sachen, nur nicht so arg wie das von heute. Wollen Sie's sehen?«

»Nicht nötig, ich kann es mir denken und glaube es auch so. Wenn wir jeder Notiz, jedem Gedanken eines Menschen nachgehen müssten, was glauben Sie, wohin das führen würde?«

»Da mögen Sie Recht haben. Jedenfalls bin ich mir richtiggehend blamiert vorgekommen und nie wieder an Jonnys Computer gegangen.«

Sie log wieder, Meller sah es an ihren Augen.

Klar hatte sie in Jonnys Aufzeichnungen nach Namen und Personen gesucht. Stefanie fluchte innerlich. Nie hatte sie Jonny etwas nachweisen können. Der Kerl war mit allen Wassern gewaschen. Er hatte absichtlich kein Codewort für den Computer, damit sie stets nachlesen konnte, mit wem er es gerade »literarisch« trieb, wie er es nannte.

Ihre Schuld. Sie hätte es ja nicht lesen müssen.

Heiß lief es Stefanie über den Rücken.

Und jetzt auch noch Monica! Bestimmt trieben sie es genau in diesem Moment in einem Hotelbett oder sonst wo und lachten sich einen Ast über die naive, blöde Kuh, Stefanie.

Sie sah, wie der Kommissar an seiner leeren Tasse nippte.

»Einen Kaffee noch?«

»Oh ja, bitte … danke.«

Meller brauchte einen aufmunternden Schub. Je später ihm die Augen zufielen, desto fester schlief er. Er versuchte, seine unausbleiblichen Wachzeiten, die ihn seit Bellas Tod plagten, so weit wie möglich zu reduzieren, damit er es wenigstens auf vier Stunden durchgehenden Schlaf brachte.

Stefanie ging mit dem Tablett in die Küche.

»Es stört Sie nicht, wenn ich mich ein wenig umsehe?«

Meller stand auf, um sich die Beine zu vertreten.

»Keineswegs. Schauen Sie sich nur alles an. Von den Keramikköpfen sind die meisten von mir. Im Keller stehen eine Töpferscheibe und ein Brennofen. In letzter Zeit bin ich leider nicht mehr so oft zum Töpfern gekommen. Aber das wird schon wieder werden.«

Meller war nahe an eins der Gemälde von Eva Roth herangetreten und betrachtete ein weit aufgerissenes Auge, das ihn drohend und gleichzeitig ängstlich anstarrte. Wie konnte man bloß einen solchen Ausdruck auf die Leinwand zaubern?

Er bewunderte Evas Talent.

Meller ging von Bild zu Bild, landete bei der Küchenzeile und sah Stefanie Hochleitner beim Kaffezubereiten zu.

Als sie eine zweite Kapsel in die Maschine legen wollte, hielt sie kurz inne, zeigte sie Meller und grinste.

»Sie sagen jetzt keinen Namen, sonst lasse ich Sie auf der Stelle verhaften«, drohte er ihr mit seinem Flachlegelächeln.

Stefanie errötete und erwiderte:

»Aber der Hinweis war treffend, stimmt's?«

Sie steckte die Kapsel in den Kaffeeautomaten und legte den Hebel um.

Schnarrend rann die heiße Brühe in die Tasse.

Stefanie war viel gelöster als zu Beginn. Die Nähe des Kommissars beflügelte sie. Ein Mann im Haus war immer gut.

Er könnte die ganze Nacht bleiben, kam es ihr plötzlich kühn.

Ja – und Jonny sollte aus ihrem Leben verschwinden, und die Villa sollte ihre werden. So einfach war das, wenn das Hirn zu träumen begann. Ein Haus und eine Mordslust auf ein neues Lebensabenteuer.

Meller dachte ähnlich, nur nicht so lebenslang.

In seiner Bescheidenheit würde ihm der Rest der Nacht genügen. Ob mehr daraus werden würde, das würde sich ergeben – oder auch nicht.

Er wusste, dieser Jonny war einfach auf und davon.

Aber es war ihre Angelegenheit. Wenn die beiden damit nicht mehr zurande kamen, dann sollten sie sich trennen. Je eher, desto besser. Die Frau würde das verkraften, darum brauchte er sich keine Sorgen machen. Und falls morgen oder in den nächsten Tagen ein unrasierter Jonny mit einem Blumenstrauß und einem innerlich befreiten Lächeln, das nach außen hin zum Weinen aussah, vor Stefanie Hochleitner stand – dann würde ihre Welt oder was auch immer, wieder ins Lot kommen.

Meller konnte es recht sein. Ein Argument, zu Phase zwei überzugehen, das schmerzhafte Corpus Delicti anzusprechen.

»Dass Ihr Jonny eine Geliebte haben könnte, dieser Gedanke ist Ihnen sicher auch gekommen, Frau Hochleitner.«

»Natürlich hab ich daran gedacht. Aber Jonny? Ich kann mir absolut nicht vorstellen, wen!«

Das wollten sich Betrogene oft nicht vorstellen, so lang, bis sie mit der Nase auf diese Gewissheit hingestoßen wurden.

»Na, Monica Silani, Ihre Arbeitskollegin?«

Sie standen noch immer in der Küche. Meller sah sie durchdringend an. Sie erwiderte seinen Blick ebenso.

Keine Reaktion ist auch eine, dachte er.

»Niemals die«, kam es zu heftig, zu scharf von ihr.

Wusste ich's, die Silani, dachte Meller und schwenkte sogleich auf eine weitere Vermutung um.

»Oder eine der Damen aus der Rentnergang?«

»Diese Faltenröcke?«

»Unterschätzen Sie der Liebe Weisheit nicht. Wir kommen alle in ein Alter, in dem wahre Gefühle und nicht eitle Äußerlichkeiten die erste Geige spielen«, warnte Meller lächelnd.

»Jonny steht auf jüngere Frauen, dachte ich bisher. Aber was weiß man, was einem Mann in seinem Alter durch Hirn und Hose geistert«, begehrte sie bockig auf.

»Ah ja …« Meller zog die Augenbrauen hoch. »Und was läuft zwischen Ihnen und Monica Silani?«

Der Anflug einer Röte überzog ihr Gesicht. Sie schnaubte und erwiderte verbittert:

»Sie hat sich von mir zweitausend Euro geborgt, die ich seit einer Woche zurückbekommen sollte. Jetzt ist Monica für zwei Wochen nach Kuba geflogen, obwohl sie wusste, dass ich das Geld dringend benötige.«

»Ihr Lebensgefährte? Hätte er nicht aushelfen können?«

»Eben nicht. Wir hatten diese Woche unseren zehnten Jahrestag. Ich wollte ihm was Besonderes schenken … Wie stehe ich jetzt da?«

»Um ehrlich zu sein, Sie machen eine mehr als gute Figur. Und ich werde diesen Jonny sehr rügen, wenn er wieder eingetroffen ist. Sie sagen mir dann Bescheid?«

Er nahm die Tasse entgegen, die ihm Stefanie Hochleitner reichte. Dabei streiften seine Finger kurz ihre Hand mit der Zigarette. Oder war es Absicht, dass sie es geschehen ließ?

Meller zuckte zurück, weil er sich an der Glut verbrannte, und schon war das Malheur perfekt.

Der Kaffeelöffel fiel zu Boden. Rasch bückte sie sich, um ihn aufzuheben. Auch Meller versuchte reflexartig – mit der Tasse in der Hand – danach zu greifen …

Zwei Köpfe stießen zusammen. Den Kommissar riss es hoch,

er versuchte, die Tasse auf dem Unterteller zu balancieren. Doch sie fiel auf den marmorierten Steinboden und zerbarst. Der Kaffee verteilte sich über graugetönte Vorderfronten, zwei beige Hosenbeine und ein dunkelblaues Abendkleid.

»Jessas na!«, entfuhr es ihr. »Entschuldigen Sie! Ich bin heut aber schon so was von ungeschickt!«

Hektisch blickte sie um sich, griff nach dem Wischlappen im Abwaschbecken, den sie kurz unter fließendes Wasser hielt, drückte ihn aus und begann – vor dem Kommissar hockend – die Hose zu reinigen.

Eine atemberaubende Frau im Abendkleid zu seinen Füßen?

Meller war das sichtlich peinlich.

»Bitte nicht! Lassen Sie mich das machen, Frau Hochleitner«, wehrte er ihre Bemühungen ab, nahm ihr den Lappen aus der Hand und begann, die Flecken zu bearbeiten.

»Alles nur wegen Jonny, diesem Saukerl!«, jammerte sie, noch immer vor dem Kommissar hockend.

Als hätte Jonny ihren Vorwurf gehört, ertönte ein brummiges Summen durch den Raum.

»Bitte. Ich … das …«, stammelte Hochleitner, weil ihr der Kommissar hochhelfen wollte und dabei ihre straffe Figur zu spüren bekam. Etwas zu lang ließ sie ihn gewähren, bis sie betont sagte:

»Das … wird … Jonny … sein.«

Sie löste sich von Meller und eilte zum Telefon, das sich nahe der Sitz-Lümmel-Mulde auf dem Boden befand.

Während sie abhob, saugte sie gierig an der Zigarette, die sie wie durch Zauberhand wieder in ihren Fingern hielt.

Irgendwie war Meller plötzlich frustriert. Nicht nur, weil die Frau eine nach der anderen rauchte. Es störte ihn noch etwas. Nämlich, dass tatsächlich dieser Jonny in der Leitung war.

Geh nachhause, Meller, befahl er sich.

Hier war alles geklärt. Er brauchte nur noch zu erfahren, wo dieser Jonny war. Um ihn zu verhaften, weil er angekündigt hatte, eine gewisse Monica Silani zu ermorden. Denn wer im Kittchen saß, konnte niemanden ins Jenseits befördern, höchstens durch Telepathie. So einen Mordskerl gab's Gott sei Dank noch nicht.

Mellers säuerliches Lächeln galt diesem Jonathan Schwarz, der ihm die halbe Nacht geraubt und dazu noch ein paar unerfüllte Wünsche beschert hatte.

Verdammter Jonny, wenn ich dich in meine Finger kriege!

Der Fall würde in den nächsten Sekunden aufklärt sein.

Meller bekäme keinen Kaffee mehr, er würde das zarte Händchen dieser formvollendeten Schönheit drücken, eine gute Nacht wünschen – und tschüss, ihr Träume der Wollust!

Der Kommissar war ein Gentleman und würde nie die seelische Not einer Frau ausnützen – außer sie würde ihm eindeutig zeigen, dass trotz allem …

Kommissar Meller, schleich dich endlich!, befahl er sich scharf und endgültig.

Doch vorher sah er ihr noch zu, wie sie nervös die Zigarette in den Fingern der einen Hand, den Hörer in der anderen hielt und angespannt lauschte.

»Ja … richtig … ja … danke, ebenfalls. Wiederhören.«

Das war alles, was Meller zu hören bekam.

»War das jetzt Ihr Jonny?«

»Nein … ja.«

»Was, nein, ja?«

»Nein, weil er es nicht persönlich war. Und ja, weil jemand von einem Hotel angerufen und mir mitgeteilt hat, dass ich mir wegen Jonathan Schwarz keine Sorgen machen soll. Es sei ihm bis jetzt nicht möglich gewesen, sich zu melden, habe Jonny dem Mann an der Rezeption gebeten, mir auszurichten. Es gehe ihm gut, ein kleines Missgeschick gäbe es, aber nichts Schlimmes. Er würde mir bald alles erklären.«

»Welches Hotel?«

»Ja, das Hotel. Warten Sie … Irgendwas mit … zum roten … nein, zum blauen … Jetzt hab ich in der Aufregung glatt den Namen vergessen.«

»Die Nummer … ist sie auf dem Display zu sehen?«

Meller gab nicht nach. Er kannte das, wenn Menschen den Kopf verloren. Wichtige Informationen oder Details konnten für immer weg sein.

Stefanie nickte mechanisch, sah auf das Telefon, drückte eine Taste und wartete.

»Pardon, hab mich verwählt«, sagte sie knapp und unterbrach die Leitung.

»Hotel *Zum blauen Schwan*. Hamburg.«

»Na dann …«, erwiderte Meller erleichtert.

Für ihn war es Zeit aufzubrechen. Er sah auf seine angepatzte Hose, dann auf die Flecken auf ihrem Kleid und bemühte sich um einen amtlichen Ton.

»Frau Hochleitner, ich nehme Ihre Sorge natürlich ernst, sehe es in diesem Fall aber so, wie ich es ursprünglich vermutet hatte: Ihr Freund Jonny hat sich eine kleine Auszeit gegönnt. Das ist nach unserem Ermessen keine Straftat. Ihrem Ermessen nach verständlicherweise sehr wohl. Herr Schwarz jedoch ist erwachsen und solang er sich nichts Strafbares zu Schulden kommen lässt, sind wir nicht ermächtigt, einzugreifen … Was diese obskure Ankündigung betrifft, so sehe ich das folgendermaßen: Als Schriftsteller hat er sich, wie Sie mir auch erklärt haben, Aufzeichnungen für seine Romanprojekte gemacht.

Auch wenn diese vermeintlich ein Verbrechen anklingen lassen, meiner Meinung nach sind diese Notizen harmlos … Möglich, dass er Sie damit gezielt ärgern wollte, weil Sie in seinem Computer herumstöbern.«

»Dann soll er sich ein Codewort zulegen«, erwiderte Stefanie Hochleitner mit verbitterter Miene.

»Das ist Ihrer beider Angelegenheit. Sie sollten Ihre Beziehung überdenken und nach einer Lösung suchen – ob so oder so. Sie wissen, was ich meine. Betreffend der Unstimmigkeiten mit ihrer Arbeitskollegin Monica Silani, rate ich Ihnen zu einem offenen Gespräch und wünsche Ihnen, dass nicht eingetroffen ist, was Sie befürchten … So, jetzt ich muss ich aber los. Wenn's noch etwas gibt, was ich wissen sollte, rufen Sie mich an.«

Meller lächelte müde. Er dachte kurz nach, dann bat er sie:

»Sie melden sich, wenn Ihr Lebensgefährte aufgetaucht ist, ja? … Ich finde allein hinaus. Auf Wiedersehen, gute Nacht.«

»Herr Kommissar! Ich bitte Sie, bleiben Sie noch ein wenig. Ich … ich brauche jetzt jemanden, mit dem ich reden kann. Mich hat diese Sache so furchtbar aufgeregt … Und Ihren Kaffee haben Sie auch nicht mehr genießen können!«

»Also gut«, gab Meller sich geschlagen, »eine Tasse noch, dann aber wirklich ab ins Bett …«

»Wie Sie das sagen«, erwiderte sie mit einem Lächeln.

Na also, alles wieder in Butter, dachte er.

Die Frau war wie ausgewechselt. Jegliche Anspannung war von ihr gewichen und sie zeigte sich Meller so, wie er sie das erste Mal im Babenbergerhof gesehen hatte.

Stefanie Hochleitner eilte schnell ins obere Stockwerk, um sich, wie sie meinte, was Bequemeres anzuziehen.

Meller wartete inzwischen in der Lümmelmulde und betrachtete einen der Keramikköpfe näher, der auf einer halb vollen

Whiskyflasche steckte. Sechs weitere Flaschen – Cognac, Weinbrand, Liköre, Wodka –, denen ebenfalls kautzige Flaschenköpfe im Hals steckten, standen in einem gläsernen Gefäß, das sich neben der Sitzlandschaft bequem in Reichweite befand.

Er zog den Verschluss der Wodkaflasche ab und betrachtete die keramische Handwerksarbeit. Wenn der Kopf von Stefanie Hochleitner modelliert worden war, dann war sie eine talentierte Frau, fand er. Was sind wir doch alle für Flaschenköpfe, kam es ihm beim Betrachten, während er mit dem Tonkopf – *tri-tra-trallala* – einen Kasperl nachahmte und ihn auf seinem Schenkel tanzen ließ.

»Selbst getöpfert«, hörte er es leise hinter seinem Rücken.

Meller fuhr herum. Er starrte Stefanie Hochleitner an, fixierte ihre zierlichen Rundungen, die in einem Hauch von zartrosafarbiger Seide steckten ... riss sich vom Anblick los und blickte irritiert auf den Flaschenkopf in seiner Hand. Er versuchte, ihn wieder auf jene Flasche zu stecken, von der er ihn abgenommen hatte. Es misslang und der Keramikkopf purzelte in das Glasgefäß hinein.

»Ich hoffe, Sie sind jetzt privat«, sagte sie mit kehligem Unterton und einem Lächeln, das Meller durch und durch ging.

Der versprochene Kaffee war vergessen.

»Da der Fall so gut wie erledigt ist ... ja«, erwiderte er, zog dabei die Stirn in Falten. Etwas dröhnte in seinen Ohren. Doch dieses Mal war's nicht der *Favela-Ton*.

Hey, Mann, was heißt erledigt? Ein neuer Fall wird das!

War es das anschwellende Mellermännchen, das sich aus seiner unteren Region meldete?

Verdammt – ja, ja, ja! Na, und? Wen ging's was an?

Der Grund, warum der Kommissar hierher gekommen war, hatte sich in Wohlgefallen aufgelöst. Aber wenn er schon hier war – die Dame des Hauses hatte ohnehin das vertrackte Bündnis mit ihrem Jonny in den Wind geschossen, was sie ihm deutlich zeigte –, dann konnte er ruhigen Gewissens noch bleiben und vorfühlen, was die angebrochene Nacht an Überraschungen bringen würde.

Job war Job … und der war für heute erledigt.

Und Schnaps war Schnaps – der ebenso vorhanden war wie sein Grund zu bleiben. Urplötzlich fühlte er sich wie einer von Hochleitners Flaschenköpfen, die auf Hochprozentigem steckten. Ihn allerdings überkam das Bedürfnis, seinen Kopf auf der Stelle quasi sinngemäß »abzuschrauben«, um seine Seele ausschütten zu können. Seinen Kummer einfach wegzuleeren, dem er seit Bellas Tod ausgeliefert war.

Was einem Mann so alles einfiel, wenn das Hirn gefühlsmäßig auf die Leitschiene der Unvernunft donnerte.

Mein Gott, Meller! Sollst halt auch wieder eine Freude haben in deinem Leben!, betete er sich entschuldigend vor.

Wie ein Messie hatte er Müll in sich gesammelt, seelischen Müll. Die zähe Masse stand ihm bis Oberkante Unterlippe, so zugemüllt fühlte er sich plötzlich. Ein Frustgedanke nur noch und er würde überschwappen. Solch ein Gefühl jedoch locker wegstecken zu können, darin war Meller nicht geübt. Aber probieren wollte er es.

Ein Mann ist ein Mann, wenn er ein Mann sein kann.

Sie wollte ihn, er wollte sie – beide hatten sie auf den ersten Blick gespürt, dass es über kurz oder lang zu dieser Haut an Haut pressenden, amourösen Auseinandersetzung kommen würde. *Amouröse Auseinandersetzung,* welch Formulierung!

Der Mensch denkt, ein anderer lenkt. Der Teufel? Gott kaum.

Zum Teufel damit!

Meller erhob sich und ging auf Stefanie zu. Er stolperte beinahe die zwei Stufen hoch. Da ergriff sie seine Hand. Wortlos schritten sie die metallene Treppe hinauf.

Meller dachte nur noch an das Eine und fühlte seine längst vorgenommene Absicht als abgehakt und erledigt.

Das, was er donnerstags, ab zirka 23 Uhr 57 trieb, war reine Privatsache.

Seinen moralischen Grundsätzen entsprechend, fühlte sich Meller berechtigt, Stefanie Hochleitner ein wenig von ihrem Frust abzunehmen und ihr Glücksmomente zu bescheren. Natürlich war er nicht nur auf ihre Bedürfnisse fixiert. Auch er erwartete sich einen fulminanten Abgang und endlich wieder das Spüren einer Frau – Haut an Haut – mit allen Reizen, Regungen und Bewegungen …

Am Freitag, um 2 Uhr 37, verließ ein erschöpfter, doch wie schon lang nicht mehr gelöster Kriminalkommissar das Grundstück eines gewissen Jonathan Schwarz in Achau, in der Spielplatzgasse. Was für ein Name, dachte er. Meller sah die Villa im Rückspiegel, während er die Gasse entlangfuhr und in die Hintausstraße einbog.

Der Kommissar hätte seine Aufmerksamkeit einem Fenster des Hauses vis-à-vis von Jonnys Villa schenken sollen.

Eine Hand hielt ein Fernglas, die andere fügte in einem roten Buch weitere Notizen hinzu:

Donnerstag, 23. 9. 2010 – 23.09 Uhr:
Die Hochleitner lässt einen Mann ins Haus.
Zirka eins achtzig groß, mittleres Alter. Verdächtig!
Freitag, 24. 9. 2010 – 02.37 Uhr:
Der Mann verlässt die Hochleitner. So eine Schlampe!
Kaum ist ihr Alter weg, schon hat sie Männerbesuch.

Stefanie Hochleitner lag erschöpft in der Badewanne.

Die vergangenen Stunden waren traumhaft gewesen. Geahnt hatte sie es, der Mann war eine Wucht. Kein Vergleich mit Jonny. Ja, und ihr Durst nach Rache war vorerst gestillt worden.

Das mochte unfair gedacht sein, aber ihm gegenüber plagten Stefanie keine Schuldgefühle mehr. Innerlich hatte sie sich von Jonathan Schwarz längst getrennt.

Jetzt, wo sie den Kommissar zwischen ihre Beine bekommen hatte, war ihre Welt wie neu erschaffen.

Mal schauen, wie's mit dem Mann weitergehen würde!

Das Leben war immer wieder gut für Neues, für ultimative Überraschungen.

Sie schloss die Augen, fuhr mit beiden Händen an ihrem Körper entlang, wo sie Mario besonders intensiv gespürt hatte.

Jahh – noch immer pulsierte es zwischen den Schenkeln.

Stefanie genoss den flaumigen Badeschaum, der durch ihre Finger glitt und ließ sich vom wohlig warmen Wasser einlullen, bis sie vor Müdigkeit einnickte …

Erschrocken fuhr sie hoch.

Es dauerte eine Weile, bis sie begriff, dass sie in der Wanne eingeschlafen war, dass das Wasser unangenehm kalt war und ein Surren nahe dem linken Ohr störte.

Noch benommen griff sie so ungeschickt nach dem Handy auf dem Wannenrand, dass es ihr entglitt und ins Wasser fiel.

»Scheißdreck, blöder!«, rief sie zornig, wollte sich aufrichten, rutschte aber aus und fiel wieder in die Wanne zurück.

Das Wasser schwappte über und verursachte eine kleine Überschwemmung im Bad. Wer auch immer es war, sie hatte ihn ertränkt, dachte Stefanie und sie musste laut auflachen.

»Meinen ganzen Frust hab ich heute ertränkt und mich an dir gerächt, Jonny. Damit wirst du leben müssen!«

Von wegen frustriertes Leben: Wegen ihm hatte sie eins – seit mindestens zwei Jahren.

Plötzlich kamen Stefanie die Tränen. Sie begann bitterlich zu weinen, während sie heißes Wasser in die Wanne laufen ließ.

Warum war das alles so gekommen? Jonny und seine blöden Visionen! Ein Buch schreiben, was für ein Schwachsinn! Und was hatte er davon? Jetzt steckte er irgendwo in Hamburg und hatte sich Schwierigkeiten eingehandelt. Überhaupt, wie kam er dazu, nach Hamburg zu fahren?

Er wollte doch zu Vera nach Velden, hatte er gesagt!

Scheißvera, Scheißvelden, Scheißjonny!, fiel ihr dazu ein.

Stefanie wusste, sie könnte schon heute Früh ausziehen. Ein paar Umzugskartons füllen, damit in eine Pension übersiedeln und sich gemächlich auf Wohnungssuche begeben.

Schon würde ein neues Leben anlaufen und es wäre ihr so was von egal, wo sich ihr künftiger Ex herumtrieb.

Ex – wie das klang und wie es in ihrer Seele wehtat. Nicht einmal Exmann hieß er jetzt für sie. Da wäre sie wenigstens abgesichert, aber so?

»Scheißex!«, schrie sie, patschte mit beiden Händen ins Wasser und heulte wie ein Schloßhund auf.

Sie liebte ihren Jonny doch noch immer! Zehn Jahre konnte man nicht so einfach wegwerfen!

Trotzdem – aus, vorbei! Jonny war bei ihr abgemeldet.

Der alte Knacker sollte sich mit wem auch immer ins Bett legen. Nur blechen würde er für diese Schmach, die er ihr angetan hatte und für den Frust der letzten zwei Jahre.

Jetzt war Stefanie die Wirtin und Jonny der Zecher – nix würde sein mit Zeche prellen! Sie musste nur aufpassen, damit sie dabei nicht auf der Strecke blieb.

Den Kommissar ins Spiel bringen?

Ja … nein … vielleicht … Man würde sehen, wie sich die Sache entwickelte. Mario war nicht so einer wie Jonny.

Da musste sie aufpassen. Sie hatte ihm gestanden, dass sie ihn unglaublich anziehend fand und er in ihr ein Feuer entfacht habe, wie sie es noch niemals empfunden habe.

Sie waren erwachsene Menschen und sollten es langsam angehen, hatte er gesagt. Irgendwie war das ausweichend …

Die Männer waren doch alle gleich!

Es war ihr geglückt, den Kommissar ins Bett zu kriegen.

Sie kannte sich und ihre Qualitäten. Bei dem erotisierenden Spannungsfeld, das sich zwischen ihnen aufgebaut hatte! Wer da nicht zugriff, der musste vom anderen Ufer sein und das war nicht Stefanies Baustelle. Sie stand weder auf Schwule, auf Lesben noch auf Bi-Kontakte. Da war sie konservativ …

Den Kommissar lieber außen vor lassen, entschied Stefanie.

Erst musste sie für sich Klarheit schaffen. Das ging nur, wenn sie in der nächsten Zeit allein blieb, um in Ruhe ihren Iststatus zu überdenken.

Erneut kamen ihr die Tränen, weil sie sich unendlich einsam, verlassen und vom Leben betrogen fühlte.

Ein paar Gedanken weiter landete sie bei Monica, während sie heißes Wasser nachlaufen ließ, weil ihr in der Wanne und in ihrem Herzen kalt wurde. Diese verdammte falsche Schlange! Wie hatte sie sich nur auf diesen Kuhhandel einlassen können!

Dabei kannte sie die Frau erst ein paar Monate.

Monica Silani war als Mitarbeiterin aufgenommen worden, um den Kontakt mit den Partnern in Italien zu intensivieren. Monica war eine gebürtige Burgenländerin. Ihre Eltern waren Anfang der Sechzigerjahre als Gastarbeiter von Süditalien nach Österreich gekommen und hatten sich in Güssing niedergelassen.

Eh klar, typisch Südländerin, kein Wort sollte man denen glauben, dachte Stefanie verbittert.

Wut und Enttäuschung stiegen wieder in ihr hoch.

Sie waren einander auf Anhieb sympathisch gewesen und hatten sich sofort angefreundet. Monica, drei Jahre älter, war ihre Seelenschwester geworden. Das war auch der Grund, warum sich Stefanie ihr anvertraut hatte.

Mit Monica konnte sie über alles reden, was sie mit Jonny im Lauf der Jahre erlebt hatte, wie Jonny im Bett war, seine sexuellen Vorlieben, seine finanziellen Verhältnisse.

Da gab es keine Geheimnisse mehr.

Bei Monica brauchte sie wegen Jonny keine Angst zu haben. Monica war nicht der Typ Frau, auf den Jonny ansprang. Sie war kräftiger, auch größer und hatte rabenschwarzes, kurzes Haar. Jonny aber stand auf blonde, zierliche Frauen.

Eines Abends hatte sie sich dann bei Monica ausgeweint.

Mochte sein, dass Jonny um fünfzehn Jahre älter als Stefanie war, das hatte sie bis vor zwei Jahren nie gestört.

Jonny war erst als Pensionist grantig und unleidlich geworden. Wenn sie daran dachte, was für ein toller Typ er gewesen war, als sie ihn kennengelernt hatte. Jonny, damals fünfzig, war so klug, so welterfahren. Mit seinen Wortspielereien hatte er sie immer zum Lachen bringen können.

Auch finanziell war er bestens gestellt, das war nicht zu übersehen gewesen und hatte schließlich dazu geführt, dass Stefanie rasch bei ihm eingezogen war. Ihr damaliges Problem, eine Wohnung zu finanzieren, hatte sich in einer der ersten gemeinsamen Nächte in Jonnys Bett in Wohlgefallen aufgelöst.

Wenn Stefanie aber an die letzten zwei Jahre dachte – aus dem wortwitzigen Jonny war ein verbissener Frührentner geworden, der meistens frustriert herumsaß. Kein Honiglecken!

Doch dann, kaum sechzig geworden, war Jonny wie ausgewechselt. Er lebte plötzlich auf, begann zu schreiben und war nächtelang weg.

Da konnte nur eine andere Frau dahinterstecken ...

Stefanie hatte Monica von der Rentnergang erzählt, weil sie vermutete, Jonny habe mit einer der Damen ein Verhältnis angefangen. Sie konnte es sich zwar nicht vorstellen, dass eine Frau, die älter war als sie, überhaupt Chancen bei ihm hätte. Wenn aber doch? So ohne Weiteres wollte sie sich nicht aus dem Haus drängen lassen und einer anderen Platz machen.

Stefanie hatte nicht geahnt, dass sie Jonny ihrer besten Freundin geradezu auf dem Silbertablett servierte ...

Ich blöde Kuh, ich!, schimpfte sie sich.

Von Monica war auch die Idee gekommen, ihn zu beschatten.

Jonny kannte sie nur von Stefanies Erzählungen, sie hatte ihn noch nie gesehen. Monica wollte sich an seine Fersen heften.

Bald fand sie heraus, dass es zwei Damen aus der Seniorenrunde gab, mit denen sich Jonny regelmäßig traf. Sie konnte jedoch nicht nachweisen, ob er mit einer von ihnen – gar mit beiden – intim verkehrte ...

Jetzt war Jonny in Hamburg und Monica auf Kuba – sofern das stimmte.

»Und das werde ich auch noch erfahren«, sagte sie sich halblaut vor und stieg aus der Wanne.

Es war an der Zeit, noch ein wenig zu schlafen.

Stefanie betrachtete sich nackt im Spiegel, beobachtete, wie das Wasser an ihr abrann. Sie war zufrieden mit ihrer Figur und mit dem, was ihr in den Stunden davor geschenkt worden war – zwei Orgasmen mit einem tollen Mann.

Stefanie grinste und war sogleich frustriert, weil sich zu ihren Gedanken über Mario schon wieder Jonny drängte.

Was soll's – sie hatten eine schöne Zeit gehabt und sich eben auseinandergelebt. Seit Monaten war kein liebes Wort mehr zwischen ihnen gefallen, genauso wenig oft hatte sie von ihm auch nur den Hauch einer zärtlichen Berührung wahrgenommen.

Verdammte Beziehungsfalle – wäre doch Jonny nicht in ihr Leben getreten. Wer hätte es dann sein sollen? So einer wie der Kommissar?

»Scheißmänner!«, jammerte Stefanie. »Ohne sie geht's nicht und mit ihnen kann ich nicht! Selbst der geilste Typ schmeckt bald wie abgestandener Kaffee.«

Ihr Spiegelbild war derselben Meinung …

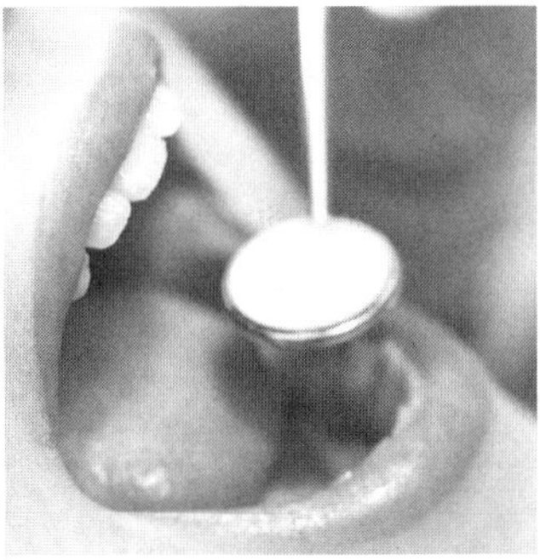

Fünf

Freitag, 24. September 2010

Die Sonne lachte ihm ins Gesicht.

Als Meller munter wurde, hatte er das Gefühl, aus einem hundertjährigen Tiefschlaf erwacht zu sein. So ausgeruht hatte er sich seit Ewigkeiten nicht mehr gefühlt, obwohl es bloß an die vier Stunden her war, seit er ins Bett gefallen war.

Kurz schloss er noch einmal die Augen, um sich die letzten Stunden vorm Einschlafen in Erinnerung zu rufen. Er wusste, sein unglaubliches Erlebnis mit Stefanie war ein einmaliges in doppeltem Sinne.

Er wollte nicht in ihre Beziehung hineinpfuschen, selbst wenn diese schon zu Bruch gegangen war, wie sie ihm mehr als deutlich zu erkennen gegeben und auch gesagt hatte.

Was für berauschende und orgiastische Momente – Meller schnupperte an seinen Händen, an seinen Armen. Er hatte das Gefühl, sie noch immer riechen zu können.

Als Meller heimgekommen war, hatte er sich wie ein Dieb ins Haus geschlichen. Es wäre ihm peinlich gewesen, um diese Zeit seinem faltigen Hauskobold gegenüberzustehen.

Die zerzausten Haare und der zufrieden erschöpfte Gesichtsausdruck hätten jeder Frau – selbst Erika Hauser – verraten, was er gerade getrieben hatte.

Frauen hatten dafür einen Riecher, das wusste Meller.

Erika Hauser, kürzlich achtzig geworden, beileibe nicht seine Frau, aber eben eine. Ihr gegenüber wollte er schon gar nicht Rede und Antwort stehen müssen, von wegen: wieso so spät und so.

Das Leben eines Kommissars war eben meistens mörderisch unbarmherzig. Wenn er im Dienst war, konnte es schon auch mal bis in der Früh gehen, wie eben letzte Nacht.

Die rührige Erika hatte es sich freiwillig zur Aufgabe gemacht, für das Wohl des Hausherrn zu sorgen, und regierte im Hause Meller wie zu ihrer besten Zeit, damals in der Villa Goldmann in Rio de Janeiro.

Meller ließ sie gern fuhrwerken, weil er wusste, wie viel ihr das bedeutete. Von anderen gebraucht zu werden, war der wahre Lebensinhalt der alten Frau.

Doch für rein männliche Belange wollte Meller ungefragt selbst sorgen. Er hatte sich noch kurz unter die Brause gestellt, seinen Freudenspender gewaschen, die Zähne geputzt und war erschöpft ins Bett gefallen …

Hurtig sprang der Kommissar aus dem Bett. Es würde ein toller Tag werden. Das Wetter war entsprechend, seine Stimmung unglaublich euphorisch – er fühlte sich fit wie ein Turnschuh.

Doch bald bekam er zu spüren, dass der Tag eine weitere Überraschung bereithielt, an diesem sonnigen, mildwarmen Morgen. Erst war es ein undefinierbares dumpfes Gefühl in der linken, unteren Kieferhälfte. Bald ein Ziehen, das er mit der Zahnbürste wegzuputzen versuchte. Doch je mehr er seine Zähne bearbeitete – er putzte sie seit Jahren mit einer elektrischen Bürste –, desto hartnäckiger wurde das Ziehen zum Hämmern und pochte unisono mit dem Herzschlag.

War das die Strafe für das unbändige Ausleben seiner Triebe letzte Nacht? Das wäre unfair, unmenschlich aus der Sicht eines normalen, gesunden wie ungebundenen Mannes. Doch einem Backenzahn war das wurscht.

Ein Zahn besaß ja kein Mitgefühl, dafür aber einen Nerv, der einem mächtig auf den selbigen ging, wenn man an ihm herumdokterte – vor allem draufbiss, was Meller beim Frühstück lieber hätte bleiben lassen sollen.

»Auaaah! Verdammt!«

Sein Aufschrei schreckte Erika aus ihrer Küchenecke hervor. Auch Manuel sah erschrocken auf.

Die Kaffeetasse in der Hand, fuhr Meller sich an die Backe und verschüttete dabei einen Teil der heißen Brühe über seine frische Hose.

Somit war der Tag zwar weiterhin ein sonniger, für den Kommissar aber ein rabenschwarzer, ein Unglückstag.

Zahnarzttage waren Schmerztage der unbekannten Dimension, denn Meller hatte einen Mordsspundus vor Zahnärzten.

»Du solltest zum …«, setzte Manuel mitfühlend an.

»Sag das Wort nicht, ich hasse es«, fuhr ihm Meller dazwischen.

»Das war doch nur ein Tipp«, beschwerte Manuel sich, als er die blitzenden Augen seines Erhalters sah.

»Aber, Mario! Was kann Manuel dafür, wenn du Zahnschmerzen hast?«, verteidigte Erika den Jungen. »Das bisschen Bohren, eine Füllung … und das war's auch schon.«

»Und die Schmerzen?«, jammerte Meller, der sich vorstellte, wie sein Zahn von einem Baumarktbohrer durchlöchert wurde, der unterm Kinn wieder rauskam. Verdammt – welch Horrorfantasien er sich auszuliefern in der Lage war …

Acht Plätze waren es.

Zwei Sitzgruppen befanden sich in der Mitte des Raums. Auf eleganten, länglichen Glastischchen lagen Magazine und Zeitungen.

Auf den letzten freien Platz ließ sich Meller fallen. Sein halblaut über die Lippen kommender Guten-Morgen-Gruß wurde von den Anwesenden mit kurzem Aufschauen von ihrer Lesetätigkeit oder mit einem Kopfnicken erwidert.

Wer jetzt noch kam, der würde stehen müssen, dachte Meller, während er in die Runde blickte und diese auf sich wirken ließ.

Was einem an unwichtigem Gedankenzeug durch den Kopf ging, bloß um sich vom Schmerz abzulenken.

Geknickt knotzte er nun in einem großen, modern gestalteten Wartezimmer. Genauso gut hätte man so wohnen können.

Die Einrichtung war sichtlich teuer, der Raum durchgestylt. Man konnte auf der futuristischen Couch sogar angenehm sitzen, was bei den meisten Designerstücken nach längerer Zeit zur Qual wurde. Der Vorteilsbonus im Warteraum eines privaten Kieferspezialisten? Wie würde er wohl in der Praxis eines Kassenarztes sitzen?, kam es Meller.

Ihm war wichtig gewesen, sofort einen Termin zu bekommen, egal, was es kosten würde. Und wenn's das Dreifache vom üblichen Honorar war, er würde dafür das letzte Hemd hergeben! Am Finanziellen lag's bei ihm ja nicht, sondern an seiner Feigheit vor dem Zahnarzt.

Denn Zahnschmerzen waren schon in seiner Kindheit für ihn wie ein Fünfer im Zeugnis gewesen. Davor hatte man Angst.

Um Zahnärzte machte er einen riesigen Bogen – auch wenn er sich den besten aussuchen, sich die schmerzloseste Spritze geben lassen konnte. Wenn's sein musste mit esoterischer Musikberieselung plus Händchen-halten-Lassen von hübschen

Assistentinnen, je eine pro Hand und ... *Meller, du feige Zahnlochlusche, es reicht!*, schimpfte er sich im Stillen.

Wenn schon Zahnschmerzen einem das Leben zur Hölle machten, Dr. Werner wollte den Patienten die Wartezeit in seiner Ordination so angenehm wie möglich gestalten. Exotische Pflanzen in farblich dezent gehaltenen Keramiktöpfen sowie taufrische Blumenarrangements in gläsernen Vasen gaben dem Raum eine zusätzlich heimelige Note.

Es war anzunehmen, dass die Zahnarztgattin, Irene Werner – so stand es auf dem Schildchen der flott gestylten Dame an der Rezeption –, einen besonders grünen Daumen für die florale Gestaltung dieses einzigartigen Wartezimmers besaß.

Ein bis zur Decke reichendes, gut bestücktes Bücherregal füllte eine Wand aus und lud zum gemütlichen Schmökern ein.

Wo bin ich?, dachte der von Schmerzen Geplagte. In einer wohlsortierten Privatbibliothek?

Etwas erhöht zwischen beiden Sitzinseln stand als effektvoller Hingucker ein stattliches Aquarium.

Fische sollten ja angeblich Schmerzen erträglicher machen, solang man ihr quirliges Umherschwimmen verfolgte.

Doch Meller verspürte keinerlei Linderung. Vielmehr traktierte ihn unverändert sein im Unterkiefer steckender Quälgeist.

Der verdammte Backenzahn musste schnellstens raus!

Am besten die restlichen Zähne gleich mit und sich sofort ein Dauergebiss einschrauben lassen. Ein schmerzloses, hart wie Granit, blendend weiß wie Neuschnee, das bis ans Ende seiner Tage nicht eine Sekunde aufmucken würde.

Wer Zahnschmerzen hat, hat nur einen Wunsch: keine zu haben. Schmerzlose Zeiten, was für ein Gefühl musste das sein!

Meller war, als hätte er, seit er denken konnte, Zahnschmerzen. Dabei war es erst eine Stunde her, dass der Zahn sein

Nervenzentrum vollends in Beschlag genommen hatte. Für ihn aber fühlte sich eine Stunde Zahnweh wie Ein-Leben-lang-Schmerzen-Haben an. Zehn Stunden Zahnweh zum Beispiel waren – ein durchschnittliches Menschenleben mit siebzig Jahren gerechnet – siebenhundert Jahre purer Schmerz.

Das hielt ja kein Mensch aus!

Meller reichten bereits siebzig Lebensjahre permanenter Schmerz pochend und ziehend im Unterkiefer …

Um sich abzulenken, versuchte er weitere Rechenbeispiele und landete beim S-C-ONE, bei seinen Arbeiten, die dort auf seinem Schreibtisch auf Erledigung warteten.

Raus aus meinem Hirn!, befahl er seinen Gedanken – zum Zahnschmerz auch noch Kopfweh zu bekommen, das fehlte ihm gerade noch. Was für ein Morgen!

Wiederum blieb sein Blick am regen Treiben im Aquarium hängen. Er versuchte die Fische zu zählen. Unmöglich.

Er ließ es bleiben und beobachtete jetzt die dickliche Frau, die ihm gegenübersaß und mit dem Ringfinger, den ein wuchtiger Stein schmückte, unentwegt zum Rhythmus esoterischer Hintergrundmusik klopfte. Je nach Stimmung, mal heftiger, mal leiser, nie jedoch traf sie den Takt.

Wie das erst nervte!

Doch je leiser sie klopfte, desto mehr konzentrierte Meller sich darauf, ob sie den Takt denn endlich schaffen würde! Vergebens.

Tapp … tapp-tapp … tapp … tapp-tapp … tapp …

Meller erinnerte sich an eine Szene aus einem Horrorfilm, den er vor Jahren gesehen hatte. Allein sich einen solchen Schwachsinn angesehen zu haben, ärgerte ihn jetzt noch. Seinen Zahnschmerzen gab er die Schuld dafür.

Das Opfer war jedenfalls an einen Baum gebunden und

Wasser tropfte auf den Kopf des Ärmsten, der davon wahnsinnig wurde. *Tapp … tapp-tapp … tapp …* ähnlich dem Geräusch, das die Dicke mit ihrem Finger verursachte. Wer in der Runde der Patienten als Erster wahnsinnig werden würde?

Eine zu Fleisch gewordene Nervensäge, diese Frau, urteilte Meller und starrte sie böse an. In der Hoffnung, sie würde das bescheuerte Klopfen endlich bleiben lassen.

Was die Frau jedoch nicht mitbekam, da sie das Modemagazin sichtlich faszinierte. Sie klopfte … blätterte vor … klopfte … blätterte zurück … klopfte …

Man sollte ihren Finger, die ganze Hand mit Superkleber auf dem Magazin fixieren … und die zweite Hand dazu …

Neben ihr saß ein Mann in Anzug und Krawatte, klopfte mit den Fingern im Takt auf den Oberschenkel, summte sogar leise mit.

Dideldadeldu … dadada … dideldadeldu … dadada …

Meller fand sich, einschließlich Backenzahn, von Nervensägen umgeben. Laut räuspernd machte er seinem Ärger Luft.

Da hob die Frau den Kopf, lächelte dem Kommissar honigsüß zu, das nervtötende Klopfen verstummte.

Die Musik verklang, der Schmerz blieb.

Sogleich aber plätscherte es sphärisch weiter und das Fingerklopfen strapazierte Mellers Nervenstränge.

Esoterische Gehirnwäsche – die akustische Beruhigungspille, um Patienten die Angst vorm Zahnarzt zu nehmen?

Meller! Was bist du für ein schmerzgenervtes Angsthasenpaket! Ein Zahn weniger und alles ist vorüber!, rügte er sich innerlich und versuchte, auf andere Gedanken zu kommen.

Wohnte der Zahnarzt in diesem Warteraum, der einem Wohnzimmer glich?, fragte er sich. Der Witz, Zahnärzte lebten von der Hand im Mund und das nicht schlecht, fiel ihm ein.

Haha – wie lustig! Wenn der verdammte Zahn nicht so weh täte. Er griff an seine Backe, die sich heiß und geschwollen anfühlte. Auch das noch, wie er damit aussehen mochte?

In einer Ecke des Wartewohnzimmers gab es ein Holzhäuschen, ein paar Spielsachen lagen dekorativ verstreut, um Kindern die Wartezeit zu verkürzen.

Augenblicklich konnte Meller sich vorstellen, zum Kind zu werden, sich dorthin zu setzen und sämtliche Bauklötze nach der Frau zu werfen, um ihr nervtötendes Geklopfe zu beenden.

Als Kind durfte man heute alles tun, vor allem unartig sein.

Er versuchte ein letztes Mal, hüstelnd die Frau zum Aufgeben zu bewegen. Zwecklos. Sie hatte sich in ihre Lektüre vertieft und ließ jetzt mittels Ringfinger die Magazinseiten vibrieren.

Mit einer missmutigen Miene nahm Meller ebenfalls eins der Hefte zur Hand, ohne darauf zu achten, worin er blätterte.

Ein weiterer Patient betrat den Raum und grüßte mürrisch. Kurz hob Meller seinen Kopf. Sein Blick blieb an einem aufgeblasenen, strahlend weißen Plastikzahn hängen, den er erst jetzt bemerkte. Er baumelte vom Plafond und verkündete:

Für den, der mich vernachlässigt,

bin ich die Wurzel allen Übels.

Sehr witzig, grummelte Meller innerlich, während er seinen Backenzahn verfluchte. Er kannte noch eine andere Wurzel, die er monatelang vernachlässigt hatte.

Wieder drängte sich ihm die vergangene Nacht auf. Er sah Stefanie vor sich, ließ sie gedanklich in seine Arme fallen.

Ein verdammt gutes Ablenkungsthema …

Plötzlich – ein schrilles Urwaldgeschrei schreckte nicht nur Meller aus seinen Gedanken hoch.

Wie konnte man nur Tarzan jodeln lassen!

Jener Mann, der zuletzt gekommen war, konnte es und

aktivierte sein Handy. Halb lehnend, halb sitzend knotzte er sich keck an die Armlehne eines Fauteuils, in dem eine jüngere Blondine saß.

Demonstrativ wandte sie sich von dem ungehobelten Kerl ab und schüttelte pikiert ihren gestylten blonden Lockenkopf.

»Ja? ... Hallo, Martina!«, begann der Mann überlaut, so dass alle im Warteraum mithören durften.

»Du, ich wollte dich eh grad ...!«

Konzentriertes Hinhören. Die Stirn runzelnd, kam von ihm:

»Bitte warte, Schnuckiperli ... Ich hab dir doch gesagt ...«

Wieder Schweigen. Einer schrillen Piepsstimme zuhörend, deren Tonlage sogar Meller vernahm, verdrehte der Typ die Augen und versuchte einen erneuten Anlauf:

»Geeeh, Martina! ... Schnuckiperli! Das war doch net ...!«

Er wurde von Schnuckiperli unterbrochen. Heftige Worte, Entengequake ähnlich, prügelten ihn nieder.

Auch wenn die Wartenden ihre Magazine durchblätterten oder aus Fenstern blickten – nur zu gern hätten jetzt alle die Vorhaltungen dieser erregten Martina erfahren. Endlich eine Abwechslung, die das lähmende Warten verkürzte.

»Frau Steininger, bitte in Raum zwei!«, tönte eine Frauenstimme aus einem verborgen eingebauten Lautsprecher.

Die Aufgerufene hätte am liebsten getauscht, das sah man ihrer Enttäuschung an.

Ihr fragender Blick in die Runde – wer sich denn ihrer erbarmen würde – blieb an Meller hängen, der ihr Angebot mit einem stummen Nein-danke-Blick ablehnte.

Da erhob sich der blonde Lockenkopf seufzend und verschwand hinter der Tür zu Raum zwei.

Sofort nahm der Telefonierer den freien Platz in Beschlag und rutschte in die weiche Polsterung. Das Gespräch würde länger dauern, so wie er sich räkelte, lässig die Füße von sich streckte während er weiterplapperte:

»Aber doch nicht mit der Anni, Schnucki …«

Er hörte zu.

»Also, mit der Anni hab ich nie was ghabt … ehrlich …«

Wieder – zuhören, mit einem Blick auf den Plastikzahn.

»Geeeh! … Das mit der Jeanny war nur ein einziges Mal. Das hab ich dir doch eh schon gebeichtet. Ehrlich, ich bin …«

Zuhören und Augen verdrehen.

»Schnuckiperli, ich schwör's dir, gestern war's unmöglich …«

Erneutes Zuhören. Heftiges Kopfschütteln, ein Seufzer.

»Schnuckiperli, ich kann jetzt net so reden …«

Die Anwesenden musternd, zuhörend, dann auffahrend:

»Ich? Gschnackselt? Mit der? Wer verbreitet denn so etwas?«

Zuhörend. Seine rechte Hand zur Faust ballend.

»Die ist doch total bescheuert! … Ich mit der Janine? … Diese blöde Ziege! … Ja, eifersüchtig ist sie! … Eh klar – auf dich!«

Zuhörend. Erleichtertes Ausatmen.

»Du sagst es … genau, die tät gern … Aber, Schnuckiperli, ich steh doch nur auf dich! … Du, ich muss jetzt aufhören, die Leut schauen schon … Was sagst du? Er fährt weg? … Über Nacht? … Salzburg, aha … Na klar komm ich! Garantiert …«

Kurz schloss er die Augen und grinste. Als er sie öffnete, traf ihn Mellers Blick. Das Lächeln erstarrte zur Eisgrimasse.

»Das Auto um die Ecke … mach ich … net vor zehn, okay! Baba, Schnuckiperli!«

Der Mann unterbrach die Leitung und wollte sein Handy schon einstecken, doch der Tarzanschrei ertönte neuerlich.

Als er die Nummer auf dem Display erkannte, zögerte er, das Gespräch anzunehmen. Doch Tarzan jodelte unbarmherzig.

»Na, was jetzt?«, fuhr ihn ein hagerer, älterer Herr an, der die ganze Zeit Notizen in ein zerschlissenes Büchlein geschrieben hatte. »Vielleicht ist Ihre Jane dran oder der Schimpanse?«

Grinsendes Getuschel der anderen Wartenden war die Folge. Der Typ überhörte die Anspielung und nahm das Gespräch an.

»Ja servus, Anni! … Du, ich konnte dich nicht eher …«

Verlegenes Lachen.

»Und jetzt ist es auch grad seeehr ungünstig. Weißt, ich sitz nämlich beim Zahnarzt … Was? Die Martina? Was hat s' denn wissen wollen? … Ah geh, immer dasselbe. Damit will sie dir nur wehtun … Aber überhaupt net! Du weißt doch, ich liebe nur dich … Ehrlich, da kannst mir den Dingsbums abschneiden!«

Er lachte verlegen.

»Aber das tätest du nie … willst dir doch net ins eigene Fleisch schneiden …«

Erneutes Lachen.

»Du, Anni, es kommt ein Gespräch rein, ich muss … Was hast du gemeint? Morgen?«

Ungeduldig hörte er zu und rief:

»Hallo? … Halloo? … Haalloooh? Du, Anni, die Leitung …«

Er unterbrach das Gespräch, dem unmittelbar Tarzans Urwaldgejodel folgte.

»Das ist heut wieder ein Stress«, murmelte er, sah auf das Display und maulte:

»Jetzt auch noch der Wappler. Na bravo!«

Er nahm das Gespräch an. Seine lässige Haltung verwandelte sich im Nu. Angespannt saß er da und mit einer leidenden Stimme begann er:

»Chef?«

Sekundenlanges Husten.

»Was gibt's? … Wo ich stecke? Jetzt gerade beim Zahnarzt! …

Aber ich hab mich doch letzte Woche eh krankgemeldet! … Der Panstingl hat gesagt, er vertritt mich … Was? Der ist auch nicht in der Firma? Wo ist er denn? … Das geht net – hab Zahnweh. Kiefereiterung. Tut mir leid … Wie bitte? Wo soll mich die Marek gesehen haben? … Im Bermuda Dreieck? … Wann? … Vorgestern?«

Kurz nahm er das Handy vom Ohr und starrte es an.

»Die falsche Sau«, zischte er mehr für sich und legte los:

»Die Marek soll sich endlich das Fett aus dem Gsicht absaugen lassen, dann sieht sie auch, wen s' vernadern kann … Chef, wenn ich krank bin, kann ich net gsund sein. Und eine Kiefereiterung … Auch gut – wenn Sie glauben, dann sehen wir uns beim Arbeitsgericht … Ich muss Schluss machen, ich werde aufgerufen!«

Er unterbrach das Gespräch, stand auf und ging zu einem der Fenster hin. Während er auf die Thaliastraße hinunterblickte und den Verkehr beobachtete, betrat eine bildhübsche, brünette Frau den Warteraum.

Ihr »Grüß Gott« ließ den Typen am Fenster herumfahren.

»Michaela, du? Wieso weißt du, dass ich …?«

Entgeistert sah er zur Frau hin, die ihn verbittert ansah.

Ein Raunen ging durch den Raum.

»Ich hab bei dir in der Firma angerufen«, erwiderte sie bemüht verhalten, aber doch so laut, dass es alle verstanden. »Und ich weiß jetzt, wo du letzte Nacht warst, Konrad. Versuch bitte, es nicht noch schlimmer zu machen.«

Da konnte sich der ältere, hagere Herr nicht mehr zurückhalten. Er mischte sich ein:

»Ist das Ihr Herr Gatte, gnädige Frau? Dann geben Sie es ihm ordentlich. Was für eine Schande, eine Frau so zu behandeln, noch dazu eine so attraktive! Wir haben alles mitanhören müssen. Unfreiwillig. Was für skandalöse Details! Der Herr dort wird das bestätigen.«

Mit einem Kopfnicken wies er auf den Kommissar.

Doch Meller winkte dankend ab. Er hatte andere Sorgen. Vom dumpfen Schmerz wie betäubt, war er nicht gewillt, sich auch noch in Probleme anderer einzumischen.

Die Situation schien ihm ohnehin irrwitzig. Hatten die Menschen nichts anderes im Sinn, als sich nur gegenseitig zu belügen und zu betrügen?

Ja, und was hast du gemacht letzte Nacht?, fragte ihn sein Gewissen. Hatte nicht auch er jemanden beim Betrügen unterstützt – wie heftig noch dazu!

Er hatte nicht, war er der Meinung. Stefanie war die Betrügerin, die Jonny nur eins auswischen wollte.

Meller stellte sich nicht dieser Frage. Er war mit diesem Jonny weder befreundet, noch kannte er ihn. Falls ihn also eine Mitschuld treffen sollte, so fühlte er sich vom rebellischen Backenzahn über Gebühr bestraft und empfand jegliche Schuld als abgegolten.

»Mein Herr, ich habe um Ihre Bestätigung gebeten«, wandte sich der Hagere ermahnend an den Kommissar.

Lass mich in Ruhe, dachte Meller. Die offensichtliche Krise dieses Casanovatypen mit seiner bildhübschen Frau interessierte ihn nicht. Unwillig erwiderte er:

»Ich hab Zahnschmerzen.«

»Aber Sie haben doch alles mitangehört!«

Da fuhr die elegante Brünette den Alten unerwartet an:

»Was mischen Sie sich denn in unsere Angelegenheiten?«

Plötzlich herrschte eine angespannte Stimmung.

»Herr Meller, bitte in Raum eins«, säuselte die Lautsprecherstimme.

Endlich hat alles ein Ende, dachte Meller und erhob sich.

Da steckte ihm der Casanova mit einem Augenzwinkern heimlich eine Visitkarte zu.

»Jetzt hat Ihr Mann dem Herrn etwas zugesteckt!«, ereiferte sich der Alte, der das beobachtet hatte. »Die stecken bestimmt unter einer Decke! Sie müssen aufpassen, gnädige Frau!«

Meller blitzte den Moralapostel grimmig an und begab sich in den ihm zugewiesenen Raum eins …

Als der Kommissar wieder in den Warteraum kam, um die betäubende Wirkung der verabreichten Spritze abzuwarten, waren der Casanovatyp und seine Frau verschwunden.

Die Wartenden grinsten ihn an, nur der Alte beschäftigte sich intensiv mit seinem Notizbüchlein und würdigte Meller keines Blickes. Etwas musste in seiner Abwesenheit vorgefallen sein, was mit dem Pärchen zu tun gehabt hatte. Meller erinnerte sich der Visitkarte, fischte sie aus der Sakkotasche und las:

KO-MI-KA

KOnrad & MIchaela KArner

Situationskomik

Auf der Rückseite der Karte erfuhr Meller, dass das Pärchen speziell in Arztpraxen auftrat, um mit ihrem Programm Patienten die Wartezeit unterhaltsam zu gestalten.

Ebenso aber waren sie mit ihren kabarettistischen Einlagen für Partys, Familienfeste und Firmenfeiern zu buchen, was dem Kommissar einen kurzen Lacher entlockte. Der Alte jedoch vertiefte sich noch verbissener in seine Tätigkeit.

Doch Mellers befreites Lachen galt nicht nur der gelungenen Show, die das Duo hingelegt hatte, sondern auch seinem Backenzahn. Dem verdammten Quälgeist würde er nicht eine Träne nachweinen.

Was quält, wird liquidiert!, fand ein bis vor Kurzem von Schmerzen geplagter Kriminalkommissar an diesem sonnigen Herbsttag mit einem dankbaren Blick auf den schwebenden Ballonzahn in der Arztpraxis von Dr. Werner in der Thaliastraße im 16. Bezirk von Wien …

– – –

Die Tür wurde aufgerissen.

»Entschuldigung die Störung, aber bin ich hier richtig?«

Axel Körner und Mike Lehner, die hinter ihren Computern knotzten, blickten missmutig auf.

Von Anklopfen hatte die Dame wohl noch nichts gehört?

»Menschesther?«, rief Körner erstaunt und sprang von seinem Sitz hoch, als er sah, wer in der Tür stand.

Er eilte auf die zierliche Frau zu und umarmte sie herzlich.

»Sag, was treibt dich denn zu uns?«

Misstrauisch beobachtete Lehner die innige Begrüßung seines Kollegen. Körner klärte ihn auf:

»Menschesther und ich waren gemeinsam auf der Polizeischule.«

Wieder an die Frau gewandt, fragte er:

»Kannst dich noch an den Navratil erinnern? Der fällt mir immer ein, wenn ich dich sehe.«

»Na ja. Ganz fair warst du damals nicht«, erwiderte sie und schälte sich aus Körners Umarmung.

»Also, servus, Axel … und Grüß Gott, Herr Kollege.«

Sie ging auf Mike Lehner zu und reichte ihm die Hand.

»Esther Mensch … wie Axel sagte: Menschesther.«

Zwei Grübchen waren auf ihren Wangen entstanden, die Mike Lehner anlachten.

»In der Schule haben sie mich nur Menschesther gerufen … ich hab mich dran gewöhnt.«

Es war das erste Mal seit Langem, dass Lehner ein Lächeln übers Gesicht huschte. Diese Frau erinnerte ihn an Stoppl und an schönere Zeiten.

Doch Menschesther hatte sich schon wieder ihrem ehemaligen Schulkollegen zugewandt, den sie kritisch betrachtete.

»Haben sie dich gemästet? Zehn Kilo schätz ich, ungschaut!«

»Menschesther, bitte! Die paar Kilo? Ich bin topfit. Reine Muskelmasse! Außerdem bin ich Vater geworden!«

»Was? Du und Vater? Ich pack's nicht! Unser Obermacho ist unter die Windelwechsler gegangen! Na, das muss ich deinen Exen sofort mailen … Es gibt ein Klassentreffen.«

»Was? Und deswegen tanzt du hier an?«, wollte Körner wissen.

»Das auch. In erster Linie aber, weil ich eurem Haufen zugeteilt worden bin. Als Ersatz für … Ihr wisst es eh, warum … Ich hab's gelesen … Eine tragische Geschichte, wirklich.«

»Für die Kohn?« Körner seufzte. »Ja, sie war ein echt prima Kumpel, eine Seele von einem Menschen …«

Er schwieg gedankenverloren und sah zu Mike Lehner hin, der ihr Gespräch mitverfolgte. Ihre Blicke trafen sich kurz.

»Weißt, Menschesther, das Leben ist echt ungerecht. Die Kohn hat's an ihrem Geburtstag erwischt. Grad volle siebenundzwanzig Jahre und einen halben Tag alt sein und abtreten müssen. An dem Tag hätte sie sogar frei gehabt. Aber das war typisch Kohn und ihr Pflichtgefühl …«

Körner hielt inne und sah kurz zu Lehner hin. »Sie war einfach zur falschen Zeit am falschen Ort. *Peng* und das war's. Wenn ich daran denke, wie viele A…löcher ungestraft länger leben dürfen.«

»Meinst jetzt wen Bestimmten?«, wollte Mike Lehner wissen.

»Net direkt«, erwiderte Körner mit einem Blick in die Weite des kleinen Büros, auf einen beweglichen Punkt über Lehner auf dem Plafond.

Körners innerer Blick überwand alle Grenzen und traf gezielt jene, die man am liebsten in den Arsch treten oder aber auch in den Arm nehmen würde. Je nach Sympathie.

War der bewegliche Punkt eine Spinne? Eine Fliege?

Eine Spinne. Soeben begann sie mit dem Abseilen.

»Kommst mit, Menschesther? Ich seil mich ab. Freitag ist's, heut mach ich früher Frühschluss. Unser Chef ist auch nicht da, der ist beim Zahnarzt. Und falls er doch noch auftaucht …«, Körner blickte zu Lehner hin, »dann teil ihm bitte mit, dass ich unsere neue Kollegin zu einer Erhebung mitgenommen hab.«

»Bei wem, wenn er fragt?«, wollte Lehner missmutig wissen.

»Offiziell beim Friseur, der mit dem abgefackelten Schwein.«

»Und inoffiziell?«

»Beim Schwein … Schönes Wochenende wünsch ich.«

»Was ist denn dem über die Leber gelaufen?«, wollte Menschesther wissen, als sie mit Körner den Gang entlangschritt.

»Du.«

»Ich? Der kennt mich doch gar nicht!«

»Aber seiner Frau schaust du ähnlich. Größe und überhaupt.«

»Ist das jetzt gut oder schlecht?«

»Ganz schlecht, weil die beiden in Scheidung leben.«

»Der Arme! Er schaut so fürsorglich aus.«

»Pfah, da tät ich an deiner Stelle sehr aufpassen, Menschesther. Das ist nämlich sein Schmäh. Der Lehner hat's faustdick hinter den Ohren.«

»Jetzt machst mich aber direkt sehr neugierig.«

»Wieso? Willst mit aller Gewalt unglücklich werden?«

»Das nicht, ich … Ach, das erzähl ich dir ein anderes Mal.

Aber auf deinen Kollegen zurückkommend, der geht mir nicht aus dem Kopf. Wie der dreingschaut hat, so traurig. Ich spür so was sofort.«

»Was heißt traurig – der Lehner ist unter die Schürzenjäger gegangen und hat eine von der KD3 vernascht. Seine Frau aber hat nachgeschnüffelt ... Na ja, seither ist der Lehner frustriert, weil ... das erzähl ich dir jetzt bei einem Kaffee ... Sag, weißt du eigentlich, was aus dem depperten Navratil geworden ist?«

»Verschollen in Kolumbien, seit drei Jahren. Angeblich soll er verschleppt worden sein. Aber nix Genaues weiß man.«

»Typisch Navratil. Immer groß die Goschen aufreißen und mit seinen geerbten Kröten auf den Putz hauen, wie schon zu unserer Zeit. Da wird er sich dort auch so gebärdet haben, vermute ich.«

»Mir hat er einmal sehr geholfen«, erwiderte Menschesther leise.

Sechs

Samstag, 25. September 2010

Im Keller roch es seit jeher feucht und modrig.

Doch jetzt war es anderer Geruch – ungewohnt, beunruhigend –, dem muffeligen Mief war etwas beigemischt. Dieses Gefühl beschlich Benny, als er den Keller betreten hatte.

Das letzte Mal war er vor vierzehn Tagen hier unten gewesen.

Der Job seines Barmanns war es, sich um die leeren Flaschen zu kümmern. Es wäre zwar einfacher, sie im Gang zum Abtransport zu stapeln, da aber könnten sich Hausbewohner schon mal aufregen. Einen Barbetrieb im Haus zu haben, war ohnehin so ein Ding. Benny ließ daher alles Leergut in den Keller tragen, das dann einmal wöchentlich entsorgt wurde.

Bisher hatte es – kleine Unstimmigkeiten bei der Clubübernahme nicht gerechnet – noch keine gröberen Wickel mit den Mietern gegeben. Keine Selbstverständlichkeit beim angesagten KuK in der Fußgängerzone mit manchmal heftigem Lärmpegel, der nicht selten bis vier Uhr früh oder gar länger wummerte. Doch altes, dickes Gemäuer ist, wenn auch feucht, immerhin lärmdämmend. Einer der wenigen Vorteile.

Als Benny sein Lokal betreten wollte, hatte ihn ein Anrainer angesprochen und sich mokiert, dass es beim letzten Nachtfest – so nannte er Bennys KuK-Clubbing – vor vierzehn Tagen ziemlich wüst zugegangen sei. Um etwa fünf Uhr früh habe es einen entsetzlichen Bumser gegeben, das ganze Haus habe gewackelt und ihn habe es aus dem Schlaf gerissen.

Benny wusste, Herr Bründlmeier war der Einzige, der sich jedes Mal aufregte, wenn er ein Clubbing veranstaltete. Das war schon so gewesen, bevor Benny den Laden übernommen hatte.

»Der alte Bründlmeier zeigt einen gleich an, wenn die Musik zu laut ist«, hatte ihn der Vorpächter gewarnt.

Er fragte nach, warum sich Herr Bründlmeier denn erst jetzt beschwere? Das Nachtfest sei doch schon vor vierzehn Tagen gewesen?

Bründlmeier war krank gewesen.

»Sie wohnen im Nebenhaus, wie kann es sein, dass Sie durch die dicken Wände etwas hören?«, wollte Benny nun aber doch wissen, weil es von keiner Partei im Haus eine Beschwerde wegen zu lauter Musik gegeben hatte.

Da stellte sich heraus, dass Bründlmeier eh nur einen einzigen dumpfen Knall gehört habe. Benny hatte sich entschuldigt und versichert, dass es künftig keine dumpfen Knaller mehr geben werde.

Wer diesen Bumser oder Knall auch immer verursacht hatte – bei seinem Clubbing hatte es keinen gegeben, dessen war sich Benny sicher. Alte Leute konnten lästig sein, wenn ihnen der Tag zu lang war und die Zeit eintönig wurde …

Kommendes Wochenende war Nichtstun angesagt.

Im KuK waren ein Jugendfreund Bennys als Barmann und eine Kellnerin fix angestellt, außerdem hatte er ein kleines Team von Aushilfskräften. Seine Crew war verlässlich. Da brauchte er sich keine Sorgen zu machen, dass der Club nicht ohne ihn laufen würde.

Seit er mit Sandy zusammen war, wollte er sich wieder mehr

um sein privates Leben kümmern und nicht wie sonst, bis der letzte Gast gegangen war, die Nächte im Lokal verbringen.

Er liebte Sandy, das spürte er tief in seinem Herzen, auch wenn er sich schwertat, es ihr offen zu zeigen. Noch immer mimte er ein Machogehabe, das man einem Barbesitzer andichtete: So als könnte er an jedem Finger zehn Frauen haben, wenn er wollte.

Doch Sandy war schlau. Sie hatte Bennys sensible Seite sofort erkannt und ihre Chance wahrgenommen. Endlich ein Mann mit Gefühl, Herz und Hirn. Gefallen hatte er ihr auch und sie war sofort in ihn verliebt gewesen. Auch dem kleinen Pauli gefiel der *neue Papa*, wie er ihn nannte ...

Was für ein Glück für Sandy, nach sechs leidvollen Jahren. Ihr Exmann war ein Scheusal und hatte ihr viel Kummer bereitet.

Vor neun Monaten war sie ihren Mann endgültig losgeworden. Lediglich ihr Sohn erinnerte noch an ihn, dem Aussehen und dem Namen nach. Leider. Deniz hatte auch darauf bestanden, dass sein Junior wie er heiße.

Die Eltern hatten Sandy gewarnt, als sie das erste Mal mit Deniz Gökdal aufgekreuzt war. *Kind, lass dich nicht mit einem Türken ein! Allein schon wegen der kulturellen und religiösen Unterschiede!* Eltern sahen doch immer gleich das Schlimmste.

Bei Sandys Zukünftigem hatten sie richtig getippt.

Aber da war Sandy bereits schwanger gewesen, und sie wollte unbedingt heiraten. Tränen – wie bei der glanzvollen Hochzeit – flossen bald darauf aus anderen Gründen. Deniz war ein schlagfreudiger Genosse und Sandy bekam das wegen kleinster Unstimmigkeiten oder unterschiedlicher Meinungen zu spüren. Den graduellen Pegel der Differenzen bestimmte Deniz, so auch das Strafpensum in Form von Schlägen mit einem nassen Handtuch auf den Körper und ins Gesicht. Der Trick dabei:

Die Schläge hinterließen keine sichtbaren Spuren. Erst als Sandy eines Nachts mit einem blauen Auge und einem völlig verschwollenen Gesicht bei ihren Eltern auftauchte, kam alles raus.

Aber was half das schon?

Kaum saß Sandy bei Papa und Mama, war Deniz auch schon an der Tür, läutete Sturm und riss die halbe Nachbarschaft aus dem Schlaf. Die Polizei musste ausrücken, um zu versuchen, die Meinungsverschiedenheiten innerhalb dieser zerrütteten, multikulturellen Ehe zu schlichten.

Es kam aber noch heftiger.

Im achten Monat ihrer Schwangerschaft verprügelte Deniz seine junge Frau so sehr, dass sie eine Frühgeburt erlitt und dabei fast draufging. Man hätte jetzt meinen sollen, dass der Mann endlich in Haft genommen wurde. Weit gefehlt.

Sandy sah Deniz die Verprügelungen nach, bloß weil er in Tränen aufgelöst mit einem pompösen Blumenbukett an ihrem Krankenbett vor allen Anwesenden kniend um Verzeihung bat und Besserung gelobte.

Die Eltern rauften sich die Haare. Zwecklos. Sandy verzieh ihrem Mann und verzichtete auf eine Anzeige. Sie war Deniz hörig und es sollte fünf Jahre dauern, bis sie von ihm loskam.

Beruflich bastelte Deniz an seiner kriminellen Laufbahn. Seinen Lebensunterhalt verdiente er mit Tauschgeschäften. All die Jahre wusste Sandy allerdings nie, wann und ob ihr Mann nachhause kam, wo er sich tagsüber herumtrieb und womit er eigentlich tauschte.

Sandy vermied es wohlweislich zu fragen, woher das Geld kam, das Deniz auf den Tisch legte. Wichtig war, es reichte für die Miete und das Essen und sonst alles, was sie für sich und den Jungen – natürlich Vaters ganzer Stolz – benötigte.

Vor einem Jahr etwa breitete Deniz eines Tages großspurig

einen Stapel Geld auf dem Küchentisch aus. Er war irrsinnig lieb zu ihr, versprach ihr alles, was sie sich nur wünschte.

Sandy aber wagte es, ihn darauf anzusprechen, woher er plötzlich so viel Geld habe. Sie ließ nicht locker und sagte Deniz auf den Kopf zu, dass er ein krummes Ding gedreht habe, und wollte die Polizei anrufen.

Da fesselte er Sandy, verklebte ihr den Mund, verprügelte und vergewaltigte sie wie noch nie. Der kleine Deniz musste das alles mitansehen. Daraufhin flüchtete der Mann, natürlich mitsamt dem Geld. Tags darauf stand die Kriminalpolizei in der Wohnung und verdächtigte Sandy, von den Straftaten ihres Mannes gewusst zu haben. Es ging um Drogenhandel, Zigarettenschmuggel und Zuhälterei sowie das Einschleusen von jungen Frauen aus dem Osten, weiters um Erpressung und Körperverletzung sowie um den Verdacht des Totschlags eines mutmaßlichen Kontrahenten, der die Geschäfte von Deniz' Bande störte.

Die Anzeige gegen ihren Mann wegen Vergewaltigung und Misshandlung brachte nichts. Deniz war ja nicht auffindbar. Nach stundenlangen Verhören konnte Sandy wenigstens beweisen, dass sie von den kriminellen Geschäften ihres Mannes nie gewusst hatte.

Sandy stand nun mit dem kleinen Deniz – er war inzwischen fünf Jahre alt – vor einem finanziellen Trümmerhaufen.

Kaum vom Verdacht der Mitwisserschaft befreit, tauchten zwei Männer auf und forderten von ihr zehntausend Euro. Deniz habe das Geld angeblich von ihnen geliehen bekommen.

Sie verfügte aber über keine Ersparnisse und war froh, wenn sie mit der Notstandshilfe und Kinderbeihilfe durchkam.

Da dieses Deniz-Desaster also nie ein Ende nehmen wollte, begann Sandy sich erstmals zu wehren. Sie erklärte ihnen, wer

Deniz Geld geliehen habe, möge sich gefälligst an ihn wenden. Da drohten die Kerle: Sie solle auf ihren kleinen Deniz sehr gut Acht geben. Es wäre doch schrecklich, wenn dem Jungen etwas zustoßen würde.

Die Anzeige bei der Polizei brachte nichts, da Sandy weder die Namen der beiden kannte, noch eine Personenbeschreibung geben konnte, außer: Sie waren etwa eins siebzig groß, dunkel gekleidet, trugen Sonnenbrillen – wie fast jeder Türke.

Dann kam der Tag, an dem Deniz junior aus dem Kindergarten spurlos verschwand. Die Kindergartenleiterin, die Tanten und vor allem Sandy waren völlig verzweifelt. Niemand konnte sich erklären, wie das vor sich gegangen war.

Mitten in dem Wirbel läutete Sandys Handy.

Eine weibliche Stimme mit ausländischem Akzent erklärte ihr, dass sie Deniz noch am selben Tag in die Arme schließen könne, wenn zehntausend Euro an einer bestimmten Stelle hinterlegt würden. Wenn nicht, *komme das kleine Bub* – so sagte die Frau – in die Türkei und Sandy würde ihn nie wieder sehen. Das Einschalten der Polizei würde das Leben ihres Jungen nur noch mehr gefährden … Sie habe die Wahl.

Da tat Sandy das einzig Sinnvolle und flehte ihre Eltern um das Geld an. Noch in der Nacht konnte sie den kleinen Deniz wieder in ihre Arme schließen. Von irgendwelchen Türken war sie seither nie wieder belästigt worden.

Deniz senior wurde bald darauf in der Türkei gefasst und verhaftet. Er hatte eine bekannte Persönlichkeit erpresst und ermordet. Es war um Millionen gegangen …

Das alles hatte Sandy ihrem Benny erzählt, nachdem sie von ihm zu Neujahr in die Arme genommen worden war und sie erschöpft und glücklich in seinem Bett lagen, während der Junge übers Wochenende bei Oma und Opa schlafen durfte.

Nach ihrer Scheidung von Deniz war aus Sandy Gökdal wieder Sandy Hahn geworden. Nicht einen Tag länger hatte sie den Namen ihres Ex tragen wollen.

Deniz junior, der nach Opas Wunsch mit zweitem Namen Paul hieß, wurde nun Pauli gerufen. Er würde im Herbst in die Schule kommen und freute sich sehr darauf. Pauli konnte bereits bis hundert zählen, schrieb das Alphabet in Blockbuchstaben und zeichnete am liebsten Kamele. Der kleine Tausendsassa aber war vor allem ein aufgeweckter, fröhlicher Junge, der die schlimme Zeit mit seinem leiblichen Vater sichtlich schadlos überstanden hatte.

Endlich würde alles, was nach Deniz klang, für immer aus dem Leben der kleinen Familie Hahn verschwinden.

Sandy hatte Benny vorgewarnt.

Ihre Eltern wollten nun endlich erfahren, mit wem sie jetzt zusammenlebte. Sie sollte ihnen Benny vorstellen. Damit sie beruhigt sein konnten, dass es nicht wieder so einer wie ihr Exmann war: Benny war Österreicher, was ein großes Aufatmen für die Eltern bedeutete. Ein toller Mann, hatte Sandy ihnen vorgeschwärmt, und Betreiber einer Cocktail-Bar.

Da war ein Seufzer der Mutter nicht zu überhören gewesen. Lokalbesitzer hieß für sie: Nachtleben, leichte Mädchen, Alkohol, Drogen … Erst ein türkischer Krimineller und jetzt ein Barbetreiber? Ob denn die Tochter nie aus diesem Schlamassel rauskomme? Und ob!

Das wollte sie ihren Eltern beweisen, dass eine Bar zu betreiben ein ehrenwerter Beruf sei und dass es keine Schlamassel mehr geben würde. Schließlich arbeitete sie mit und hatte seither keine Geldsorgen mehr, konnte sogar den Eltern zizerlweise die geliehenen zehntausend Euro zurückzahlen. Seit sie und Pauli bei Benny wohnten, war Sandy endlich zur Ruhe gekommen.

Sandys Eltern wohnten im 22. Bezirk in Wien, in der Spargelfeldstraße, unmittelbar beim Hirschstettner Teich.

Benny verstand ihre Sorge. Dieses Misstrauen galt es aus dem Weg zu räumen. Nach dem ersten offiziellen Besuch bei Sandys Eltern wollte Benny anschließend mit seiner Freundin und ihrem Sohn zum Neusiedler See fahren.

Im Ruster Becken besaß er eine Kabane – eins dieser typischen Dachhäuser im Schilfgürtel des Neusiedler Sees – sowie ein großes Segelboot. Sandy war ebenfalls Bootsbesitzerin, hatte sie Benny lachend erzählt. Sie hatte ein Schlauchboot, mit dem früher die Eltern mit ihr auf dem Hirschstettner Badeteich umhergerudert waren.

Pauli freute sich schon so sehr auf den Neusiedler See und das große Boot, in dem man sogar schlafen konnte. Nach Bennys ausschmückender Erzählung über die spannenden Abenteuer nachts auf einem See, der so groß war, dass man das andere Ufer nicht mehr sehen konnte, wollte er am liebsten gleich zum Neusiedler See fahren, anstatt sich bei Oma und Opa zu fadisieren …

Der Samstagmorgen war herrlich gewesen.

Sie hatten sich gleich nach dem Wachwerden heftig geliebt, und es versprach ein traumhafter Tag zu werden.

Bevor Benny mit Sandy und ihrem Jungen das Wochenende verbringen würde, wollte er noch einmal im Lokal nach dem Rechten sehen – und natürlich das Versteck aufsuchen.

Beim letzten Mal hatte er zu viel mitgenommen. Den Rest wollte er wieder in den Stollen bringen, anstatt ihn daheim zu bunkern. Es könnte ja eingebrochen werden.

In letzter Zeit waren vier Einbrüche in Villen verübt worden, deren Besitzer auf Urlaub waren. Es musste eine Bande sein, die gezielt unbewohnte Objekte ausspähte.

Die Spechtgasse, in der Bennys Haus stand, war eine gute Wohnadresse. Es war keine Villa wie die in seiner unmittelbaren Nachbarschaft, es war aber ein stattliches Haus aus den Sechzigern, mit großem Garten, ein paar alten Bäumen und – für ihn besonders wichtig – mit einem Swimmingpool.

Das Haus hatte er vor vier Jahren erstanden, zwei Drittel mit Eigenkapital, den Rest mit Hilfe der Bank. Die Raten waren moderat und er verdiente mit seinem KuK mehr als ausreichend.

Nach Abzug aller Steuern, der Rate fürs Haus und sonstiger Lebenskosten, blieb noch immer genügend übrig, um sich manches Schmankerl leisten zu können, wie zum Beispiel ein paar ausgiebige Urlaube im Jahr und einen flotten VW Tuareg auf Firmenkosten.

Benjamin Hohental, von Freunden und Gästen nur Benny genannt, war 38 Jahre alt, hatte neben zwei längeren Beziehungen zwischendurch ein paar Liaisonen gehabt. Mit Frauen, die meistens fünf, sechs Jahre jünger waren als er.

Nach der Trennung von seiner letzten langjährigen Freundin wollte er für die nächste Zeit allein bleiben, da sein Job hauptsächlich ein Leben in der Nacht war. Auch ein Grund, warum seine Beziehung letztlich gescheitert war. Er hatte es bewusst so weit kommen lassen. Auch wenn es für ihn schmerzhaft gewesen war, zu sehen, wie seine letzte Partnerin flugs zu einem Gast aus seinem Lokal wechselte. Hatte sie schon länger was mit ihm? Vermutlich.

Um einen Neubeginn zu starten, hatte Benny das Objekt in der Spechtgasse gekauft.

Erst einmal das Haus mit Leben füllen und sich als Single wohlfühlen. In dieser Zeit hatte er ein recht lockeres Leben geführt. Bis mittags schlafen, nachmittags die Einkäufe erledigen und abends das KuK aufsperren. Junge, hübsche Frauen gab es genügend um ihn, dennoch war er vorsichtig und wählerisch bei der Wahl seiner Gespielinnen.

Das Lokal war gut angelaufen. Dank ausgewähltem Musikmix und fairer Preise hatte er sich ein gutes Image erarbeitet und Bennys KuK-Clubbings waren zum Renner geworden.

Beim letzten Silvester-Event hatte er Sandy kennengelernt und sofort gewusst: Auf diese Frau hatte er gewartet.

Sie war allein gekommen. Ein neues Leben wollte sie ab dem ersten Jänner beginnen, hatte sie ihm durch den Musiklärm zugebrüllt. Der Sekt um Mitternacht und ein langer Kuss hatte die Zukunft beider in eine völlig andere Bahn gelenkt.

Als die letzten Gäste längst gegangen waren, saßen sie noch an der Theke und erzählten einander aus ihren Leben. Anschließend war sie mit in sein Haus gefahren – alles war wie in einem Film abgelaufen.

Wenn etwas passte, dann war der Moment des ersten Mals egal. Auch wenn's gleich beim ersten Treffen geschah.

»Nach einem Jahr wird's höchste Zeit, miteinander zu schlafen«, hatte Sandy gescherzt. Was auch stimmte. Zu Silvester hatten sie sich kennengelernt, am ersten Jänner lagen sie im Bett. Sandy war ein David-Bowie-Fan und Benny sah ihm ziemlich ähnlich. Das hatte ihr an ihm auf Anhieb gefallen.

Seit Anfang Juni wohnte Sandy nun mit Pauli bei Benny. Und da der aufgeweckte Knirps den Freund seiner Mutter sofort als neuen Papi akzeptiert hatte, dachte Benny schon des Öfteren über eine Hochzeit und Adoption nach …

Benny registrierte sofort, dass sich etwas verändert hatte. Die Dinge auf der Metallplatte standen anders, als er sie hingestellt hatte. Der Holzzuber lag etwas abseits auf dem Boden anstatt auf dem Hackstock. Die Bretter lagen kreuz und quer, dazwischen die Ziegelsteine.

Da sah er den Eisenstab, der in einer der Spalten des zerklüfteten Rundholzes stecken sollte, auf dem Boden liegen.

Jemand musste sein Versteck gefunden und geöffnet haben!

Benny befiel ein mulmiges Gefühl. Obwohl er allein im Keller war, fühlte er sich plötzlich beobachtet.

Er versperrte die Tür von innen und begann die Kellerräume zu durchsuchen. Hier gab es nicht viele Möglichkeiten, sich zu verstecken, die drei Räume waren bis auf wenig abgestelltes Gerümpel und einen Stapel Bierkisten leer.

Einzig der wuchtige Schrank in der Nähe des Hackstocks könnte als Versteck herhalten.

Benny riss beide Türen auf – zwei Fachbretter, sonst Leere.

Eine mannshohe Spanplatte mit unzähligen Löchern lehnte an der Seitenwand des Kastens und verdeckte die Sicht auf das, was dahinter war. Benny schob sie zur Seite und pfiff leise durch die Zähne. Wer hier versteckt stand, hätte mitverfolgen können, wie Benny den Deckel zum Schacht frei räumte.

Hatte er nicht beim letzten Mal so ein Gefühl gehabt?, kam es ihm blitzartig und siedend heiß schoss es ihm durchs Hirn:

Dann hätte dieser verdammte Kerl alles …

Er wollte seine Befürchtung nicht zu Ende denken.

Den Schacht hatte Benny entdeckt, als Sandy gerade bei ihm eingezogen war. Da sie auch im Lokal aushalf und aus dem Keller Nachschub holen musste, obwohl ihr davor graute, hatte Benny sich endlich aufgerafft und den Keller leergeräumt.

Dabei war er zufällig auf diesen Schacht gestoßen, weil es

durch die Metallplatte extrem kalt durchkam. Die Platte hochzuheben, hinunterzusteigen und die verzweigten Stollen zu entdecken, war ohnehin schon eine Sensation.

Aber dann das Unglaubliche zu finden – das hatte er für sich behalten!

Nach seiner Entdeckung hatte er eine feuerfeste Kellertür einbauen lassen. Drei Schlüsseln gab es dafür. Einer war auf seinem Schlüsselbund. Der zweite lag bei ihm zuhause in einem der Ordner, wo sämtliche Firmenunterlagen abgelegt waren. Der dritte hing im Schlüsselkasten unter der Theke, zu dem nur das Personal Zugriff hatte.

Wer, zum Teufel aber konnte ihn hier beobachtet haben?

Sein langjähriger Freund, der Barmann? Die Kellnerin?

Beide holten Getränke aus dem Keller und waren instruiert worden, die Tür stets zu versperren, wenn sie ihn verließen. Wie leicht konnte sich sonst ein Gast am Alkohol bedienen.

Um das WC aufsuchen zu können, mussten die Gäste durch den Hintereingang des Lokals auf den Gang hinaus, der – wie der Abgang zum Keller – für alle Hausparteien zugänglich war.

Auf diese Weise konnte eigentlich jeder unbemerkt in den Keller gelangen, sofern dieser nicht versperrt war.

Ob es Sandy war? Sie hatte damals die Flaschen gezählt und war mit ihm zuletzt im Keller gewesen. Seine Sandy?

Bei diesem Gedanken kam er sich direkt schuftig vor. Außerdem war die Metallplatte viel zu schwer für eine Frau.

Sandy? Nein, niemals!

Während Benny das Gerümpel zur Seite schob, beschäftigten ihn tausenderlei Gedanken. Er ärgerte sich, dass er nicht umsichtiger gewesen war. Wie aber hätte er das ahnen können!

Da fiel ihm der ehemalige Kellner ein: Tibor Laszlo.

Benny hatte ihn im Sommer fristlos entlassen, weil er für die eigene Tasche kassiert hatte. Auch waren von ihm heimlich Bestände aus dem Keller abgezweigt worden.

Natürlich hatte Tibor zusätzlich Lokalverbot bekommen, aber was hieß das schon. Der Typ konnte jederzeit unbemerkt in den Keller gelangen, er kannte ja die Gepflogenheiten.

Ärgerlich, wenn es Tibor war.

Doch wie sollte er es ihm beweisen? Gerichtlich würde er gegen ihn kaum vorgehen können …

Kaum hatte Benny die Metallplatte hochgehoben, strömte ihm ein bestialischer Gestank entgegen.

»Was stinkt denn da so?«, stöhnte er, hielt sich die Nase zu und versuchte den Brechreiz zu unterdrücken.

Doch der Gestank war unerbittlich. Benny kotzte und spuckte in den Schacht hinein. Vergeblich tastete er dabei nach der kleinen Stablampe, die in einer Mauerspalte stecken sollte.

Sie war verschwunden.

»Was mach ich bloß? … Verdammt!«, keuchte er und überlegte fieberhaft. Schnell legte er die Metallplatte auf die Öffnung.

Er sah auf die Uhr. Sandy war daheim, sie machte sich und ihren Sohn fürs Wochenende reisefertig.

In einer Stunde wollten sie nach Wien fahren.

Jetzt nur keinen Fehler machen, dachte Benny. Er verließ den Keller, sperrte die Tür hinter sich zu und eilte ins Lokal. Dort suchte er ein handliches Plastikgefäß, fand eins, füllte es mit kaltem Wasser und schnappte sich ein frisches Wischtuch.

Sandy anrufen, befahl ihm die Vernunft …

»Hallo, Sandy!« Benny versuchte gelassen zu klingen. »Sag bitte deinen Eltern, es kann etwas später werden. Es gibt einen Wasserrohrbruch und der muss …«

»Ohjeeeh!«, rief sie. »Kann ich dir dabei was helfen?«

»Nein, nein, nicht so schlimm! Ich hab ihn rechtzeitig entdeckt. Eine Kleinigkeit, die ich selbst reparieren kann. Kennst ja meine goldenen Handwerksfinger …« Benny lachte, um Sandy zu beruhigen. »Sag ihnen – eine Stunde später, okay?«

»Okay, Benny, mach ich! Soll ich nicht doch helfen kommen, bevor du absäufst?«

»Lieb von dir, danke nein, hab schon abgedichtet, muss nur noch aufwischen. Ich melde mich, bevor ich wegfahre. Tschühüss!«

Benny unterbrach die Leitung und atmete tief durch.

Gedankenvoll starrte er auf die Theke und überlegte die nächsten Schritte.

Es gab Stirnlampen, die hatte er kürzlich für die Crew gekauft. Einerseits waren sie als Partygag gedacht, wenn's besonders schummrig wurde, andererseits zum Ausleuchten, damit die Kellnerin kassieren konnte. Nur, wo waren diese Stirnlampen?

Vergeblich suchte Benny und fluchte.

Endlich fand er sie in der Kiste mit dem Dekomaterial.

»Wenn Sandy was verräumt, dann gründlich«, ärgerte er sich und war dennoch erleichtert.

Er schnappte eine der Stirnlampen, nahm das mit Wasser gefüllte Plastikgefäß und den Wischlappen und begab sich in den Keller.

Als er den penetranten Geruch, der sich bereits im Stiegenhaus bemerkbar machte, in die Nase bekam, schoss ihm eine rettende Idee ein. Benny eilte zurück ins Lokal und fand bald das Gesuchte – eine Rolle Klebeband.

Zum Glück begegnete ihm niemand. Um diese Zeit saßen die Leute beim Mittagstisch. Essensgerüche vermischten sich mit dem Ekelgeruch. Zumindest kam es Benny so vor, denn der grauenhafte Verwesungsgeruch war nicht aus der Nase zu bringen.

Nachdem er sich wieder im Keller eingesperrt hatte, verklebte er den Türfalz rundum mit dem Textilband, damit wenigstens kein Geruch mehr durch die Tür nach außen dringen konnte. Dann machte sich Benny an die schwierigste Aufgabe. Er klappte den Schachtdeckel hoch. Seine Hoffnung, der Ekelgeruch sei inzwischen verflogen, hatte sich nicht erfüllt.

Benny setzte die Stirnlampe auf und schaltete sie ein. Gott sei Dank, sie funktionierte. Wären die Batterien leer gewesen, er hätte die Türverklebung wieder runterreißen müssen.

»Benny, bleib cool«, ermahnte er sich.

Er vibrierte vor Hektik und war knapp vorm Ausflippen, weil er nicht wusste, was ihn da unten erwarten würde. Mit Sicherheit aber nichts Positives, befürchtete er.

Benny presste sich den Wischlappen, den er angefeuchtet hatte, mit einer Hand auf Nase und Mund. Dann stieg er über die in die Mauer eingelassenen Eisen in den Schacht hinunter. Unten angekommen, versuchte er, seinem Erbrochenem auszuweichen, das sich über Boden und Wände verteilt hatte.

Wieder kam Benny der Mageninhalt hoch und er musste alle Überwindungkraft aufwenden, um nicht erneut zu kotzen.

»Verdammter Mist!«, fluchte er in den feuchten Stofflappen und presste ihn noch fester an die Nase.

Die Stirnlampe leuchtete ihm den Weg. In gebückter Haltung ging er bis zur Abzweigung, wo sich der Stollen teilte.

Wütend stopfte er sich den feuchten Lappen in den Halsausschnitt seines T-Shirts. Jetzt war ihm der eklige Geruch auch schon egal. Er hielt sich rechts und kroch, so schnell er auf allen vieren konnte, bis er anstieß.

Was er befürchtet hatte, war eingetreten – alles war weg!

Hektisch leuchtete er das rissige Gestein und den Boden ab.

Nichts war mehr da. Doch, nein – etwas glitzerte halb verdeckt in einer Vertiefung des grobgehauenen Steinbodens. Dort lagen drei Goldmünzen. Im Licht der Stirnlampe blitzten und funkelten sie.

Sekundenlang starrte Benny darauf. Die Münzen schienen sich zu bewegen, wenn er seinen Kopf hin- und herschwenkte.

Finster … glitzern … finster … glitzern … finster …

Ihm wurde ganz schwindlig.

Aus einem ihm unerklärlichen Grund begann er plötzlich zu kichern, dann zu lachen.

Und wie Benny lachte! Ein sich wie von etwas Zwanghaftem befreiendes, erlösendes Lachen. Dann griff er sich die drei Münzen und betrachtete sie lang. Der Rest vom Schützenfest, schoss es ihm wie blöd ins Hirn. Wie gefunden, so verschwunden. Er war der Glückliche gewesen, der auf diesen Schatz gestoßen war. Und jetzt hatte ihn sich ein anderer gekrallt.

Hätte er ihn melden müssen?

Den Schatz? Den Diebstahl?

Überhaupt, verdammt noch mal – wem denn eigentlich?

Es waren kleine Goldbarren, Münzen und Geschmeide gewesen, die hier am Ende des Stollens gelegen hatten. In manchen Schmuckstücken waren kyrillische Schriftzeichen eingearbeitet.

Benny wusste, dass dieser Schatz mit den mysteriösen Vorfällen zusammenhing, die sich vor Jahren hier abgespielt haben sollten. Angeblich – wie er zu hören bekommen hatte.

In den Neunzigerjahren war kurzzeitig ein dubioses Pärchen aus dem ehemaligen Osten Pächter des nahe liegenden Restaurants gewesen. Dubios insofern, weil bei denen im Lokal angeblich ganz komische Geschäfte gelaufen sein sollten. Da waren Typen mit dicken Autos und schmalen Koffern aufgetaucht, hatten dort gespeist und waren wieder verschwunden. Nur die schmalen Koffer hatten sie dagelassen, und mit denen waren wieder andere Typen abgetaucht. Eines Nachts soll es im Lokal einen Tumult gegeben haben, von einer Schießerei war die Rede. Tags darauf waren die Pächter verschwunden – wie vom Erdboden verschluckt – und nie mehr aufgetaucht.

Es wurde von einer Ostmafia gemunkelt, die in diesem Lokal ihre unsauberen Geschäfte abgewickelt habe.

Der Hausbesitzer war wütend gewesen, weil er davon nicht das Geringste mitbekommen hatte und weil er um mehrere Mieten umgefallen war. Vor allem aber auch, weil das Pärchen einen unglaublichen Saustall hinterlassen hatte.

Jahrelang war das Lokal dann geschlossen gewesen, weil sich kein geeigneter Mieter gefunden hatte, bis es von einem Italiener wieder zum Leben erweckt worden war.

Aufwändig renoviert, war das Ristorante »Pino« entstanden.

Benny hatte die Geschichte auch nur aus zweiter Hand erfahren. Etwas aber musste an der Sache dran gewesen sein und vermutlich gab es einen Verbindungsgang zwischen dem Haus, in dem sich das Restaurant befand, und jenem, in dem Bennys Bar war.

Er konnte es sich nur so erklären, dass einer der Ostmafiatypen dieses Gold und Geschmeide hier unten gebunkert und für sich zur Seite gelegt hatte. Warum das Zeug dann einfach »vergessen« wurde, war nicht Bennys Problem.

Jetzt aber schon, da Bennys Schatz wohl abgeholt worden war. Als den seinen hatte er ihn nämlich betrachtet, da er ihn auch gefunden hatte.

Was den Stollen betraf: Vor Jahrhunderten war es üblich gewesen, Geheimgänge und Notausstiege zu graben, um sich vor Feinden zu schützen und zu verstecken. Auch, um fliehen zu können. Außerdem waren unterirdische Gänge in Kriegszeiten notwendig geworden, um Lebensmittel zu horten.

Da Mödling zwei Mal von den Türken überfallen worden war, konnte es leicht möglich sein, dass auch dieser Stollen ein Überbleibsel aus jener Zeit war. Genützt dürfte er den Bewohnern damals zwar auch nicht viel haben, da die Bevölkerung ausgelöscht worden war.

Vermutlich war einer der Typen dieser Ostmafia auf den Stollen gestoßen und hatte ihn als Safe verwendet …

In Gedanken versunken, hatte sich Benny an den grauenhaften Gestank gewöhnt. In diesem Teil des Stollens roch es auch nicht so penetrant.

Der Ekelgeruch musste aber doch von wo herkommen!

Benny kroch bis zur Abzweigung zurück und begab sich in den zweiten, den linken Stollen, der wesentlich länger war.

Seinem Gefühl nach musste der Gang bis unter das Haus mit dem Restaurant reichen. Einmal nur war er hineingekrochen und an eine roh gemauerte Ziegelwand gestoßen.

Er hatte sich dabei nicht wohlgefühlt, weil der Gang noch niedriger und enger war als der rechte und das Zurückkriechen mit dem Hintern voran recht mühsam war.

Benny war nicht gerade von zarter Statur. Leicht hätte er stecken bleiben können. Niemand hätte seine Hilferufe gehört. Wenn schon sterben müssen, dann erst in hundert Jahren, in seinem Bett und Sandy neben ihm.

Doch jetzt zog es ihn wie magisch in den Stollen hinein. Der Geruch war unerträglich und er begann zu schwitzen, obwohl es kalt und ein permanenter Luftzug zu spüren war.

Da sah er im wackeligen Schein der Stirnlampe ein paar Ziegelbrocken liegen und ein Loch in der gemauerten Wand.

Er kroch darauf zu, steckte den Kopf hindurch …

Und sah das pure Grauen …

»Wa-Wahnsinn!«, stotterte er flüsternd.

Die Stirnlampe zeigte auf einen menschlichen Körper, auf zerfetztes Fleisch. Wo aber war der Kopf?

Man hat doch einen Kopf?, kam es Benny.

Da gab es keinen Kopf mehr. Der Hals war eine einzige Wunde, ein böse grinsendes Loch, ein trockenblutiger Kraterrand mit Hautfetzen dran.

»Wer ist das? Wie kommt der da her?«, rief Benny unterdrückt, als hätte er Angst, gehört zu werden. Aber wer sollte ihn hier unten schon hören? Zugleich belehrte ihn sein Verstand, dass Frage eins falsch und Frage zwei überflüssig war.

Wer ist das?, sollte heißen: Wer war das? Doch unmöglich war es, einen Kopflosen zu erkennen. Und wie der Mann hierhergekommen war, zeigte deutlich das Loch in der Wand, durch das sich Benny jetzt zwängte. Dabei brachen Ziegel aus der Mauer und purzelten in den Raum hinein.

Benny sah sich um. Es war ein Keller, etwa drei mal vier Meter groß und etwas über zwei Meter hoch.

Eine verbeulte Tiefkühltruhe lag umgestürzt in einer Ecke.

In der Nähe des Kopflosen befand sich der seltsam verbogene Truhendeckel, in dessen Mitte klaffte – wie durch einen Hammerhieb aufgerissen – ein Loch.

An einer Kantenseite klebte eingetrocknetes Blut.

Ein Stück Stromkabel ragte aus dem Boden der gegenüberliegenden Wand. Es musste dort einmal eine Tür gegeben haben, die zu einem späteren Zeitpunkt zugemauert worden war. Man sah es am Mörtel, der zwischen den Ziegeln hervorgequollen war. Er wirkte nicht so alt wie jener im restlichen Mauerwerk.

Benny vermied es, den Kopflosen anzusehen. Dennoch wurde er von der grauenhaften Szene förmlich angezogen.

Dabei stolperte er über einen der eigenartigen dunklen

Brocken, die in unterschiedlicher Größe und Form verstreut umherlagen. Eingepackte Steine?

Von einem der rundlichen Dinger hingen Fetzen weg – Fetzen eines zerrissenen, schwarzen Müllsacks. Mehrfach war etwas in Plastik eingewickelt. Eine dichte Staubschicht hatte sich in den Falten festgesetzt.

Benny riss die Folie auf und prallte entsetzt zurück.

Haare und Hautfetzen hatten sich von einem halb verwesten Schädel gelöst und klebten an Bennys Finger.

Zwei Augenhöhlen starrten ihn an.

Da fiel ihm der Schädel aus der Hand und rollte über den staubigen Boden …

Sieben

Mittwoch, 29. September 2010

Als die makabre Meldung hereinkam, saßen die V-Agenten gerade wegen des aktuellen Falls zusammen, des total zerstörten und beinahe abgefackelten Friseurladens mit dem Schweinetorso.

Der Anruf wurde direkt ins Konferenzzimmer weitergeleitet. Körner nahm das Gespräch entgegen und ließ über die Raumsprechanlage alle mithören. Das sparte wertvolle Zeit sowie mehrfaches Nachfragen und Erklären.

Meller erinnerte sich an das lästige Telefonat.

»Ein Kopf schwimmt im Mödlingbach«, teilte der Mann nasal und überheblich mit.

»Wer schwimmt und wer spricht?«, so Körners knappe Antwort. Vor einigen Wochen hatten Kinder zwei Modepuppenköpfe mit wertvollen Perücken ebenfalls im Mödlingbach gefunden. Axel Körner hatte die Ermittlung durchgeführt, durch die inzwischen eine Verbindung zum »Schweinefall« – so hieß der Fall intern – gegeben war. Fest stand, dass Perücken und Köpfe aus jenem Friseurladen gestohlen worden waren.

Da erlaubte sich wohl jemand einen kleinen Scherz!

Körner hatte sich bereits verbal auf den nasalen Typen eingestimmt.

»Was heißt: wer schwimmt, wer spricht?«, fragte der Anrufer gereizt.

Körner: »Na, schwimmen Sie? … Also – wer spricht?«

»Ach so meinen Sie das! Nun, ich war mit meinem Burschi…«

»Name, Adresse, Telnummer … bitte.«

Das *Bitte* war Körner der Höflichkeit halber noch eingefallen.

»So lassen Sie mich doch ausreden!«

»Erst Ihr Name … den werden Sie wohl wissen!«

»Soll der jetzt wichtig sein? Jetzt hören *Sie* mir mal zu, Sie Weißkappler. Auch Ihr Gehalt wird von meinen Steuern bezahlt, wir verstehen uns? Also, hier liegt ein Kopf im Wasser, und was Sie damit machen, ist Ihr Job, nicht meiner! Aber beschweren Sie sich nicht, ich sei nicht kooperativ gewesen! Also – dort, wo der Mödlingbach in der Hinterbrühl beim Café Seegrotte unter der Hauptstraße durchfließt, etwa dreißig Meter vorher in Richtung Kirche, da liegt der Tote … Sein Kopf, wie gesagt.«

»Und woher wollen Sie wissen, dass der echt ist und kein schlechter Scherz? Ein Perückenkopf zum Beispiel?«

Augenverdrehend blickte Körner in die Kollegenrunde.

»Liegt es in Ihrer Absicht, mich zu pflanzen? Wegen einer Attrappe aus Kunststoff springt der Burschi, das ist mein Jagdhund, nicht ins Wasser, Sie verstehen mich? … Aber bitte! Einen Kaffee lang warte ich im erwähnten Kaffeehaus. Ich hab in meinem Leben bei Gott Wichtigeres zu tun … Habe die Ehre!«

Bis sie vom S-C-ONE losfuhren, dauerte das natürlich. Da war dieses und jenes noch zu erledigen und drei Telefonate kamen dazwischen.

Schließlich trafen der Kommissar und Körner beim besagten Café in der Hinterbrühl ein.

Der unbekannte Anrufer war leider nicht mehr anwesend.

Aber der Kellner wusste sofort, dass die beiden Herren nur von der Polizei sein konnten.

Woran sieht man das sofort?, dachte Meller.

»Der Herr, der mit Ihnen telefoniert hat, hat gesagt, ich soll Ihnen das geben. Sie wüssten eh, worum es sich handelt. Er hat nimmer länger warten wollen.«

Ein mehrfach verknoteter, schwarzer Müllsack war ihnen übergeben worden.

»Sie wissen, was da drinnen ist?«, hatte Meller den Kellner gefragt.

»Ich? Nein! Fremde Sachen gehen mich prinzipiell nix an. Und der Mann hat's mir auch nicht gesagt. Er ist reingekommen, hat um einen Müllsack gebeten und ist gegangen. Nach ein paar Minuten ist er wieder gekommen, hat sich hingesetzt, einen Verlängerten für sich und ein Wasser für den Hund bestellt. Ich hab alles gebracht. Er hat den Kaffee getrunken, dazu die Zeitung gelesen und der Hund hat sein Wasserschüsserl leergschlempert. Dann hat der Mann auf die Uhr geschaut, ist aufgestanden und hat mich gebeten, den Plastiksack inzwischen in den Kühlschrank zu legen, weil eh gleich wer kommt, um den abzuholen. Dann hat er den Kaffee bezahlt – viel Trinkgeld, bitte – und ist mit seinem Hund raus bei der Tür. Das war alles.«

»Der Mann … kannten Sie ihn?«

»Ich? Nein! Noch nie gesehen bei uns … Ah ja, noch was. Beinah hätt ich's vergessen. Seine Visitkarte soll ich Ihnen auch geben.«

»Haben Sie einen Platz, wo wir kurz ungestört sein können?«

»Im Separee, unserem Speisezimmer, das ist dort hinten. Aber ich sag's Ihnen gleich: In fünf Minuten kommen die ersten Leute. Unsere Pensionisten sind immer pünktlich … Darf ich Ihnen auch was bringen? Kaffee? Mehlspeis? Vielleicht ein

Achterl? Wir hätten heut einen besonders guten Blaufränkischen im Angebot.«

Die V-Agenten lehnten dankend ab.

Meller kam ein mulmiges Gefühl, als er den noch verschlossenen Sack abtastete. Irgendwie schwammig fühlte es sich durch die Folie an. Schon der Geruch ließ den Kommissar das Schlimmste ahnen. Aber es gab manche Flaschenköpfe, die sich einen Mordspaß draus machten, mit lebensechten Plastikköpfen die Leute zu Tode zu erschrecken.

Flaschenköpfe? Sein Karma. Solche verfolgten Meller, seit er Stefanie Hochleitener kennengelernt hatte, mit einer verbissenen Hartnäckigkeit.

Groß und starr waren zwei Augenpaare auf das gerichtet, was zum Vorschein kam, als Meller den Sack aufknöpfte und das schwarze Plastik wegrollte.

Hier hatte sich jemand einen besonderen Scherz erlaubt. Es war kein Kunststoffkopf. Es war ein echter menschlicher Schädel, beinahe völlig verbrannt mit einer aufgeklebten, schwarzen Perücke. Der vom Wasser aufgeweichte Halsrand brüllte ihnen wie ein aufgerissener Krater entgegen …

Als sie das Café eiligst verließen, rief ihnen der Kellner noch dienstbeflissen nach:

»War's das Richtige, was der nette Herr hinterlassen hat?«

Und wie! Meller kochte vor Wut.

Mit Blaulicht und *Tatü-Tata* düsten sie zur Adresse in Siegenfeld, die ihnen jene Visitkarte verraten hatte.

Bei einem wuchtig wirkenden Gutshof angekommen, läuteten sie Sturm. Hundegebell hinter dem blickdichten, verschlossenen Tor sowie ein nasales »Wer spricht?« durch die Lamellen der Sprechanlage waren die Antwort.

Der Kommissar wies den Hausherrn darauf hin, wenn er sich nicht *sofort* einer ausführlichen Befragung stelle, werde er Herrn Baron zu Mannhaus – wie auf der Klingel stand – zum S-C-ONE zitieren und einvernehmen lassen. Und wenn es bis in die Nacht dauern würde.

Das schien den Hausherrn ziemlich kalt zu lassen.

»Dann warten Sie. Ich komme.«

Bis der Mann kam, das dauerte geschlagene fünf Minuten.

Wenn Meller etwas hasste, dann das Warten vor verschlossenen Türen, nicht minder weniger das Warten vor diesem, in einem ehrwürdigen Mauerbogen eingelassenen, verschlossenen Tor.

Zusätzlich ärgerte er sich maßlos wegen der unglaublichen Präpotenz mit der der Mann einen Leichenfund abhandelte.

Im dunkelgrünen Leinenhemd, darüber eine hellgraue Strickjacke mit Hirschhornknöpfen, mit einer beigen Knickerbocker in Schnürlsamt, mit grünen Stutzen und hellbraunen festen Schuhen, sogenannten *Goiserern,* so schritt der Herr Baron schließlich durchs Tor, sein Burschi folgsam an seiner Seite – Baron zu Mannhaus, die lebendig gewordene Karikatur eines Landgrafen.

Meller wusste, dass er dem Mann nichts anhängen konnte. Zu Mannhaus hätte ebenso seinen Hund zurückpfeifen können und sich nicht weiter drum scheren müssen, ob ein abgetrennter menschlicher Schädel die Reise zum Schwarzen Meer antrat oder zufällig von jemandem entdeckt worden wäre.

Eher Zweites, die Fundstelle war gut einsehbar und in der Parkstraße gingen täglich Leute mit ihren Hunden spazieren.

Also konnte der Schädel erst kürzlich in den Mödlingbach geworfen worden sein. Nur wo genau und vor allem: von wem?

»Was gehen mich die Menschen an?«, ließ Baron Gernot zu

Mannhaus verlauten. »Durch und durch verdorben sind sie! Den Beweis haben Sie ja in Händen. Da lobe ich mir meinen Jagdhund. Tiere sind eben die intelligenteren Lebewesen, das wird sich auch im Zukunft zeigen.«

»Ich werd zum Storch«, rutschte Körner da raus, »und Sie zur Kröte?«

»Sie waren das, mit dem ich telefonieren musste, ich erkenne Sie an der Stimme! Was für ein ungehobelter Zyniker. Sie haben sichtlich das Corpus Delicti erhalten, sonst hätten Sie mich nicht gefunden. Na, dann ist die Sache für mich ja erledigt.«

Der Baron kehrte ihnen den Rücken zu, der Hund folgte ihm und die Tür im Tor fiel hinter ihnen zu.

Mellers Finger formten sich zu Fäusten. Was aber sollte er gegen den Baron unternehmen? Jede Aktion würde ihn nur unnötige Zeit kosten und die hatte er nicht.

Der als ungehobelter Zyniker betitelte Axel Körner ließ das nicht auf sich sitzen und rief gegen das von Vergänglichkeit gezeichnete Holztor:

»Genau! … Ich bin ein Storch und Sie eine fette Kröte!«

Grimmig saß er neben Meller im Auto.

»Du als Storch, Axel? Tu dir das nicht an. Denk an die vielen Kinder, die du liefern müsstest. Selbst hast erst kürzlich ein Mäderl ins Haus bekommen. Stell dir vor, es schlägt bei euch das Glück ein weiteres Mal zu. Wenn's wieder ein Mäderl wird?«

»Bevor das passiert – Rübe ab …«, erwiderte Körner finster mit einem Blick in Richtung bestes Stück im Schritt.

»Ich nehm dich beim Wort, wenn's so weit ist.«

Meller grinste wie eine Buddhafigur.

»Wehe dir, Chef!«, grunzte Körner und sah starr durch die Windschutzscheibe …

Man musste annehmen, dass der Fundort nicht der Tatort war. Dennoch war die Spurensicherung am Mödlingbach ein weiteres Mal tätig. Der Bereich, wo der Kopf im Wasser gelegen hatte, war großräumig abgesperrt worden.

Baron zu Mannhaus war letztendlich doch kooperativ gewesen. Meller hatte ihm telefonisch angedroht, dass es genügend Mittel gäbe, seine kostbare Zeit mit lästigem Behördenkram zu bereichern. Um sich ein Verfahren wegen Behinderung einer Ermittlung zu ersparen, hatte der Baron zugesagt, sich am Fundort einzufinden, sich jedoch ausbedungen, dass er von niemandem belästigt werden wolle, also keine Fotografen, Presseleute und auch keine Gaffer.

Das hatte ihm der Kommissar natürlich nicht zusichern können, weil er niemandem verbieten konnte, sich außerhalb des von der Polizei abgesteckten Terrains aufzuhalten. Man werde aber sehen, was sich machen ließe.

Insgeheim wünschte er dem hochnäsigen Herrn einen Bus voll Neugieriger und ebenso viele Paparazzi.

Oder eine Homestory über einen blasierten Aristokraten?

Das lieben solche Leute besonders. Kurz hatte Meller überlegt, den Chefredakteur der *Neue-Süd* dafür zu gewinnen. So wie er Ewald Bacher einschätzte, würde der sich wie eine Klette an den Baron hängen.

Aufgrund des kapriziösen Verhaltens dieses Querulanten war jedenfalls Mellers Zeitplan durcheinandergeraten …

– – –

Seit jener Nacht vom 10. auf den 11. September war Charlys Welt nicht mehr dieselbe.

Schlimmer noch – seither quälte pure Angst seine Seele.

Gezittert, gekotzt und geheult hatte er, nachdem endlich die Tür der kleinen Wohnung hinter ihm ins Schloss gefallen war. Beim Schauen auf Willis Lieblingssender, einem Pornokanal im Fernsehen, hatte er versucht zu vergessen und Bier dosenweise in sich geschüttet, um die schrecklichen Bilder aus seinem Kopf zu verscheuchen, bis er vor Erschöpfung eingeschlafen war.

Und dennoch – was für ein sagenhaftes Glück. Er hatte diese Explosion überlebt und war heil aus dem Stollen gekrochen. Außer einem tauben Gefühl in den Gehörgängen und ein paar Kratzern war ihm nichts passiert. Er hatte nicht einen Tropfen Blut verloren.

Alles Blut auf seinen Kleidern war Willis Blut gewesen.

Es hatte Charly aber schier Unmenschliches abverlangt, seinen Freund in diesem höllischen Loch liegen zu lassen.

Unmöglich aber wäre es gewesen, Willi unbemerkt von dort wegzubringen. Wie hätte er ihn durch den Tunnel und aus dem Schacht bringen sollen? Wie ihn auf Willis alter Vespa nachhause fahren? Auf dem Sozius festzurren? Kopflos?

In dieser schrecklichen Nacht hatte Charly zwei Lektionen fürs Leben gelernt: in allen Situationen einen klaren Kopf zu bewahren und nach Möglichkeit das einzig Richtige zu tun.

Er war in das Lokal geschlichen, hatte sich völlig ausgezogen und sich am Spülbecken an der Theke von Willis Blut befreit. Anschließend hatte er seine Kleider in Spülmittel eingeweicht und ausgewaschen.

Unter dem Händetrockner im WC war die Wäsche halbwegs trocken geworden, so dass er wieder hineinschlüpfen konnte.

Dann hatte er sich Gummihandschuhe übergezogen und alles, was von seinen Fingern berührt worden war – soweit er sich erinnern konnte –, gründlich mit Schnaps aus einer der vielen Flaschen im Regal abgewischt. Das hatte er den Krimiserien im Fernsehen abgeschaut. Hochprozentiges zerstörte Fingerabdrücke.

Seine Schuhe hatte er mit Plastikfolie umwickelt, damit keine Sohlenabdrücke zu finden waren.

Zuletzt war er, bewaffnet mit Lappen und Handbesen, einem Eimer mit Wasser und einer Rolle schwarzer Müllsäcke wieder in den Stollen eingestiegen. Mit dem einzigen Gedanken: Spuren zu verwischen, zu vernichten – wie diesen schrecklichen Traum.

Es konnte nur ein Traum sein, die Realität durfte nicht so grausam sein. Willi lebte, hatte er sich eingeredet, während er wieder durch den Stollen gekrochen war. Doch Willi war tot.

Unter dieser Gewissheit litt Charly von Tag zu Tag mehr, so sehr ging ihm sein Freund ab. Es war ihm schon passiert, dass er mit Willi redete, als wäre er in der Wohnung anwesend. Er war es auch gewesen, zumindest ein Teil von ihm.

Im Kühlschrank …

Gebannt starrte Charly auf die Titelseite der *Neue-Süd*.

Ein flaues Gefühl kam ihm vom Magen hoch und er begann zu schlucken. Schnell griff er zum Bier, kämpfte mit einem Schluck dagegen an und setzte das Glas wieder ab.

Grausiger Fund: Halb verkohlter Schädel im Mödlingbach!

Die Abbildung darunter zeigte den Fundort, umgeben von tief hängenden Ästen.

Charlys Hände zitterten, das Zeitungsblatt ebenso. Ich muss mich beherrschen, um nicht aufzufallen, dachte er.

Es war früher Vormittag. Verstohlen sah er sich um. In der Gaststube saßen außer ihm noch drei Männer der Müllabfuhr.

Der Schädel im Mödlingbach war das Thema des Tages, und die Müllmänner ergingen sich in kühnsten Spekulationen:

»Der Mann ist bestimmt das Opfer einer Rauschgiftorgie. Wie damals in Amerika, als der Charles Manson und seine Hippiekumpanen eine berühmte Schauspielerin samt ihren Freunden abgemurkst haben. Wie hieß sie noch gleich?«

»Sharon Tate«, kam ihm sein älterer Kollege zu Hilfe. »Aber berühmt war die wirklich net.«

»Aber nachher.«

Der dritte Müllmann schwor auf eine andere Theorie.

»Die Russenmafia hat den zur Abschreckung geköpft, weil er sie beschissen hat.«

Der Wirt, der mit der zweiten Runde Bier zum Tisch kam, mischte sich ins Gespräch ein:

»Und – was besagt das, Herrschaften? Verbrechen zahlen sich nie aus, nicht einmal unter Gangstern. So schaut's aus!«

Willis Kopf war also schon gefunden worden.

Charly ärgerte sich über die wüsten Vermutungen am Nebentisch. Wie einfach wäre es gewesen, die drei aufzuklären.

Und wieder drängte sich die furchtbare Nacht in sein Hirn, sah er Willi kopflos vor sich liegen. Wehmut erfasste ihn und er kämpfte mit den Tränen. Jetzt nur nicht auffallen, befahl er sich und wischte sich heimlich über die Augen.

Doch das schreckliche Abenteuer hatte ihm Sagenhaftes in die Hände gespielt. Das war es auch, was Charly als kleines Trostpflaster für den Tod seines besten Freundes empfand.

Der Ungar aber sollte nicht einen Furz davon abbekommen!

In Charly stieg die Wut hoch, als ihm das letzte Gespräch mit Tibor in den Sinn kam. Hatte der Typ ihm doch glatt mit einem Schlägertrupp gedroht, wenn er das Gefundene nicht rausrücken würde.

Ja, was denn? Nichts hatten sie gefunden! Willi aber sei von einer Granate oder was das sonst gewesen sei, getötet worden!

Wenn er es nicht glaube, dann solle er gefälligst selbst in den Schacht steigen und sich Willis Reste unter den Nagel reißen, hatte er Tibor via Handy angebrüllt.

Seither hatte Funkstille geherrscht. Charly aber kannte solche Typen, er musste auf alles gefasst sein. Deshalb hatte er den Namen des Ungarn auf einen Zettel geschrieben, in Willis Mund gesteckt und den Kopf nahe Gaaden in den Mödingbach gelegt. Die Polizei würde schon was damit anzufangen wissen. Und wenn Tibor die Sache zu heiß wurde, würde er schnellstens abhauen müssen.

Verdammter Willi, warum musstest du überall deinen Kopf hineinstecken! Jetzt war seine Rübe ab.

Genauso aber hätte es ihn treffen können, das wusste Charly.

Bloß weil er es Willi überlassen hatte, die Tiefkühltruhe zu öffnen, durfte er weiterleben – und dazu noch einen sagenhaften Schatz aus dem Kellerloch holen! Einen, wie er in Abenteuerromanen beschrieben steht. Charly hatte zwar noch nie ein Buch gelesen, aber viele Filme gesehen.

Er war in den Schacht hinuntergestiegen, um die Spuren zu verwischen. An der Gabelung angekommen, wusste er in der Aufregung nicht mehr, welchen Gang sie genommen hatten, und war den rechten Stollen entlanggekrochen. Am Ende des Ganges war er dann auf Gold, Münzen und Schmuckstücke gestoßen, die in Ziegelnischen steckten.

Tibor hatte also Recht gehabt.

Doch Charlys Freude war mit Wut und Trauer durchmischt gewesen. Hätte er sich zuvor für diesen Stollen entschieden, würde Willi noch leben. Sie wären ins Ausland abgezischt, das Zeug hätten sie kleinweise zu Geld gemacht, um davon gut leben zu können. So aber war Charly die grausliche Arbeit geblieben, alle Spuren zu verwischen.

Das Blut seines Freundes wollte er ursprünglich mit Wasser wegwaschen. Doch bei der Menge war das unmöglich, da hatte Charly das Wasser über Willi geschüttet. Warum, wusste er auch nicht mehr, vermutlich wollte er ihn vom Blut befreit in Erinnerung behalten.

Die schwarzen Klumpen, die in der Kühltruhe gelegen haben mussten und verstreut umherlagen, waren von ihm nicht berührt worden. Wer weiß, was das für ein Zeug war. Die Explosion hatte ihm gereicht.

Willis Hosentaschen hatte er geleert, damit nichts dessen Identität verriet. Außer dem Handy, einem Feuerzeug und ein paar Münzen hatte Charly nichts gefunden. Mit dem Feuerzeug hatte er Willis Fingerkuppen weggeschmolzen. Diese Aktion hatte ihn viel Überwindung gekostet.

Er hatte Willis Kopf in einem Müllsack fest verpackt, in den Kübel zum gefundenen Schatz und zu Willis Habseligkeiten gelegt und dieses Schreckensloch verlassen.

Um keinerlei Spuren zu hinterlassen, war er arschlings aus den Stollen gekrochen, hatte mit dem Handbesen den Staub auf dem Boden verteilt, um seine Kriechspur zu verwischen. Auch die Einstiegseisen beim Schacht hatte er sorgfältig abgewischt. Ihm war es egal, wer den Schacht öffnen würde. Je später, desto besser. Er war darauf bedacht gewesen, im Keller alles genau so hinzuschlichten, wie er es sich eingeprägt hatte. Den Hackstock auf die Metallplatte, die Bretter an die Wand gelehnt. Wo der Zuber gestanden hatte, war ihm allerdings entfallen …

Charly fixierte das Zeitungsbild, während er krampfhaft nachdachte, wo dieser blöde Zuber gestanden haben könnte. Doch worüber sich noch den Kopf zerbrechen, das war ohnehin längst egal. Willi würde das auch nicht mehr lebendig machen.

Charly fiel die letzte Aktion ein, die sie gemeinsam unternommen hatten. Die beiden Totenschädel, die sie bei einem Einbruch aus einer alten Villa in der Goethegasse hatten mitgehen lassen, waren die einzige Beute gewesen. Immerhin echte Schädel, die sich gewiss gut zu Geld machen ließen. Er kannte verlässliche Quellen, über die Diebesgut ohne langes Nachfragen verscherbelt werden konnte.

Hoffentlich würde die Polizei Tibor schnappen, bevor der Kerl Charly auf die Pelle rücken konnte. Noch wusste der Ungar nicht genau, wo er zuhause war, das aber würde Tibor bald rausbekommen. Warum bloß hatte er ihm beim Kennenlernen verraten, dass er in Achau wohnte? Zu spät.

Wie aber hätte er wissen sollen, dass sich der Kontakt mit dem Ungarn auf so saublöde Weise zuspitzen würde?

Zu Beginn war es ja gut angelaufen. Sein zweiter großer Auftrag, einen Friseurladen in Mödling abzufackeln, war ein Klacks gewesen. Auch wenn Tibors Wunsch, ein Schwein auf einem Friseursessel anzuzünden, schon sehr krass gewesen war.

Schnelles Geld für ein bisschen Rambazamba-Machen, das bereitete richtig Spaß. Tibor hatte ebenfalls Auftraggeber und die würden schon Gründe gehabt haben, warum dem Friseur auf diese schräge Weise eins ausgewischt werden sollte.

Nur nicht nachfragen, einfach machen und kassieren.

Wichtig war, dass Tibor die versprochenen zweitausend Euro sofort ausbezahlt und weitere Jobs angekündigt hatte.

Die Perücken samt Köpfen aus dem Friseursalon mitgehen zu lassen, war Willis Idee gewesen – was für eine Gaudi!

Mit Haarfärbemittel hatten sie daheim die Köpfe horrormäßig bemalt und ihnen die Perücken verpasst. Willi hatte einem der Puppenköpfe noch ein Küchenmesser ins Gesicht gerammt. Das sah echt crazy aus.

Nachts waren sie mit Willis Vespa nach Gaaden gedüst und hatten die Horrorköpfe dort in den Mödlingbach geworfen …

»Ach, Willi … du verdammter Sack!«, murmelte Charly.

Sie hätten noch so manches Stückerl gedreht, einen Mordsspaß dabei gehabt und saftig abcashen können!

Vor drei Tagen – der Geruch im Kühlschrank war inzwischen unerträglich geworden – war Charly mit der Vespa zu der Stelle gefahren, wo sie die Perückenköpfe ins Wasser geworfen hatten. Dort hatten sie beim letzten Mal gefeiert, Bier aus Dosen getrunken und sich Tortenstücke in den Mund gestopft, die sie im Kühlschrank des Friseurs gefunden hatten.

Wo sonst hätte er um Willi trauern können? Begraben war er nicht und in das Kellerloch, in dem Willis Rest lag, brachten ihn keine zehn Elefanten.

Als Charly nachhause gefahren war, hatte ihn ein Auto brutal geschnitten und er war im Straßengraben gelandet. Der Sturz an sich war nicht so schlimm gewesen, der Waldboden war weich.

Das Auto war stehen geblieben. Eine Frau war auf ihn zugeeilt und hatte sich vielmals entschuldigt. Als sie dann sah, dass Charlys Knie und Ellbogen stark bluteten, war die Frau förmlich ausgeflippt und hatte auf ihn eingeredet, dass man das alles ohne Polizei regeln könne.

Sie war zu ihrem Wagen geeilt, hatte aus dem Kofferraum Taschen und Koffer ausgeladen, bis sie endlich gefunden hatte, was sie suchte – die Autoapotheke. Sie wollte unbedingt seine Wunden verbinden. Charly hatte plötzlich einen Schwächeanfall bekommen und war zusammengesackt, ein Schock vermutlich. Da hatte sie ihn angefleht:

»Bitte keine Polizei … ich kann alles bezahlen!«

An der Vespa war nicht viel kaputtgegangen. Willis rostige

Reibe wurde ohnehin nur von Dreck und vielen Stickers zusammengehalten. Die Lady aber – sie war ja eine wirklich klasse Erscheinung – war wieder zum Auto gelaufen, mit ihrer Handtasche zurückgekommen und hatte darin herumgekramt. Erst hatte sie Charly dreitausend Euro in die Hand gedrückt und mit den Worten: »Und das für die Unannehmlichkeiten«, einen Fünfhunderter dazu. Überstürzt hatte sie ihre Gepäckstücke im Kofferraum verstaut und weg war sie. Mit dreieinhalbtausend Euro in den Fingern für ein paar blutige Kratzer und eine Rostreibe war er dagestanden und hatte ihr nachgestarrt, als sie mit quietschenden Reifen davondüste.

Als Draufgabe hatte es eine weitere Überraschung gegeben. In ihrer Hektik hatte die Lady eine Sporttasche vergessen, die wie bestellt und nicht abgeholt am Straßenrand stand.

Daheim hatte er den Inhalt aufs Bett geleert – Wäschestücke und Utensilien, die einem Mann gehören mussten.

Aber dann, das Geilste: ein super Laptop.

Er kannte sich mit Computern nicht aus, wusste jedoch, dass Apple-Geräte der absolute Überhammer sein sollten.

Den Laptop wollte er zu Geld machen.

Dieses unerwartete Glück hatte ihm bestimmt Willi geschickt, hatte er sich damals gedacht …

Charly kam ins Schwärmen. Er dachte an das erste Ding, das sie für den Ungarn gedreht hatten.

Einer alten, alleinstehenden Frau sollte ein bisschen Dampf unterm Hintern gemacht werden, weil sie ihren abgetakelten Villenkasten nicht verkaufen wollte.

Charly erinnerte sich an die Salcher in der Lerchengasse.

Willi und er hatten die Frau abgepasst und waren, als sie mit ihrem Hund auf die Gasse trat, wie zufällig an ihrem Haus vorbeigeschlendert.

Mit einer speziellen Hundetrillerpfeife, einer Galtonpfeife, die sie von Tibor bekommen hatten, hatte Willi den Hund unruhig gemacht. Richtig wild hatte sich der Köter gebärdet und war auf die Straße gesprungen. Hätte Charly nicht rechtzeitig die Leine gepackt, wäre das Tier unter die Räder eines Autos gekommen. Voll Dankbarkeit war die Salcher gewesen, weil sie ihren Flocki gerettet hatten. Sie hatte Willi und Charly auf einen Kaffee zu sich eingeladen.

Wie hatten sie von der schönen, alten Villa geschwärmt!

Die Salcher jedoch jammerte, dass es so viel zu reparieren gäbe und dass das Haus mit ihr sterben würde.

Die Tochter käme, wenn's gut ging, alle paar Monate, um nach ihr zu sehen. Sie war beruflich sehr erfolgreich, aber ständig irgendwo im Ausland unterwegs. Ihr Sohn wohnte in Baden, kümmerte sich aber nicht um seine Mutter, sondern wartete nur darauf, bis sie starb, um die Villa verkaufen zu können. Das wollte aber weder sie noch ihre Tochter. Deswegen waren die Kinder seit Jahren zerstritten.

»Wie gut, dass das mein Mann nicht mehr erlebt … Dachziegel sind zerbrochen … überall im Haus riecht es nach Schimmel vom Zeug, das feucht geworden ist … ja, auch der Dachboden müsste längst ausgeräumt werden …«

Willi und Charly hatten sich erbötig gemacht, sich um Dach und Ausräumen zu kümmern. Aber das Staudenzeug, das schon auf den Gehsteig ragte, das würden sie gleich wegschneiden. Das passe doch nicht zu ihrer ehrwürdigen Villa.

Da war die alte Salcher richtig gerührt gewesen. Mit Tränen in den Augen hatte sie ihre beiden Helfer betrachtet. Ach ja, einen Sohn, der kommt, nicht lang rummeckert und das erledigt, einen solchen hätte sie sich immer gewünscht.

Einmal noch waren Willi und Charly zu ihr gekommen, um

die kaputten Ziegel auf dem Dach auszutauschen. Als die Alte sie bezahlen wollte, hatte Charly beleidigt getan. Ja, was sie denn von ihnen denke! Einem alten Menschen zu helfen, sei doch selbstverständlich! Eine Tasse Kaffee, dazu belegte Brote waren Lohn genug. Um den Dachboden könnten sie sich allerdings erst später kümmern, da sie mit einer Hilfstruppe nach Rumänien fahren würden. Die Ärmsten dort bräuchten noch eher ihre Hilfe. Da hatte die alte Salcher es sich nicht nehmen lassen, jedem einen Zehner in die Hand zu drücken.

Sie hatten genug erfahren, was sie Tibor berichten konnten. Dafür waren für jeden fünfhundert Euro rausgesprungen. Was der Ungar mit den Informationen anfing, war nicht mehr ihre Sache gewesen.

Anschließend hatte Tibor zwei Einbrüche in Auftrag gegeben. Der erste in eine leer stehende Villa in der Hinterbrühl, da war aber nichts zu holen gewesen. Sie mussten aber genauestens berichten, wie's drinnen aussah. Vermutlich hatte er sie testen wollen.

Bei der zweiten Villa – sie stand in Baden – wären sie beinahe von Nachbarn erwischt worden. Lediglich eine Digitalkamera und etwas Hartgeld waren die Beute gewesen. Der Ungar war ausgezuckt und hatte getobt. Viel mehr wäre aus dem Kasten zu holen gewesen, wenn sie sich nicht so dämlich angestellt hätten. Damals hätte Charly auf sein Bauchgefühl hören müssen und mit Tibor keinen Deal mehr machen sollen.

Wegen dieses verdammten Ungarn, der ihm nicht von der Pelle rücken wollte, hatte er auch noch Willi verloren.

Charly fluchte lautlos, und in seiner Wut rief er überlaut: »Zahlen, bitte!«

»I bin net schwerhörig, Burschi«, herrschte ihn der Wirt an.

– – –

Obwohl traumhaftes Segelwetter war – für Benny war das vergangene Wochenende zur Qual geworden.

Natürlich hatte Sandy sofort gespürt, dass etwas passiert sein musste, grübelnd, wie er vom Lokal nachhause gekommen war. Sie kannte Benny und hatte nachgefragt.

Um Sandy nicht zu beunruhigen, hatte er das Gespräch mit dem alten Bründlmeier vorgeschoben, der sich wegen des Clubbings vierzehn Tage zuvor beschwert hatte. Wegen eines einzigen Krachers in der Nacht. Lächerlich.

Nach dem Pflichtbesuch bei Sandys Eltern in Wien – bei Kuchen und Kaffee inklusive intensiver Ausfratschelung –, waren sie endlich zum Neusiedler See aufgebrochen.

Das Segeln war entspannend gewesen und hatte Benny den grauslichen Fund im Keller kurzzeitig vergessen lassen.

Für Pauli war es ein Riesenspaß. Benny konnte ihm sogar das Schwimmen beibringen. Der kleine Bengel war wirklich talentiert und kein bisschen wasserscheu. Voll Stolz hatte er ihnen vor dem Abendessen gezeigt, wie er sich ohne Schwimmflügerl über Wasser halten konnte.

Der Abend war gemütlich ausgeklungen. Der Junge war vor Müdigkeit sofort ins Bett gefallen. Sandy und Benny hatten sich auf die Jacht zurückgezogen und heftig geliebt.

Sandy passierte es während des Liebesakts oft, dass sie beim Höhepunkt schrie oder schluchzte.

Benny hatte das anfangs ziemlich irritiert. Als Sandy ihm jedoch erklärte, ihn dabei wahnsinnig intensiv zu spüren, war er stets bedacht, sie zum Vor-Lust-Heulen zu bringen. Er stand auf ihre emotionelle Empfindungsskala, derer sie sich seither regelmäßig mal wild, mal zärtlich hingaben.

Vom Segeln, ausgiebigen Essen, von einigen Gläsern Wein und vom innigen Verschmelzen erschöpft, waren schließlich auch sie auf der Jacht eingeschlafen.

Mitten in der Nacht war es dann geschehen.

Benny hatte plötzlich aufgeschrien, wild um sich geschlagen und dabei Sandy im Gesicht getroffen. Aus ihren Träumen gerissen, noch völlig schlaftrunken und mit einem anschwellenden Auge, hatte sie ihn heftig wachrütteln müssen.

Lachend hatte sie dann gemeint, sie müsse wohl künftig mit einem Helm schlafen. Ihr Ex habe zwar auch zugeschlagen, doch da habe sie wenigstens rechtzeitig ausweichen können. Benny war das ungemein peinlich gewesen – ein schrecklicher Albtraum war die Ursache –, er hatte sich vielmals entschuldigt und sie gebeten, bei ihrem Jungen in der Kabane weiterzuschlafen.

Um im Traum nicht wieder von einem kopflosen Monster verfolgt zu werden, hatte Benny nicht mehr einschlafen wollen. Bis zum Sonnenaufgang war er unter Deck gelegen, hatte gegrübelt, nachgedacht …

Der Schatz war gestohlen worden.

Da war nichts dran zu rütteln und er hatte lediglich einen Verdacht, wer es gewesen sein konnte, jedoch keine Handhabe, den Kerl anzuzeigen.

Völlig unschuldig schien er in ein Verbrechen hineingeraten zu sein. Wenn sein ehemaliger Kellner, dieser Tibor Laszlo, den Mann im Keller ermordet hatte und ihm einen Strick daraus drehen wollte?

Aber da waren noch die anderen Leichenteile.

Benny wusste, er musste schnellstens die Polizei verständigen. Er hatte zwar vorsorglich den Kellerschlüssel aus der Bar mitgenommen, damit der Barmann nicht die leeren Flaschen nach unten räumen und etwas entdecken konnte. Auch die Metallplatte hatte er so gut wie möglich abgedichtet, doch Gerüche waren hartnäckig, und diese kamen aus seinem Kellerabteil. Wenn die im Haus wohnenden Parteien die Polizei verständigten, würde man den Kopflosen finden, aber auch Bennys Fingerabdrücke entdecken. Wie sie begründen?

Als Ein- und Ausgang gab es nur diesen Schacht in seinem Keller – und es gab diesen ekligen Gestank …

Da war ihm eine glorreiche Idee gekommen und ebenso eine plötzliche Welle der Übelkeit, weil er den Kopflosen wieder vor sich gesehen hatte. Sein Magen hatte rebelliert. Er war schleunigst an Deck gelaufen, weil er sich übergeben musste. Die Geräusche, die er dabei von sich gab, hatten Sandy geweckt. Sie war aus der Kabane geeilt, um zu sehen, was mit Benny los sei, und musste mitansehen, wie er seinen Mageninhalt über die Reling kotzte.

Es war aber nicht nur der Gedanke an die Toten gewesen, der Benny übel mitgespielt hatte. War es der psychische Stress, der sonnige Vortag, das Essen oder ein Virus gewesen? Er hatte sich jedenfalls elend gefühlt und dementsprechend aus der Wäsche geguckt.

Noch am Vormittag waren sie aufgebrochen und nachhause gefahren. Klein Pauli war traurig gewesen, er wäre gern länger geblieben, doch all sein Jammern und Betteln half nichts.

Daheim wurde Fieber gemessen – 39,2 Grad.

Der Arzt war gekommen, die Diagnose: Sommergrippe plus eine akute Darmgrippe.

Vier Tage war Benny im Bett geblieben, mit Antibiotika vollgestopft worden, hatte nur geschlafen oder war apathisch dagelegen. Jedes Gelenk, jede Bewegung hatte geschmerzt. Jeder Bissen tat beim Schlucken weh, grässlich schmeckende Medizin hatte er hinuntergewürgt und mindestens die Hälfte der wachen Stunden auf der Klomuschel verbracht.

Seine Sandy – Geliebte, Kindesmutter, Ersatzchefin im Lokal und zurzeit Krankenschwester, hatte ihn versorgt und gepflegt, ihm Arzneien und kalte Umschläge verabreicht, Suppen und Tees löffelweise eingeflößt und sein durchgeschwitztes Bettzeug mehrfach gewechselt …

Als Benny aufwachte, hatte er das Gefühl, ein neuer Mensch zu sein. Zwar noch matt, spürte er an diesem Donnerstagmorgen seine Lebensgeister zurückkehren.

Die Krankheit war endlich ausgestanden.

Sandy hatte Pauli zur Schule gebracht. Er ging in die Karl-Stingl-Volksschule in der Pfandlbrunngasse. Der Junge war ein begeisterter Erstklassler. Noch, dachte Benny, warten wir ab, wie lang das anhalten würde. Er erinnerte sich an seine Schulzeit zurück, die nicht nach seinen Vorstellungen verlaufen war.

Das war längst ausgestanden, jetzt beschäftigte ihn ein anderes Problem – genauer gesagt ein furchtbares Verbrechen, an dem er sich nicht schuldig zu fühlen hätte, es aber dennoch tat.

Er hörte Sandy in der Küche das Frühstück zubereiten und wartete, bis sie mit dem Tablett in sein Zimmer kommen würde.

In den letzten Tagen war sein Arbeitszimmer zum Krankenzimmer geworden. Benny wollte vermeiden, dass Sandy und der Junge angesteckt wurden. Auch wenn dies längst zu spät gewesen wäre – Bazillen setzen sich über räumliche Trennungen hinweg wie ein Orkan über Erdteile.

»Na? Wieder unter den Lebenden?«, begrüßte ihn Sandy und lächelte, stellte das Tablett auf das Beistellwagerl und schob es zu Benny ans Bett. »Dann darf ich dich auch wieder küssen!« Was sie sofort ausführen wollte.

»Noch nicht«, wehrte Benny mit krächzender Stimme ab, »ich fühl mich noch so … hab noch nicht Zähne geputzt.«

»Dann küsse ich andere Teile von dir.«

Sie lachte und wollte ihm die Decke wegziehen, die er aber festhielt und sie dafür in den Hintern kniff. Er erwiderte:

»Nach dem Brausen kannst du alle Teile einzeln abküssen.«

»Na endlich bist du wieder gesund. So allein im Bett ist's gar nicht nett … Da – kriegst auch was zum Lesen.«

Sie legte ihm die Zeitung auf die Bettdecke und sagte mehr nebenbei:

»Da schwamm der beste Teil eines Mannes im Mödlingbach. Sein Kopf, sofern das sein bester Teil war.«

»WAS? EIN KOPF?«

»Jessas, Benny! Reg dich ab! Was schreist denn so?«

»Entschuldige, es ist nur … von so was hab ich geträumt … auf dem Boot!«

Aufpassen, ermahnte er sich. Ruhig Blut, sonst mach ich mich unnötig verdächtig und kann meinen Plan vergessen.

Benny sah Sandy an, ihr blaues Auge spielte alle Farben.

»Mein Traum war so real, vermutlich habe ich deswegen so heftig reagiert. Nochmals: Verzeih mir, es tut mir ehrlich leid. Was die Leute von mir denken, wenn sie dich so sehen?«

»Das hat mir mein Freund geschlagen, erzähle ich, weil ich ihn nicht lassen hab«, antwortete Sandy lachend.

»Das trau ich dir zu!«, regte sich Benny gespielt auf.

»Aber nein! Ich sag, wie's war. Ob man's glaubt oder nicht – mir egal. Ich weiß, wie's gelaufen ist, und das zählt.«

»Ein Versöhnungsbussi, bitte«, flehte er.

»Erst frühstücken, brausen und Zähne putzen … dann gern«, erwiderte sie und grinste. »Jetzt muss ich aber weitermachen.«

Sie wollte schon gehen, da fiel ihr ein:

»Ah ja, ich wollte es dir schon gestern sagen – hab's vergessen. Die alte Sallinger vom Haus hat mich extra abgepasst, um sich zu beschweren, dass es aus dem Keller so grauslich stinkt. Du weißt ja, wie ungern ich da runtergehe, außerdem hängt auch der Kellerschlüssel nicht an seinem Platz. Sie meinte, dass tote Ratten im Keller liegen … Sie hat an der Tür gerochen. Der Gestank kann nur aus unserem – entschuldige – aus deinem Keller kommen.«

»Unserem Keller, du bist im Team, Sandy … Überhaupt, du gehörst zu mir … der Kleine natürlich auch.«

»Dafür bekommst du den innigsten Kuss des Tages, trotz morgendlichen Mundgeruchs«, erwiderte sie gerührt.

»Bitte, Sandy … ich genier mich … ein Bussi reicht.«

Mit geschlossenen Augen hielt ihr Benny seine Lippen hin. Sie überrumpelte ihn und küsste ihn inniglich. Erst sträubte er sich, ergab sich dann aber und erwiderte ihren emotionellen Überschwang.

Als sie sich von ihm gelöst hatte, flüsterte sie:

»Ich würde deine Scheiße fressen, wenn ich damit dein Leben retten müsste, so sehr liebe ich dich.«

»Pfui! Tu's lieber nicht! Wie du die letzten Tage mitbekommen hast, bin ich ein echter Scheißkerl … So, und jetzt futtere ich erst einmal, dann werf ich mich unter die Brause und mach wieder einen Menschen aus mir. Anschließend räum ich die toten Ratten weg …«

– – –

Durch einen engen, knapp einen Meter hohen und sechzig Meter langen Stollen auf Knien zu kriechen, das machte man gern als Kind beim Räuber-und-Gendarm-Spiel. Aber garantiert nicht als Erwachsener, wenn's nicht etwas Lohnendes zu finden gab. Als V-Agent jedoch gezwungenermaßen.

Der Kommissar und Axel Körner bekamen diese einmalige Chance und waren darüber wenig erfreut. Weil sie – trotz professioneller Stirnlampe – keine Höhlenforscher waren, und weil es in dem Stollen mörderisch nach Verwesung stank.

Bekleidet mit einem weißen Spezialoverall und geschützt durch einen Mundschutz, der das Atmen noch beschwerlicher machte, hatten sich die beiden durch die enge, grob ins Erdreich gehauene, teilweise gemauerte Röhre gequält. Ein dicker Lüftungsschlauch und ein signalrotes Kabel hatten den Weg gewiesen.

Jetzt standen sie neben zwei Kollegen der Spurensicherung in einem Kellerloch – immerhin aufrecht – und starrten auf eine kopflose, männliche Leiche. Ihre Augen glitten weiter über menschliche Überreste, die von schwarzen Plastikfolien frei gelegt auf dem grobbehauenen Steinboden lagen.

Etwas Verbeultes – einer Tiefkühltruhe ähnlich – lag umgestürzt in einer Ecke. In der Nähe des Kopflosen befand sich der Truhendeckel, seltsam verbogen und mittig aufgerissen, als hätte jemand mit einem Hammer ein Loch hineingeschlagen.

Das grelle Licht zweier Scheinwerfer beleuchtete die bizarre Szenerie, die durch den ekelerregenden Fäulnisgeruch, der im stickigen Raum vorherrschte, noch gesteigert wurde.

Hier unten verschlug es sogar dem sonst so redegewandten Zyniker Axel Körner die Sprache. Das war gut, wie leicht hätte neben einem sarkastischen Statement ein bereits verdauter Bissen selbigen Weg über Körners Mund genommen.

Auch der Kommissar musste sämtliche Sinnesnerven gewaltig im Zaum halten, um nicht sein zuletzt Verspeistes von sich zu geben.

Die Spurensicherer schienen aus einem anderen Holz geschnitzt zu sein. Für sie waren solche Anblicke gewohnte Arbeitsbedingungen. In Leichenteilen herumzustochern, gehörte zu ihrer Profession.

Solang der Mensch lebte, war seine Hülle eine schöne oder gar aufreizende. War er tot, zeigte der Verfall sein grässliches Gesicht. Erst wieder das Zu-Staub-geworden-Sein der menschlichen Materie zeigte von einer kosmischen Gnade.

»Genug gesehen, mir reicht's«, urteilte Meller abrupt nach seiner Analyse gemäß irdischer Gesetze.

»Mir schon länger!«, war Körners Antwort.

»Euer Glück«, entgegnete einer der beiden Spurensicherer, »wir bleiben bis zum bitteren Ende.«

»Die Tür dort …«, Meller deutete mit einer Hand auf den nachträglich zugemauerten Wandauslass. »Ich meine, dort, wo eine war … wird nicht durchgebrochen?«

Mit der anderen Hand presste er sich den Mundschutz ans Gesicht. Der Gestank war schier unerträglich trotz Luftzufuhr, die durch den Lüftungsschlauch in dieses Höllenloch gepumpt wurde.

»Erst wenn wir fertig sind«, erwiderte jener, der die menschlichen Überreste fotografierte.

Ein Blitz tauchte das Grauenhafte in blendend weißes Licht und ließ schemenhaft Schatten über die Wände huschen.

Die Geister der Toten?

Parallel dazu filmte der Mann auch mit einer Digitalkamera die Szenerie. Als er Körner zufällig vor die Linse bekam und auf ihn zoomte, wusste der V-Agent nicht, wie er reagieren sollte.

»Ich leb noch!«, murrte er bissig, fuchtelte mit einer scheuchenden Handbewegung vor der Kamera herum und zeigte auf ein von Plastikfolie frei gelegtes Körperteil: »Sie ist der Star.«

Den längeren Haarresten nach, handelte es sich um einen Frauenkopf.

Körner wandte sich schnell ab und wollte schon durchs Loch in der Mauer verschwinden.

»Da bleibst, Körner!«, rief ihn Meller grantig zurück. Das wäre ja noch schöner, allein hier aushalten zu müssen.

»Dachte, wir hätten schon alles gesehen?« wehrte sich Körner.

»Schon. Aber ich bestimme, wann wir gehen.«

»Bitte, Herr Chef, nach Ihnen.«

Der Mundschutz verdeckte Körners Mimik nur zum Teil. Doch seine gemurmelte Weisheit: »Der stärkste Esel ist stets der erste bei der Tränke«, war weder zu verstehen, noch von den Lippen abzulesen. Und was Körners Augen verrieten, war unter dieser extremen Geruchsbelastung völlig egal.

Bei der Stollenabzweigung bog Meller in den zweiten Gang ab. Gehorsam folgte ihm der V-Agent kriechend, bis der Kommissar plötzlich anhielt und Körner mit seinem Kopf an Mellers Hintern stieß.

»Und was soll das jetzt?«, fragte er Körner gereizt.

»Entschuldigung! Ich bin dem Chef wie befohlen blindlings gefolgt.«

»Axel! Wenn du nicht augenblicklich verschwindest, furz ich dir einen ins Gesicht, der dich für dein Leben zeichnet.«

»Darauf kann ich gern verzichten.«

Erlöst vom wahrlich undankbaren Job, krabbelte Axel Körner aus der unseligen Unterwelt der geschichtsträchtigen Babenbergerstadt Mödling.

Währenddessen hatte der Kommissar das Ende des Stollens untersucht. Es gab eine Unzahl von Nischen in Schuhschachtelgröße und größere. Dieser unterirdische Gang musste seit Jahrhunderten existieren und war bei Belagerungen vermutlich die letzte Rettung von Verfolgten gewesen. Hier war Platz zum Überleben und zum Verstecken von Lebensmitteln, Haushaltsgegenständen und Wertsachen.

Wertsachen? Schmuck?

Kindliches Jagdfieber hatte ihn gepackt.

Mauerritzen, kleinste Spalten im Gestein durchsuchte er. Mit seinem Hausschlüssel kratzte, stichelte und pulte Meller einen größeren Stein frei, der ihm wie nachträglich eingesetzt vorkam. Schließlich konnte er ihn aus der Wand nehmen.

Was er im Strahl seiner Stirnlampe zu sehen bekam, entlockte ihm hinter seinem Mundschutz einen leisen Pfiff. Etwas Faustgroßes – in Stoff oder Leder Eingeschlagenes – steckte in der Vertiefung. Behutsam griff er danach. Doch die dunkle Hülle zerbröselte bei der Berührung seiner Finger.

Vorsichtig blies und wischte er die Reste aus der Nische. Etwa eine Hand voll dunkle, unförmige Scheibchen kamen zum Vorschein – Münzen.

Eine Gänsehaut überzog kurz Mellers Rücken.

Als Ausgleich zum grausigen Anblick vorhin im Kellerloch hatte er im zweiten Stollen dank seiner ewigen Neugier doch tatsächlich einen kleinen Schatz gefunden …

– – –

»Einen Schatz gefunden?« Benny fuhr erschrocken hoch, sah erst seine Freundin, dann den Kommissar an.

»Was erschreckt Sie daran so?«, fragte Meller lauernd.

»Ich meine nur … erst das Schreckliche … die vielen Toten da unten … und dann einen Schatz finden!«

»Wie viele Tote sind's denn?«, hakte Meller nach.

»Drei … Hab zwei Köpfe gezählt und den ohne … Kopf.«

So wie Benjamin Hohental reagierte, kam Meller zu dem Schluss, dass ihm gegenüber kein Mörder saß. Auch an seiner Lebensgefährtin gab es – außer, dass sie verdächtig gut aus der Wäsche guckte –, nichts Verdächtiges zu entdecken.

Doch nach dieser Schatzmeldung war Hohental ein um eine Nuance zu heftiges Erschrecken übers Gesicht gehuscht. Das war kein ahnungsloser Blick, fand Meller, der den Lokalbesitzer und seine Lebensgefährtin beobachtete.

Es war an der Zeit, den Fall akribisch aufzunehmen ...

Benjamin Hohental, Inhaber des KuK in der Brühler Straße, hatte am 30. September 2010 um 13 Uhr 30 im S-C-ONE vor Kommissar Meller zu Protokoll gegeben:

»Ich bin heute Vormittag einem üblen Geruch im Keller nachgegangen. Eine Bewohnerin des Hauses hatte meine Lebensgefährtin – Sandy ist als Aushilfe im Club beschäftigt – darauf aufmerksam gemacht, dass vermutlich tote Ratten im Keller liegen. Ein unangenehmer Verwesungsgeruch war im Gangbereich zu riechen gewesen. Nachdem ich die Kellertür geöffnet habe, ist der Gestank sofort stärker geworden. Ich suchte die Ursache und stieß auf eine auf dem Boden liegende Metallplatte, wo es besonders stark roch. Früher musste auf dieser Platte ein Ofen gestanden haben, das zeigen rostige Abriebspuren auf der Platte. Da sie mit Gerümpel verstellt war, habe ich sie frei gelegt und hochgehoben. Darunter befand sich ein Schacht, aus dem dieser Verwesungsgeruch strömte. Mit einer Taschenlampe, die ich aus dem Lokal geholt hatte, stieg ich in den Schacht ein. Gegen den Gestank hatte ich mir ein nasses Tuch vor den Mund gebunden.

Der Abgang mündete in einen Stollen. Wie lang er war, kann ich nicht angeben, da er sehr niedrig und eng war und ich nur auf Knien vorwärts kam. Dann teilte sich der Stollen, und ich kroch den rechten entlang. In diesem stieß ich bald an das Ende, wo ich im Gestein eingelassene, leere Nischen vorfand. Ich musste wieder zurückkriechen.

Bei der Abzweigung bin ich dann den anderen Gang entlang, den linken. Dieser war wesentlich länger und der Verwesungsgeruch wurde sofort stärker. An einer Ziegelwand angelangt, sah ich, dass ein Loch herausgebrochen war. So groß, dass man hindurchkriechen konnte, was ich auch tat. Ich gelangte in einen kleinen Kellerraum, in dem ich aufrecht stehen konnte.

Was ich darin vorfand, war fürchterlich. Im Licht der Taschenlampe sah ich eine männliche Leiche, bekleidet, rücklings auf dem Boden liegend und ohne Kopf. Überall war eingetrocknetes Blut zu sehen. Eine Tiefkühltruhe lag umgestürzt auf dem Boden, der Deckel der Truhe lag in unmittelbarer Nähe des Toten. Den Kopf habe ich nirgends gesehen.

Weiters lagen auf dem Boden verstreut Leichenteile unterschiedlicher Größe und einzeln in Folie eingewickelt. Dass es nur solche sein konnten, kann ich insofern aussagen, da das Plastik eines fußballgroßen Stücks aufgerissen war. Es musste sich um einen menschlichen Schädel handeln. Vermutlich gab es auch noch einen zweiten, da ein weiteres verpacktes Stück der Rundung und Größe nach einem Kopf ähnlich war.

Von Entsetzen und Ekel getrieben, habe ich das Kellerloch verlassen und sofort die Polizei verständigt.

Meine Lebensgefährtin, die mich in den letzten Tagen im Lokal vertreten hat, hat mit erst heute von der Beschwerde der Hausbewohnerin betreffend des Geruchs erzählt. Ich habe mir am Wochenende in Rust am Neusiedler See – wo wir segeln waren – eine Sommergrippe eingefangen. Erst heute ging's mir wieder so einigermaßen und ich bin diesem Geruch gleich nachgegangen. Von dem Schacht habe ich bisher keine Kenntnis gehabt. Jemand aber muss davon gewusst haben und sich ohne meines Wissens Zutritt in den Keller verschafft haben und schließlich in den Schacht eingestiegen sein. Mehr kann ich dazu nicht aussagen …«

Alessandra Hahn wiederum konnte lediglich aussagen, dass sie, als sie das letzte Mal im Keller war, noch keinen Verwesungsgeruch wahrgenommen hatte. Das war vor etwa einer Woche gewesen. Aber da es im Keller immer so feucht und mufflig gerochen hatte, war sie sich nicht ganz sicher. Die anderen Angestellten mussten erst befragt werden.

Nach den ersten Ermittlungen an Ort und Stelle hatte sich Hohentals Vermutung bestätigt: Die portioniert abgepackten Teile waren menschliche Überreste zweier Personen. Sie mussten bereits Jahre hier gelegen haben.

Die kopflose Leiche hingegen war erst wenige Wochen alt.

Offensichtlich war jedenfalls, dass das Opfer und eine zweite Person – es mussten mindestens zwei gewesen sein, da ja der Kopf des einen fehlte – durch den Schacht aus Hohentals Keller hierher gelangt waren. Sie waren den unterirdischen Gang entlanggekrochen und hatten vermutlich gezielt den Keller gesucht, in dem diese Tiefkühltruhe stand.

Oder hatten sie etwas anderes gesucht?

Erwiesen war, dass sie sich vom Stollen aus durch die Mauer gewaltsam Zugang verschafft hatten.

Weil sie keinen anderen Weg wussten?

Erst wenn der zugemauerte Zugang jenes Raums von den Spurensicherern aufgebrochen worden war, würde man erfahren, von welchem Haus und Keller aus man noch dorthin gelangen konnte.

Meller hatte da so eine Vermutung.

Benjamin Hohental war seiner Aussage nach der Einzige, der in Schacht und Stollen eingestiegen war. Laut seines Wissens wusste niemand seiner Angestellten davon – auch nicht Alessandra Hahn.

Es wurden seine Fingerabdrücke abgenommen, um sie bei der Printanalyse aussortieren zu können. Ihm und seiner Lebensgefährtin wurde vom Kommissar nahegelegt, keinerlei Informationen an Dritte weiterzugeben. Beide waren zu absolutem Stillschweigen verpflichtet worden.

Hohental musste eine Liste aller Angestellten, die im KuK bisher beschäftigt waren, zusammenstellen. Ebenso eine Liste der Gäste, die sein Lokal regelmäßig besuchten. Dass es Stammgäste waren, die von dem Schacht wussten, war zwar kaum anzunehmen, sonst wären sie eher eingestiegen. Oder sie hatten erst kürzlich erfahren, dass es da unten was zu holen gab. Eher war anzunehmen, dass es ehemalige Mitarbeiter waren, denen die örtliche Lage vertraut war.

Auch der Zeitpunkt war wichtig, wann die Tat geschehen war, also der Kopflose noch nicht kopflos war. Aber das konnte erst nach Abschluss der gerichtsmedizinischen Untersuchung eruiert werden. Bei den anderen Leichenfunden würde es noch viel schwieriger werden, die Tatzeit zu bestimmen.

Somit war Hohentals Einvernahme der Beginn einer akribischen Spurensuche geworden, aus der sich allem Anschein nach zwei Fälle für die V-Gruppe 4 ergaben.

Die Tatortabsicherung sowie -absperrung war routinemäßig vor sich gegangen. Mit einer Meldung für die Medien wollte der Kommissar noch zuwarten. Die Hausbewohner wurden im Glauben gelassen, es habe sich um viele tote Tiere gehandelt, die augenscheinlich in schwarzen Plastiksäcken abtransportiert worden waren.

Noch war der abgetrennte Kopf vom Mödlingbach das Gesprächsthema und das sollte die nächsten Tage so bleiben. Inzwischen konnte Meller mit seinem Team eine Strategie entwickeln. Er war sich sicher, dass der im Mödlingbach gefundene Schädel auf die Person im Stollen des KuK aufgeschraubt werden könnte, hätte er ein Gewinde gehabt.

Gewiss, eine etwas makabre wie kühne Vermutung. Aber so wie der Halsstumpf des Kopfs aussah, verglichen mit dem Kopflosen, war es ein und dieselbe Person. Einerseits war der Schädel durch Feuereinwirkung unkenntlich gemacht, die Haare weggesengt und eine schwarze Perücke draufgeklebt worden. Andererseits waren beim Kopflosen die Fingerkuppen angesengt worden.

Den Fall mit den Perückenköpfen bearbeitete Meller zurzeit. Ob es da eine Verbindung gab?

Für Meller war klar: Entweder wollte man mit einem Verbrechen auf ein älteres hinweisen – dann war es ein besonders perfider Schachzug. Oder jemand hatte blind vor Hass gehandelt. Auch möglich.

Wie der Mann ums Leben gekommen war, war bald geklärt worden. Eine Explosion hatte den Deckel von der Tiefkühltruhe weggesprengt. Dieser hatte den Mann am Hals getroffen, so dass sein Kopf regelrecht abgerissen worden war.

Nur: Wer war der Tote? Und von wem und aus welchem Grund hatte er zu Lebzeiten von diesem Stollen erfahren? Vor allem aber: Wer hatte dessen Kopf im Mödlingbach zu welchem Zweck auf Reisen geschickt?

Eine Warnung? Ein Racheakt?

Seine Neugier rang ihm weitere Fragen ab. Wer waren die beiden anderen Toten, die zerteilt in der Tiefkühltruhe gesteckt hatten? Und seit wann lagen die schon dort unten?

Die verpackten Leichenteile waren jedenfalls in der Tiefkühltruhe gelagert und durch eine Explosion herausgeschleudert worden. Was die Explosion verursacht und wer sie ausgelöst hatte, würden die Ermittler noch herausfinden.

Die unterirdischen Gänge betreffend: Wer hatte sie – wann und warum – angelegt?

Fragen über Fragen. Verdammt, verdammt!

Dazu quälte ihn ein nächster Fall, der Fall Jonathan Schwarz sowie sein amouröser Ausrutscher mit Stefanie Hochleitner.

Doch noch glaubte er nicht an ein Verbrechen.

Jeder Mensch konnte von einer Minute auf die andere jeglichen Kontakt mit wem auch immer abbrechen und sich auf Nimmerwiedersehen vertschüssen. Der eigene, freie Wille war unantastbar. Vorausgesetzt, der- oder diejenige hatte nichts ausgefressen. Doch falls aus dem Verschwinden von Stefanies Lebensgefährten eine polizeiliche Personensuche werden würde, weil ein Strafdelikt dahintersteckte, müsste er den Fall aus Gründen der Befangenheit abgeben und sich auch privat aus Stefanies Umfeld zurückziehen.

Nicht weiter schlimm, nur wäre es ihm verdammt peinlich, wenn sein »Fall« auf Stefanies Bettlaken aktenkundig werden würde.

Sollte er sich schämen? Vor wem, wenn nicht vor sich selbst?

Wie auch immer, Jonny Schwarz hatte sich aus dem Staub gemacht, weil ihm sein Pensionistendasein, seine Freundin, überhaupt seine Zukunft zu eintönig geworden waren.

Ewig lockt den Mann das Weib … oder das Abenteuer … oder das Abenteuer mit dem Weib …

Recht hatte dieser Jonny, dachte Meller. Irgendwie verstand er den Kerl, von dem er außer Stefanies Erzählungen nichts wusste.

Auch Stefanie war für ihn zum Abenteuerfall geworden, so wie er auch für sie. Darin waren sie sich einig gewesen …

Weg mit solch einer Gefühlsduselei!

Wie eine lästige Fliege verscheuchte er seine Gedanken aus dem Hirn. Volle Konzentration war angesagt, denn diese Mordfälle mussten schnellstens aufgeklärt werden – und nicht nur diese. Stefanie hatte ihn angerufen und wollte den Stand der Dinge wissen.

Den Stand der Dinge? Als wenn man den so einfach wüsste.

Geburtstag hatte sie auch bald, hatte er raushören können …

Acht

Freitag, 1. Oktober 2010

Das Blatt Papier in ihrer Hand zitterte.

Doch für ihre sechsundachtzig Jahre hatte sie ein waches Hirn und war recht rüstig beisammen. Nur zum Lesen verwendete sie eine Lupe, da sie mehr auf der Suche nach verlegten Brillen war, anstatt zum Lesen zu kommen. Die Tochter hatte ihr zu mehreren Brillen geraten, eine zum Bett, eine in der Küche, eine fürs Badezimmer und die vierte zur Couch.

Was war die Folge gewesen?

Hatte sie die Brille vom Wohnzimmer auf, ging sie damit in die Küche. Dort legte sie die Brille ab, weil sie beim Kochen störte. Wenn sie sich von der Küche ins Badezimmer begab, weil sie dort etwas zu tun hatte, war da schon keine Brille mehr, weil sie die am Vortag im WC vergessen hatte. Also wieder zurück ins Wohnzimmer, aber da war auch keine mehr, die lag ja in der Küche ... ach, es hatte ihr gereicht.

Auch eine Brille mit einem Band um den Hals war lästig gewesen, weil beim Aufsetzen das Band hinter den Ohren immer so gekitzelt hatte.

Schließlich hatte sie sämtliche Brillen in einer Lade verstaut, bevor sie sich noch mehr darüber ärgern musste.

Der freundlichen Dame im Optikergeschäft hatte sie ihre

schusselige Vergesslichkeit geklagt. Daraufhin wurde ihr zu einer großen Lupe geraten, die sie an einem Lederband um den Hals tragen konnte. Da kitzelte nichts mehr an den Ohren und sie hatte stets eine Lesehilfe zur Hand, die sie nirgends liegen lassen konnte.

Da war aller Ärger vergessen gewesen. Texte waren selbst bei schlechtem Licht gut lesbar, wenn sie zum Vergrößern die Lupe mit entsprechendem Abstand zu den Zeilen hielt.

Nun baumelte das Ding den ganzen Tag lang um ihren Hals, damit sie bei Bedarf danach greifen konnte. Einzig vor dem Schlafengehen nahm sie die Lupe ab und legte sie aufs Nachtkästchen neben das Glas mit der Reinigungslösung für die Zahnprothese.

Mit der Lupe hatte sie auch ihrer Einsamkeit ein Schnippchen geschlagen. Nicht nur Lesbares, auch Sonstiges im Haus war mit einem Mal zum Forschungsgebiet geworden. Es machte ihr Spaß, sich auf Spurensuche zu begeben. Holzmaserungen anzuschauen, Blumen in der Vergrößerung zu bewundern oder Insekten zu beobachten. Spinnen etwa, wie sie ihr Netz bauten oder einer Fliege den Garaus machten. Sie mochte diese langbeinigen Tierchen und kannte keinerlei Ekel vor ihnen. Schließlich fraßen sie die lästigen Fliegen und Gelsen weg.

Früher war Rosa auch ein langbeiniges Geschöpf gewesen.

Eine Tänzerin. Ach, was waren das für schöne Zeiten!

Sie war talentiert, war biegsam wie eine Weidenrute und hatte ein fixes Engagement, das leider schlagartig beendet wurde.

Ursache war ein schwerer Autounfall gewesen, bei dem sie neben ihrem Mann gesessen hatte. Schuld an dem Zusammenstoß aber war ein anderer, ein betrunkener Autolenker.

Ihr Mann hatte den Unfall nicht überlebt. Rosa schon, aber mit welchen Folgen! Beide Beine waren mehrfach gebrochen, die Hüftknochen zertrümmert. Monatelang lag sie im Krankenhaus in Gips. Davon endlich befreit, musste sie wieder gehen lernen, da sich das Muskelgewebe völlig zurückgebildet hatte. Eine schlimme Zeit für Rosa. Ihr Engagement an der Staatsoper wurde gekündigt. Der jahrelange Rechtsstreit mit der Versicherung um das Schmerzensgeld zermürbte sie. Das Schlimmste aber war, plötzlich mit zwei Kindern allein dazustehen.

Als Trostpflaster blieben Rosa immerhin die Lebensversicherung ihres Mannes, etliche Sparreserven, eine halbwegs gute Pension und schließlich die Villa. Der alte Kasten, wie sie ihn nannte.

Es war das Elternhaus ihres Mannes gewesen, das ihr seit Jahren aber nicht nur wegen des zusehenden Verfalls große Sorgen bereitete. Ihre Reserven waren nämlich längst aufgebraucht. Jetzt lebte sie von knapp tausendfünfhundert Euro Witwenrente. Doch wer einen so alten Kasten zu erhalten hatte, wusste, dass der ein nimmersattes Sparschwein war. Mit dem Nachteil, dass man diesen Kasten nicht einfach umdrehen konnte und so lang schütteln, bis das Geld wieder rauskam, das man hineingesteckt hatte. Andauernd ging etwas kaputt.

Die marode Villa hatte auch die Beziehung zu ihrem Sohn erkalten lassen, so dass sie seit über zwanzig Jahren keinerlei Kontakt mehr miteinander hatten. Als wäre der Sohn wie ihr Mann gestorben. Nur diese Gewissheit war viel schmerzhafter: Ihr Otto lebte noch und nicht einmal so weit weg von ihr, in Baden nämlich …

Rosas Hand glitt zitternd mit der Lupe über die Zeilen auf dem vergilbten Blatt, während sie Wort für Wort in sich aufsaugte. Nach jedem Satz sah sie auf, ihr Blick war in eine unbekannte Ferne gerichtet, und sie nickte bedeutungsvoll.

Gewiss, sie hatte ihren Gerhard gemocht – anfangs. Aber nie so sehr wie ihre große Jugendliebe. Das aber hatte sie Gerhard nie gestanden, es wäre auch unfair gewesen.

Jedes Mal, wenn sie in den Briefen las, kamen ihr die Tränen. Sie wusste, das war nicht gut, weil sie dann stets zu den Likören griff. In der letzten Zeit war ihr Bedürfnis nach Zwiesprache bereits zu einer Art Sucht geworden.

Immer öfter befiel sie eine düstere Stimmung. Schon kramte sie den zerschlissenen Schuhkarton mit den Briefen und Fotos hervor und verlor sich in ihrer schönsten Zeit.

Waren dies erste Anzeichen, dass sie sich von dieser Welt verabschieden wollte?

Ja. Rosa Salcher war sich dessen voll bewusst. Es war an der Zeit, abzutreten.

Deswegen kämpfte sie sich tränenüberströmt durch die Briefseiten, weil sie sich dann ihrem Liebsten ganz nahe fühlte. Es war, als würde er mit ihr sprechen, sie trösten. Das Weinen tat ihr so gut. Es löste ihre innere Anspannung, die Furcht vor diffus Bedrohlichem, die ihr seit Wochen zusetzte.

Da war dieser junge Mann plötzlich aufgetaucht und hatte so beängstigend dahergeredet. Der Aussprache nach war er ein Ausländer gewesen.

Sie müsse ihr Haus verkaufen, sonst würde etwas geschehen, was ihr sehr leid täte, klang es dem Sinn nach. Erst hatte Rosa sich nicht ausgekannt, was er damit gemeint hatte.

Beim Grasauszupfen, das aus dem Mauersockel zum Gehsteig hin hervorsprießte, hatte der Mann sie angesprochen.

Seit die zwei Burschen ihre Hecke geschnitten hatten, sah diese auch vom Gehsteig aus gleich viel gepflegter aus. Da störten die wuchernden Grasbüscheln zwischen Asphalt und Mauerstein.

Ja, die beiden Burschen waren nett und hilfsbereit gewesen. Schade, dass sie nicht mehr zu ihr gekommen waren. Oder sie waren noch in Rumänien. Rosa erinnerte sich, bei einem Hilfswerk würden sie mitarbeiten. Sie hatten versprochen, sich bei ihr zu melden, wenn sie wieder in Österreich wären.

Doch dieser dunkelhaarige, junge Mann war nicht so freundlich gewesen, nachdem sie ihm gesagt hatte, dass die Villa, so lang sie lebe, nicht zu kaufen sei. Auch ihre Tochter würde später ihr Elternhaus bestimmt nicht verkaufen wollen.

»Tod kommt schneller als glauben, wenn nicht verkaufen wollen. Ich Sie raten, gut überlegen«, hatte er geantwortet und war gegangen. Sie sah ihn noch in ein rotes Auto einsteigen, in dem ein Mann saß. Autotype und Kennzeichen hatte sie leider nicht erkennen können. Ein Nachteil, wenn man im Alter nicht mehr so gut sieht, hatte sie sich gedacht …

Jetzt war ihr Flocki vergiftet worden.

Gestern hatte sie den Hund tot im Garten gefunden. Mehrere Fleischbrocken lagen noch herum. Jemand musste das giftige Zeug über den Zaun geworfen haben.

Sie hatte das Fleisch als Beweismittel in einer Plastikbox gesammelt. Die wollte sie zur Polizei bringen.

Im ersten Kummer hatte sie versucht, ihre Tochter anzurufen, um ihr von der furchtbaren Tat zu berichten.

Doch sie war nicht erreichbar gewesen. Da rief Rosa in der Firma an, bei der Regina beschäftigt war. Dort hatte ihr eine nette Frauenstimme mitgeteilt, dass Frau Dr. Salcher erst in drei Wochen wieder in Wien sei, da sie zurzeit in Peking ein wichtiges Projekt zu leiten habe. Sie könne ihr aber per Mail eine Nachricht senden.

Rosa hatte um Rückruf gebeten, den Hörer aufgelegt und bitterlich zu weinen begonnen.

»Regina, Kind … was ist aus dir geworden?«

Warum hatte ihre Tochter nicht längst geheiratet, hatte Kinder und einen lieben Mann? Sie könnten hier in der Villa bei ihr wohnen. Kinder hätten die leeren Zimmer belebt, ihr Lachen wäre durchs Haus geklungen. In dem alten, düsteren Kasten allein zu leben, das machte keinen Spaß. Nein, wirklich nicht!

Rosa hätte auf die Enkerln aufpassen können. Flocki wäre ihr bester Spielkamerad geworden … Aber der wäre doch damals noch gar nicht auf der Welt gewesen … Egal, ein Haserl, Katzerl oder Hamsterl – irgend so ein Viecherl hätten die Kinder bestimmt gern zum Streicheln gehabt. Oder vielleicht ein Hunderl, so ein süßes wie Flocki.

Doch Flocki war tot. Ermordet worden.

Wie damals ihr geliebter Andreas Müller, der in den letzten Kriegsmonaten – am 3. März 1945 – in der Nähe von Danzig für Volk und Vaterland gefallen war. Das hatte sie aus einem Feldpostschreiben der Wehrmacht erfahren.

Ihre feuchten Augen bewegten sich lebhaft, als sie über die Zeilen flogen. Wörter, Sätze – von der Lupe zum Leben erweckt – bewegten sich, wurden kleiner und größer, bogen sich in der Krümmung der Linse, als würden sie Rosa zum immerwährenden Verweilen einladen.

Komm zu mir, geliebte Rosa!, riefen sie. *Komm zu deinem Andi, der dich so sehr geliebt hat, der dich immer noch liebt!*

Seufzend legte Rosa die Todesnachricht zur Seite und kramte im zerschlissenen Schuhkarton wahllos nach einem anderen Brief, um sich ihren Andi – noch voll Hoffnung auf ein gemeinsames Leben – in Erinnerung zu rufen.

Behutsam zog sie das Schreiben aus der vergilbten Hülle, faltete das Blatt auseinander und fuhr mit der Lupe über die Zeilen. Ihre Lippen bewegten sich wie bei einem stummen Gebet:

Im Felde, 18. April 43

Mein liebstes Roserl!

Dein verspätetes Brieflein Nr. 24 hab ich soeben bekommen. Ich schreib Dir heut mit Bleistift, da die Tinte nur mehr für die Adresse gereicht hat.

Unser Mittagessen haben wir verdrückt. Es gab sogar eine Nachspeise. Und zwar sind wird auf ganz ulkige Art dazu gekommen. Wir waren gestern auf Störungssuche an einer Stelle, wo keine Soldaten liegen, weil alles vermint ist.

Dort hat der Feind eine Kuh übers Feld rübergejagt, um zu erforschen, wo die Minen liegen.

Und stell Dir vor, die Kuh kam rüber, ohne daß ihr was passiert ist. Wir haben sie mit Hallo in Empfang genommen und heute haben wir schon Milch davon. Ich hatte noch etwas Puddingpulver von daheim und so kam unser Störungstrupp zu seinem Nachtisch!

Heute ist ein richtiges Wetter zum Briefeschreiben.

Es regnet ganz still draußen, die Front ist auch noch ruhig und meine Gedanken sind schon den ganzen Tag bei Dir, mein Liebling.

Dein Bild steht vor mir auf dem Tisch und Deine Augen schauen mich so treuherzig an, als ob sie mich fragen wollten: Hast Du mich lieb?

Ach, mein Roserl. Ja, ich hab Dich wirklich lieb!

Du mußt es auch ohne viele Worte spüren, wie gern ich Dich habe! Mir ist das Herz so voll und ich hätte Dir so viel zu sagen, aber ich müßte bei Dir sein. Wie schön wär's, wenn ich mich so an Dich schmiegen könnte!

Abbusserln würd ich Dich, daß Dir die Luft wegbleibt!

Ich befürchte bloß, daß ich's gar nicht mehr kann. Hab überhaupt noch sehr wenig geküßt in meinem bisherigen

Leben und jetzt bin ich seit zwei Jahren in Rußland.
Du schreibst mir, wie ich darüber denke, ob die Liebe, wenn man älter wird, verlöschen kann. Ich sag Nein, geliebtes Roserl. Ich geh von dem Sprichwort aus: »Alte Liebe rostet nie und rostet sie, dann war sie nie.«
Ich war während des Briefeschreibens schon wieder auf Störungssuche und bin ganz naß geworden.
Eben haben wir einen Anruf bekommen, daß ein Angriff zu erwarten ist. Daher muß ich jetzt Schluß machen.
Da hab ich nur noch zwei Wünsche: Daß ich wieder überlebe und daß ich Dich bald, bald wiedersehen darf.

Viele Grüße und Küsse schickt Dir
Dein Dich ganz innig liebender
Andi

PS.: Vergiß mich bitte nie!

»Ach, lieber Andi, ich hab dich all die Jahre nie vergessen!«
Rosa drückte ihre Lippen auf den Brief, wo *Dein Dich ganz innig liebender Andi* stand. Dann wischte sie sich die Tränen aus den Augen, faltete den Brief zusammen und steckte ihn ins Kuvert zurück. Ein Foto fiel heraus, Andi in Uniform.
Sie hob es auf, ging zum Fenster hin und starrte hinaus.
Heute war wieder so ein Tag, an dem sie ihren Kummer ertränken musste. In den letzten Wochen war's wieder ärger geworden, aber das kannte sie. Immer wenn's auf die kältere Jahreszeit zuging, wurde ihr Verlangen nach Seelestreicheln besonders intensiv. Sie sah das Foto an. Andi würde sie verstehen so wie ihre Freunde, die Troststamperln, sie verstanden.
»Ich geb's ja eh zu«, gestand sie halblaut ihre Sucht ein, »ohne

euch schaffe ich es halt nicht mehr.« Entschlossen ging sie auf die Anrichte zu, legte das Foto zur Seite, öffnete die beiden robusten Glasflügel mit Fassettenschliff und griff in gewohnter Weise zielsicher nach einer der Flaschen – Holunder.

Eine Reihe Stamperl standen auf der Anrichte in einer aufwändig geschnitzten Holzbox, sieben an der Zahl. Jedes hatte einen Tag ins Glas eingeschliffen.

Diese Gläserbox war ein Geschenk, das ihr Mann irgendwann zum Geburtstag bekommen hatte. Gerhard war leidenschaftlicher Jäger gewesen, seine Jagdkollegen hatten ihm damit eine große Freude bereitet. Sie erinnerte sich noch daran. Rosa war über seine Jagdleidenschaft gar nicht erbaut gewesen. Sie liebte Tiere, die er gnadenlos abknallte, sich damit noch brüstete und die Trophäen im Haus aufhängte. Das war auch ein Grund gewesen, warum sie sich von ihrem Mann immer mehr entfernte.

Warum musste Andi sterben? Ihr über alles geliebter Andi!

»Ach was. Warum sich heute noch darüber grämen«, gab sie sich zur Antwort, fuhr mit dem Finger die Glasreihe entlang, als denke sie erst nach, welcher Tag sei, und griff nach dem Freitag-Glas. Das Sonntag-Glas hatte einen dünnen Goldrand. Es stand unlogisch in der Mitte der Box. Als sie es bemerkte, begann sie die Gläser den Wochentagen nach zu ordnen.

Heute würde es wieder ein heftiger Stamperltag werden.

In Wahrheit war seit Jahren jeder Tag ein Stamperltag. Aber das sagte sie nicht und verkündete es schon gar nicht in ihrem losen Freundeskreis. Rosa hatte sich gut im Griff.

Selten, dass sie beim *Stamperln* die Kontrolle über sich verlor. In letzter Zeit allerdings – das musste sie sich eingestehen – war's halt dann schon oft ein bisschen viel gewesen, was die Kehle runtergeronnen war.

Es schmeckte halt so gut, und das Leben war dadurch viel leichter zu ertragen.

Ihre Flaschen waren zu echten Freunden geworden: Wildkirsche, Marille, Cranberry, Holunder, Apfel, Cointreau für die Wochentage und für die Sonn- und Feiertage: Chocolate-Orange, Baileys-Coffee, Malibu-Kokos und Wild-Africa-Cream.

Der Inhalt der bunten Flaschen ließ Rosa den grauen Alltag leichter hinter sich bringen. Das Stamperl-Ritual vermittelte ihr eine angenehme Sicherheit. Während der Wochentage begann sie erst abends zum Fernsehfilm das erste Stamperl zu nippen. So drei bis fünf wurden es schon an einen Abend. Manchmal mehr oder aber auch weniger – wie sie eben drauf war –, je nachdem, was der Tag an Freude oder Ärger gebracht hatte.

An den Sonn- und Feiertagen wurde das *Stamperln* richtig zelebriert. Das erste am frühen Nachmittag nach Kaffee und Kuchen und dann mit einer Regelmäßigkeit, Stamperl für Stamperl, bis in den Abend hinein. Klar, dass zu Ostern, Weihnachten und Neujahr die Flaschen schneller leer wurden und sie manche Aussetzer hatte. Aber da war Rosa schlau. Bevor sie mit dem *Stamperln* begann, wurden alle Zimmer abgegangen, dass ja nichts gefährlich umherstand, über das sie stolpern konnte, und dass sich nichts auf den Herdplatten befand. Wenn dann das Zimmer zu wanken begann, lag sie bereits im Bett und bekam schon nichts mehr mit.

Körperlich war Rosa für eine Dame ihres Alters dank ihres früheren Berufs als Balletttänzerin noch relativ fit. Auch wenn sie seit zweiundvierzig Jahren nicht mehr auf der Bühne gestanden hatte, sie besaß eine hervorragende Kondition und vertrug einiges an Stamperln. Nicht, dass man glauben könnte, sie sei abhängig und schütte das Zeug nur sinnlos in sich hinein. Nein!

Stets war sie bedacht, sich nur in eine angenehme Stimmung

zu bringen. Wenn sich ein taubes, wohliges Gefühl im Kopf bemerkbar machte, war's die rechte Dosis, dann hatte der Tag ein gutes Ende gefunden und sie konnte sich zur Ruhe legen.

Nicht immer, aber meistens liefen die Tage so ab ...

Heute war's wieder einmal anders. Innerlich aufgewühlt, hatte sie das erste Stamperl runterkippen müssen und ein zweites gleich nachgeschüttet. Jetzt war ihr leichter ums Herz.

Behutsam kroch das taube Gefühl durch ihre Blutbahnen.

Gebannt starrte sie auf eine vom Abendrot gefärbte Wolkenformation. Ob ihr Andi jetzt neben ihr stehen würde, wenn er nicht im Krieg gefallen wäre?

Wie oft hatte sie so gedacht, wenn ihr ein Erlebnis besonders ans Herz ging. Stets war ihr Andi in Gedanken dabei. Manchmal sogar früher, wenn sie mit ihrem Mann intim gewesen war.

Das aber hatte sie Gerhard weder spüren lassen, noch ihm jemals verraten. Da wäre sie sich schuftig vorgekommen.

Damals hieß es: Mit der Vernunft kommt die Liebe. Rosa hatte mit Andi außer Küssen und innigem Drücken nichts gehabt. Was anderes wäre für sie beide unmöglich gewesen. Sie hatte sich für ihren Andi aufheben wollen. Für nachher, wenn der Krieg vorbei war. Ach, wie naiv sie damals gewesen war!

Ein Schluckerl Holunder auf ihren Andi ...

Gewiss, ihren Mann Gerhard hatte sie auch gern gehabt.

Ihm hatte sie zwei Kinder geschenkt, mit ihm war sie nicht unglücklich gewesen. Allein die Formulierung erschreckte sie.

Nicht unglücklich? Ja, richtig gedacht!

Glücklich war Rosa nie mit ihrem Mann gewesen, dem wortkargen Gerhard. Der sich schwertat, seine Gefühle zu zeigen, der ihre Liebesbereitschaft letztendlich auslöschte, weil er in Wahrheit zu bequem war, sie zu verstehen und sich mit ihr auseinanderzusetzen.

»Mit den Jahren vergeht alles Romantische in der Liebe«, hatte er oft zu Rosa gesagt. Er hatte sie viel zu selten in den Arm genommen, was ihr so sehr fehlte. Und wenn dem Buben ein Missgeschick passiert war, hatte er ihn nie getröstet. Aber auch sie nicht, wenn sie traurig war.

Ein Schluckerl Holunder auf ihren Gerhard …

Als sie von Wien nach Mödling übersiedelt waren, hatte sie depressive Zeiten durchzustehen. Der Bub hatte in der Schule große Schwierigkeiten und sie waren damit nicht zurande gekommen. Da war ihr Gerhard keine große Hilfe gewesen.

»Der Waschlappen soll sich nicht so anstellen! Sich von anderen verprügeln lassen. In seinem Alter waren wir ganz anders. Wir haben gekämpft für Ehre und Vaterland. Da gab's neben Zucht und Ordnung eine Tracht Prügel, wenn man nicht parierte«, hatte er den verschreckten Buben zusammengestaucht.

Ach, wie Rosa ihren Mann da verabscheut hatte, wenn er in diesen Tönen anfing, die Vergangenheit zu glorifizieren.

Dieser Krieg hatte ihr das Liebste, ihren Andi, genommen.

Das Schicksal aber war gnädig gewesen und hatte sie zu Gerhard gebracht. In Zeiten bitterster Not war man aufeinander angewiesen und war zusammengerückt. Doch es hatte lang gedauert, bis sie seinem Drängen nachgegeben hatte.

Wie hätte sie ahnen können, wie der Mann wirklich war?

Damals, nach dem Krieg, waren andere Aufgaben zu bewältigen gewesen. Schutt wegräumen, nicht nur sichtbaren Kriegsschutt, auch den in den Herzen und Köpfen der Menschen, Nahrungsmittel auftreiben, Heizmaterial organisieren, Kleidung beschaffen …

Was für eine furchtbare Zeit.

Damals war Gerhard zur rechten Zeit in ihr Leben getreten. Ein braver Mann war er ja. Aber den Buben, später die Tochter, hatte sie all die Schuljahre allein durchboxen müssen. Es hatte sich gelohnt, heute war Otto erfolgreich, besaß eine Firma.

Ein Schluckerl Holunder auf ihren Otto …

Leider hatte er auch das wortkarge Gemüt seines Vaters.

Hartherzig war er geworden. So sehr, dass er sich nicht einmal mehr um seine Mutter kümmerte. Es war über zwanzig Jahre her, dass sie sich wegen der Villa, die nach Gerhards tödlichem Unfall ihr Eigentum wurde, völlig überworfen hatten.

Rosa hätte die Villa verkaufen und Otto seinen Erbanteil ausbezahlen sollen, damit er seine Firma gründen konnte.

Sie war dagegen gewesen, so auch ihre Tochter, die damals gerade mit dem Studium fertiggeworden war. Regina hatte erst einmal die Welt kennenlernen und später im Elternhaus wohnen wollen. Was hätte Rosa da machen sollen?

In ein Altersheim, wie ihr Sohn vorgeschlagen hatte, wollte sie nicht übersiedeln. Auch Regina würde einmal heiraten und Kinder bekommen – Rosa war sich damals noch sicher –, da wäre sie als Oma unersetzlich gewesen.

Ein Schluckerl Holunder auf ihre Regina …

Ach, mit ihrem Andi wäre ihr Leben ganz anders gelaufen.

Allein der Garten – wenn sie daran dachte, wie ihr Mann alles bis ins kleinste Detail bemäkelt hatte. Selbst die Liebe zur Gartenarbeit hatte er ihr madig gemacht. Für ihn war die Graberei nur sinnlose Plage. *Was der Garten jedes Jahr an Geld verschlingt!,* war ihr noch in Erinnerung. Ihr Mann hätte die Villa längst verkauft, würde er noch leben, so wenig war ihm am Elternhaus gelegen. Der Autounfall hatte ihm einen Strich durch die Rechnung gemacht.

Ein Schluckerl Holunder auf ihren alten Kasten …

Rosa schaute verbittert auf, als die Erinnerung sie einholte.

Ihr Sohn sah Gerhard nicht nur optisch ähnlich, er war auch

sein seelisches Abbild geworden, von Vaters Kriegsverherrlichung geprägt.

»Hätte Hitler den Krieg gewonnen, dann wäre vieles anders gelaufen.« Wenn Rosa das schon hörte – seinerzeit aus Gerhards und später aus Ottos Mund. Waren ihre Wege auch deswegen auseinandergegangen? Bestimmt.

Ihr Andi war wegen dieses größenwahnsinnigen Diktators nicht einmal zweiundzwanzig Jahre alt geworden.

Genauso lang hatte sie nichts mehr von ihrem Sohn gehört …

– – –

Viele Banken hatte er abgeklappert, um sich jeweils nur ein paar Goldmünzen in Euro umtauschen zu lassen. So war er nicht aufgefallen.

Es war bereits Abend geworden, als er beim Bahnschranken in Achau ankam. Die Balken waren unten, und er musste lang warten. Ein Mordshunger und ebensolcher Durst machten sich bemerkbar.

Endlich war der Zug vorübergefahren und der hochgehende Schranken gab den Weg zu seiner Futterstelle frei.

»Hey, Charly!«, begrüßte ihn die langhaarige Kellnerin, während er einen Platz an der Theke ansteuerte. Das Billardcafé an der Hauptstraße war ihr Stammlokal. Verdammter Willi, dachte Charly wehmütig. Sein Freund war ihm zwar oft auf die Nerven gegangen, aber jetzt ging er ihm beim Biertrinken ab.

»Noch immer solo? Wo ist der Willi? Schon lang nicht mehr gesehen!«, tat die Kellnerin interessiert – üblicher Smalltalk, über irgendwas musste man ja reden.

»Der ist in Frankfurt, wir haben was laufen. Businessmäßig.«

»Ah ja, verstehe«, erwiderte die hübsche Langhaarige mit einer

Miene, die ihr Desinteresse widerspiegelte, während sie sich dem Bierzapfen widmete.

»Ein Krügerl, wie immer? … Ah ja – da hat sich jemand nach dir erkundigt. Ausländer, dunkler Typ, Ungar oder so. Wollte wissen, wo er dich finden kann!«

»Wann? Was hast ihm gesagt?«

Charlys Pulsschlag begann zu rasen. Eigentlich wollte er zum Bier ein kräftiges Schnitzel verdrücken, doch nach der Meldung war er urplötzlich nicht mehr hungrig.

»Vor zwei Stunden etwa. Ich hab ihm gesagt, wo er die Feldgasse findet. Die Hausnummer wusste ich nicht. Aber den Willi und dich kennt eh jeder dort … Du bist auf einmal so blass! Hätt ich etwa nix sagen sollen?«

»Nein, nein! Schon okay!«

Nichts war okay. Charly hatte gehofft, dass Tibor von der Polizei schon geschnappt worden war. Was dauerte da so lang? War vielleicht gar der Zettel aus Willis Mund gespült worden?

Natürlich hatte ihm der Ungar nicht abgenommen, dass er in dem Kellerloch nichts gefunden hatte. Denn ohne Grund würde der Lokalbesitzer nicht heimlich in den Schacht hinuntersteigen. Da musste es kräftig was zum Abcashen geben.

Dass Willi dabei umgekommen war, hatte Tibor völlig kalt gelassen. Der Typ wollte nur Kohle sehen. Doch nicht einen Furz sollte dieser verdammte Hund von dem Schatz bekommen, das hatte Charly sich geschworen. Bisher war es ihm ja gelungen, dem Ungarn auszuweichen. Charly telefonierte seither nur noch mit Willis Handy, und das auch nur mit unterdrückter Nummer. Sein Handy lag in der Wohnung und dorthin musste er, um sich die nötigsten Sachen zu holen und schnellstens eine neue Bleibe zu suchen. Geld hatte er ja jetzt.

Eine Pension? Ein billiges Hotel? Und dann?

Da kam ihm eine gewagte Idee. Die musste klappen und wenn es bloß für ein, zwei Nächte war. Anschließend konnte er sich ja was anderes suchen. Nur weg von hier!

Er trank sein Bier aus und verließ hastig das Lokal.

Charly fuhr einen weitläufigen Umweg zu seiner Wohnung. In der Bahnstraße ließ er die Vespa stehen, schlich durch einen kleinen Park und über die Anningergasse zur Rückseite seines Wohnblocks. Durch den Hintereingang, der auch zu den Kellerabteilen führte, betrat er das Gebäude.

Vorsichtig lugte er durch ein Fenster im Treppenhaus.

Tibors roter Toyota parkte vor dem Wohnblock, den Hauseingang direkt im Sichtfeld.

»Na warte, du Hund«, murmelte Charly grimmig. Er eilte die Stufen zur Wohnung hinauf in den letzten Stock.

»Wer is?«, schnarrte der Ungar.

»Ich, Charly.«

»Ey! … Verdammte Scheißtyp! Wo stecken du?«

»In Frankfurt«, log Charly.

»Waaas? Frankfurt? Wieso?«

»Du wolltest von mir Kohle. Die treib ich gerade auf.«

»Mach nix Scheiß, Charly, sonst du kriegen Problem!«

»Alles klar, ich ruf dich wieder an«, erwiderte er, legte auf und lief aus der Wohnung. Beim Fenster im Treppenhaus angelangt, sah er den roten Wagen gewagt wenden und mit quietschenden Reifen davonrasen.

Charly suchte sich hastig das Nötigste zusammen – Kleidung, Handy, Geld und die Pistole. Was er vom Schatz noch nicht verscherbelt hatte, steckte er in Plastiktüten. Die kleinen Goldbarren waren schwer. Alles zusammen packte er in die Sporttasche, die diese Frau in ihrer Hektik auf der Gaadner Straße einfach stehen hatte lassen. So war er zu einer flotten Tasche gekommen. Den Laptop? Der musste mit. Noch war er nicht dazugekommen, sich damit zu beschäftigen. Morgen würde er in die SCS fahren und ihn im Computershop zu Geld machen. Er hatte auch vor, sich neue Klamotten zu kaufen.

Die beiden Totenköpfe und Perücken ließ er in der Wohnung.

Genau so, wie er den Wohnblock betreten hatte, verließ er ihn wieder. Niemand war ihm begegnet …

– – –

Den ganzen Tag hatte Rosa auf einen Anruf ihrer Tochter gewartet. Sie hatte gegrübelt und nachgedacht, wer so gemein sein konnte, ihren Flocki zu vergiften.

Abends kam endlich Reginas Anruf. Rosa sah gerade fern. Um vom TV-Sprecher nicht gestört zu werden, hatte sie den Ton abgedreht. Stumm bewegte der Mann die Lippen … das Bild wechselte auf eine Landschaft … zoomte auf einen Traktor …

Erneut war Rosa das ganze Leid hochgekommen. Unter Tränen berichtete sie ihrer Tochter, was geschehen war. Ihr armer Flocki! Auch von dem unfreundlichen Mann, der sie vor einiger Zeit angesprochen hatte, erzählte sie.

Regina war es unmöglich, von Peking aus etwas zu unternehmen, und sie versuchte, den Vorfall runterzuspielen. Sie wusste, dass ihre Mutter schnell etwas übertrieben und bedrohlich sah.

»Ich kann's einfach nicht glauben! Vielleicht hat der Hund beim Gassigehen was Schlechtes gefressen und du hast es nicht bemerkt … Kann doch auch sein?«

»Und die Fleischbällchen, die im Garten liegen, wie kommen die dort hin?«, erwiderte Rosa triumphierend, während sie die Plastikbox schüttelte, damit ihre Tochter sie hören konnte.

»Also, wenn du dir sicher bist, dann bitte deine Nachbarin, mit dir morgen zur Polizei zu gehen!«

»Das habe ich dir doch schon das letzte Mal erzählt, dass Frau Leitenbauer mit Bauchspeicheldrüsenkrebs im Krankenhaus liegt. Schon vergessen? Wie soll sie da …«

»Mutti! Wie oft hab ich dir geraten, den oberen Stock zu vermieten. Dann wärst du nicht so allein im Haus und du …!«

»Das will ich nicht!«, fiel ihr Rosa bockig ins Wort. »Das weißt du ganz genau! Ich warte, bis du endlich ins Haus ziehst. Was willst du denn allein in Wien? Noch dazu die teure Wohnung? Das mit Mann und Kindern hab ich mir eh schon …«

»Mutti! Versteh mich bitte nicht falsch! Hier ist es halb drei Uhr früh, ich komm gerade von einem furchtbar anstrengenden Geschäftsessen und bin wie erschlagen. Jetzt muss ich schlafen, denn um sechs Uhr werde ich schon wieder abgeholt.«

»Schon gut. Ich sag eh nix mehr.«

Regina riet ihrer Mutter noch, am besten gleich bei der Polizei anzurufen, damit sie sich wieder beruhigen konnte.

Als Rosa aufgelegt hatte, starrte sie geistesabwesend auf das tonlose Fernsehbild.

Ein weiteres Stamperl Holunder brachte sie auf andere Gedanken …

Was hatte sie in ihrem Leben falsch gemacht?

Sie hatte Andi, ihre einzige große Liebe, im Krieg verloren. Einen gefühlsarmen Mann hatte sie über Jahre hin erduldet, ihm unter großen Schmerzen zwei Kinder geboren, sie mit all ihrer Liebe und Hingabe großgezogen. Und ihren geliebten Beruf als Tänzerin hatte sie wegen eines Unfalls aufgeben müssen, an dessen Folgen sie noch immer litt.

Sich selbst aber hatte sie nie aufgegeben.

»Ich glaube an eine Gerechtigkeit, die fordere ich jetzt ein.«

Sie nahm ihr abgegriffenes Telefonbuch, suchte die Nummer ihres Sohnes heraus und wählte sie.

»Dieser Anruf ist leider nicht möglich.«, hörte sie eine weibliche Stimme sagen. Das traf sie wie ein Peitschenschlag. Nicht einmal die Nummer stimmte noch.

Das hätte sie sich denken können, nach so vielen Jahren.

Rosa überlegte. Die Auskunft anrufen? Ein Schluckerl Holunder sollte ihr bei der Entscheidung helfen.

Das Läuten der Hausglocke ließ sie aus dem Sessel hochfahren. Gleichzeitig schlug die mit Intarsien verzierte Standuhr einen dezenten Gong an: halb neun.

So spät noch? Wer konnte das sein? Hastig versteckte sie Likörflasche und Stamperl in der Anrichte …

Charly saß bei der alten Salcher in der Küche und erzählte vom Hilfseinsatz in Rumänien, in der Nähe von Mestera, in einem Dorf ohne Namen. Er war vor ein paar Tagen zurückgekommen. Willi war in Rumänien geblieben, um einer Familie beim Hausbau zu helfen. Charly sollte den nächsten Hilfstransport organisieren und Sachspenden auftreiben.

Sie sammelten Medikamente, haltbare Lebensmittel, Kleider, Schuhe, Möbel, Küchengeschirr, Werkzeug, Maschinen für Handwerker, alte Fahrräder – einfach alles, was hier nicht mehr gebraucht wurde.

Rosa war von dem tüchtigen Burschen angetan.

Die rührselige Hilfsprogramm-Story, die Charly der alten Salcher auftischte, war natürlich gelogen. Sein Bericht über das namenlose Dorf in Rumänien in der Nähe von Mestera war ihm beim Erzählen eingefallen. Mestera hatte er irgendwann von einem rumänischen Arbeiter auf der Baustelle aufgeschnappt. Wo der Ort lag oder ob es ihn überhaupt gab, wusste er nicht.

Charly erzählte noch, dass sie ihn bei der Baufirma, wo er als Maurer beschäftigt war, gekündigt hatten, während er in Rumänien war. Aber er würde sich schon irgendwie durchschlagen. Arbeit fände er überall.

Seine Wohnung hatte er jedoch aufgeben müssen. Deswegen suche er für die nächsten Wochen ein Zimmer. Er bat Frau Salcher, ihm eins zu vermieten, der erste Stock in ihrem Haus wäre ja leer.

Da war Rosa der Rat ihrer Tochter eingefallen, und sie sagte zu, dass er im ersten Stock wohnen könnte. Und wenn er die dringenden Reparaturen im Haus erledigte, würde sich auch das mit der Miete regeln. Er müsste allerdings sparsam beim Material sein, viel Geld habe sie nicht, sonst hätte sie ja genauso gut eine Handwerkerfirma beschäftigen können.

Wie froh war Rosa, dass sich ihr Glaube an die Gerechtigkeit erfüllt hatte. Ihren Sohn Otto brauchte sie nicht mehr anrufen und vor ihm zu Kreuze kriechen. Sie hätte es beinahe getan und wäre bereit gewesen, die Villa zu verkaufen.

Doch jetzt hatte sie einen tüchtigen Burschen im Haus.

Gewiss, die Erinnerung an den blöden Streit mit Otto tat ihr in der Seele weh, aber sie hatte sich daran gewöhnen müssen.

Jetzt würde sie die Villa erst recht nicht verkaufen.

Herr Charly – so nannte Rosa ihn inzwischen – versprach, gleich am nächsten Tag alles gründlich unter die Lupe zu nehmen, die nötigen Reparaturen aufzulisten und nach Absprache mit ihr die ärgsten Schäden sofort zu beheben.

»Das Dach haben Willi und ich vor unserer Reise nach Rumänien ja notdürftig abgedichtet. Soweit ich mich erinnere, sind die Dachrinnen an manchen Stellen durchgerostet. Die müssten unbedingt ausgetauscht werden. Ich kenne ein Bauprojekt meines Exchefs, wo zwei alte Häuser abgerissen werden. Da finden sich bestimmt noch brauchbare Dachrinnen, die sonst weggeworfen werden. Morgen schau ich gleich einmal hin«, versprach Charly.

Hoffnungsvoll sah ihn Rosa an. In Gedanken sah sie tropfende Wasserhähne, tote Stromleitungen im Treppenhaus, die morschen Fußbodenbretter in der einen Ecke des Wohnzimmers, Schimmel an den Außenwänden, undichte Fenster … ach, so viel wäre zum Herrichten! Endlich ging was weiter.

»Meine Tochter wird Augen machen, wenn sie auf Besuch kommt. Sie ist zurzeit in Peking«, erwiderte sie sichtlich stolz.

»Allerdings muss ich auch für den Hilfsverein unterwegs sein, aber das lässt sich parallel dazu einrichten«, dämpfte Charly ihre Euphorie.

Die alte Salcher hatte ihm auch vom vergifteten Hund erzählt und von dem unfreundlichen Mann, der sie vor Wochen angesprochen und ihr so komisch gedroht hatte, wenn sie das Haus nicht verkaufe.

Das konnte nur Tibor gewesen sein. Dem würde er die Suppe ordentlich versalzen. Ab jetzt stand er auf der Seite der alten Salcher. Ihr würde er helfen. Das war seine Rache an dem Ungarn für den Tod seines besten Freundes.

Es war die erste gute Tat in Charlys Leben, wenn auch notgedrungen, da er schnellstens eine neue Bleibe brauchte, um untertauchen zu können.

Charly riet der alten Salcher, noch abzuwarten und nicht sofort zur Polizei zu laufen. Wegen eines toten Hundes würde die sich ohnehin nicht die Haxen ausreißen. Das sei leider so, da Einbrüche und Überfälle in der Region erschreckend überhand genommen hätten und sich die Polizei in erster Linie darauf konzentrieren müsse. Und falls jener Unbekannte den Hund vergiftet hatte, dann würde er bestimmt wieder auftauchen. Da wäre es gut, wenn jemand wie er im Haus sei – zu ihrem Schutz sozusagen.

Da war die alte Salcher heilfroh, dass Charly sich so sehr um sie bemühte.

Noch am selben Abend zog er in den ersten Stock. Er durfte das verstaubte Jugendzimmer ihres Sohnes in Beschlag nehmen.

Charly kam sich zwischen Stofftieren, Flugzeugmodellen und Postern von AC/DC, Kiss und Rolling Stones etwas deplaziert vor. Hauptsache, ein Bett gab es. Und falls Tibor hier auftauchte, wusste er, was er zu tun hatte.

Im Keller dieses alten Kastens würde es bestimmt einen Platz geben, wo der Ungar verrecken könnte.

»Das tu ich für dich, Willi«, murmelte Charly und ballte die Fäuste …

Neun

Montag, 4. Oktober 2010

Der Kommissar wollte mit den hastig zusammengerafften Unterlagen schon aus dem Zimmer eilen, doch das Telefongedudel und seine Neugier waren stärker.

»Meller, ja …?«

»Stefanie hier. Bist du mir böse? Oder muss ich anders fragen, um dich wieder zu sehen? Gibt's schon was wegen Jonny?«

»Ach, du! … Hallo, Stefanie! Du, ich muss … ich bin gerade auf dem Sprung in eine wichtige Sitzung! Kann ich dich …«

»Ja, bitte, Mario. Ich muss mit dir reden. Ich fühl mich so … so entsetzlich …!« Sie legte auf.

Das auch noch. Meller atmete tief durch.

Er war bereits am Morgen geschlaucht und fühlte sich jetzt schon fällig für einen Feierabend-Schlummerdrink.

Was ist mit mir? *Du wirst alt, Meller,* gab er sich zur Antwort.

Ach, woher! Montag war's und das reichte.

Der Kommissar litt wie ein Hund, wenn er den Montagmorgen sofort mit einer Sitzung beginnen musste, anstatt sich mit Kaffee und Topfengolatsche auf das Kommende erst mal einstimmen zu können. Denn Unangenehmes begann stets an einem Montag.

Oder sah er das nur überspitzt?

Jedenfalls musste auch seine Crew diese Morgenqual über sich ergehen lassen. Sie saßen eben alle im selben Boot.

Das Boot ist voll!, würde er am liebsten schreien und sich über den Landweg aus dem Staub machen. Besser übern Luftweg.

Mit dem Flugzeug in Richtung Rio, um das dortige Lebensgefühl in sich einzusaugen, damit er von frustrierten Montagsgesichtern verschont blieb. Aber auch, um von der eigenen Frustvisage nicht belästigt zu werden, vor einem Spiegel zum Beispiel.

Ach ja – er hatte sich zum Frustbolzen degradiert und kein Licht am Horizont würde ihn über sein Durchhängetief hinwegheben können.

Mochte sein, dass ihm kurzzeitig ein Glücksfunke beschert worden war, Meller dachte dabei an Stefanie. Doch es war nur ein Strohfeuer gewesen, das ihn aus seinem Dauerfrustloch hervorgeholt hatte.

Mensch, Meller! Mach was oder geh zum Therapeuten wie viele reiche Schnösel, die glauben, auf höchstem Niveau leiden zu müssen!, schalt er sich.

Er, der sich bei Gott nicht beklagen durfte, dass ihm etwas abginge auf diesem schönen blauen Planeten.

Er, der zur rechten Zeit geboren worden war, in der kein Weltkrieg bevorstand und der in seinem Lebens- und Wirkungskreis keiner Hungersnot ausgesetzt war.

Er, der sich aussuchen durfte, worüber er jammern wollte und dem niemand deswegen ein Messer an den Hals setzte.

Schließlich er, der verdammt gut aussah und an jedem Finger eine Dame haben konnte, wenn er wollte.

Also, Meller, was willst du?, fragte sein Gewissen grimmig.

Endlich wissen, was ich wirklich will, gestand der verwöhnte Jammerlappen unhörbar.

Als Strafe müssten ihm Privilegien wie finanzielle Unabhängigkeit sowie genetische Vorteile wie Intelligenz, Gesundheit und gutes Aussehen gestrichen werden und er dafür in die alltägliche unmenschliche Mittelmäßigkeit abgleiten müssen!

Okay, über seinen Rücken, der ihn hin und wieder in seiner Bewegungsfreude einbremste, dürfe er jammern. Tonlos.

Na geht doch!

Wie schnell man eine grausliche Montagsstimmung als tollen Wochenstart sehen konnte, dachte Meller, während er die Tür zum Sozialraum öffnete, der für diesen Morgen zum Krisenbesprechungsraum umfunktioniert worden war, weil zurzeit kein geeigneter Raum frei war.

Dr. Erwin Brüller, der letzte S-C-ONE Chef, war weggelobt worden. Wobei der Begriff »der letzte« Körner ein leises »das Letzte« über die Lippen hatte kommen lassen.

Alle saßen sie mit Montagsmiene in der Runde und harrten der Dinge, die da von der Neuen – einer gewissen Dr. Agathe Schaller, eine kleine, jedoch resolute Endvierzigerin – über die V-Gruppe 4 hereinbrechen würden.

Schon wieder ein neues Gesicht.

Ein altes Gesicht hingegen war abgezogen worden. Diese Bezeichnung traf zwar auf Andreas Hofer nicht zu, denn der V-Agent war einer der jüngeren Generation. Er war in die Zentrale nach Wien geholt worden. Kein Wunder, bei Hofers Vater – dem derzeit Verantwortlichen für den S-C-ONE im Ministerium –, er war das sprichwörtliche Sprungbrett für die sagenhafte Karriere.

Diese Personalrochaden kamen Meller wie ein Ringelspiel vor. Nach jedem Stopp wurde ausgetauscht bzw. stiegen noch mehr Neue zu.

Ja, der S-C-ONE hatte sich aufgebläht. Personell.

Das Gebäude ja nicht, sonst wäre es längst geplatzt. Denn so schnell die Anzahl der Mitarbeiter angewachsen war, so rasch war das Gebäude zu klein geworden. Die Taubenschlagstrategie – schlichten und zusammenrücken – war vonnöten geworden.

In der Not rückten die Menschen schon immer zusammen.

Dafür konnte man für Sondereinsätze auf diese Mitarbeitermasse zurückgreifen. Da standen schnell ein Dutzend oder mehr Leute innerhalb kürzester Zeit zur Verfügung.

Da auch die weibliche Quote erfüllt werden musste – wobei es zum Idealzustand halbe-halbe noch lang nicht reichte –, kamen sich manche Kolleginnen und Kollegen schnell näher. So nahe, dass immer öfter die Hochzeitsglocken läuteten und noch schneller Kinder das Licht der Welt erblickten.

Axel Körner, der mit körnigen Weisheiten stets seinen Senf dazugab, meinte treffend: der S-C-ONE, die gebärende Nachwuchsmaschine gegen das organisierte Verbrechen.

Schlecht für die Abteilungen, weil ein permanenter weiblicher Personalwechsel vonstatten ging, gut wiederum für die Geburtenstatistik. Kein Nachteil ohne Vorteil …

Dr. Erwin Brüller war also in die Zentrale nach Wien zurückbeordert worden, hatte die neue S-C-ONE Chefin vorweg verkündet. Erstens wusste es schon jeder. Zweitens interessierte niemanden der Anwesenden, warum. Hauptsache weg, und der erste Tagespunkt war abgehakt.

»Was kommt, das geht – und das ist gut so.«

Meller hatte Körner ob der deutlich hörbaren verbalen Entgleisung einen entsprechenden Blick zugeworfen, was Körners hämisch grinsende Visage zur steinernen Miene mutieren ließ. Auch, weil ihn die neue Chefin kurz ins Auge fasste. Aber wie.

Ein Blick, der dem V-Agenten ankündigte, dass beim S-C-ONE bald ein anderer Wind wehen würde – ein stiller, gefährlicher. Vielleicht war der Brüller doch nicht so schlecht, kam es Körner und er begann sich Gedanken über einen passenden Namen für die Neue zu machen.

Doch zuerst gab es bei Gott Wichtigeres zu tun, als persönliche Mimositäten zu durchleiden …

Die Ergebnisse aus der Gerichtsmedizin ließen auf sich warten. So weit, so schlecht.

Der Mann ohne Kopf war noch nicht identifiziert worden, ebenso wenig wie der Kopf ohne Mann. Wobei man bereits sicher sein konnte, dass es sich um ein und dieselbe Person handelte.

Den Schädel mit Perücke betreffend: Gesicht und Haare waren allem Anschein nach mit einer Lötlampe verbrannt worden, so dass man unmöglich erkennen konnte, wer mit dieser Visage gelebt hatte.

Die aufgeklebte Perücke? Da gab es den Fall mit dem abgefackelten Schweinetorso im Friseurladen in der Fußgängerzone, und es hatte sich herausgestellt, dass es sich um eine der fünf gestohlenen Perücken handelte. Es gab also eine Verbindung zum sogenannten »Schweinefall«.

Beim Schädel war man nun auf eine Identifizierung über das Gebiss angewiesen. Aufgrund eines Röntgenbildes der behandelten Zähne könnte der Zahnarzt ausfindig gemacht werden, was allerdings einen enormen Aufwand bedeutete. In dieser Angelegenheit hatte Claudia Rotter eine Glanzleistung hingelegt. Blitzartig an Informationen zu kommen, war ihre Spezialität. Sie hatte von der Gerichtsmedizin den Gebissstatus jenes Schädels vorweg erhalten und die digitalen Bilder per Mail bereits an sämtliche Zahnärzte in der Umgebung gesendet.

Seit Mellers Sekretärin von ihrem Frusturlaub zurück war – sie hatte sich von Lo Bianco getrennt und sich eine kleine Wohnung gemietet –, konzentrierte sie sich nur noch auf ihren Job. Von Männern hatte sie zurzeit die Nase voll.

Da man ihr eine Schreibhilfe ins Zimmer gesetzt hatte, war Claudia hauptsächlich in Mellers Büro anzutreffen.

Eine unselige Personalentscheidung hatte ihr ein schlappes Pflänzchen namens Rita Dollinger als Nachwuchssekretärin beschert.

»Ein Faschingskrapfen ist ein Granitstein gegen diese lasche Figur – und erst ihr Händedruck«, hatte Claudia Meller vorgejammert.

Rita Dollinger war die Tochter eines hochrangigen Beamten in der Zentrale in Wien und Rotters Aufgabe war es, sie auszubilden. Hätte Meller seiner Sekretärin nicht gut zugeredet und versprochen, bald eine Lösung zu finden, sie hätte längst gekündigt. Dieses Junggemüse besaß sämtliche Eigenschaften, die Claudia auf die Palme brachten. Sie schaffte es, alles zu ruinieren, unabsichtlich natürlich. Datensätze wurden gelöscht, der Kopierer streikte nur bei der Dollinger und das Damen-WC stand wegen ihr bereits zwei Mal unter Wasser.

Vielleicht war die Dollinger gar nicht so dumm? Sie stellte sich nur blöd, damit andere ihre Arbeit erledigten, Claudia nämlich. Deswegen war sie in Mellers Büro geflüchtet, um nicht die dämlichen Handygespräche der permanent grinsenden Dollingervisage mitanhören zu müssen.

Dem Kommissar war's recht, sein Büro war besetzt und er konnte außer Haus in Sachen Ermittlungen unterwegs sein …

Meller rief sich in die Gegenwart zurück.

Claudias Bericht war genauso knapp vorgetragen worden,

wie Dr. Schaller ihre Fragen einwarf. Sie hielt sich nicht lang mit dem Thema auf. Mit ihrem Knapp-daneben-Blick auf den Kommissar wartete sie auf die bisherigen Ergebnisse der Ermittlungen.

Meller hatte seinen Bericht Punkt für Punkt vorbereitet.

Bei den Leichenteilen aus dem zugemauerten Kellerraum – es handelte sich um einen Mann und eine Frau, die zerstückelt in einer Tiefkühltruhe lagen – waren ebenfalls keinerlei Hinweise gefunden worden, wer sie waren und woher sie stammten.

Als die Spurensicherer den zugemauerten Durchgang aufgebrochen hatten, staunten sie nicht wenig, als sie in den Kellerräumen eines bekannten Restaurants standen.

Es war um die Mittagszeit gewesen und das Pino war gut besucht. Der Lokalbetreiber, ein Italiener, war völlig aus dem Häuschen, als er plötzlich drei mit Ziegelstaub bedeckten Männern gegenüberstand, die aus seinem Keller kamen und sich als Kriminalbeamte auswiesen. Dem Italiener wurde gesagt, dass sie in einer baulichen Angelegenheit zu ermitteln hatten. Einen Teil des Kellers habe man versiegeln müssen. Alles, was darin gestanden war, war von den Beamten in den vorderen Keller geschafft worden, und der versperrte Keller sei für ihn bis auf Weiteres tabu.

Meller hatte den Italiener, den er von seinen regelmäßigen Besuchen im Ristorante kannte, einvernommen. Dem war das alles etwas spanisch vorgekommen. Aber wenn es so war, in seinem Land ging die Polizei auch oft seltsame Wege.

»Warum nicht? Soll-ä die Polizia in-ä meine Keller spazieren! Andere gehen lachen in-ä Keller, haha!«

Als der Kommissar den Mann wissen ließ, was vier Meter tiefer unter seinen Füßen vor sich hin verwest war, war ihm das Lachen selbst im Erdgeschoss vergangen.

Da der Italiener sein Ristorante erst im Mai 2009 eröffnet hatte, schied er als Verdächtiger aus. Das Lokal hatte er renovieren lassen, das war aus den Buchhaltungsunterlagen ersichtlich. Beim Keller waren – laut seiner Aussage – keine Umbauarbeiten getätigt worden.

Vom Bauamt waren die Pläne der betroffenen Häuser ausgehoben worden. Die Unterlagen hatte Meller vor sich auf dem Tisch liegen. Es waren alte Häuser und auf den ursprünglichen Plänen war nichts von einer Stollenverbindung zu sehen. Auch sämtliche Unterlagen für später eingereichte bauliche Veränderungen hatte er geprüft. Nichts – nirgends ein Stollen.

Wie Meller ursprünglich angenommen hatte: Die unterirdischen Gänge waren längst vor dem Bau der Häuser in der Brühler Straße entstanden. In welchem Jahrhundert, würden die Fachleute des Bundesdenkmalamts herausfinden, wenn er ihnen den fantastischen Münzenfund überreicht hatte.

Erst aber mussten ihre Arbeiten abgeschlossen und die Leichen identifiziert werden. Die Archäologen konnten auch noch später dort unten herumschnüffeln. Denen lief nichts mehr davon.

Der Zufall hatte es gewollt, dass vor Jahren beim Bau der Fußgängerzone niemand auf diese Stollen gestoßen war.

Was jedoch den zugemauerten Raum in den Kellergewölben des Ristorante Pino betraf – hier hatte jemand aus der Jetztzeit mörderisch Hand angelegt.

Der Besitzer des Hauses war einvernommen worden. Wie aus dem Kaufvertrag hervorging – er hatte das Haus vor zehn Jahren erworben –, waren die Kellerräume bereits damals in jenem baulichen Zustand, wie sie die Beamten vorgefunden hatten. Bevor das Pino eröffnet wurde, waren die Räumlichkeiten jahrelang leer gestanden.

Mitte der Neunziger war eine Pizzeria eingemietet gewesen. Der jetzige Hausbesitzer hatte das Objekt mit dem Lokal in einem sanierungsbedürftigen Zustand übernommen.

Er hatte die damaligen Mieter nicht mehr gekannt, erinnerte sich aber an Folgendes: Der Vorbesitzer des Hauses hatte ihm damals mitgeteilt, dass ein junges Pärchen aus Moskau die Pizzeria geführt hatte und über Nacht verschwunden war. Die Miete hatten sie seit Monaten nicht bezahlt, auch die Energiekosten waren an ihm hängen geblieben, Lieferfirmen hätten ihr Geld auch nicht mehr bekommen. Es wurde gemunkelt, dass die beiden mit der russischen Mafia zu tun gehabt hätten. Der ganze Ärger hatte ihn damals dazu bewegt, das Haus zu verkaufen. Gesundheitlich ging es ihm auch nicht mehr so gut.

Bis vor zwei Jahren war das Lokal leer gestanden. Es hatte sich kein Mieter gefunden, der die Kosten der Renovierung übernehmen wollte, um an diesem Standort wieder ein Lokal zu eröffnen. Erst der Italiener hatte mit seinem Pino den Schritt gewagt und servierte hervorragend schmeckende italienische Spezialitäten.

Als der Kommissar sich an den Vorbesitzer des Hauses wenden wollte, war er leider um ein halbes Jahr zu spät gekommen. Der Mann war bereits verstorben.

Waren jene Zerstückelten im Keller gar das russische Pärchen?

Konnte sein, aber nix Genaues weiß man. Und wenn es denn so wäre, dann hatte die Mafia ganze Arbeit geleistet, denn bis man mit den Behörden in Moskau auf einen Nenner kam, das wäre eine Never-Ending-Story.

Bei den Ermittlungen war eine höchst fragwürdige Firmenkonstellation herausgekommen. Das Pärchen, Nikita und Olga Baranow, trat als Pizzeriabetreiber auf. Der Geschäftsführer und Koch aber war ein gewisser Andrej Smirnow gewesen, ein gebürtiger Wiener. Smirnow hatte damals den Gewerbeschein zur Verfügung gestellt. Seine Eltern waren russische Staatsbürger, lebten aber kurzzeitig immer wieder bei ihrem Sohn in Wien.

In den Siebzigern waren die Eltern in eine Spionageaffäre verwickelt gewesen und deswegen ausgewiesen worden. Ihr Sohn war Mitte der Neunziger als Zeuge in einem Devisenschieberprozess vorgeladen worden. Nach der ersten Einvernahme war er plötzlich verschwunden. Vermutlich hatte er sich damals ins Ausland abgesetzt.

Was den Schacht im Keller des KuK betraf, aus dem der Verwesungsgeruch geströmt war und der letztendlich die Morde zutage gebracht hatte: Jemand musste irgendwann den Stollen entdeckt und den Schacht heimlich gebaut haben. Auch in den Plänen des Hauses war kein Schacht eingezeichnet …

»Ich werde eine Pressekonferenz ansetzen und den Stand der Dinge bekannt geben«, schloss die neue S-C-ONE Chefin Mellers Berichterstattung. »Und Sie werden mir zur Seite stehen.«

Kurz sah sie Meller an, dann vertiefte sie sich in ihre Notizen. Etwas stimmte nicht mit ihren Augen, kam es Meller. Sie sah ihn nie direkt an, sondern stets an ihm vorbei. Schielte sie?

Die Aufgabenbereiche wurden an die V-Agenten verteilt.

Irene Schneider und Esther Mensch sollten sich um das ermordete russische Pärchen kümmern. Schwierig genug, jetzt noch Zeugen aufzutreiben, die darüber etwas aussagen konnten. Es war über fünfzehn Jahre her, dass sich der damalige Geschäftsführer abgesetzt hatte.

Axel Körner und Mike Lehner waren Meller zugeteilt – sie sollten sich um den Kopflosen sowie um den Schädel kümmern. An Mord war dabei weniger zu denken, eher an einen Unglücksfall. Es musste aber mindestens eine weitere Person in diese Tragödie involviert gewesen sein. Nämlich die, die den

Kopf unkenntlich gemacht, mit einer Perücke verziert – wie die Plastikköpfe Wochen zuvor – und in den Mödlingbach geworfen hatte.

Ein beginnendes Serienkiller-Ritual? Nein.

Die Ermittlungen im »Schweinefall« hatten einen Racheakt herausgefiltert.

Was aber wurde in den unterirdischen Gängen gesucht und in welchem Zusammenhang standen beide Verbrechen, die mit mindestens fünfzehn Jahren Zeitunterschied geschehen waren?

Es klopfte zaghaft.

»Herein!«, rief Dr. Agathe Schaller und sah dabei wieder zu Meller hin, besser gesagt, an ihm vorbei. Irritierend.

Auch Dollinger, die eintrat, irritierte Dr. Schallers strenger Blick. Sie stotterte:

»Ent-Entschuldigung … D-Da ist jemand, der m-müsste dringend m-mit einem zuständigen H-Herrn sprechen.«

»Weswegen?«, fuhr die S-C-ONE Chefin die Schreibhilfe an. Dr. Schaller fühlte sich durch die Unterbrechung gestört.

»W-Weiß ich doch nicht!«, begehrte Dollinger auf. »Es g-ginge um Mord … und da hat mich die … die von der Rezeption …«

»G-Ginge um Mord?«, fiel ihr Dr. Schaller nachäffend ins Wort. »Kindchen, was soll das Gestotter? … Also – wer, was, wo und warum?«

Die Lippen zusammengepresst starrte Dollinger zu Boden.

»Ich mach das …«, mischte sich Claudia Rotter ein und erhob sich. So brauchte sich die Neue auch nicht aufzuführen.

Sie ging auf Dollinger zu und sagte:

»Kommen Sie, wir klären das gemeinsam.«

Dankbar sah das Mädchen ihre Beschützerin an und trippelte hinter Claudia Rotter aus den Raum …

»Herr Ecker, ich danke Ihnen für Ihr aufmerksames Handeln«, beendete Meller die Unterredung. Er gab dem als Hobbydetektiv tätigen Computerhändler die Hand. »Manchmal kann die Fantasie natürlich mit einem durchgehen. Was weiß man – vielleicht ist an der Sache was dran. Alles Weitere wie besprochen … Ich darf mich auf Sie verlassen, Herr Ecker?«

»Aber selbstverständlich, Herr Kommis…«

»Meller genügt, Herr Ecker. Der Laptop bleibt vorerst hier, und um den Mann werden wir uns kümmern. Ich wünsche Ihnen noch einen schönen Tag.«

Nachdem Meller den Hobbydetektiv bis zu Rezeption begleitet und verabschiedet hatte, begab er sich wieder in sein Büro. Der Laptop, der auf dem Besprechungstisch stand, zog ihn magisch an. Noch mehr das offene Dokument.

Monica Silani ist das Böse pur, eine tödliche Gefahr. Sie muss sterben, damit weitere Morde verhindert werden.

Der *Favela-Ton* hatte sich eingestellt, als der Computerhändler aus der SCS den Laptop gestartet und Meller die besagte Seite gezeigt hatte.

Norbert Eckers Faible für Krimis war es zu verdanken, dass er an allem etwas Verdächtiges fand. Was für ein Zufall, dass der Laptop am vergangenen Samstag in sein Geschäft gebracht worden war, weil ihn der vermeintliche Besitzer verkaufen wollte.

Der Computer ist gestohlen oder Hehlerware, hatte Ecker sich gedacht, während er den jungen Mann heimlich beobachtete. Der etwa zwanzigjährige blonde Bursche, der nicht gerade den saubersten Eindruck machte und sich obendrein so seltsam nervös verhielt, kam ihm verdächtig vor.

Überhaupt war es reiner Zufall, dass er selbst den jungen Mann bediente. Seine drei Angestellten waren gerade mit Kundschaft beschäftigt, als er aus seinem Büro in den Verkaufsraum kam und ihm der Computer zum Kauf angeboten wurde. Doch Zufälle gab es in seinen Augen nicht. Außerdem hatte er sofort dieses untrügliche Gefühl, mit dem Burschen stimme etwas nicht – sein schnüfflerisches Gespür eben.

So berichtete es Norbert Ecker dem Kommissar.

Als er den Laptop gestartet hatte, war ein Hinweis erschienen:

Lizensiert für: Jonathan Schwarz

Er hatte das Apple MacBook zu sich gedreht gehabt, so dass der junge Mann nicht auf den Monitor sehen konnte.

Als er den Burschen mit »Herr Schwarz« ansprach antwortete dieser: »Wie kommen Sie auf Schwarz?«

Also doch – das Gerät war gestohlen worden.

Geistesgegenwärtig hatte er dem jungen Mann erklärt, dass der Laptop – übrigens ein ausgezeichnetes Gerät, das noch einiges wert war – einem Test unterzogen werden müsse. Erst dann könne man einen verbindlichen Preis angeben. Er habe auch zufällig einen Interessenten, der so ein Gerät suche.

Ecker hatte mit dem Burschen vereinbart, dass er am Montag um 17 Uhr wiederkommen solle. »Bis dahin weiß ich, was der Laptop wert ist. Gleichzeitig werde ich meinen Interessenten informieren, dann gibt's das Geld auch sofort. Dass Sie einen guten Preis dafür erhalten, dafür garantiere ich mit meinem Namen«, hatte Ecker dem Burschen den Mund wässrig gemacht.

Erst wollte der junge Mann nicht darauf eingehen, doch Norbert Ecker hatte ihm schon eine Bestätigung in die Hand gedrückt und den Laptop an einen seiner Mitarbeiter weitergegeben, der ihn sofort weggetragen hatte. Ecker verstand sein Geschäft, er konnte sich gut in Menschen hineinversetzen. Lächelnd hatte er dem Verdutzten nochmals zu verstehen gegeben, dass er für ihn einen guten Preis aushandeln würde.

Daraufhin war der Bursche grußlos gegangen. Die Adresse

hatte ihm Ecker nicht entlocken können, aber dass der Kerl sich das Geld abholen würde, da war er sich sicher. Also brauche sich Montagnachmittag nur ein V-Agent ins Geschäft stellen und darauf warten, bis der Bursche auftauchte.

Als Ecker sich anschließend im Büro mit dem Computer genauer befasst hatte und mehrere Dokumente öffnete – neugierig war er ja –, war er auf diese verhängnisvollen Zeilen mit *Monica Silani* gestoßen. Und was er sonst noch für Sachen gelesen hatte, echt kriminell!

Schließlich hatte er sich dazu durchgerungen, den Laptop in den S-C-ONE zu bringen. Als Hobbydetektiv kannte er den Kommissar. Nicht persönlich, nur aus der Zeitung …

Neugierige Nase, war es Meller gekommen. Sicher hatte Ecker sich übers Wochenende an Jonnys Fantasien aufgegeilt. Wer weiß, was da sonst noch für Schweinereien zu sehen oder lesen waren. Sonst wäre der Computerhändler noch am Samstag mit dem Gerät in den S-C-ONE gekommen …

Mellers Augen klebten förmlich an den Zeilen betreffend Monica Silani. Weniger wegen des Textes, vielmehr wegen des Laptops, der Jonathan Schwarz gehören musste. Damit hatte der Hobbydetektiv einen neuen Fall ins Rollen gebracht.

Ecker sollte in sein Team aufgenommen werden und den Fall gleich lösen, dachte der Kommissar und grinste verbissen. Er ging zu seinem Schreibtisch, an dem Claudia Rotter saß und konzentriert im Internet surfte.

»Suchst du was?«, fragte er sie überflüssigerweise.

»Nein, ich such nur was«, erwiderte sie geistesabwesend.

Sie wollte übers Wochenende in die Berge – Abstand gewinnen und zu sich selbst finden. Die Trennung von Lo Bianco schmerzte sie sehr. Sie hatte geglaubt, nach ihrem überstürzten

Urlaub darüber hinweg zu sein. Von wegen. Mehr denn je waren ihre Gedanken bei diesem windigen Hund, den sie leider noch verdammt viel liebte.

Warum waren Männer in Herzensangelegenheiten so kaltschnäuzig! Claudia schlief schlecht, dachte alle paar Momente an diesen Schuft. Dabei bräuchte sie nur ihr Handy zu schnappen, ein Zauberwort per SMS zu senden und alles wäre wieder im Lot.

Nein! Wie konnte sich Lo mit seiner Ex einlassen!

Es tat ihr weh. Dabei war Claudia überzeugt, dass es ohnehin nur ein Abtasten der Gefühle beider war – und Schluss. Lo war sonst keiner, der Altbeziehungen aufwärmte. Er würde wieder zu ihr zurückkommen.

Inzwischen wusste sie eine Menge über Nora aus Mellers und natürlich auch aus Biancos Erzählungen. Doch Claudia kannte sich und ihre Qualitäten …

Meller fischte einen Zettel aus dem Stapel Unterlagen, der auf dem Schreibtisch inzwischen zu einem Turm angewachsen war. Seit er zeitweise freiwillig mit Rotter seinen Platz teilte, war dieser Stapel das Einzige, was ihn störte. Doch solang der Turm nicht zum Turm von Pisa wurde … Ach was, das sollte nicht sein Bier sein. Und wenn er doch kippte?

Demonstrativ schob er den Papierkorb zum Schreibtisch hin.

Ein Wink mit dem Korb, kam es Meller und er mühte sich sein sonnigstes Lächeln an diesem Tag ab, weil es ihm gleichzeitig kam, dass Jonnys verdammter Laptop allen einen weiteren Fall beschert hatte. Das plötzliche Verschwinden von Stefanies Ex musste jetzt ernstgenommen werden. Erhebungen und Ermittlungen waren durchzuführen sowie Nachforschungen zu betreiben und was weiß der Teufel sonst noch alles.

Ein Fall jedenfalls, der nichts Gutes verhieß.

Noch aber konnte Jonnys Abtauchen auch bedeuten, dass er der Welt freiwillig den Rücken gekehrt und deswegen seinen Laptop verschenkt hatte.

Rücken gekehrt, Laptop verschenkt? *Meller, das hättest gern!*, dachte er sauer, in Anbetracht zusätzlicher Ermittlungsarbeit.

Ob freiwillig oder gezwungenermaßen – sich, wie Jonny, von der Welt so mysteriös verabschiedet zu haben, hieß erfahrungsgemäß: nicht mehr unter den Lebenden zu sein.

Verdammt, warum so negativ denken?

Man konnte auch nur für eine gewisse Zeit verschwinden oder zeitlebens unerreichbar sein, weil man zum Beispiel Dreck am Stecken hatte oder weil einem alles auf den Keks ging.

Dass Jonny vielleicht so gedacht und sich aus dem Staub gemacht hatte, das hoffte Meller. Warum aber wollte der Kerl das seiner Lebensgefährtin nicht ordnungsgemäß ankündigen?

In etwa so: Ich bin jetzt mal kurz weg, vielleicht die gesamte restliche Lebenszeit. Man mache sich wegen mir keine gröberen Sorgen, mir wird es – wie schon lang nicht – gut gehen.

»Schön wär's«, grummelte Meller, weil er dann einen Fall weniger zu bearbeiten hätte. Er nahm den Telefonhörer ab und wählte Stefanies Nummer.

Das Besetztsignal quälte Mellers Ohr.

»Was wär schön?« Claudia sah kurz vom Computer auf.

»Ach, nichts«, erwiderte er verärgert und legte auf.

Doch plötzlich schwappte eine Selbstmitleidswelle über ihn hinweg und er weihte seine Sekretärin in seinen persönlichen Fall ein.

Jonathan Schwarz war verschwunden, das war bekannt, aber er wurde bisher nicht polizeilich gesucht, da man einen Erwachsenen, der nichts verbrochen hatte, seine Freiheit genießen lassen musste. Die Tatsache aber, dass Meller mit Stefanie

Hochleitner verdammt nahe zusammengekommen war, erzählte er jetzt unter dem Siegel der absoluten Verschwiegenheit.

An sich war Meller ein Mensch, der mit seinen seelischen Belangen prinzipiell allein zurande kam. Doch auch er brauchte hin und wieder jemanden, mit dem er reden, Freud und Leid teilen konnte. Seine Langzeitsekretärin genoss sein vollstes Vertrauen. Beruflich gemeinsam Erlebtes hatte beide zusammengeschweißt.

Meller liebte Claudia – platonisch.

Sein bester Freund, Lo Bianco, wäre im speziellen Fall auch nicht der geeignete Zuhörer gewesen. Meller kannte Biancos Antwort, würde er ihm das Geschehene beichten: »Endlich gehst wieder auf die Pirsch und reagierst normal.«

Er erzählte Claudia von seinem One-Night-Stand, weil dieser seine Seele belastete. Nicht der einmalige Ausrutscher war es, er hatte vor niemandem Rechenschaft abzulegen. Nein, weil er im Begriff war, sich in etwas zu verrennen, was ihm im Grunde widerstrebte. Doch Claudia lachte nur auf und sagte:

»Aber hallo, Mario! Was willst du eigentlich? Bist doch nur zu beneiden! Endlich hat dich wieder eine so weit gebracht und dir Glück und Freude beschert. Sie wird wohl kaum dabei gelitten haben, wie ich dich einschätze! Mach dir keinen Kopf wegen ihres Freundes. Der scheint bei ihr längst abgemeldet zu sein. Selbst wenn sie dich als Lustobjekt für ihre Rache benützt hat, du hast ihr das Gefühl, eine begehrenswerte Frau zu sein, gegeben!«

»Ja, aber …«

»Mario, bitte! Was bist du für ein Naivling!«

Claudia sprang auf, ging auf den Kommissar zu und sah ihm direkt in die Augen. »Wäre ich du, was glaubst du, wen ich mir aller aussuchen könnte? Alle Frauen, die dich zu Gesicht bekommen, schwärmen von dir … und glaub mir, ich wär die Erste … aber das weißt du ohnehin.«

»Pfah, bitte …« Meller errötete und wich nicht einen Millimeter zurück. Er mochte ihre Nähe, ihren Mandelduft.

»Tu uns das nicht an. Das hätte … das ginge …«

»Was? Das ginge nicht?« Claudia spielte die Beleidigte.

»Aber nein, du weißt schon, wie ich es meine. Lo und du …!«

Ohne anzuklopfen, wurde die Tür aufgerissen. Körner platzte herein, sichtlich aufgebracht. Irritiert von der Emotion, die er zwischen den beiden vermutete, vor allem aber, weil Meller und Rotter wie zwei Ertappte auseinanderfuhren, kombinierte er und witzelte:

»Hallo?« Er grinste. »Hab ich was versäumt? Läuten gar bald …«

»Ein Wort noch und du fliegst durchs geschlossene Fenster!«, drohte ihm Meller düster blickend an.

»Entschuldigt mein Reinplatzen.« Er grinste hämisch. »Es liegt mir fern zu schnüffeln. Aber es gibt megasuperheiße News, die unseren Ausreißer, diesen Schwarz, betreffen.«

»Kennen wir schon – da …« Meller zeigte auf den Laptop. »Der gehört Schwarz. Vermutlich gestohlen worden, ein Computerhändler brachte ihn. Ein junger Mann wollte ihn zu Geld machen … Zumindest eine erste Spur.«

»Ah ja? … Nein, ich meine die Meldung, die bei uns eingegangen ist. Mir ist der Name Jonathan Schwarz aufgefallen. Das ist doch der Typ, oder? … Also, haltet euch fest: Nahe Puchenstuben, das ist irgendwo bei Mariazell, ist in einer Berghütte ein Feuer ausgebrochen. Wanderer haben Rauch gesehen und erst an einen Waldbrand gedacht. Als sie zur Brandstelle hinkamen, sahen sie, dass es aus einem Blockhaus qualmte. Rechtzeitig konnten sie noch eingreifen und mit Hilfe der Feuerwehr, die inzwischen eingetroffen war, den Brand löschen.«

»Wo genau war das?«, wollte Claudia wissen. »Heißt die Hütte etwa *Am Sulzbichl?*«

»Weiß nicht … doch, irgendwas mit Sulzigem war dabei.«

»Dann war das unsere Hütte«, erwiderte Claudia lakonisch.

»Was heißt eure Hütte?« Meller staunte.

»Das ist eine andere Geschichte … doch was weiter?«

»Was weiter?« Körner sah Claudia an. »Neben der Hütte wurde eine fast zur Gänze verbrannte Person gefunden. Und jetzt kommt's – in der Blockhütte hing ein Sakko, das unserem Ausreißer gehören muss, weil Visitkarten …«

»Die kann der Besitzer des Sakkos von Schwarz auch nur überreicht bekommen haben«, unterbrach ihn Meller.

»So? Ein ganzes Packerl Visitkarten in einem Sakko? Allem Anschein nach ist Schwarz in einen Mord verwickelt … Deswegen ist er auch abgetaucht, der Gangster. Schaut euch das selbst an. Die Polizei hat den Fall mit Fotos, Daten et cetera auf die Fahndungsseite gestellt.«

»Jetzt wird's echt kriminell«, entfuhr es Meller, der seine Affäre mit Stefanie für unbestimmte Zeit auf Eis gelegt sah.

Verdammt, verdammt!, fluchte er innerlich, gleichzeitig ein Hintertürl suchend. Sich ausklinken und den Fall an Körner abtreten? Wenn das so leicht ginge, als Chef der V-Gruppe 4 hatte Meller sich des Schwarz-Falls anzunehmen und ihn zu leiten.

Warum war das Leben so kompliziert?

Was heißt das Leben? Die verdammten Gesetze waren es!

»Ach, leckts mich doch alle!«, entfuhr es Meller, und seine Faust knallte mit einer Wucht auf den Schreibtisch, die Claudia und Axel hochfahren ließ. Entgeistert starrten sie ihn an.

Claudia Rotter wusste, warum. Axel Körner nicht.

Körner wusste auch nicht, dass er abends allein zuhause sitzen würde, weil Raffaela ohne sein Wissen mit Luigi und ihrem Neugeborenen sowie mit Eva Roth im Flieger saß, der soeben abhob, um in zwei Stunden und zehn Minuten in Catania zu landen.

Es gab Krach im Hause Körner – ziemlich heftigen –, und den schon seit Tagen. Während Axel Körner an seinen Frust daheim dachte und wie er dem beikommen sollte, begann der Papierstapel auf Mellers Schreibtisch zu wanken, neigte sich seitwärts, und Mappe für Mappe rutschte in die Rundablage.

Vergleichend empfanden Körner, Meller und Rotter in diesem Moment ihre persönliche, emotionell frustrierte Schieflage.

Niemand hatte es verhindert. Mit dem Verschwinden des Papierturms in der Rundablage sahen sie auch ihre Befindlichkeit mit in den Abgrund stürzen.

Ohne ein Wort zu verlieren, verließen Körner und Rotter das Büro. Meller atmete tief durch und griff zum Telefon. Als hätte sie auf seinen Anruf gewartet, war sie sofort in der Leitung.

»Ja? Mario?«

»Stefanie … Wir müssen uns treffen«, erwiderte Meller.

»Müssen?«, fragte sie verschnupft.

»Ja. Jonny betreffend. Da gibt es plötzlich einiges … Sag, bist du verschnupft?«

»Bin ich … auch wegen dir, Mario.«

»Bist du zuhause?« Meller überging ihren Vorwurf.

»Kranke liegen kaum in fremden Betten«, erwiderte sie kühl.

Meller bereute schon, angerufen zu haben. Doch sein Job verlangte es. Pfah, war die Frau anstrengend!

Die Möglichkeit einer eventuell längeren Liaison mit ihr war doch keine so gute Idee, und er verscheuchte den Gedanken.

»Ich komme sofort.«

»Wenn du gern Bazillen mit mir teilst … Sag, hast du schon was gegessen? Ich könnte uns was herrichten?«

»Danke, ich bin schon satt«

»Na dann, bis gleich.« Stefanie legte auf.

Als Meller vor Jonnys Villa aus dem Auto stieg, bemerkte er, wie im Haus vis-à-vis hinter einem der Fenster der Vorhang leicht zur Seite geschoben wurde. Eine Hand mit einem Fernglas war unschwer zu erkennen.

Der Kommissar ließ sich nichts anmerken und tat so, als putze er den Seitenspiegel seines Wagens. Plötzlich richtete er sich auf und ging flott auf das Fenster zu. Sofort verschwand die Hand mit dem Fernglas und der Vorhang fiel.

Leute, die nichts Besseres im Sinn hatten, als andere auszuspionieren, liebte Meller besonders.

Diesem Kerl wollte er gleich einen Dämpfer verpassen.

Er läutete Sturm und wartete. Keine Reaktion.

Meller probierte es ein weiteres Mal und blieb gut eine halbe Minute mit dem Finger auf dem Klingelknopf. Zwecklos.

War der Typ im Haus gestorben? Totgeläutet worden?

Meller gab auf, stellte sich jedoch demonstrativ auf die Straße und begann mit seinem Handy zu fotografieren … die Tür … das Haus … ging nah zu jenem Fenster und ließ mehrere Male das Blitzlicht in der Scheibe reflektieren …

»Was soll das, Mario?«, rief ihm Stefanie unterdrückt zu. Im Morgenmantel stand sie vor ihrer Haustür.

Er ging auf sie zu.

»Du wirst ausspioniert. Weißt du das?«

»Ah geh, die Schranninger! Sie ist der heimliche Sheriff von Achau. Wer durch unsere Gasse kommt, wird mittels Fernglas abgetastet. Sie hat ein bisserl einen Schuss, ist aber sonst ganz harmlos. Furchtbar neugierig ist sie halt.«

»Typisch Frau«, scherzte Meller lächelnd, um Stefanie aufzuheitern. Doch der Gedanke an eine Bazillenübertragung ließ ihn jegliche körperliche Berührung vermeiden, er verbeugte sich nur leicht. Sie sah müde aus, ihre Augen waren gerötet.

»Magst Recht haben. Ich glaub eher, sie schaut sich zu viele Krimis im Fernsehen an. Aber vielleicht erwischt sie wirklich einmal einen Verbrecher. Sie kontrolliert alles im Ort und spioniert jedem nach, der sich in Achau angesiedelt hat – Beruf, verheiratet oder nicht, Anzahl der Kinder. Der ist fad im Kopf … Jetzt komm endlich rein, sonst sind wir der neueste Dorftratsch – ich, fast nackt, verführ den Kommissar vorm Haus. Das wär ein gfundenes Fressen für die Schranninger.«

»Unter Mordverdacht? Jonny, ein Mörder? Niemals!«, rief Stefanie, die vor dem Kommissar aufgebracht hin und her ging. Das Papiertaschentuch, das sie in der Hand hielt und immer wieder an ihre Nase drücken musste, zerbröselte bereits und hinterließ kleine weiße Flocken auf dem Boden.

Sie fischte ein neues Taschentuch aus der Packung, die auf dem unförmigen Glasstein lag, und schnäuzte sich trompetend.

»Mordverdacht heißt nicht sofort, dass er einen Mord begangen hat«, rückte Meller seine Vermutung ins rechte Licht.

»Hah! Jonny, ein Mörder!«, wiederholte Stefanie grimmig und ließ sich neben dem Kommissar in die kuschelweiche Sitzlandschaft fallen.

»Eine Affäre – vielleicht zwei – traue ich dem Schuft zu. Wie ich schon das letzte Mal sagte, mit einer von dieser Rentnergang oder wie die Bande sich nennt … Aber einen Mord? Jonny würde höchstens eine Fliege zerklatschen!«

»Das ist in gewissem Sinne auch ein Mord. Motiv: unerträgliche Belästigung. Vom Choleriker bis zum Sanftmütigen, jeder ist reizbar, der eine sofort, der andere erst nach Jahren. Bei Fliegen ist es die Fliegenklatsche, bei Menschen mal ein Messer, eine Pistole oder ein bisschen Gift. Der Grad der überreizten Belästigung bestimmt die Mordwaffe, ob im Affekt oder in heimtückischer Weise geplant«, sinnierte Meller ironisch. »Doch im Ernst, Stefanie, die Indizien belasten Jonathan Schwarz, sprich, deinen Lebensgefährten – schwer. Und solang Jonny diese Indizien nicht entkräften kann, ist er verdächtig und wird polizeilich gesucht. Weltweit.«

»Na, ihr seid mir wirklich eine Truppe!«, fuhr Stefanie ihn an. »Vor ich weiß nicht wie vielen Tagen habe ich persönlich die Polizei gebeten, Jonny zu suchen, weil ich befürchtete, dass ihm etwas zugestoßen sei und jetzt?«

»Niemand kann einen volljährigen Menschen, der die Absicht hat, die Vergangenheit hinter sich zu lassen, daran hindern, dies zu tun. Von Jonny lagen bis dato keinerlei Straftaten vor, keinerlei Verdächtigungen et cetera …«

»Und seine mörderischen Andeutungen im Computer? Wer, bitte, hat dich darauf hingewiesen, Herr Kommissar?«

»Es obliegt unserer Erfahrung, diesbezüglich Entscheidungen zu treffen. Inzwischen haben wir deine Arbeitskollegin, Monica Silani, einvernommen. Weder hat sich bei ihr ein Verdacht zu mörderischen Handlungen herauskristallisiert, noch wurde ein Zusammenhang im Sinne irgendeiner kriminellen Straftat lokalisiert. Auch erfreut sie sich bester Gesundheit und wurde nie in irgendeiner Form bedroht, so dass man annehmen muss, Jonnys Computernotizen sind rein literarische Hirngespinste … Wie ich von Beginn an vermutete. Monica Silani hatte ausgesagt, mit dir die Beschattung deines Lebensgefährten besprochen zu haben, weiter nichts.«

»Meines Ex«, bestand Stefanie.

»Wie auch immer – Silani war nur drauf aus, von dir das Geld zu bekommen.«

»Diese falsche Schlange«, warf sie ein.

»Bitte, Stefanie!« Meller fuhr unbeirrt fort. »Jene zweitausend Euro, die du ihr geliehen hast – sie betreffen jetzt nicht meine Ermittlung … Frau Silani hat das aber angeblich mit dir inzwischen geregelt, sagte sie.«

»Stimmt«, erwiderte Stefanie finster. »Wir haben uns nichts mehr zu sagen …« Sie schnäuzte sich. »Und? Was jetzt weiter? Wegen Jonny, meine ich.«

»Ich werde dich einvernehmen und zwar hier und jetzt. Ich brauche minutiös den Ablauf der letzten Tage, bevor Jonny verschwunden ist. Alles, was dir an ihm aufgefallen ist, und sei es noch so nebensächlich.«

»Ich brauch jetzt erst einmal einen Tee«, erwiderte Stefanie und stand auf. »Du auch? … Oder lieber einen Kapselkaffee?«

Sie versuchte ein versöhnliches Lächeln, als Anspielung auf den Kaffekapsel-Werbestar, dem der Kommissar zu seinem Leidwesen verdammt ähnlich sah, worauf sie ihn beim ersten Besuch dezent hingewiesen hatte.

Doch er reagierte nicht darauf, was Stefanie einen verstohlenen Augenverdreher abverlangte. Er erwiderte nur:

»Kaffee, bitte … danke.«

Meller hielt es in der weichen Rauledergarnitur nicht mehr aus. Jetzt war es ihm direkt lästig, in solch flauschigen Sitzpolstern zu knotzen. Dafür war der Tag nicht geschaffen, außer, man hatte Entspannendes vor. Doch das, was er zu tun vorhatte, was alles andere als entspannend. Er ging zur Kücheninsel und verfolgte Stefanies Zubereiten von Tee und Kaffee.

»Ich werde unser Gespräch aufzeichnen. Wir setzen uns am besten zum Tisch hin.«

Meller deutete mit dem Kopf zur Tischgruppe.

»Wie der Herr Kommissar befiehlt«, kam es von ihr ruppig.

»Stefanie, das ist kein Spaß mehr«, erwiderte er leicht genervt. »Eine Leiche wurde halb verkohlt nahe einer Hütte in den Bergen entdeckt. Aufgrund der Beweisstücke, die nachweislich Jonny gehören und die am Tatort gefunden wurden, muss er mit diesem Mordfall zu tun haben. Auch sein Laptop wurde inzwischen sichergestellt. Stellt sich heraus, dass Jonny unschuldig ist, können wir entspannt durchatmen …«

»Mir ist längst egal, was sich bei meinem Ex herausstellt. Ob verdächtig oder nicht. Er ist aus meinem Leben gestrichen«, fuhr Stefanie den Kommissar beinahe zornig an.

»So rigoros? Nach immerhin zehn Jahren Gemeinsamkeit? Kein Funken Chance auf eine Rehabilitierung?«

»Wie du sagtest. Jonny ist ein erwachsener Mensch, kann tun und lassen, was er will. Für mich ist er jedenfalls gestorben.«

»Dann hilf uns, auch das allenfalls zu klären. Schließlich bist du ab jetzt in diesen Fall verwickelt.«

»Siehst du's? Wegen meines Ex werde ich jetzt womöglich in eine Sache mithineingezogen, von der ich nicht den blassesten Schimmer habe … mit der ich auch nichts zu tun haben will!«

»Man wird öfter mit Situationen konfrontiert, die sich zu Beginn als verwirrend … als verdächtig herausstellen.«

Stefanie konnte das Rauchen nicht lassen, selbst wenn sie verschnupft war. Sie hatte sich eine Zigarette angezündet und blies nach einem satten Zug den Rauch gegen die Decke.

»Du meinst unsere gemeinsame Nacht?«, fragte sie dann.

»Zum Beispiel, ja.«

»Ist die jetzt in Jonnys Fall mit von Bedeutung?«

»Wenn sie – angenommen – zu einem Plan gehört, den Jonny und du ausgeheckt haben, für dein Alibi zum Beispiel, dann ja.

Aber ich denke, dass dies nicht der Fall ist. Wenn ich jedoch dahinterkomme, dass alles ein getürktes Spiel ist, dann wirst du dieses elitäre Zuhause mit einem sehr spartanisch gehaltenen Zimmerchen, genannt Knast, tauschen müssen. Und die Schranninger hätte ihre wahre Freude an dir …« Meller lächelte.

»Ohne meinen Anwalt sage ich ab jetzt kein Wort mehr.«

Stefanie grinste den Kommissar an, so in der Art:

Also los, zeig mir, wie du zu einem Geständnis kommst!

Mellers Lächeln wich plötzlich einer ernsten Miene.

Als wollte er ihre letzten Geheimnisse aufdecken, sah er sie lang und eindringlich an. Aus dem ursprünglichen Geplänkel war mit einem Schlag eine bedrohliche Situation entstanden.

War Stefanie in den Mordfall verwickelt?

Die Gedanken des Kommissars checkten blitzschnell mehrere Möglichkeiten ab. Doch Stefanie hielt seinen Blicken stand. Schließlich schüttelte sie leicht ihren Kopf.

»Dass du tatsächlich glaubst, Jonny und ich hätten etwas geplant? … Das trifft mich sehr.«

»Tu ich nicht … Und jetzt fangen wir endlich an, dann haben wir's hinter uns.«

Meller stellte seinen Voicerecorder auf den Esstisch und forderte Stefanie Hochleitner mit einer stummen Handbewegung auf, Platz zu nehmen.

Da fiel ihm ein, was er vergessen hatte.

Er griff in seine Sakkotasche und fischte ein etwa daumendickes, handtellergroßes Röllchen heraus.

»Nachträglich alles Gute.«

Er gab Stefanie das seltsame Geschenk, das in zartbeiges Seidenpapier eingewickelt war.

»Darf ich mich darüber freuen?«, erwiderte Stefanie zynisch.

»Wie meinst du das jetzt?« Meller war verwirrt.

»Gehört das jetzt zum Verhör oder was?«

»Jetzt lass endlich die Blödheiten, Stefanie … Du hast zu viele Krimis gelesen. Es ist mein Geburtstagsgeschenk. Du hast doch gehabt oder nicht?«

»Doch, doch, hab ich. Aber bei euch Kriminesern muss man immer auf der Hut sein. Da weiß man nie, wie man dran …«

»Stefanie, bitte! Es ist ein Geschenk ohne Hintergedanken und kommt vom Herzen! Freu dich darüber oder lass es bleiben.«

»Na, wenn das so ist, dann freu ich mich … Danke!«

Stefanie, jetzt neugierig geworden, riss das Papier vom Geschenk. Drei chinesische Schriftzeichen, auf einer speziellen Papierrolle kunstvoll geschrieben, kamen zum Vorschein.

»Das heißt Stefanie auf Chinesisch«, erklärte er. »In Mödling gibt es den Kalligrafieladen »TineTinte« in der Brühler Straße. Wenn jemand einen mit Handschriften verzaubern kann, dann diese Künstlerin.«

»Sachen gibt's!« Stefanie starrte auf die chinesischen Zeichen und wusste nicht recht, was sie damit anfangen sollte.

»Stefanie stammt aus dem Griechischen: *Stéphanos* steht für *Kranz, Märtyrerkrone* – und bedeutet übersetzt *die Gekrönte*. Dein Name, über die Tür gehängt, soll dir Glück bringen.«

»Na, dann häng ich mich halt auf. Nach dem Zores, den mir der Mistkerl verschafft hat, brauch ich zum Glück bald auch einen Rechtsanwalt.« Sie seufzte und verdrehte demonstrativ die Augen.

»Also weißt du, dein Hang fürs Dramatische ist direkt anstrengend. Jetzt lass uns das zu Ende bringen, dann hast du's hinter dir.«

»Eh klar, das dicke Ende kommt immer nach.«

Stefanie beäugte misstrauisch den Voicerecorder …

– – –

Vorhin hatte er mit der alten Salcher Karten gespielt.

Erst hatte er ihr die Freude gemacht und sie gewinnen lassen. Glaubte er jedenfalls. Doch bald kam er ihr auf die Schliche. Geschickt täuschte sie ihn und lockte ihn aus der Reserve. Schließlich gewann nur noch sie, und er musste alle seine Centstücke abgeben. Charly hatte haushoch verloren.

Rosa Salcher war eine ganz Ausgefuchste.

Und sie war glücklich, weil sie endlich einen Partner gefunden hatte, mit dem sie Karten spielen konnte. Gegen zehn war sie plötzlich müde geworden und hatte sich zu Bett begeben.

Da suchte auch Charly sein Zimmer auf.

Er war noch nicht müde, obwohl er nachmittags im Garten der alten Salcher allerhand erledigt hatte. Eigentlich wollte er einen draufmachen und hatte kurz überlegt, für einen Absacker noch eins der Lokale in der City aufzusuchen. Doch dann beließ er es dabei und blieb im Zimmer.

Charly befürchtete, dass sie jemand beim Abfackeln des Friseurladens gesehen hatte und man ihn wiedererkennen würde. Der Computermann am Samstag war schon verdächtig freundlich gewesen. Deswegen war er gar nicht mehr in die SCS gefahren. Lieber nichts riskieren, dachte er. Ohne die paar Kröten für den Laptop konnte er auch leben. Hier daheim war's doch recht gemütlich!

Seltsam, wie ihn das Wort *daheim* plötzlich beschäftigte.

Seit er bei der alten Salcher Unterschlupf gefunden hatte, war dieses Gefühl von Geborgenheit von Tag zu Tag in seiner Seele gewachsen.

Rosa Salcher, seine Ersatzmutter?

Was für ein saublöder Gedanke – und dennoch!

Das Versteck war angenehm und für das bisschen Haus- und Gartenarbeit bekam er von der alten Salcher ausreichend Essen, das hervorragend schmeckte. Sein Plan war aufgegangen. Die Alte war ihm sogar dankbar dafür. Was konnte er sich Besseres wünschen in seiner derzeitigen Lage?

Angezogen wie er war, legte sich Charly aufs Bett und sinnierte vor sich hin.

In seinen Fingern drehte er einen kleinen Keramikkopf, den er in der Sporttasche gefunden hatte, die jene Lady damals vergessen hatte. An jenem Abend, an dem er den Platz aufgesucht hatte, an dem er und Willi …

Ach, Willi, was warst du für ein Trottel!

Charly dachte an seinen toten Freund und wurde ganz trübsinnig. Um seinen Kummer runterzuspülen, fehlten ihm mehrere Dosen Bier. Doch er war zu bequem, sich jetzt noch eins zu holen. Er müsste hinunter in die Küche und es sich aus dem Kühlschrank nehmen. Doch irgendwie hatte er Hemmungen, sich ungefragt am Kühlschrank der Alten zu bedienen. Auch gab es in diesem Haus einige Stufen, die heftig knarrten, und die würden die alte Salcher bestimmt aus ihrem Schlaf reißen.

Das wollte Charly sich ersparen. Er hatte schon manche Stunden mit Rosa durchmachen müssen, in denen sie von ihrer Vergangenheit und von ihren Kindern erzählte.

Erst kippte sie ein, zwei Liköre hinunter und begann voll Stolz von ihrer Tochter und ihrem Sohn zu erzählen. Doch mit jedem Stamperl mehr, das sie in sich hineinschüttete, schlug dieser Stolz in Frust um. Sie schimpfte auf ihre Brut, welche sie trotz unsäglicher Entbehrungen mit Liebe großgezogen habe. Dass die beiden sich nicht um ihre Mutter kümmerten und sie ganz allein in diesem alten Kasten zurückgelassen hatten. Zuletzt weinte sie haltlos. Wenn sie abgefüllt nur noch lallte, brachte er die alte Salcher ins Bett. Das wäre an sich nicht das Schlimmste gewesen. Nur erbrach sie sich einmal, und das hielt Charly nicht aus, weil ihn der Geruch an den Tag erinnerte, an dem Willi der Kopf abgerissen worden war …

»Willi, du Arsch«, murmelte Charly, »wärst du nicht so neugierig gewesen, säßen wir jetzt längst irgendwo auf einer Insel.«

Er dachte nach. Wo wären sie wohl hingeflogen?

Charlys Traum waren die knackigen Mädchen von Brasilien. Willi stand auf die schlanken, hochgewachsenen Frauen in Kenia. Sie hätten sich beides leisten können. Weißer Sand, azurblaues Meer, faul in der Sonne liegen und hübsche Mädchen anbaggern. Oder, bevor das Geld alle gewesen wäre, eine Strandbar aufmachen?

Vielleicht wären sie für immer dort geblieben. Ein halbes Leben lang in Mombasa, die restliche Zeit in Recife.

Vom vielen Träumen müde geworden, nickte Charly ein.

Plötzlich – ein Knarren riss ihn hoch …

Ein Geräusch, das er bereits gut kannte.

Es war das unverkennbare hölzerne Knacken einer Stufe, wenn man vorsichtig drauftrat. Jemand war im Treppenhaus.

Angespannt horchte Charly in das Dunkel der Nacht hinein.

Da … jetzt wieder!

Jenes Ächzen, das die letzten beiden Stufen von sich gaben.

Wie ein Panter glitt Charly vom Bett, formte Polster und Decke zu einem Wulst, so dass man annehmen musste, jemand läge im Bett. Gut, dass er noch angezogen war.

Mit klopfendem Herzen suchte er nach der Pistole, die unter der Matratze steckte. Dann stellte er sich neben der Tür an die Wand.

Charlys nächster Gedanke galt Tibor. Wenn er es war – wie war dieser verdammte Hund bloß ins Haus gelangt?

Der baufällige Kasten hatte zwar einige Kellerfenster, von denen leicht eins einzudrücken war, aber das hätte Charly hören müssen. Doch da gab es diesen Kellerabgang mit einer Tür, die einem Schraubenzieher höchstens zwei Sekunden lang standhielt. Dass die alte Salcher im Erdgeschoss nichts davon mitbekommen hatte, wunderte Charly nicht. Bestimmt hatte sie vorm Schlafengehen noch ein paar Stamperl runtergekippt …

Zum Teufel, jetzt war nicht die Zeit, Vermutungen anzustellen! Wer auch immer da draußen vor seiner Tür lauerte, tat dies bestimmt nicht in guter Absicht.

Charly fiel die Beute aus dem Stollen ein, die er auf dem Dachboden versteckt hatte. Wenn es Tibor war, könnte er ihn dorthin locken, dachte er, während er hinter der Tür stand und atemlos lauschte.

Verflixte Scheiße – wie konnte er nur vergessen, die Tür abzuschließen, die versperrte er sonst stets! Er war noch auf dem WC gewesen, bevor er sich aufs Bett gelegt hatte und eingedöst war. Den Schlüssel noch schnell zu drehen, dafür aber war es zu spät.

Schon sah er, wie der Türgriff niedergedrückt wurde und sich die Tür einen kleinen Spalt öffnete. Das Ächzen der Scharniere klang wie das klägliche Miauen einer Katze.

Blitzartig wurde die Tür angehalten …

Charlys Herzschlag dröhnte im Hirn, die Hand mit der Pistole zitterte. Er musste sie mit beiden Händen festhalten.

So keck und frech er sonst mit der Pistole vor Willi umhergefuchtelt hatte – jetzt war für ihn der Augenblick, der über Leben oder Tod entschied. Das ahnte Charly und ihm wurde kotzübel. Er hielt die Luft an. Erst würde er die Tür auf den Eindringling knallen und hinterher einfach abdrücken… mehrmals.

Aber wenn's die alte Salcher war?

Doch die schlich nachts nicht durchs Haus, redete er sich ein. Warum sollte sie in sein Zimmer schleichen?

Also, warten, bis die Tür ganz offen war, dann auf Brusthöhe zielen – und der Fall war erledigt.

Doch nichts geschah. Die Tür blieb den kleinen Spalt offen. Das fahle Licht des Mondes zeichnete einen Keil quer über den abgetretenen Teppichboden … zum Bett hin … über die zusammengeknüllte Decke. Wer dem Lichtstrahl folgte, konnte sehen, dass niemand im Bett lag.

Wie ein länglicher Schatten schob sich eine Schuhspitze unhörbar in das Zimmer …

Doch das bekam Charly nicht mehr mit. Mit unglaublicher Wucht traf ihn die Tür, so dass er taumelnd zusammenbrach. Brutal wurde er hochgerissen, und etwas explodierte blitzartig in seinem Kopf …

Ich bin tot und es tut nicht weh, waren seine letzten Gedanken, bevor er in ein schwarzes Loch fiel.

»Scheißtyp lebt … is gut«, klang es von fern.

Grelles Licht blendete ihn und den Kopf wegzudrehen schmerzte höllisch. Die Stimme kannte er.

Sie genügte, um Charly an die letzten Momente erinnern zu lassen, bevor er die Besinnung verloren hatte.

»Ich … ich hätte dich … angerufen«, krächzte er und versuchte die Augen zu öffnen. Sie zuzulassen, schmerzte weniger.

»Ich gesagt, du kriegen Problem.«

Verdammter Tibor! Fieberhaft dachte Charly nach, wie er sich aus dieser misslichen Lage befreien konnte.

»Im Dachboden liegt viel Gold … ich zeig es dir«, ächzte er mit schmerzverzerrtem Gesicht.

Er versuchte, mit der Rechten nach seinem Kopf zu greifen.

»Tut weh? Ich nur wenig geschlagen.«

Tibor leuchtete auf einen Baseballschläger in seiner Hand und grinste böse.

»Wenn du lügen wieder, ich schlagen fester. Dann du tot.«

»Ich nix lügen«, biederte sich Charly radebrechend an.

»Dann zeigen wo Gold.«

Tibor riss ihn hoch. Gleichzeitig stieß er ihm den Baseballschläger mit voller Wucht in den Magen.

Charly warf es auf das Bett zurück, auf dem er sich augenblicklich erbrach.

»Dafür, weil Scheißtyp bescheißen mich!«

Tibor ließ den Baseballschläger aufs Bett fallen und hatte plötzlich Charlys Waffe in der Hand.

»Und jetzt gehen zu Gold. Du zeigen wo.«

Auffordernd winkte er Charly mit der Pistole, sich zu erheben.

»Bitte … ich muss mich erst sammeln …«, jammerte Charly.

»Du nix musst, sonst …«, erwiderte der Ungar und griff nach dem Holzschläger. Das wirkte.

Charly erhob sich ächzend, spuckte auf den Boden und schleppte sich aus dem Zimmer zur Dachbodentreppe hin.

Der Ungar folgte ihm, die Pistole im Anschlag. Charly wusste, dass die Waffe geladen war, sonst hätte er längst einen Fluchtversuch gewagt. Von Panik getrieben, überlegte er, wie er sich seines Peinigers entledigen konnte. Dass er sonst nicht lebend davonkommen würde, das wusste er. Doch an seine Beute sollte dieser verdammte Hund auch nicht kommen.

Die alte Salcher schlief bestimmt ihren Dusel aus, denn sonst hätte sie den Krawall längst hören müssen, kam es Charly in seiner Verzweiflung. Eine unglaubliche Hilflosigkeit befiel ihn. Wie ein zitterndes Opferlamm, das zur Schlachtbank geführt wurde, schleppte er sich die Treppe zum Dachboden hoch.

Wortlos trieb ihn Tibor an, indem er ihm mehrmals die Waffe in die Seite stieß. Im Dachboden angelangt, blickte Charly in die Mündung seiner Pistole.

Tibor hielt sie ihm mit ausgestreckter Hand vor die Nase.

»Wo?«, sagte er leise.

Charly ging zum einzigen Fenster – ein relativ großes, doppelflügeliges –, in dem er kürzlich eine Scheibe, die zerbrochen war, neu eingeglast hatte.

Der Mond tauchte den Dachboden in ein diffuses Licht, das Spinnweben wie silberne Vorhänge glitzern ließ. Das Fenster musste nachträglich eingesetzt worden sein. Vermutlich war daran gedacht worden, den Raum einmal auszubauen.

Das wäre eine schöne Wohnung für mich, kam es Charly in den Sinn. Er staunte über seine seltsamen Gedanken, während er wieder auf den Pistolenlauf starrte, der ihm gefolgt war.

Eine unglaubliche Sehnsucht durchfuhr ihn blitzartig.

Einmal noch Kind sein und sich nicht vor einer Pistole fürchten zu müssen, weil sie bloß mit Wasser gefüllt war!

Irgendwann, erinnerte Charly sich, hatten sie als Kinder auf einem Dachboden gespielt. Er hatte ein tolles Versteck in einem Weidenkorb, wo ihn seine Freunde nicht gefunden hatten. Durch das engmaschige Geflecht hatte er – so wie jetzt – die Mondscheibe gesehen und war dem Zauber dieses kalten Lichts erlegen …

Ohne dass er es wollte, begann Charly zu weinen.

Stumm zeigte er auf eine verstaubte Anrichte, die seitlich des Fensters stand.

»Hey! Haben Angst? … Is gut … Is scheißgut.«

Tibor grinste schäbig, dann zog er ihm mit der Waffe eine quer übers Gesicht und verpasste ihm einen Fußtritt.

Vor Schmerz schrie Charly auf und fiel zu Boden.

Doch plötzlich überkam ihn eine unglaubliche Wut.

In seiner Verzweiflung sammelte er die letzten Kraftreserven, raffte sich auf, breschte wie ein verletzter, wild gewordener Stier auf Tibor zu und stieß ihn durch das Fenster, das mit einem Krach zersplitterte.

Reflexartig hatte sich der Ungar jedoch in Charlys Hemd verkrallt und ließ es nicht mehr los.

Mit einem Schreckensschrei fielen beide aus dem Fenster und landeten vierzehn Meter tiefer …

Tibor knallte mit dem Kopf auf die Scheibtruhe.

Tagsüber war sie von Charly für die Gartenarbeit verwendet worden. In diesem Moment knackte sie das Genick des Ungarn wie eine Nussschale. Noch im Fallen hatte sich ein Schuss aus der Pistole gelöst. Tibors letzter Versuch, Charly eine Kugel zu verpassen.

Doch dieser benötigte keine Sterbehilfe mehr. Das Schicksal hatte ihm eine solche verpasst – durch Tibors kräftige Hand, die ihn nicht losgelassen hatte. Selbst im Fallen hatte sich die Hand des Ungarn nicht von Charlys Hemd gelöst.

Als hätte ein Fluch zwei Verhasste im Tod ineinander verflochten, lagen sie seltsam gekrümmt im kaltweißen Mondlicht auf grobem Beton, auf dem seinerzeit die Familie Salcher in der warmen Jahreszeit die Gartengarnitur stehen hatte und an den Wochenenden bei Sonnenschein vorzugsweise frühstückte.

Die Uhr des fernen Rathausturms schlug zwölf Mal …

Zehn

Dienstag, 5. Oktober 2010

»Das … das ist ja furchtbar!«, stammelte Rosa Salcher etwa eine Stunde später und schüttelte den Kopf. »Der Herr Charly war ja so ein guter Mensch – und jetzt ist er tot …«

Meller saß ihr gegenüber. Der modrige Geruch im Wohnzimmer machte das Atmen schwer, seine Augen brannten.

Draußen wurde der Garten von Scheinwerfern ausgeleuchtet. Mit kleinen Nummernschildchen hatten die Spurensicherer Stellen markiert, die sie fotografierten. Sie maßen die Entfernungen von Nummer zu Nummer und notierten das Ergebnis.

Im Dachboden waren weitere Beamte am Werk, so auch im Zimmer im ersten Stock, das der Bursche bewohnt hatte.

Meller hatte Axel Körner aus dem Schlaf gerissen und zu sich in Salchers Villa zitiert. Das Lamentieren des V-Agenten, der über Sklaventreiberei für diesen Hungerlohn nörgelte, war auf taube Ohren gestoßen. Raffaela, seine Frau, sei angeblich verschwunden und deswegen könne ihn die ganze Welt und jeder, der von ihm was wolle, ab sofort am Arsch lecken.

»Vielleicht macht dir einer der Spurensicherer diese Freude, wenn du darum bittest. In fünf Minuten spätestens sehe ich dich jedenfalls in der Lerchengasse. Für dich ein Katzensprung.«

Ein Ausweis des Burschen war im Zimmer gefunden worden, lautend auf den neunzehnjährigen Karl Hofbauer. Gemeldet mit offiziellem Wohnsitz in der Feldgasse in Achau.

Aber noch etwas hatte Meller gefunden, was ihm sofort ins Auge gestochen war. Ein zerbrochener Flaschenkopf, eine von Stefanies typischen Keramikfiguren, war nahe dem Bett auf dem Boden gelegen.

Wie kam der Bursche zu dieser doch einzigartigen Figur?

Meller hatte kombiniert und eine brisante Vermutung war ihm eingeschossen. Noch in derselben Stunde hatte er die Genehmigung, die Wohnung jenes Karl Hofbauer in Achau durchsuchen zu lassen.

Die alte Frau hatte von einem Freund Charlys erzählt, der zurzeit angeblich in Rumänien sei. Die beiden sollten laut Salchers Aussage für ein Hilfsprojekt in Rumänien für arme Kinder tätig sein. Näheres wisse sie allerdings auch nicht.

Der andere junge Mann, ein in Wien lebender Ungar, laut Führerscheindaten ein gewisser Tibor Laszlo, war im 15. Bezirk in Wien in der Jurekgasse gemeldet.

Tibor Laszlo? So hieß doch der Kellner, den der Besitzer des KuK gefeuert hatte! Meller erinnerte sich an den Namen auf der Liste, die er vom Barbesitzer bekommen hatte.

Jetzt galt es schnellstens zu agieren.

Sämtliche V-Agenten der Gruppe 4 wurden aus den Federn geholt und zur alten Villa in die Lerchengasse beordert.

Mit Kollegen der Wiener Polizei wurde vereinbart, dass die Wohnung des Ungarn bewacht wurde, bis V-Agent Mike Lehner mit einer Kollegin eingetroffen war.

Noch in dieser Nacht stellte sich heraus, welchen Fang die Beamten des S-C-ONE mit den beiden Männern gemacht hatten.

– – –

Rosa Salcher fiel aus allen Wolken, als ihr der Kommissar am frühen Vormittag mitteilte, dass ihr hilfsbereiter Charly einiges auf dem Kerbholz hatte, möglicherweise sogar in einen Mordfall verwickelt war.

»Du meine Güte! Ich will das einfach nicht glauben – nein, Charly, ein Verbrecher! So ein netter junger Mann und so hilfsbereit! Ich konnte die restliche Nacht kein Auge mehr zutun!«

Die Leselupe, die sie an einem Lederband um den Hals trug, baumelte hin und her. Die alte Frau steckte in einem samtenen hellgrauen Hausanzug.

»Frau Salcher, Sie können von Glück reden, dass man Sie verschont hat«, mahnte sie Meller.

Er hatte erst jetzt vor, die alte Frau eingehend zu vernehmen. In der Nacht wäre Rosa Salcher nicht in der Lage gewesen, etwas zu berichten. Einerseits war sie unter Schock gestanden, andererseits musste sie vorm Schlafengehen einiges getrunken haben.

Es war nicht nur das hohe Alter der Frau, das sie wanken hatte lassen. Sie war dem Kommissar beinahe in die Arme gefallen, als sie auf sein stürmisches Läuten hin die Tür geöffnet hatte. Auch ihre Alkoholfahne sowie eine satte Anzahl an Likörflaschen im Wohnzimmer hatten deutliche Worte gesprochen.

»Was hat Sie eigentlich dazu bewogen, diesem Burschen überhaupt Quartier zu geben?«, fragte Meller sie.

»Mein Gott, Herr Kommissar! Ich bin doch den ganzen Tag allein im Haus! Da freut man sich, wenn man jemanden zum Reden hat … Aber ich wollte erst …« Sie stockte abrupt, doch ihr Gesicht hellte sich auf. »Ich sollte wohl erzählen, wie alles angefangen hat. Deswegen sind Sie doch hier, oder nicht?«

Alte Menschen zu vernehmen, war eine spezielle Herausforderung, doch die musste Meller auf sich nehmen. Die Ergebnisse der vergangenen Nacht hatten die Ermittlungen immerhin um Meilen vorangetrieben.

»Wie Sie das richtig bemerkt haben«, lobte er sie.

»Richtig, ja, Herr Kommissar! Da war dieser andere … der … der da in der Nacht neben Charly im Garten gelegen hat. Furchtbar! Ich darf gar nicht dran denken, Herr Kommissar!«

»So lassen Sie doch den Titel Kommissar, bitte«, bat Meller.

»Wieso? Sind Sie denn kein Kommissar?«

»Doch, ja, Frau Salcher. Aber das ist jetzt nicht wichtig … Zurück zu meiner Frage: Was war mit dem anderen?«

»Der andere hat mir so komisch gedroht.«

»Wann denn?«

»Ja, wenn ich das noch genau wüsste. Vor ein paar Wochen. Ich weiß nicht mehr, wann, Herr … Entschuldigung, jetzt hätte ich fast wieder Kommissar gesagt.«

Meller überging ihr Abschweifen.

»Tibor Laszlo hieß der Mann. Wie genau hat er Sie bedroht?«, bohrte er weiter.

»Er hat so komisch dahergeredet: Wenn ich mein Haus nicht verkaufe, dann würde was Böses geschehen. Weil ich ihm gesagt habe, dass ich nicht verkaufe. Kurz darauf war mein Flocki tot. Flocki war mein Hund. Er ist vergiftet worden. Flocki hat von dem Fleisch gefressen, das er im Garten gefunden hat … Ich hab noch was davon. Soll ich es Ihnen zeigen?«

»Was haben Sie?«

»Na, den Rest von dem vergifteten Fleisch! Meine Tochter hat gemeint, ich soll damit zur Polizei gehen. Charly aber hat gesagt, das bringt nichts, weil die Polizei wegen Flocki nichts unternehmen würde. Dafür würde er den Mann, der Flocki vergiftet hat, selbst abpassen. Charly hat gemeint, dass der Mann bestimmt wiederkommen würde.«

»Na bravo! Einem Gangster haben Sie geglaubt und sich ihm direkt in die Hände gespielt!«

Der Kommissar konnte über so viel Leichtsinn nur den Kopf schütteln. Wieder eine, die einem Ganoven mehr Vertrauen geschenkt hatte als der Exekutive!

Kein Wunder, wenn alte Menschen oft betrogen und beraubt wurden, sogar ihr Leben lassen mussten. Bloß, weil sie naiv jedem glaubten, der ihnen ein bisschen schöntat.

Es war die Einsamkeit mancher Menschen, die auf infame Weise ausgenutzt wurde und sie zu Opfern werden ließ. Dabei hatte Rosa Salcher unglaubliches Glück gehabt. Das Schicksal hatte den Gangstern einen Strich durch die Rechnung gemacht.

Etwas musste da am Laufen gewesen sein – warum sonst hätten sich die beiden so sehr an die alte Frau herangemacht?

Wegen ihrer Einsamkeit nach den Kindern befragt, wurde Rosa Salcher ziemlich einsilbig. Ihre Tochter sei beruflich sehr erfolgreich und in der Welt unterwegs, habe aber nur alle paar Monate Zeit, sie zu besuchen. Zu ihrem Sohn habe sie leider keinen Kontakt mehr, sie sei mit ihm seit Jahren zerstritten.

»Und warum gehen Sie dann nicht in ein Pflegeheim? Da fänden Sie genug Ansprache«, riet Meller.

»Ich? In ein Pflegeheim? Ich bin doch nicht krank! Obendrein, wer betreut dann die Villa? Meine Tochter? Ah geh, die ist doch nie da … Nein, nein, so funktioniert das nicht!«

»Warum verkaufen Sie dann nicht? Sie wären diese Sorge los und könnten sich noch ein paar schöne Jahre machen?«

»Ich – den Kasten verkaufen? Niemals!«, begehrte Rosa Salcher auf und schlug mit der flachen Hand auf den Tisch.

»Wenn ich tot bin, soll meine Tochter die Villa bekommen.

Otto soll durch die Finger schauen ... so, wie mein Sohn sich mir gegenüber verhalten hat.«

»Wie hat er sich denn verhalten?«

»Ach, darüber zu reden, regt mich nur wieder auf.«

Dieses Problem würde Meller im Lauf der Ermittlungen auch noch erfahren. Er schwenkte zum eigentlichen Thema um.

»Nach ersten Erkenntnissen muss ein Kampf zwischen den beiden Männern stattgefunden haben. Sie haben nichts gehört, Frau Salcher?«

»Nein, habe ich nicht. Sie müssen wissen, ich tu mir schwer beim Einschlafen. Da brauch ich immer eine Schlummerhilfe.«

Rosa Salcher lächelte und sah zur dunklen Anrichte hin, auf der eine Reihe Stamperl in einer Holzbox standen.

»Fürs Jägerlatein« stand um ein geschnitztes, monumentales Hirschgeweih in Frakturschrift geschrieben. Darunter, hinter robusten Glasflügeltüren, bog sich unter unzähligen Likörflaschen das Regalbrett in der Anrichte.

Salchers Hausbar – farbenfrohe Gesöffe gegen den grauen Alltagswahnsinn, gegen Einsamkeit, gegen Frust und Trauer und nicht zuletzt gegen die Nüchternheit ihres Iststands.

Rosa Salcher hatte ein Alkoholproblem, das hatte Meller bereits in der Nacht mitbekommen. Doch die Alte zeigte sich deswegen keineswegs verlegen.

»Schaun S' mich an, Herr Kommissar! Ich bin in einem Alter, wo es egal ist, ob ich nüchtern von der Welt abtrete oder mir die letzten Tage ein bisschen schöntrinke ... Meine einzige große Liebe habe ich im Krieg verloren ...«

Kurz schwieg sie, als müsse sie sich sammeln.

»Mein Andi ist am 3. März 1945 bei Danzig gefallen. So knapp vor Kriegsende! Gefallen für Volk und Vaterland, stand im Feldpostschreiben. Was für eine Lüge! Wie einen Hasen haben sie

Andi abknallen lassen … wie so viele andere Unschuldige … diese Naziverbrecher!«

Sie schwieg wieder, seufzte und bekam feuchte Augen.

»Dann habe ich viel Elend und Leid durchmachen müssen. Die Nachkriegsjahre … Ich hab aber immer funktioniert.«

Salcher schluckte und räusperte sich kehlig. Sie schnäuzte sich in ein Taschentuch, das sie aus dem Ärmel gezogen hatte. Verbittert fuhr sie fort:

»Ich war für einen widerlichen Mann die brave Ehefrau. Habe alles runtergeschluckt: Demütigungen, Ignoranz und auch so manche Watschen. Ich habe ihm zwei Kinder geboren, die sich heute einen Dreck um mich kümmern … Und jetzt habe ich noch das bisschen Zeit zu leben. Wenn das keine Gründe zum Trinken sind?«

»Ich kann Sie verstehen«, erwiderte Meller, ohne sie wirklich zu verstehen. Wie auch. Einen Weltkrieg mit allen Nachwirkungen mitzumachen oder lediglich davon erzählt zu bekommen und es sich vorstellen zu müssen, war nicht ein und dasselbe! In der Schule hatte man nur andeutungsweise darüber gehört. In der Familie höchstens dann, wenn es um gefallene oder vermisste Verwandte ging. Was weiß die jetzige, verwöhnte Generation schon, was wirkliche Entbehrung, was bitterste Not hieß. Welch Glück für alle ab den Fünfzigerjahren Geborenen, kam es Meller. Wenn diese alte Frau aufgrund ihrer Erlebnisse zu trinken begonnen hatte, war das vorstellbar.

Mein Gott, soll sie ihr Einschlaf-Likörchen nippen!

Meller war prinzipiell der Meinung, dass jeder nach seiner Fasson leben solle, so lang man anderen damit nicht zur Last fiel. Der volkswirtschaftliche Schaden, den der Alkoholismus anrichtete, war jedoch statistisch belegt.

Doch Rosa Salcher schien eine wahre Rossnatur zu besitzen.

»Sie haben also nichts gehört, Frau Salcher.«

»Doch, doch, einen Knall. Davon bin ich aufgewacht.«

»Einer der beiden hat einen Schuss abgefeuert. Wissen Sie, ob Charly eine Pistole besaß?«

»Ich? Woher soll ich das wissen?«

»Vielleicht waren Sie ein bisschen neugierig und haben in seinem Zimmer …?«

»Ich?«, unterbrach Salcher vorwurfsvoll den Kommissar. »Das Zimmer meines Sohnes habe ich seit ich-weiß-nicht-mehr-wielang nicht betreten!«

»Sie sagten, Charly hatte einen Freund, der sich angeblich derzeit in Rumänien aufhält?«

»Ja, Willi … Aber hab ich schon erzählt, wie ich die beiden kennengelernt habe?«

»Das erzählen Sie bitte meiner Kollegin, Frau Salcher. Sie wird sich aufmerksam um Sie bemühen.«

Meller stellte den Voicerecorder ab, mit dem er die Vernehmung aufgenommen hatte, und sprach weiter:

»Ihr Vertrauen in Ehren, Frau Salcher, aber Charly und Willi haben sich dieses auf ganz üble Weise erschlichen. Wer weiß, was sie mit Ihnen vorhatten. Die beiden werden jedenfalls wegen verschiedener Delikte polizeilich gesucht … Sie haben von dem verbrannten Schädel im Mödlingbach gelesen?«

Rosa Salcher nickte mit vor Schreck aufgerissenen Augen. Mit beiden Händen hielt sie verkrampft ihre vom Hals hängende Leselupe, als wäre sie ihr einziger Halt. Meller fuhr fort:

»Es war der Kopf Ihres netten Herrn Willi … So viel dazu. Ich hoffe, Sie werden in der Wahl Ihrer Mieter künftig etwas vorsichtiger sein … Und damit sollten Sie auch etwas sorgsamer umgehen.«

Die Alte folgte Mellers Blick auf ihre Hausbar.

»So, ich muss jetzt los …« Der Kommissar sah kurz auf die Uhr und erhob sich. »Wie gesagt, eine Kollegin wird sich Ihrer annehmen. Einen schönen Tag noch, Frau Salcher. Bleiben Sie sitzen, ich finde allein hinaus.«

Er gab ihr die Hand und ging …

– – –

Zwei Tage später waren sämtliche Medien auf Mödling fokussiert. Morde … Explosionen … Schüsse … Gerüchte …

Meldungen dieser Art waren ideale Themen für Journalisten, ein satter Gewinn für Zeitungsherausgeber sowie spannender Lesestoff für eine sensationslüsterne Bevölkerung.

Da ging's rund in der geschichtsträchtigen, an sich beschaulichen Provinzstadt am südlichen Rand von Wien.

Auch in der *Neue-Süd* zeigte Chefredakteur Ewald Bacher, wo das Verbrechen zuhause war, und führte seiner Leserschaft vor, wie Horrormeldungen eine Gänsehaut verursachen konnten.

Ja, in Mödling war kräftig was los. Der Bär nämlich, der mörderische! Meller blätterte das *Neue-Süd Sonderblatt* durch.

Eine Sonderausgabe – klar, was sonst!

Diese Fülle an Verbrechen brauchte seitenweise Platz. Acht an der Zahl und weitere vier Seiten für Interviews, Statements von Fachleuten, Politikern und sonstigen wichtigtuerischen Senfdazugebern. Die Fotos waren großformatig, die Headlines knapp gehalten:

Mann ohne Kopf – endlich aufgeklärt!

Ob es einen Sinn ergab, einen Kopflosen noch aufzuklären?

Brutaler Fenstersturz in Mödling!

Gab's auch sanfte Mödlinger Fensterstürze?

Schüsse peitschten durch die City!

Ein einziger Schuss als nächtliches Schüssepeitschen?

Russenmafia in Mödling gelandet!

Klang das nach einer Landung unheimlicher Außerirdischer?

Kommissar Zufall nimmt S-C-ONE Arbeit ab!

Bacher, das Scherzkeks. Keine Ahnung hatte der, wie viel Kram sie täglich abarbeiten mussten! Mit dieser Aussage hatte sich der Chefredakteur wohl an Meller gerächt. Ein *Neue-Süd Special* über den Kommissar, die V-Gruppe 4, über Methoden der Verbrechensaufdeckung – inklusive Mellers Werdegang plus einer Homestory – hatte Bacher sich in die Haare schmieren können. Eine Meller-Homestory, was für ein Schwachsinn!

Meller war kein Herzeigekommissar zum Ausschneiden und An-die-Wand-Kleben wie jene TV-Krimihelden für Teenies. Überhaupt – wie er wohnte, das ging niemanden etwas an.

Nicht einmal ein Foto von Mellers Villa durfte Bacher in seinem Blatt zeigen. Lediglich ein kurzes Interview, das der Kommissar abgesegnet hatte, war erschienen, inklusive einem ernst dreinblickenden Mario Meller. *Verdammt ähnlich dem Kaffeekapsel-Werbestar,* hörte er schon wieder viele sagen und ärgerte sich, dass er Bacher das Bild per Mail gesendet hatte.

Mein Gott, ein bisschen eitel durfte er schon sein. Doch mit einem Schauspieler verglichen, auf dasselbe Niveau gehoben zu werden, bloß weil er ihm zum Verwechseln ähnlich sah? Das war keine Leistung, auch kein Glück, sondern nur urpeinlich. So empfand Meller es. Er schauspielerte nicht, sondern übte ein ehrenwertes Handwerk gegen Unehrenwerte aus.

Ach, was soll's! *Solang ein gewisser George Clooney mich nicht als Double engagieren will.* Der Kommissar grinste spitzbübisch.

Meller hatte Bacher angedroht, die ohnehin fragile Freundschaft sofort aufzukündigen, wenn seine Storys von den offiziellen Berichten abwichen. Was das journalistische Ausschmücken betraf, dagegen hatte der Kommissar ohnehin keine Handhabe. Pressefreiheit war – von dummdreist bis intellektuell – ein grenzenloses Panoptikum für hinterhältige Schreiberlinge, fand er.

Immerhin hatte Meller dem Chefredakteur ein Schmankerl in Aussicht gestellt. Vorausgesetzt, Bacher verzapfte in seinem Blatt keine allzu peinlichen Sager …

Mochte Chefredakteur Ewald Bacher Recht behalten haben – *Kommissar Zufall* hatte sehr zur Freude Mellers wahrlich ganze Arbeit geleistet.

Bei der Lagebesprechung im Beisein der neuen S-C-ONE Chefin konnten gleich mehrere Fälle als so gut wie abgeschlossen angesehen werden. Der Rest waren noch einige Befragungen, die durchgeführt werden mussten, um letzte Annahmepunkte bestätigt zu wissen, sowie die üblichen Abschlussarbeiten, um die Fälle endlich vom Tisch zu haben.

Meller präsentierte die aktuellen Ergebnisse vor versammelter Runde:

Willibald Traxler, 19 Jahre alt, war in der von Karl Hofbauer, ebenfalls 19 Jahre alt, gemieteten Wohnung gemeldet. Beide waren zum Zeitpunkt der Tatbegehung arbeitslos. Bis Ende Mai waren sie als Hilfsarbeiter auf einer Baustelle in Himberg beschäftigt gewesen, wurden jedoch aufgrund permanenten Arbeitsunwillens vom Arbeitgeber rausgeworfen.

Traxler und Hofbauer galten schon als Jugendliche als verhaltensauffällig und hatten keinen ordentlichen Schulabschluss. Zwei Mal waren sie in Schlägereien involviert sowie mehrere Male wegen Vandalismus und Beschmierens von Hauswänden aktenkundig geworden.

In Hofbauers Wohnung in Achau lagen im Chaos, das hinterlassen wird, wenn jemand fluchtartig die Wohnung verlässt, zwei echte Totenköpfe und weitere zwei Perücken. Das Handy von Willibald Traxler war in Charlys Zimmer in der Salcher-Villa gefunden worden. Die Auswertung, mit wem telefoniert worden war, musste noch abgewartet werden. Im Handyspeicher fand sich jedoch auch die Nummer von Tibor Laszlo, mit dem Karl Hofbauer aus vierzehn Metern Höhe aus einem Dachbodenfenster in die Tiefe gestürzt war.

In einer Sporttasche, vollgestopft mit Hofbauers Kleidungsstücken, waren knapp dreitausend Euro gefunden worden. Verdächtig viel Geld für einen Arbeitslosen.

Über Tibor Laszlo, geborener Ungar aus Budapest, war noch kein Strafregister angelegt worden. Anhand seines Handys – es musste dem Ungarn beim Sturz aus der Tasche gefallen und auf dem Betonplatz vor Rosas Villa zerschmettert sein – hoffte man weitere Personen ausfindig machen zu können, mit denen er in Kontakt gestanden war.

Der sogenannte »Schweinefall« war gelöst. Aufgrund der DNA-Auswertungen konnten Willibald Traxler und Karl Hofbauer nachweislich als Täter festgestellt werden.

Die bemalten Perückenköpfe – Kinder hatten sie im Mödlingbach entdeckt – stammten aus jenem Friseurladen und waren von Traxler und Hofbauer in den Bach geworfen worden.

Ob aus Jux oder als Racheakt, war nicht zu eruieren.

Was den Schädelfund im Mödlingbach durch Baron zu Mannhaus aus Siegenfeld sowie jenen Kopflosen im Keller des italienischen Restaurants betraf – der Kopf passte, wie vermutet, zum Körper wie der Dotter ins Eiklar –, es war Willibald Traxler. Der Bursche hatte beim Öffnen der verrosteten Kühltruhe eine Explosion ausgelöst, durch die es den Deckel abgesprengt hatte. Dieser traf Traxler mit solcher Wucht, dass es ihm den

Kopf vom Körper riss. Es war beabsichtigt, das jener, der den Truhendeckel öffnete, ums Leben kam. Eine mörderische Hinterlist, vermutlich ein Racheakt. Es hatte jedenfalls mit Traxler – man kann in diesem Fall sagen – einen Unschuldigen erwischt, der lediglich durch seine Neugier sein Leben lassen musste. Wenn auch der Einstieg in den Stollen gewiss nicht in lauterer Absicht erfolgte. Sozusagen ein Berufsrisiko unter Ganoven.

Spuren von Sprengmitteln waren sichergestellt worden. Noch wurde untersucht, um welchen brisanten Stoff es sich gehandelt hatte, der auch unter feuchten Verhältnissen nach so langer Zeit noch immer hochexplosiv gewesen war.

Traxlers Kopf musste von Karl Hofbauer in den Mödlingbach geworfen worden sein. Zuvor war der Schädel in Hofbauers Wohnung in Achau im Kühlschrank gelegen. Die Ergebnisse der Spurensicherung hatten dies bestätigt. Das Prozedere, inwieweit Hofbauer und Traxler für weitere Straftaten in Betracht gezogen werden konnten, war jedenfalls in Gang gesetzt worden. Man durfte annehmen, dass manche Villeneinbrüche in der Umgebung noch zur Aufklärung kommen würden.

Einzig bezüglich der in handlichen Paketen verpackten Toten, die seit Jahren in diesem Kellerloch in einer Tiefkühltruhe lagen, gab es keine neuen Erkenntnisse. Der Fall – vermutlich aus dem Agentenmilieu – wurde an das Bundesamt für Verfassungsschutz und Terrorismusbekämpfung abgegeben.

Agentenmiljööö schien ein Lieblingswort von Dr. Schaller zu sein, so oft, wie es über ihre Lippen flutschte.

Jedenfalls war's ein Fall für das BVT. Das war Meller sehr recht. Ihm wäre es ein Gräuel gewesen, mit Behörden in Moskau zusammenarbeiten und dort nach den Tätern suchen zu müssen.

Der Fall war vom Tisch, das sah Dr. Agathe Schaller, die schielende S-C-ONE Chefin, ebenso erleichtert.

Kaum den Job übernommen und schon weltweit auf Verbrecherjad sein müssen? Gab's nicht verbrecherisches Elend genug in der Umgebung? Der Kommissar sah genau, dass die Neue so oder ähnlich dachte. Wer schielt – auch wenn er schielt – schon gern auf Jobs, die einem nur Probleme schaffen würden?

Aber hallo, warum plötzlich so sarkastisch!

Nun, Meller hatte von Beginn an gespürt, dass er sich mit Dr. Agathe Schaller bald in die Haare kriegen würde. Ein Anflug von Schauer zog sich bei diesem Gedanken über seinen Rücken. Menschen, die ein offenes, ehrliches Gesicht hatten und ihn direkt ansahen, waren ihm prinzipiell sympathisch. Bei der neuen Chefin war erst herauszufinden, warum sie ihn nie ansah, erst dann würde er seine Strategie festlegen: Mitleid haben, weil schielender Sehfehler, oder nicht.

Schau mir in die Augen, Kleine, murmelte er innerlich. Wie treffend, klein war sie ebenfalls, die Neue, wenn auch resolut.

Das Highlight an diesem Tag kam jedenfalls von jenem Computerhändler, der den Laptop von Jonathan Schwarz zu Meller in den S-C-ONE gebracht hatte. Die Neuigkeit platzte in die Versammlung wie eine Melone, die aus dem zehnten Stock auf dem Asphalt aufklatschte, nur eben positiv gesehen.

Aufgrund der brisanten Meldung hatte die Rezeptionistin den Geschäftsmann direkt ins Besprechungszimmer durchgestellt. Dr. Schaller gab den Hörer an den Kommissar weiter.

»Meller, ja …?«

»Der war es!«, rief der Mann in den Hörer, kaum hatte der Kommissar sich gemeldet.

»Wer war wer? Wer spricht überhaupt?«, fragte Meller.

»Ich! Ich bin der Mann, der Ihnen den Laptop gebracht hat!

Und soeben schlag ich die Zeitung auf und wen erkenne ich? Jenen Burschen, der den Laptop nicht mehr abgeholt hat. Wir hatten ja ausgemacht, dass …«

»Dann wissen Sie jetzt auch, warum der Mann nicht mehr kommen konnte«, unterbrach ihn Meller.

Ein Brummen machte sich in seinen Gehörgängen bemerkbar. Der *Favela-Ton*. Eine Meldung erschlägt die andere und das ist gut so. Jetzt war auch er wie elektrisiert.

»Danke, Herr … Herr …«

»Norbert Ecker, mein Name. Es wäre sehr nett, wenn Sie mich in Ihren Berichten erwähnen. Sie wissen, jede Namensnennung ist auch eine Werbung. Schließlich habe ich zum Ergreifen des Mannes beigetragen.«

»Wie Sie in der Zeitung gelesen haben, hat sich der Mann – na, sagen wir – indirekt selbst gestellt«, wies ihn Meller auf Hofbauers Fenstersturz hin. »Aber schaun ma mal. Wenn, dann wird sich ein gewisser Herr Bacher von der *Neue-Süd* bei Ihnen melden. Danke für Ihre Mitarbeit. Schönen Tag noch.«

Meller spürte, dass er einen brisanten Fang am Haken hatte, um den er sich sofort kümmern wollte. Der Haken dabei, dieser verdammte Jonny Schwarz wollte nicht anbeißen.

Er war spurlos verschwunden.

Das Pferd einfach von hinten aufzäumen? Das klang irgendwie nach Hinterteil, nach Arschkarte, aber bitte. Als Kommissar war er schon mit anderen Gangstern fertiggeworden.

Es war bekannt, wo Schwarz zuletzt gewesen war.

Aber gab es überhaupt Zeugen, die ihn gesehen hatten?

Etwa jene Person, die ermordet worden war und halb verkohlt vor der Blockhütte *Am Sulzbichl,* nahe Puchenstuben, aufgefunden wurde?

Hatte sie zufällig ein Verbrechen beobachtet und musste deswegen aus dem Weg geräumt werden? Oder hatte sie dabei mitgewirkt und hätte etwas verraten können?

Wenn ja, was denn verraten, verdammt noch mal!

Der Laptop war die einzige Verbindung von Jonny Schwarz zu ... zu ... verflixt, zu wem noch, außer zu Stefanie Hochleitner?

Zu Monica Silani, die *das Böse pur* sein sollte – das Thema war erledigt. Die endlos quasselnde Silani war harmlos, wenn auch lästig wie eine Stubenfliege, oder war an Silani was dran?

Man bedenke: Süditalienerin – die Mafia lässt grüßen ...

Er saß in seinem Büro und spielte allerlei Situationen durch, ließ seinen Gedankengängen freien Lauf. Wie immer hatte er in solchen Momenten das Verlangen nach etwas Klassischem. Doch wie lang war es her, dass Haydn oder Beethoven bei voller Lautstärke seine Gehirnwindungen auf Trab gebracht hatten?

Verdammt noch mal, zurück, ihr Gedanken, zur Blockhütte!

Das Abschweifen brachte ihn auf keinen grünen Zweig.

Also – dieser Jonny Schwarz war in der Blockhütte gewesen und zwar nicht allein. Das wusste man inzwischen. Sein Sakko mit den Visitkarten war gefunden worden.

Von seinem Auto allerdings fehlte jede Spur.

Die Blockhütte war von einer Frau ab 15. September gemietet worden. Einen Ausweis hatte der Hüttenbesitzer nicht verlangt, da sie die Miete plus Kaution für ein Monat im Voraus bezahlt hatte! Das musste doch auffallen? Der Mann hatte sich nichts notiert, lediglich abkassiert. Ein sträfliches Verhalten. Bestimmt hatte er schwarz vermietet.

Meller ärgerte sich, als er den Bericht las.

Sie nannte sich Melanie, sofern das ihr richtiger Name war. War jene Leiche die ermordete Melanie und Jonny ihr Mörder?

Noch wusste man nicht, ob ein Mann oder eine Frau verbrannt worden war, so wenig war von der Leiche übrig geblieben. Meller betrachtete die Fotos der verkohlten Überreste.

Bitte, welcher Gott ließ solch Grausames geschehen? Wenn schon, dann sollte er zumindest Verbrecher und Mörder entsprechend markieren, was Mellers Aufklärungsarbeit immens erleichtern würde. Überhaupt – warum schlug sich der Schöpfer dieses Universums auf die Seite der Bösen? Er, Meller, gehörte zu den Guten, ihm müsste geholfen werden. Ein komischer Gott. Was war prinzipiell der Sinn eines Verbrechens?

Das knalle ich ihm ins Gesicht, wenn ich eines Tages vor ihm stehe, um Rechenschaft ablegen zu müssen, kam Meller augenblicklich in den Sinn. Was soll's, das Böse war unsichtbar wie ein schwarzes Loch.

Frustriert schwenkte er in die Realität zurück.

Das Einzige, was über Jonny mehr aussagen konnte, musste erst durchgecheckt werden – sein Laptop.

Letzte Frage: Wie aber kam der Laptop in Hofbauers Besitz?

Geknickt und mit frustiger Miene saß Körner vor dem Computer, hämmerte www.taormina.it in die Tastatur und starrte auf die Seite, die sich flott aufbaute.

Taormina, die Stadt seiner Träume, seiner Leidenschaft und letztendlich seiner derzeit miesen Stimmung. Axel Körner klickte auf die Map-Site und vergrößerte den Ausschnitt jener Straße, in der sich Raffael Battisti zurzeit aufhielt. Er kannte die Wohnung in der Via Bagnoli Croci mit Blick über den Giardino Pubblico nur zu gut. Dort war er das erste Mal in seinem Leben so richtig glücklich gewesen. Auf der Terrasse, mit grandiosem Blick auf den Ätna, hatten er und Raffaela sich geliebt. Ihr sizilianisches Temperament hatte Axel förmlich den Atem geraubt.

Die käsegelbe Mondscheibe war einziger Zeuge und zusätzlicher Aufputz manch heißer Liebesnacht gewesen, die bis in die Morgenstunden andauerte.

Seufzend fuhr Körner mit dem Cursor die Straße entlang und blieb beim Haus der Battisti hängen. Ja, wenn das so einfach ginge – sich auf das Pfeilchen setzen und via Mausklick durch die enge Gasse düsen, direkt in Raffaelas Herz.

Natürlich auch zur kleinen Bruna, seinem Sonnenschein, die am wenigsten dafür konnte, dass er sich mit Raffaela zerstritten hatte. Indirekt vielleicht doch ein wenig. Schließlich war sie als unerwartete Tochter der ausschlaggebende Grund gewesen.

11. September 2010, 4 Uhr 55, der Schicksalstag für Raffaela als frischgebackene Mutter. Es war eine anstrengende Geburt gewesen, auch für die kleine Bruna. Für den jungen Vater Axel war dieser Tag eine Niederlage, weil er fix mit einem Jungen gerechnet und allen schon erzählt hatte, dass es hundertprozentig ein Bub werden würde.

Was denn sonst! Ein Körner macht nur Buben!

Als es dann ein Mädchen war, war's natürlich ein schwerer Schock für den V-Agenten, den er sich nicht anmerken ließ. Doch wer Axel kannte, wusste, es würde noch ein Nachspiel geben. So dauerte es nicht lang, bis er seiner Enttäuschung Luft machte, indem er Raffaela an den Kopf warf, dass sie ihn nicht vor der Geburt darauf hingewiesen habe, dass es *unter Umständen* auch ein Mädchen sein könnte, und dass er sich jetzt dem Gespött seiner Kollegen ausliefern müsse!

Warum habe Raffaela ihn nicht schonend darauf vorbereitet, dass es kein Junge werden würde? Die Ärztin hatte es Raffaela überlassen, ob sie das Geschlecht des Babys wissen wollte.

Raffaela hatte entschieden, sich überraschen zu lassen … und dann das Malheur: *nur* ein Mädchen!

Körners Gemecker war so lang gegangen, bis es ihr gereicht hatte. Da Eva Roth ohnehin in Sizilien ein paar geschäftliche Dinge erledigen wollte, war Raffaela kurzerhand mit Luigi, ihrem Erstgeborenen, und dem Baby Bruna mitgeflogen und hatte den jungen Papa in seiner Schmollecke sitzen lassen, was ihre knapp gehaltene Notiz in seinem Postkasten verraten hatte:

Ich kommen wieder, wenn du nix mehr spinnen, Axel.

Ciao, Raffaela

»Was bin ich für ein Depp!«, kam es Körner einsichtig. »Wichtig ist doch, dass die Kleine gesund ist und ihr nichts fehlt!«

Außer ein Zipfelchen zum Jungen! Das dachte er nur.

Aber dass Raffaela im Alleingang seine Kleine *Bruna* nannte, das musste noch ausdiskutiert werden. Wenigstens bei der Namensgebung sollte er ein Wörtchen mitreden dürfen, wenn er schon geschlechtermäßig die Arschkarte gezogen hatte.

Axel hatte sich nur auf einen Bubennamen konzentriert: Ein *Angelo* hätte es werden sollen. Ein besonders hübscher, der mit seinen Glutaugen eines Tages die Damenwelt erobern würde.

Und wenn schon kein Angelo, dann wenigstens eine *Angela!* Angela war doch tausend Mal schöner als *Bruna*. Bruna klang wie verbranntes Brot, empfand Körner.

Er klickte Taormina weg und kam ins Grübeln.

Raffaela heiraten? Bestimmt eine Option, um sie baldigst wieder nach Österreich zu locken. Jetzt, wo er sich an die schöne Sizilianerin gewöhnt hatte, auch wenn sie immer noch bei Eva Roth wohnte. Seine Wohnung war zu klein für vier Personen, es gab ja noch den knapp fünfjährigen Luigi, Raffaelas erstes Kind aus einer verkorksten Beziehung mit einem Sizilianer. Außerdem war Axels Job gefährlich, er musste stets ausgeschlafen sein. Da durfte kein stundenlanges Babygeschrei seinen Schlaf stören. In Wahrheit waren es nur faule Ausreden. Er hatte sich einfach ein Hintertürchen frei halten wollen. Für alle Fälle, falls es mit Raffaela doch nicht so klappte und sie ihn verließ. Das wäre für Axel die totale Schmach gewesen.

Er überlegte kurz: Raffaela anrufen? Ja oder nein?

Körner war allein im Zimmer, da könnte er doch versuchen, alles wieder ins Lot zu bringen. Zumindest die Stimmung ausloten. Doch es blieb beim Nein. Was sollte er sagen? Telefonisch erst um Verzeihung bitten und einen Heiratsantrag nachschieben? Peinlich, unhöflich und gar nicht Körners Art.

Das Telefon dudelte.

Telepathie – vielleicht war sie dran, hoffte er. Er hob ab.

»Körner!«

»Körner? … Axel?«, fragte eine männliche Stimme mit ausländischem Akzent.

»Ja, hier Axel Körner vom S-C-ONE! Wer lässt fragen?«

Sekundenlange Stille, dann plötzlich:

»Vaffanculo! Verdammte Hund du, eh! Was du machen mit-ä Raffaela? Machen Baby mit mio grande amore? Ich schicken dir Mafia! Stronzo!«

Bevor Körner auf die verbale Attacke überhaupt reagieren konnte, hatte der Typ schon wieder aufgelegt.

Mio grande amore – Raffaela und ein anderer Mann?

Heiß und kalt schoss es Körner durch den Körper.

Was war da los in Sizilien? Was spielte sich hinter seinem Rücken in Taormina ab?

Eine Welle der Eifersucht schwappte über ihn hinweg. Das wollte er sofort wissen! Klarstellen! Darauf reagieren können!

Er griff zum Telefonhörer und wählte ihre Nummer.

»Pronto?«, meldete sich eine schnarrende Stimme. Körner kannte Raffaelas stets grantige Haushälterin.

»Axel Körner, Austria! … Ist Raffaela da?«

Ein Moment des Schweigens folgte.

Dann deckte die Alte vermutlich den Hörer ab, denn gedämpft hörte der V-Agent Stimmen und zeitweise Babygeschrei – die kleine Bruna. Wie das Geplärr Körners Gehörgänge plötzlich wohltuend zu schmeicheln vermochte. Bruna – sein Baby!

»Un momento, per piacere!«

Geräuschvoll wurde der Hörer beiseite gelegt.

»Pronto? Axel? Was-ä du willst noch?«

»Entschuldige, Raffaela, dass ich dich störe!« Körner bemühte sich, so versöhnlich wie möglich zu klingen.

Die Tür öffnete sich. Irritiert sah er auf seine Kollegin, die soeben das Zimmer betreten wollte. Als Esther seinen unwilligen Blick auffing, verließ sie den Raum und zog die Tür hinter sich ins Schloss.

»Raffaela, mich hat soeben ein Typ angerufen, der dich kennt. Er hat mich auf das Übelste beschimpft, wegen meines … wegen unseres Babys! Kannst du mir erklären, was das soll?

»Aah, iss-ä Claudio! Wie sag-ä in-ä tedääsco: iss-ä Scheißtyp! Machen grande problema immer! Vor lange Zeit war, wie sag-ä in-ä tedääsco: meine große Liebe … iss-ä finito! Claudio aber immer noch glauben, dass-ä …!«

»Ich hetze dem Kerl den S-C-ONE auf den Hals, wenn er mir noch einmal mit der Mafia droht!«

»Claudio hat-ä gedroht dir? Ich werde Claudio …«

»Ach, lass es, bitte – vergiss es … Wann kommst du wieder?«

»Wenn du wieder, wie sag-ä in-ä tedääsco: normale Mann!«

»Ich bin normal, hab Sehnsucht nach dir, nach unserem Baby! Es tut mir so leid, Raffaela. Du wirst sehen, wir werden …«

»Dann-ä bald ich komme … Ciao, Axel!« Sie hatte aufgelegt.

Körner atmete tief durch. Ein leiser Anflug eines Etappensiegs zeichnete sich auf seinem Gesicht ab.

Leise öffnete Esther die Tür wieder und fragte mitfühlend: »Entschuldige, ich wollte nicht stören. Gibt's Probleme?«

»Das Übliche mit einer Sizilianerin als Freundin, mit der man ein Baby hat und die wegen kleinster Unstimmigkeiten sofort in ihre Heimat abschwirrt.«

»Ich dachte schon, es sei was Schlimmes passiert.«

»Na, wenn das nicht schlimm genug ist?«

»Dann hab einmal einen Italiener als Freund«, erwiderte sie.

»Hey, Menschesther! Ich bin ja nicht vom anderen Ufer?«

»Musst ja nicht ins Bett mit ihm, Axel. Aber ich hatte einmal so einen Italo-Macho als Lover. Und weißt du, was? Der war mindestens so wie du – anstrengend, kann ich nur sagen.«

»Frauen sind noch anstrengender«, urteilte Körner.

»Ah, geh? Wie heißt's treffend in der Bibel? Und aus einer Rippe Adams schuf Gott Eva, Adams Weib. Gemäß Verursacherprinzip müsstet ihr zur Verantwortung herangezogen werden.«

»Dann beschwert euch beim Schöpfer. Aus meinen Rippen ist noch kein Weib geformt worden. Das wär die Einzige, die …«

»Deine Bruna ist also nicht …? Ich hab's mir schon gedacht, als du mir die Fotos gezeigt hast. Die Kleine hat ja so gar nix von dir. Ich wollt nicht so direkt fragen, weil du – von wegen Bubenmacher … Echt edel von dir, dass du dennoch zu der Frau stehst. Weißt du, wer der Vater ist?… Is was, Axel? Du schaust so gschreckt aus der Wäsch!«

Auf die Idee war Körner noch gar nicht gekommen. Bruna nicht seine Tochter? … War etwa gar dieser Claudio der Vater? Beklemmend zog sich ein Netz aus Unsicherheit und Misstrauen über sein ohnehin angeschrammtes Ego zusammen und ließ Körner das Wort *Va-ter-schafts-test* in seinem Hirn zu einem ballonähnlichem Gebilde aufblasen.

Die Tür wurde aufgerissen. Irene Schneider schneite herein.

»Braucht ihr eine Extraeinladung? Der Chef lässt schon nach euch suchen!«

»Wenn uns niemand informiert, ist eine Extraeinladung vonnöten!«, meckerte Axel Körner und erhob sich, mit einem bösen Blick auf Esther.

In Grunde genommen mochte Esther ihren ehemaligen Schulfreund und jetzigen Kollegen. Wer aber einen solchen Stuss zusammenredete, vor allem sich hochgradig negativ über Frauen ausließ, dem gebührte eine entsprechende Abreibung.

Körner über ein Kuckuckskind nachdenken zu lassen – das traf wie wohl bei jedem Mann die empfindlichste Stelle …

»Jetzt gehen wir systematisch vor und bringen endlich Licht in jenes Dunkel, in das uns Jonathan Schwarz die ganze Zeit führen wollte. Wer Fragen hat … bitte, ich höre.«

Mit diesen Worten schloss der Kommissar seinen Bericht, nahm wieder Platz und trank einen Schluck Wasser aus dem Glas, das vor ihm stand.

Seine Blicke tasteten die Runde ab – niemand fehlte –, dann sah er kurz zum Fenster hinaus.

Es war ein kühler, frostiger Tag. Die Fakten, die Meller den Leuten mitgeteilt hatte, waren relativ mager und passten zum Wetter. Aufkommender Wind wirbelte die Blätter hoch. Es hatte etliche Grad weniger als Tage zuvor, aber die Temperatur war gerade noch erträglich mit mittelleichter Kleidung. »Der Herbst bereitet die Natur auf einen strengen Winter vor«, beschrieb die Radiomoderatorin das Wetter.

Allgemeines Schweigen …

Mike Lehner und Axel Körner sahen zum Flipchart hin, an dem Meller verschiedenene Szenarien aufskizziert hatte. Claudia Rotter machte sich Notizen. Irene Schneider und Esther Mensch blätterten in den dicken Mappen, die vor ihnen lagen. Rita Dollinger starrte desinteressiert aus dem Fenster.

Da sich niemand zu Wort meldete, fuhr der Kommissar fort:

»Was die Leiche betrifft: Man weiß bisher noch nicht, wer die verbrannte Person nahe der Blockhütte war, auch nicht, ob männlich oder weiblich ... Mike und Frau Mensch – ihr fahrt nach Puchenstuben, hört euch in der Bevölkerung um. Vielleicht findet sich doch noch jemand, der Schwarz gesehen hat. Die Kollegen der örtlichen Polizei sind informiert. Sie werden euch behilflich sein.«

Mike Lehners Miene hellte sich kurz auf. Seit seinem Herzinfarkt und der Trennung von seiner Frau Lieselotte – von ihm Stoppl genannt –, war sein Weltbild ein düsteres und er ein in sich gekehrter, noch ernsterer Mensch geworden als ohnehin.

Mit Esther arbeitete er gern zusammen. Die fröhliche, unbekümmerte Art, mit der Esther ihr Leben meisterte, gefiel ihm. Auffällig war die Ähnlichkeit in Größe und Statur mit seiner Ex.

Körner war das natürlich nicht entgangen und er hatte ihn aufgezogen. Warum war der Zwei-Meter-Mann bloß so scharf auf kleine Frauen? Es gab doch genügend in seiner Größenliga, die glücklich wären, von ihm in den Arm genommen zu werden. Oder war es Lehners mieser Trick, vor einem weiblichen Wesen mit Größe zu protzen?

Körner fühlte sich für Menschesther verantwortlich. Er wollte ihr Stoppls Schicksal – das einer betrogenen Ehefrau – ersparen.

Das war dann der Moment gewesen, in dem Lehners leeres Kaffeehäferl knapp über Körner an der Wand zerschellte. Und das auch nur deswegen, weil Axel blitzschnell in Deckung gegangen war, sonst wäre es in seinem Gesicht gelandet.

Der Vorfall hatte seinen Ursprung in Lehners Bemerkung über

Körners *Bubenmach-Maschine,* die wie ihr Träger fehlerhaft sei. Der emotionale Häferlwurf war Höhepunkt und Ende eines Konflikts zweier Leidgeprüfter. Sie waren quitt und keiner der beiden hatte sein Gesicht verloren …

»Axel und Irene, ihr nehmt euch Stefanie Hochleitner, die Lebensgefährtin von Jonathan Schwarz, zur Brust. Klopft Hochleitners soziales Umfeld ab – Arbeitsplatz, Nachbarschaft, Freunde, Bekannte, Facebook, Handydatenabfrage et cetera. Ich hab sie aufgrund ihrer Abgängigkeitsanzeige und auch nach Auffinden der verkohlten Leiche in Puchenstuben zwar schon ausgiebig befragt, doch jetzt, da wir wissen, dass der Laptop von Schwarz im Besitz von Hofbauer war und auch einer von Hochleitners Flaschenköpfen in seinem Zimmer in der Salcher-Villa gefunden wurde, haben wir in sämtliche Richtungen zu ermitteln. Man darf gespannt sein, wie weit sich ihre Aussagen mit denen, die sie mir gegenüber gemacht hat, decken werden.«

Den Kommissar traf ein Blick seiner Sekretärin, die aufmerksam den Ausführungen lauschte. Bei der Formulierung *ausgiebig befragt* konnte sie ein leichtes Schmunzeln nicht verhindern, das Meller mit einem verneinenden Kopfschütteln abtat. Er durfte mit Stefanie nicht mehr in privatem Kontakt stehen. Erst musste Jonny aufgegriffen werden, dann würde er weitersehen.

»Vermutlich hat sich Jonathan Schwarz bis zu seinem Verschwinden in Puchenstuben aufgehalten. Das muss vor dem 23. September gewesen sein.« Meller dachte kurz nach. »An jenem Abend, kurz vor Mitternacht, hat Stefanie Hochleitner einen Anruf aus Hamburg erhalten. Ihr wurde von der Rezeption des Hotels *Zum blauen Schwan* ausgerichtet, dass es Jonny gut gehe. Von einem kleinen Missgeschick war die Rede und dass er sich bald bei seiner Lebensgefährtin melden würde, was er allerdings nicht mehr tat … Axel, das bitte nachprüfen …

auch, ob Schwarz ab 23. September einen Flug, eine Schiffspassage oder was auch immer gebucht hat.«

Meller sah kurz zu Körner hin, der kopfnickend bejahte.

»Schwarz ist ein fantasievolles Talent. Wenn er dieses allerdings kriminell eingesetzt hat, ist ihm einiges zuzutrauen, sag ich mal so. Er hat im Computer unzählige Ideen für Romanentwürfe gespeichert. Die Fülle an Informationen muss man jedoch trennen in den einen Teil, der Jonnys Hirn als pure Fantasie entsprungen ist, und den anderen Teil, der von ihm eventuell in die Realität umgesetzt worden sein könnte. Etwa jene verbrannte Person? Claudia hat seinen Laptop durchgecheckt und sämtliche Romanentwürfe ausgedruckt. Das Ergebnis habt ihr vor euch liegen …«

Meller hielt eine der daumendicken Mappen hoch.

»Der passende Lesestoff vorm Einschlafen, manche Anleitungen für ein perfektes Verbrechen. Also, viele Augen sehen viel. Vielleicht könnt ihr aus den Entwürfen etwas rauslesen, möglicherweise eine schlüssige Verbindung entdecken … Noch ein Satz, den Laptop betreffend. Leider kann uns Karl Hofbauer, der das Gerät zuletzt besaß, nicht mehr verraten, wie es in seine Hände geraten ist. Wie die Geschichte mit Hofbauer ausgegangen ist, wissen wir ja … So, die Aufgaben sind verteilt … Ich knöpfe mir diese Rentnergang vor, in der Schwarz anscheinend wie ein Hecht im Karpfenteich gewildert hat. Donnerstags halten sie in Biedermannsdorf ihren Kegeltag ab. Vielleicht erfahre ich dort mehr über unseren mysteriösen Mister Schwarz.«

»Na dann, viel Spaß beim Kegeln, Chef, während wir uns einen abschwitzen dürfen.« Körner konnte es nicht lassen.

»Du brauchst nur Fenster und Türen aufreißen, Axel. So eine resche Oktoberbrise kühlt selbst Axel-Schweiß.«

Natürlich wussten sie es alle. Ihr Jonny wurde im Zusammenhang mit einem Mord gesucht. Allerdings konnte noch nicht bewiesen werden, ob Schwarz diesen überhaupt begangen hatte oder ob er selbst Opfer eines Verbrechens geworden war. Noch galt für ihn die Unschuldsvermutung.

Da Schwarz jedoch unauffindbar war bzw. sich bis dato nicht gemeldet hatte, war er zur Fahndung ausgeschrieben worden.

Das hatte Meller nach seiner Vorstellung kurz erklärt und dass es ihm leid tue, anlässlich dieses Sachverhalts die fröhliche Kegelrunde stören zu müssen.

In der Rentnergang war Jonathan Schwarz sehr beliebt, das bemerkte der Kommissar sofort an den emotionellen Wortmeldungen. Der immer gut aufgelegte und wortwitzige Jonny ein Mörder? Da musste ein riesengroßes Missverständnis vorherrschen! Jonny würde nicht einmal einer Fliege was zuleide tun können, einfühlsam, wie er war – für alle hatte er stets den rechten Rat gewusst, wenn es Probleme gegeben hatte!

Mochte sein. Der Kommissar informierte die Anwesenden – soweit es das laufende Verfahren zuließ – über den Stand der Ermittlungen. Anschließend fragte er, ob jemand mit Jonny näher in Kontakt stehe oder gar etwas über seinen derzeitigen Aufenthaltsort wisse. Es sei nämlich nicht ratsam, Herrn Schwarz – aus welchen Gründen auch immer – Unterschlupf zu gewähren. Das habe möglicherweise eine Gefängnisstrafe zur Folge.

Aber dass sich jemand aus der Runde auf ein so fragwürdiges Abenteuer einließ, das nahm Meller ohnehin nicht an, und so wollte er zuletzt wissen:

»Es könnte sein, dass Herr Schwarz jemandem etwas über seine Romanprojekte, seine Lebensziele berichtet hat oder Personen erwähnte, mit denen er in Verbindung stand.«

Stimmengewirr schwoll wieder an. Schließlich waren sich alle einig, dass eigentlich niemand so recht wusste, was Jonny in seiner übrigen Zeit gemacht hatte. So lang war er ja noch nicht in der Gruppe gewesen, ein halbes Jahr erst.

Zwei Frauen am anderen Ende der Tischreihe beteiligten sich zurückhaltend an der Diskussion. Sie schienen ziemlich betreten zu sein, was Meller nicht entgangen war.

Die erste war gewiss eine recht Lustige, was ihr freundliches Gesicht anzeigte. Sie war etwas stärker und hatte schwarzes, mittellanges Haar. Die zweite Frau, ebenfalls sehr attraktiv, eine Rothaarige mit sportlich kurzem Haarschnitt, hatte sich unauffällig eine Träne aus den Augen gewischt. Wenn sich ihre Blicke trafen, flüsterten sie erregt aufeinander ein.

Meller hob beschwörend die Hände und bat erneut um Ruhe.

»Bitte …! Werte Damen und Herren! Ich möchte Ihren Kegelnachmittag nicht allzu sehr verzögern, daher schlage ich …«

»Das tun Sie aber die längste Zeit!«, meldete sich aggressiv ein älterer Mann, der das Geschehen mit einer missmutigen Miene verfolgt hatte.

»Entschuldigen Sie, Herr Meller«, mischte sich die Organisatorin der Seniorenrunde, eine Sportliche mit schulterlangen blonden Haaren ein. »Unser Horst ist immer etwas ungeduldig, wenn's ums Kegeln geht und …«

»Ja, weil's wahr ist!«, fiel ihr der Alte ins Wort. »Schließlich haben wir die Bahn bereits eine halbe Stunde nicht benützt, bezahlen aber dafür! Was geht mich dieser Verbrecher an! Wenn er wen umgebracht hat, sollen s' ihn erwischen und ab in den Häfen mit ihm! Der Typ ist mir schon beim ersten Mal suspekt gewesen! Jetzt wissen wir auch, warum!«

»Weil du auf Jonny eifersüchtig warst, so schaut's aus!«, stoppte ihn eine andere mit einem schelmischen Grinser.

»Also, das brauch ich mir nicht bieten zu lassen!«, fuhr der Alte sie an, erhob sich schwerfällig und schlurfte, ohne sich umzudrehen, aus dem Raum.

»Unser Horst ist wieder einmal beleidigt, Herr Kommissar«, erklärte daraufhin die Schelmische. »Das wär nicht das erste Mal. Aber er kommt wieder, der braucht uns. Nächste Woche ist er dann wieder relativ normal.«

»Was eine prinzipielle Frage aufwirft: Wo liegt die Grenze zwischen normal und relativ normal. Wie zum Beispiel beim Horst?«, warf einer der Herren, ein sportlicher Weißhaariger, in die Runde, was allgemeines Gelächter hervorrief.

»Hab ich nicht Recht?«, übertönte der Weißhaarige die Lacher. »Im Grunde sind wir doch alle Grenzgänger! Aber jetzt im Ernst: Falls Jonny tatsächlich einen Menschen auf dem Gewissen haben sollte, muss man ihm zumindest die Chance geben, sich zu rechtfertigen. Die Zeitungen verurteilen schnell jemanden, im Nachhinein stellt sich dann so ein Fall oft ganz anders dar. Wir sind alt genug und kennen solche Hetzkampagnen. Jonny sind wir ein Mindestmaß an Toleranz schuldig, denke ich. Ich wünsche ihm jedenfalls, dass er unschuldig ist und dass er bald wieder bei uns ist. Er ist nämlich ein Spitzenkegler … Also ehrlich, ich will's einfach nicht glauben – unser Jonny soll ein Mörder sein? Niemals! Da schmus ich vorher meine Exfrau ab, und das will was heißen!«

Meller unterbrach das darauf folgende Gelächter:

»Bitte, meine Damen und Herren! Es gibt Gesetze, nach denen wir vorzugehen haben, und es ist unser Job, Herrn Schwarz aufzugreifen. Wenn sich herausstellt, dass er unschuldig ist, war Ihre Aufregung ohnehin umsonst …« Meller sprach den Weißhaarigen an. »Niemand kann in einen Menschen hineinschauen, auch wir vom S-C-ONE schaffen das nicht. Daher brauchen wir

Ihre Unterstützung und Hilfe. Wie gesagt, wer etwas aussagen kann ... ich lasse ein paar Visitkarten hier.«

Demonstrativ legte Meller fünf Karten auf den Tisch, während er verstohlen zu den beiden Frauen hinsah, die wieder erregt tuschelten.

»Sie können mich auch jederzeit auf dem Handy erreichen. Ich darf Sie beruhigen, jede Aussage wird vertraulich behandelt. Mein Wort gilt, dafür verbürge ich mich.«

Die darauf folgende Stille nützte jene Schelmische von vorhin.

»Wussten Sie, dass man Sie im Wiener Wachsfigurenkabinett von Madame Tussaud auch bald besuchen kann?«

Der Kommissar grinste und erwiderte:

»Ein Wort noch über meine Ähnlichkeit mit einem gewissen filmschauspielenden Kaffeekapselmann, und ich verhafte Sie an Ort und Stelle und lasse Sie im Keller des S-C-ONE dunsten.«

»Wenn Sie mir täglich als George Clooney Kipferl und Kaffee servieren, nehm ich Ihr Angebot gern an.«

»Das hätten S' gern. Darf ich Sie an mein Double weiterleiten? Angeblich soll's ja grad wieder am Comer See residieren.«

Meller grinste und wandte sich wieder an alle:

»Wie gesagt – wenn jemand im Fall Jonathan Schwarz was zu berichten weiß, ich warte auf Ihren Anruf. Es wird ohnehin jedes Mitglied Ihrer Runde noch einzeln befragt, da ja nicht alle anwesend sind.« Meller zeigte eine Liste, die ihm die Organisatorin ausgedruckt hatte. Dabei sah er wieder zu den beiden Frauen hin.

»Also dann, ich wünsche Ihnen viele Kranzerln und Schweinderln beim Kegeln und noch einen schönen Tag.«

»Wollen S' nicht für unseren Horst einspringen, Herr Kommissar?«, forderte ihn die Schelmische auf. »Der Grantscherben ist ja ausgefallen und Sie täten gut in unser Team passen!«

»Ich, mit meinen zwei Linken?«

Meller hielt ihr seine Hände mit gespreizten Fingern hin. »Ich wär womöglich schuld, wenn Sie verlieren. Das will ich niemandem antun.«

Den allgemeinen Aufbruch zur Kegelbahn nebenan nützte Meller, indem er auf die beiden Frauen zuging, die sitzen geblieben waren und die er die längste Zeit beobachtet hatte.

»Darf ich um Ihre Namen bitten?«

»Conny Felsinger«, erwiderte die Rothaarige.

Meller suchte den Namen auf der Liste und schrieb ein »R« dazu.

»Isabella Ruttnig«, kam es von der Schwarzhaarigen.

Zu ihrem Namen kritzelte der Kommissar ein »S«.

»Damit ich weiß, mit wem ich es zu tun habe, wenn ich Sie noch heute anrufe. Ich denke, Sie beide haben mir bestimmt einiges zu erzählen.«

»So? Glauben Sie?«, meinte die Schwarzhaarige verkniffen.

»Ich weiß es«, erwiderte Meller und verabschiedete sich …

Isabella Ruttnig wohnte in Reisenberg.

Meller wollte sie noch am späten Nachmittag aufsuchen. Er hätte es sich einfacher machen und die Frau in den S-C-ONE zitieren können. Doch sein Bedürfnis, aus der Stadt rauszukommen, um das Hirn für neue Gedanken freizumachen, hatte ihn dazu bewogen. Auch wollte er seinem Hund wieder einmal die Möglichkeit bieten, querfeldein durch die Gegend zu streifen. Joe gegenüber hatte er ein schlechtes Gewissen, der Hund hatte glatte zwei Kilo zugelegt. Vierzehn Kilo! Das war zu viel. An der Futtermenge konnte es nicht liegen, hatte Erika Hauser Joes tägliche Portionen verteidigt.

»Der arme Hund wird doch beim S-C-ONE mit Leckerlis

gemästet, wie soll er da sein Gewicht halten können!«, stauchte sie Meller zusammen. *Der arme Hund,* wenn er das schon hörte! Der Glückliche, müsste es aus aus Joes Sicht heißen.

Manuel, der sich sonst rührend um Joe kümmerte, hatte seit Wochen wenig Interesse an dem Hund. Der Junge – das spürte Meller – machte eine schwierige Phase durch. Meist verkroch er sich in seinem Zimmer. Pubertäres Verhalten? In der Schule und auch in seinem Freundeskreis gab's Ärger, hatte ihm Erika verraten. Sie war die Einzige, die im Hause Meller wusste, was lief.

Meller nahm sich vor, in den nächsten Tagen mit dem Jungen zu reden. Apropos laufen, das würde Manuel bestimmt guttun. Meller hatte das Gefühl, dass auch der Junge etwas zugelegt hatte. Und er selbst? Meller besah, was der Sicherheitsgurt umspannte. Sein knappes Urteil hieß: Fett weg!

Es war windig. Meller war durch Laxenburg und Velm gefahren und hatte soeben Gramatneusiedl hinter sich gelassen. Diese weiten, eintönigen Ebenen waren nicht das Seine, und je länger er die teilweise sehr kurvenreichen, dann wieder schnurgeraden Straßen entlangfuhr, desto mehr kam er ins Grübeln und Hinterfragen. Er fühlte sich wie am Ende der Welt.

Das Ende der Welt? Wie das klang. Der vielzitierte Maya-Kalender fiel ihm wieder ein. Eigentlich ein Schwachsinn, sich davor zu fürchten – vorm Ende, nicht vorm Kalender. Obwohl er sich seinen Ausstieg aus dem S-C-ONE genau nach diesem Kalender zurechtgelegt hatte. Doch zwischen Gramatneusiedl und Reisenberg entschied er plötzlich: *Ich bleibe länger.* Einer unerklärlichen inneren Eingebung folgend, verspürte er den Wunsch, weiterhin seinen Job beim S-C-ONE auszuüben und nebenbei die Vision seines Sozialprojekts *Kinder mit Zukunft* zu realisieren. Das müsste schon auf die Reihe zu kriegen sein.

Es sollte alles so bleiben, wie es momentan lief. Ändern

könnte er seine Lebensplanung ohnehin täglich, stündlich, augenblicklich.

Eigentlich bin ich nur zu träge, zu feig, meine Vorsätze in Sachen Lebensplanung umzusetzen. Dieses zögerliche Verhalten hatte er sich nach seiner unglaublichen Erbschaft wie einen lästigen Rucksack umgehängt. Bereits seit sieben Jahren schlummerten auf seinen Bankkonten in Rio und São Paulo Millionen. *Nur nicht in den Konten umrühren, besser ausharren und warten.*

Ja, auf was denn warten? Warten auf Godot?

»Die falsche Richtung, Meller!«, schalt er sich, weil er trotz GPS-Anweisung falsch abgebogen war.

Endlich, nach einer langen von Alleebäumen eingesäumten Geraden, kam er in Reisenberg an. Eine kleine, anschauliche Ortschaft. Schon von Weitem begrüßte ihn eine liebliche Kirche auf der einzigen Erhebung in dieser Tiefebene.

Selbst das GPS fand oft schneller zu Gott als der Mensch. Kirchen als Trostspender? Für ihn war es ein einziges Mal das Kircheninnere gewesen, das ihn eine gottähnliche Nähe hatte spüren lassen. Mellers Erinnerung führte ihn zu jenem Morgen, nach der Nacht in Rio de Janeiro, in der er beinahe erschossen worden wäre. In der *Igreja de Nossa Senhora da Glória do Outeiro* war er auf die Knie gefallen und hatte sich dafür bedankt, dass ihm das Leben geschenkt worden war, während erste Sonnenstrahlen durch bunte Glasfenster drangen und einen Bogen ungeahnter Farbenpracht quer durch das Kirchenschiff zauberten. Meller kamen unerwartet die Tränen.

Das Leben ist so schön, so verdammt wunder-wunder-schön!

Handygedudel und Joes Bellen unterbrachen sein aufwühlendes Gefühlebad. Seit Neuestem schlug Joe an, wenn sein Handy dudelte, und das nervte gehörig.

»Halt die Schnauze, Joe!«, befahl er ihm.

»Meller, ja ...?«, meldete er sich. Lehner war dran.

»Ja, Mike hier. Nix Neues in Puchenstuben. Die dortigen Kollegen ... Aber das erzähl ich morgen bei der Besprechung ... Doch – etwas gibt es! Esther hat einen USB-Stick gefunden, im Schlafkammerl. Unterm Kasten hat sie den hervorgefischt.«

»Das ist ja interessant. Fingerabdrücke gesichert?«

»Leider. Sie hat ihn ohne Handschuh angefasst«

»Verdammt, was sind die Jungen für Flaschenköpfe! Claudia soll den Stick durchchecken. Also dann, bis morgen. Servus.«

Meller unterbrach die Verbindung. Sich darüber zu ärgern, brachte auch nichts. Doch das Wort Flaschenköpfe ließ ihn an Jonny Schwarz denken.

»Dich erwisch ich auch noch«, murmelte er ...

Sie war noch einkaufen. Eine halbe Stunde würde es etwa dauern, versicherte Isabella Ruttnig ihm via Handy, nachdem er vergeblich an ihrer Haustür geläutet hatte.

Der Wind hatte sich zwar gelegt, doch es war richtig kalt geworden. Auch wenn Meller mehr nach einer Tasse Kaffee war, nützte er die Wartezeit und spazierte den See entlang. Nahe der Kirche schlängelte sich ein Weg durch Weingärten. Dort jagte er Joe über die Felder.

Bei einem Wildgehege rannte der Hund aufgeregt den Zaun entlang. Da ihn die Tiere jedoch keines Blickes würdigten, lief er zum Auto und legte sich demonstrativ davor, was so viel hieß wie: Joe will nachhause.

Isabella Ruttnig führte den Kommissar durch ihr kleines Reich. Sie bewohnte ein hübsches Haus am See – gepflegter Rasen, zum Ufer hin leicht abfallend, eine Mole mit Liegeplatz und eine Bootshütte. Die klassische Kulisse für Jonnys Romanentwurf »Flaschenköpfe«, kam es dem Kommissar. Hier also hatte Schwarz sich Inspirationen geholt. Auch bei Kaffee und Kuchen, wie Meller es gerade genoss?

Er setzte die Tasse ab, nachdem er einen genüsslichen Schluck genommen hatte.

»Nun erzählen Sie mal, wie das mit Jonny so war«, forderte Meller die Frau auf. Sie saßen im Wohnzimmer in einer gemütlichen Sitzecke mit direktem Blick auf den See. »Einen Moment, bitte. Ich werde unser Gespräch aufnehmen.«

Meller aktivierte seinen Voicerecorder, sprach Datum und Uhrzeit auf und stellte das Gerät auf das Tischchen vor sich.

»Frau Ruttnig, wann und wo hatten Sie das erste Mal Kontakt mit Jonathan Schwarz?«

»Bei einem der wöchentlichen Treffen zum Kegeln in der Biedermannsdorfer Jubiläumshalle.«

»Wann genau?«

»Das kann ich heute nicht mehr sagen. Vor einem halben Jahr etwa, denke ich.«

»Was ist Ihnen an Schwarz sofort aufgefallen?«

»Jonny war ein wirklich angenehmer Mensch und für unsere Runde ein großer Gewinn. Er besaß Wortwitz und brachte stets gute Stimmung in unsere Runde. Anfangs war er nicht so regelmäßig dabei. Nachdem er dann aber jenes Wochenende mit in Gamlitz war, kam er jede Woche zu den Kegeltreffen.«

»Was war, Ihrer Meinung nach, der Grund, warum Schwarz ab diesem Zeitpunkt regelmäßig dabei war?«

»Da ist … das war so eine Sache mit Jonny. Mehrere Damen machten sich bei Jonny Hoffnungen. Jedenfalls weiß ich, dass er bei Conny sofort landete. Ich kenne ihren Geschmack, und da sie wie die meisten von uns Single war … na ja … sie hat sich mit Jonny an dem Gamlitz-Wochenende was angefangen.«

»Das wissen Sie hundertprozentig?«

»So hundertprozentig, wie Sie Kommissar sind. Für meine beste Freundin habe ich Jonny in meinem Bett schlafen lassen.«

»Wie bitte?«

»Nicht, wie Sie meinen. Conny und ich hatten ein Doppelzimmer gebucht, Jonny ein Einzelzimmer. Ich habe mit ihm nachts heimlich das Zimmer getauscht.«

»Wie ging's dann weiter?«

»Na, wie wohl. Natürlich bekamen die anderen das mit Jonny und Conny nach und nach mit, was meiner Meinung nach niemanden was anging. Plötzlich aber wurde ein Buhlen um Jonny veranstaltet, und alle, die sich eine Chance ausrechneten, versuchten bei ihm zu landen. Ob es einer gelungen ist, wage ich nicht zu beurteilen, dann aber geschah …«

Isabella Ruttnig hielt mitten im Wort inne und sah gedankenverloren aus dem Fenster.

»Geschah was?«, bohrte Meller nach.

»Ach, was soll's. Irgendwann würden Sie es ohnehin erfahren. Mir tut Conny jedenfalls leid. Sie ist ein so lieber, ein so sensibler Mensch … Ich hab sie schwer gedemütigt. Aber daran ist sie auch nicht ganz unschuldig.«

»Wie denn das?«

»Zwischen Jonny und mir … Es hat gefunkt, ja. Irgendwie blöd. Mir ging's gerade nicht so gut … Ich bin solo, schon seit Längerem … Vielleicht war ich auch auf Conny eifersüchtig … Jedenfalls ist es passiert. Wir haben zu dritt bei Conny gefeiert … Ich war ziemlich down, schüttete den beiden mein Herz aus, und Conny versuchte mich zu trösten. Dabei floss einiger Alkohol – man weiß ja, wie das endet … Irgendwie landeten wir zu dritt im Bett. Am Morgen danach war mir das furchtbar peinlich gewesen. Ich wollte Conny nicht wehtun und versicherte ihr, ich würde das Ganze als ungeschehen betrachten. Dann aber meldete sich Jonny bei mir … ja, und da begann es … Glauben Sie mir, Herr Kommissar, das war von mir nicht beabsichtigt, aber plötzlich hatte ich mich in Jonny verliebt …«

»Wann kam Frau Felsinger dahinter?«

»Als Sie heute Mittag bei uns waren und das mit dem Mord erzählten. Aber lassen Sie mich noch was von Jonny berichten. Er war einmal die Woche bei mir, zehn Mal insgesamt. Dann ist er plötzlich nicht mehr gekommen. Er ließ mich auch nicht mehr an sich ran. Nicht, dass er gesagt hätte, es sei aus. Nein, er war liebenswert wie immer, nur kam es zu keinem intimen Treffen mehr. Auch Conny berichtete mir, dass Jonny sie nicht mehr besuchte. Irgendwie hatte sie herausbekommen, dass er angeblich eine andere Frau hatte … aber das soll Ihnen Conny erzählen.«

Es war längst dunkel, als der Kommissar im Eingangsbereich den Klingelknopf neben ihrem Namen drückte.

Als hätte sie darauf gewartet, vernahm er sofort ihre Stimme.

Conny Felsinger wohnte im Wohnpark Alt-Erlaa, im obersten Stockwerk des B-Blocks. Über die Sprechanlage erklärte sie Meller den Weg: Erst den Haupteingang durch, dann links halten und mit dem Lift in den 26. Stock fahren.

Dort würde sie auf ihn warten.

»Stört es Sie, wenn ich meinen Hund mitnehme?«, hatte er sie noch gefagt. Er wollte Joe nicht allein im Auto lassen. Es mache ihr nichts aus, hatte sie ihn wissen lassen.

Doch Joe mochte nicht mit dem Lift fahren. Lautstark rebellierte er und bellte mitfahrende Bewohner an. Genervt verließ Meller mit Joe im zwölften Stock den Lift und begab sich zur Nottreppe, ein düsteres, enges Treppenhaus.

Zwischendurch erreichte ihn Claudia Rotter auf dem Handy und kündigte ihm für die morgige Sitzung eine Sensation an. Mehr wollte sie nicht verraten, weil sie längst Dienstschluss habe. Aber was sie entdeckt habe, sei ein echter Hammer.

Meller fluchte laut, weil Joe andauernd bellte und wild an der Leine zog und er nur die Hälfte von dem verstand, was ihm Claudia mitteilen wollte.

»Schluss mit dem Gebell! JOE, AUS!«, brüllte er den Hund an.

Plötzlich begann Joe zu wimmern, krümmte sich zusammen und verdrehte die Augen. Ein Zittern durchfuhr seinen Körper.

»Joe, was ist?« Meller kniete sich zu dem Hund. Schlechtes Gewissen packte ihn, weil er glaubte, er habe zu heftig an Joes Leine gerissen. Schon bereute er es, ihn mitgenommen zu haben. Oder hatte der Hund einen Giftköder verschlungen?

»Verdammt, Joe! Was hast du wieder gefressen?«

Meller schnappte kurzerhand die vierzehn Kilo Lebendgewicht und trug sie die Stufen hoch.

Mit Joe in den Armen und völlig außer Atem, taumelte Meller schließlich im 26. Stock aus der Tür. Erschöpft ließ er sich nieder, um nach Luft zu schnappen.

Joe lag auf seinem Schoß, er zitterte am ganzen Körper.

»Jessas! Sind Sie verletzt?«, rief Conny Felsinger, die den Kommissar erblickt hatte und auf ihn zueilte. Seit Minuten hatte sie auf ihn gewartet und befürchtet, dass er sich im Gängegewirr verlaufen habe.

»Nein, nein!«, schnaufte Meller. »Ich … Es ist nur eine primäre Konditionsschwäche! Der Hund aber … Ich muss ihn zum Tierarzt bringen, der hat was.«

»Ihr Glück. Hier wohnt einer. Ich kenn ihn näher.«

»Glauben Sie, dass er sich jetzt noch Zeit für uns nimmt?« Meller sah auf die Uhr, halb neun vorbei.

»Ewald ist ein ganz Lieber. Kommen Sie, wir müssen mit dem Hund in den elften Stock runter.«

Joe war versorgt worden.

Friedlich schnarchte er zu Felsingers Füßen. Der Tierarzt hatte einen epileptischen Anfall diagnostiziert.

Bei Hunden komme das manchmal vor, das sei aber nicht so tragisch. Im Alter könnten solche Anfälle öfter auftreten. Im gegebenen Fall sei es wichtig, ihm sofort eine Tube Stesolid, ein Diazepam, in den After zu spritzen, auf das Tier beruhigend einzureden und es sanft zu streicheln, bis der Anfall vorbei sei. Der Arzt hatte Meller eine Packung mitgegeben.

»Der Arme. So ein lieber Kerl«, flüsterte Felsinger und versuchte ihre Zehen unter Joes Fell hervorzuziehen.

Doch der Hund rückte nach, rollte sich über ihre Füße und seufzte zufrieden. Da beließ sie es dabei und lächelte den Kommissar hilflos an.

»Geben Sie ihm einen Schubs«, riet ihr Meller. »Das ist sein Trick, sich einzuschmeicheln.«

»Ach, das geht schon … der Ärmste. So leiden zu müssen.«

Sie beugte sich zu Joe hinunter und streichelte seinen Bauch.

»Ich muss Sie einvernehmen, Frau Felsinger«, erinnerte Meller an seinen eigentlichen Besuch. Er aktivierte den Voicerecorder.

»Muss das sein?«, fragte Felsinger verunsichert.

»Ja«, erwiderte Meller knapp und begann:

»Einvernahme von Cornelia Felsinger zur Causa Jonathan Schwarz.« Meller sah auf die Uhr, sprach Datum, Zeit und Adresse auf …

Conny Felsinger erzählte.

An sich war sie ein introvertierter Mensch und es fiel ihr nicht leicht, Kontakte zu knüpfen, auch wenn sie nach außen hin nicht diesen Anschein gab. Seit Jahren war sie geschieden und lebte allein. Sie hatte regelmäßig Besuch von ihren längst erwachsenen zwei Söhnen. Der Kontakt zum Exmann war von ihr gänzlich abgebrochen worden.

In der Rentnergang – über www.seniorkom.at war sie darauf gestoßen – fühlte sich Conny Felsinger gut aufgehoben. Sie war in der Runde sehr beliebt, und die wöchentlichen Treffen zum Kegeln taten ihr richtig gut. Jonny Schwarz hatte sie in der Rentnergang kennengelernt und sich schrecklich in ihn verliebt. Beim Wochenendausflug nach Gamlitz war es dann passiert.

»Ursprünglich hatten meine Freundin und ich ein Doppelzimmer gebucht. Isabella hat das zwischen Jonny und mir sofort überrissen. Damit die anderen nichts mitbekamen, hat sie die beiden Nächte in Jonnys Zimmer geschlafen. *Ohne Jonny geht die Conny nie ins Bett,* hat sie mir damals zugeflüstert ... Ach, in meinem Alter muss man froh sein, wenn einem solch ein Glück noch begegnet ...«

Nachdenklich ließ sie die Halskette, dunkelrote Glasperlen unterschiedlicher Größe, durch ihre Finger gleiten.

»Doch dann war dieser verdammte Abend mit Isabella ...«

»Frau Ruttnig hat mir davon erzählt«, unterbrach Meller sie, um ihr aus der Verlegenheit zu helfen.

»Damals hat das Ende unserer Liebe begonnen. Mag es kitschig klingen, aber Jonny war mein Ein und Alles ... Wenn ich daran denke, ich könnt mich in den Hintern beißen ... Wie konnte ich nur so naiv sein!«

Tränen flossen. Conny Felsinger entschuldigte sich dafür.

Was gab's da zu entschuldigen? Meller tätschelte mitfühlend ihre Hand. Weinende Frauen irritierten ihn übermäßig. Schon in manch vertrackte Situation war er geraten, weil eine in Tränen aufgelöste Frau sich an seinen Hals geworfen hatte.

Joe sprang auf und legte seine Vorderpfoten auf Felsingers Schoß. Er wollte sie anscheinend trösten. Joes Mitleidsgen. Oder hat er das von mir?, kam es Meller in den Sinn.

Felsinger fischte ein Taschentuch aus der Packung, die auf dem Tisch lag, und tupfte sich die Tränen aus den Augen.

»Ha, meine beste Freundin! Jetzt verstehe ich so manches.«

»Nämlich?« Meller wurde hellhörig.

»Ich habe etwas getan, was … Ach, nachträglich schäme ich mich dafür. Aber als mir Jonny plötzlich aus dem Weg ging, habe ich ihm nachspioniert. Isabella habe ich eingeweiht. Dabei hat gerade sie mich hintergangen, und ich blöde Kuh hab's nicht überrissen.«

»Sie wussten aber, dass Schwarz in einer Beziehung lebte.«

»Schon. Aber unsere Liebe war anders gelagert, war etwas Besonderes. Deswegen wollte Jonny mit seiner Lebensgefährtin auch Schluss machen. Er wollte ihr aber die Chance geben, von sich aus die Beziehung zu beenden, hatte er mir gesagt. Er vermutete, dass sie einen Lover hatte. Doch dann habe ich mitansehen müssen, wie Jonny sich mit einer anderen Frau traf. Das war für mich sehr bitter. Ich wollte ihn auch zur Rede stellen. Doch dazu ist es nicht mehr gekommen. Jetzt weiß ich auch, warum.«

»Wie sah die Frau aus, mit der Schwarz sich getroffen hat?«

»Nicht unhübsch, irgendwie sah sie seiner Lebensgefährtin ähnlich, die hab ich zufällig einmal gesehen – wirklich nur zufällig. Jonny hat ziemlich hektisch reagiert. Wir saßen in der Kärntner Straße in einem Café, als sie eingehakt mit einem jüngeren, nicht unhübschen Mann direkt an uns vorbeiging. Sie hat uns nicht bemerkt.«

»Die andere Frau – wie sah sie aus?«

»Wie gesagt, wie Jonnys Lebensgefährtin, um die vierzig, jedoch kastanienbraunes, halblanges Haar. Figurmäßig war sie etwas kräftiger, auch etwas größer.«

Sie lächelte und setzte nach:

»Eine Konkurrentin merke ich mir ziemlich genau. Ich weiß auch, wo sie wohnt. Das Haus jedenfalls, in das sie hineingegangen ist. Ich bin ihr gefolgt – mit der U-Bahn.«

»Nämlich wo?«

»Sie werden es nicht glauben, im Wohnblock vis-à-vis.«

Conny Felsinger zeigte mit dem Finger zum Fenster hin.

»Wie bitte?«

»Ja. Sie führte mich direkt zum A-Block des Wohnparks Alt-Erlaa. Allerdings habe ich sie dann aus den Augen verloren, weil mehrere Leute ins Haus gegangen sind. Wäre sie allein gewesen, hätte ich gesehen, ob sie nur jemanden besuchen wollte oder ob sie einen Schlüssel zu einer Wohnung hatte. Ohne Schlüssel kommt man nämlich nicht ins Gebäude. Auch hatte ich den Eindruck, dass sie sich verfolgt fühlte.«

»Wie denn das?«

»Weil sie zwei Mal umgestiegen ist, obwohl das nicht nötig gewesen wäre.«

Elf

Freitag, 8. Oktober 2010

Plötzlich sah die Welt für den Kommissar total verdreht aus. Er wähnte sich als Hauptdarsteller in einem verkorksten Film. Allerdings ohne dass er gefragt worden war, ob er mitspielen wollte. Völlig überrumpelt hatte er einen jämmerlichen Darsteller abgegeben. Begonnen hatte es damit, dass V-Agent Axel Körner in sein Büro gestürmt war und Meller ein rotes Buch auf den Tisch geknallt hatte.

»Kannst du mir sagen, Chef, was wir davon halten sollen?«

»Erstens, wovon? Zweitens, was ist das?«

»Erstens vom One-Night-Vergnügen bei der Hochleitner und zweitens von Schranningers minutiös notierter Observation. Sie hat tatsächlich sämtliche Vorfälle vor Jonnys Haus notiert. So auch dein Kommen am 23. September um 23 Uhr 09 bis zum Vertschüssen am 24., Punkt 2 Uhr 37. Total bescheuert, die Schranninger, aber ein aufschlussreicher Bericht. Und als ich der Hochleitner den Wisch für die Hausdurchsuchung unter die Nase gehalten hab, hat sie sich mordsmäßig aufgeregt, ob der Herr Kommissar den Fall jetzt wegen Befangenheit abgegeben hat … Da hat's bei der Schneider geklingelt.«

»Hausdurchsuchung? Ihr solltet sie doch nur befragen. Wer hat das veranlasst?«

»Die Schaller. Ich dachte, das war in deinem Sinn? Na, wie auch immer … du kennst die Schneider und ihre verbale Inkontinenz.«

Meller war ausgebootet worden. Was hatte sich die Neue in seinen Kompetenzbereich zu mischen? Wer konnte ahnen, dass der Spion von Achau, wie Stefanie die Schranninger bezeichnet hatte, jeden Furz notierte. Und was Schneider wusste, würden bald alle im S-C-ONE erfahren. Er kannte die V-Agentin nur zu gut. Seit dem tragischen Tod von Manuela Kohn herrschte zwischen ihm und Schneider eine angespannte Stimmung. Irene machte ihm indirekt den Vorwurf, dass er an Manuelas Tod schuld war.

»Ich hätte die Chefin ohnehin informiert und mich selbst vom Fall zurückgezogen«, verteidigte sich Meller. »Deswegen hab ich ja euch zur Hochleitner abkommandiert.«

»Wie aber geht's jetzt weiter?«

»Das soll die Schaller entscheiden.«

»Na bravo! Man darf gespannt sein, wie dieser Giftzwerg dein nächtliches Date kommentieren wird. Aber so blöd ist Schranningers Spionagetätigkeit auch wieder nicht gewesen. In ihren Notizen ist zu lesen, dass Schwarz am 27. September kurz in seinem Haus war, obwohl er seit 23. September angeblich verschollen ist. Zumindest sein Auto ist aufgetaucht, in der Garage verschwunden und nach einer halben Stunde wieder weggefahren. Allerdings soll, laut Schranningers Aufzeichnungen, eine Frau den Wagen gelenkt haben.«

»Immer das Gscher mit den Weibsbildern«, war Mellers frustrierte Antwort gewesen.

Wenn es um versteckte Computerdaten ging, war Mellers Sekretärin ein wahres Schnüfflertalent. Beim Abgleich der Dateien auf Jonnys Laptop mit denen auf dem USB-Stick war Claudia ein seltsames Dokument namens *Panama* aufgefallen. Es befand sich allerdings nur auf dem USB-Stick und war in einem der Ordner für Mac-Programme abgespeichert.

Warum *Panama,* hatte sie sich gefragt? Sie kannte kein Panama-Programm. Nachdem sie das Dokument geöffnet hatte, wusste sie, warum Schwarz es *Panama* genannt hatte …

Meller saß bei Claudia Rotter im Zimmer und las einen Ausdruck davon:

Ich bin nicht mehr Herr über meinen Willen,
habe keinen Namen mehr.
Ich bin verwirrt und finde keine Erklärung dafür.
Sie besitzt Würde und Macht … besitzt mich.
Wenn sie befiehlt, »hebe die Hand«, hebe ich sie,
auch gegen meinen Willen.
Das ist gewaltig und ich bin von ihrer Magie beeindruckt.
Sie ist Gott gleich, sagt sie und lässt es mich spüren.
Sei mir gnädig Gott, muss ich schreien, wenn ich
in ihr komme.
Ich habe niemals Hunger, immer nur Durst.
Es ist milchig, was ich zu trinken bekomme, und es geht
mir gut, wenn es in mich hineinfließt.
Sie hat zwei Gesichter.
Ein gutes, das mir hilft zu verstehen.
Und ein böses, das mich fesselt und schlägt, wenn ich nicht
mache, was sie mir befiehlt.
Jetzt verspreche ich, alles zu tun, was sie verlangt.
Dafür werde ich mit ihr in Panama City ein schönes Leben
haben, sagt das gute Gesicht.
Ich werde einen Namen bekommen: GREGOR SCHINDLER.

Wenn ich mir den Namen nicht merke, werde ich sterben, hat das böse Gesicht mir angedroht.

»Das hat er noch in der Blockhütte geschrieben«, urteilte Meller überflüssigerweise. »Auf die Schnelle interpretiert, sehe ich Schwarz entweder als einen ganz Ausgefuchsten, der uns mit seinen geistigen Ergüssen in die Irre führen will, oder aber, er wird mit Drogen vollgepumpt und als williges, wehrloses Opfer gefangen gehalten.«

»Der Meinung bin ich bin auch«, erwiderte Claudia Rotter.

»Welcher? Erster oder zweiter?«

»Zweiter.«

»Wir werden's herausfinden.«

Das Telefon dudelte. Die Sekretärin hob ab und meldete sich. Meller beobachtete sie. Claudia zog die Stirn in Falten.

»Er ist hier … Wollen Sie ihn sprechen?« Sie legte auf.

»Die Neue will dich sehen. Sofort. Das Schneider'sche Schandmaul scheint wohl ganze Arbeit geleistet zu haben.«

Als Meller den Gang entlang zu Dr. Schallers Büro schritt, kam ihm V-Agentin Irene Schneider entgegen. Erst überlegte er, sie zur Rede zu stellen. Da sie jedoch einen roten Kopf bekam, zur Seite sah und weitereilte, ließ er es bleiben.

Was soll's, dachte er und klopfte an die Tür …

»Was das für Konsequenzen hat, darüber brauche ich Sie wohl nicht extra aufzuklären«, begrüßte ihn die S-C-ONE Chefin eisig.

»Nein. Ich kenne die Spielregeln.«

»Wie bitte?«, polterte sie los. »Spielregeln nennen Sie das? Sagen Sie, als was sehen Sie sich eigentlich, dass Sie glauben, sich so aufführen zu dürfen?«

»Wir sollten versuchen, einen normalen Ton …«

»Ihr Ton hat mir noch nie gefallen und Ihre Visage ebenso wenig. Mögen Sie noch so … so toll daherkommen, Sie eitler Gockel. Mich lullen Sie nicht ein! Haben Sie mich verstanden?«

»Unmissverständlich. Ich versuche soeben, mich auf ihre emotionelle Ebene einzuschießen.« Meller lächelte säuerlich. »Allerdings, was meine Visage betrifft: Auch ich bin darüber wenig erbaut, einem Kaffeekapsel-Werbestar, dem die Damenwelt huldigt, ähnlich zu sehen. Man kann sich halt seine Visage – wie Sie meine bezeichnen – nicht aussuchen.«

Von da her also wehte der Wind.

Dr. Agathe Schaller ging es gar nicht um sein Fehlverhalten. Die Frau war schlichtweg eifersüchtig, weil er anderen Frauen mehr gefiel, als ihr gefiel. Und sein Ausrutscher mit Stefanie Hochleitner konnte ihr nicht willkommen genug sein, ihn aus dem S-C-ONE zu drängen.

Einer plötzlichen Eingebung folgend – auch um ihr zuvorzukommen – verkündete er:

»Ich habe verstanden: Sie entziehen mir den Fall. Währenddessen treten Sie in meine Fußstapfen. Tun Sie das, Frau Doktor Schaller, mein Team soll Ihres sein. Warnen möchte ich Sie nur vor Kollegin Schneider. So wie sie mich anschwärzte, wird sie es auch bei anderen versuchen. Vielleicht sägt sie bereits an einem weiteren Sessel. An Ihrem?«

»Sie kotzen mich an«, gestand Dr. Schaller leise und erhob sich aus ihrem Sessel. »Sie und Ihre Überheblichkeit. Sie glauben wohl, Sie können …«

Mitten im Satz stockte sie, weil sie spürte, dass sie im Begriff war, zu weit zu gehen. Giftig starrte sie den Kommissar an. Pure Feindseligkeit füllte den Raum. Wartete sie auf einen emotionellen Ausrutscher von ihm, um ihr Gesicht zu wahren?

Manche Frauen stichelten so lang, bis man sich zu einer

Beleidigung hinreißen ließ, nach dem Motto: Ich hab dich zur Sau gemacht … du mich auch … also sind wir quitt und können in Feindschaft auseinandergehen.

»Na, was glauben Sie, was ich alles kann?«, grollte er nur.

»Ersparen Sie mir das. Man sieht ja, wohin das führt … Sie sind mit morgigem Tag freigestellt, Herr Meller. Weiteres erfahren Sie von der Zentrale.«

»Sie irren, Frau Doktor Schaller. Ich fühle mich ab sofort freigestellt. Meine Sekretärin wird Ihnen sämtliche Ergebnisse im Fall Schwarz zukommen lassen. Einen schönen Tag noch.«

Meller wandte sich ab und wollte schon zur Tür hinaus.

»Sie glauben, einfach so davonzukommen?«, rief sie ihm nach.

Meller drehte sich zu ihr und erwiderte: »Ich weiß es.«

»Das wird Konsequenzen haben. Ich werde einen dementsprechenden Bericht über Sie weiterleiten!«, drohte sie ihm.

»Leiten Sie nur. Ich genieße ab sofort mein restliches Überstundenkontingent … Man sieht einander in drei Wochen.«

Der Kommissar verließ die Stätte weiblicher Frustration.

Als Meller mit Stefanie im Bett gelandet war, war noch kein Wort von Mord gewesen. Wenn man ihm also etwas vorwerfen konnte, dann maximal, sich nicht sofort geoutet und den Fall abgegeben zu haben.

Dafür zog er die Konsequenzen: Überstunden aburlauben. Doch sich deswegen von einer eifersüchtigen Schnepfe grundlos beleidigen zu lassen? Alles kommt, wie's kommt.

Meller begab sich in sein Büro, um nötige Schritte vorzubereiten. Er wusste, wo er die kommenden Wochen verbringen würde, und auch, wer ihn begleiten sollte …

– – –

Von Wien nach Paris, weiter nach Atlanta und von dort nach Panama City waren sie geflogen. 21 Stunden plus eine Stunde, bis sie im Mietauto saßen und endlich spätabends in der gebuchten Suite im Plaza Paitilla Inn in die Betten fielen.

Über seinen Frust sowie den Grund seines spontanen Aufbruchs nach Panama hatte Meller Lo Bianco während des Flugs im Detail aufgeklärt. Mochte sich Dr. Schaller als vorübergehende Leiterin seiner V-Gruppe aufspielen, sie würde alsbald mitbekommen, was sie sich aufgehalst hatte. Körner hatte es auf den Punkt gebracht: »Wehe, sie pfuscht in meinen Kompetenzbereich. Ich weiß, was zu tun ist.«

»Es ist deine Karriere, Axel, die du dir möglicherweise verbaust«, hatte ihn Meller gewarnt.

Er kannte Körners spezielle Aversion gegen die neue Chefin.

»Ein halbes Jahr, und die Frau ist Geschichte.«

»Oder du. Ich bin jedenfalls drei Wochen lang weg«, war Meller sich sicher und hatte den aufgezwungenen Urlaub angetreten. Von wegen Urlaub – sein untrügliches Krimineserspür hatte seinen Jagdtrieb geweckt.

Jonny Schwarz wurde aus irgendwelchen Gründen in Panama gefangen gehalten, das ahnte Meller. Und wenn nicht, dann war es ein Anlass mehr, Jonny zu schnappen. Schließlich gab es eine Leiche, die dem Kerl verdammt viele Probleme bereitete, sonst wäre er nicht untergetaucht.

Möglich, dass auch Mellers schlechtes Gewissen Stefanie Hochleitner gegenüber mit eine Rolle spielte. Während der Auseinandersetzung mit der S-C-ONE Chefin war Meller jedenfalls die Idee eingeschossen, Stefanies Exlover im Alleingang aufzuspüren, wo auch immer er sich versteckte.

Pure Abenteuerlust hatte ihn plötzlich überfallen.

Wollte er sich selbst beweisen, wozu er noch in der Lage war?

Ja! Einmal um die halbe Welt fliegen, um sich einen Verdächtigen zu krallen. Dreck am Stecken musste Jonny Schwarz ja haben.

Meller hatte Claudia Rotter gebeten, während seiner Abwesenheit in die Villa im Auholz zu ziehen. Dabei könne sie ein wenig Manuels Ersatzmutter spielen. Erika Hauser war zwar im Haus, doch sie war gesundheitlich etwas angeschlagen, oft matt und unkonzentriert. Da war Kontrolle vonnöten. Auch, weil der pubertäre Junge seine Flausen hatte und wer-weiß-was anzustellen in der Lage war. Wenn's da zu Problemen kam – Meller war neuntausend Kilometer von zuhause weg!

Erika Hauser war beleidigt gewesen, weil er ihr seine Sekretärin vor die Nase gesetzt hatte.

»Ich brauche keine Heimhilfe!«, hatte sich Erika beim Kommissar beschwert. Aber er hatte darauf bestanden. Letztendlich war Erika einverstanden gewesen, vor allem deswegen, weil sie von Claudia auch zum Physikalischen Institut gefahren wurde. Erika Hauser musste drei Mal die Woche ihre Knie behandeln lassen.

Claudia war es recht, dass Lo mit Meller nach Panama flog. Bianco wollte nämlich, dass sie sofort wieder in seine Holzhütte übersiedelte, wie er sein elitäres Domizil in der Schiller-Straße nannte.

Claudia hatte protestiert: »Typisch Bianco. Kaum hat er den Sidestep mit seiner Ex beendet, schon soll ich auch vergessen, wie sehr er mich damit verletzt hat.«

In den nächsten Wochen würde Lo wieder normal werden, hatte Meller seiner Sekretärin versprochen. Er wusste, dass sein Freund in einer schweren Lebenskrise steckte. Ein Grund auch, warum Lo mit seiner Ex etwas angefangen hatte.

Nora hatte seinerzeit ein Kind verloren, was Lo bis heute

nicht verwunden hatte. Auch der Job bedeutete ihm nichts mehr, ganz aufhören wollte Lo jedoch nicht. Da war Abstand vom Alltagswahnsinn vonnöten.

Das galt auch für den Kommissar.

Claudia Rotter hatte im Internet einen Gregor Schindler ausgemacht. Der Immobilienmakler hatte in Budapest sowie in Panama City eine Kanzlei. Das Büro in Ungarn war jedoch seit Kurzem geschlossen.

Von einer Vorahnung beseelt, hatte Mellers Sekretärin Lo vorm Abflug ins Ohr geflüstert, ja heil wiederzukommen. Ohne ihn mache ihr das Leben nämlich doch keinen Spaß. Mit einem langen, innigen Kuss – der erste seit Monaten – hatte sie sich von Bianco verabschiedet. Panama war beileibe kein sicheres Pflaster! Bei aller Erfahrung, die Claudia dem Kommissar aufgrund seiner ehemaligen Tätigkeit als Cop bei einer der härtesten Einheiten in Rio de Janeiro zugute hielt – inoffiziell und völlig auf sich gestellt in einem Land mit extremer Kriminalitätsrate einen Verdächtigen aufzugreifen, wenn das nur gut ging!

Typisch für Lo Bianco, der sofort zugesagt hatte, seinem Freund bei den Nachforschungen zu helfen. Sie wollten ja nur Jonnys Versteck auskundschaften und die Information an die Interpol weiterleiten.

»In erster Linie sehe ich unseren Trip nach Panama als längst überfällige Auszeit«, flunkerte Meller, »und wenn uns dabei noch *zufällig* ein gewisser Jonny Schwarz über den Weg läuft …«

»Zufällig? Ich kenn dich, Mario. Wehe, einer von euch kommt im Holzpyjama zurück, das überlebt der andere nicht!«, hatte sie Meller gewarnt und zum Abschied lang umarmt.

Um auf dem Laufenden zu sein, was während seiner Abwesenheit beim S-C-ONE geschah, würde Meller täglich daheim anrufen. Um 20 Uhr, das war nach Panama-Zeit um 13 Uhr.

So war es dann auch geschehen. Bereits beim ersten Anruf gab es für den Kommissar zwei unliebsame Nachrichten.

Dr. Schaller hatte Claudia vor der Belegschaft niedergemacht. Sie habe für den Kommissar – was auch stimmte – eine Kopie des Akts angefertigt, obwohl er vom Schwarz-Fall abgezogen worden war. Die S-C-ONE Chefin musste dies von V-Agentin Schneider gesteckt bekommen haben.

»Die zwei haben sich gegen dich verschworen. Überhaupt herrscht eine Stimmung in der Abteilung, echt zum Sch… Axel ist frustriert, weil er nicht zu Raffaela nach Sizilien darf, die Schaller hat nämlich eine totale Urlaubssperre verhängt. Dafür gibt Axel dir die Schuld. Wie's Mike geht, weißt du ohnehin. Und mit der Schneider will keiner mehr was zu tun haben.«

»Wenn ich zurück bin, werde ich sie mir vorknöpfen«, versprach Meller. Viel schlimmer war die zweite Meldung.

Erika war über Manuels ständig herumliegende Schuhe gestolpert und gestürzt. Die Folge: ein Oberschenkelhalsbruch am linken Bein. Der Junge war natürlich völlig verzweifelt und machte sich große Vorwürfe.

Was half es, wenn der Kommissar seinen Sprössling am Telefon zurechtstutzte? Aber ihn trösten ob seiner Schlamperei?

Claudia Rotter musste jetzt für Manuel auch noch eine kochende Ersatzmutter sein, da Erika Hauser ausfiel. Meller war drauf und dran, sein Vorhaben abzubrechen.

»Nicht nötig, Mario. Die paar Tage krieg ich das schon hin. Und was Manuel betrifft: Er ist so was von hilfsbereit und höflich, eine wahre Freude. Er hat Erika schon im Krankenhaus besucht und daheim sieht's aus wie aufgeleckt. Nix mehr liegt herum, sogar im Keller hat er aufgeräumt, aber ratzebutz.«

»Na, das will ich auch hoffen!«

Fürs Erste konnte der Kommissar beruhigt sein …

– – –

Panama City im Regen – ein Naturereignis apokalyptischen Ausmaßes. Zumindest für Lo Bianco, der maximal einen Mödlinger Platzregen kannte. Auf der Pazifikseite gab es an sich weniger Niederschläge. Im Oktober, während der Regenzeit, gingen jedoch oft heftigste Regengüsse nieder. Einen ebensolchen Guss verfolgten Meller und Bianco, die im achten Stock des Plaza Paitilla Inn saßen und auf die trübe Brühe hinuntersahen, die sich in Sekunden auf den Straßen gebildet hatte.

Mellers Feststellung, um diese Zeit regne es maximal zwanzig Tage im Monat, konnte Biancos Stimmung nicht aufhellen.

»Dann hoffe ich, dass der gestrige Tag nicht jener einzige Sonnentag unseres Urlaubs war.«

Gestern hatten sie sich, um sich dem Klima anzupassen, erst einmal von der langen Reise erholt. Nach Claudias Hiobsbotschaften waren sie zwar durch die Altstadt von Panama City gebummelt, hatten aber den Abend im Hotel verbracht. Mellers Stimmung war bedrückt gewesen, Lo jedoch hatte sich ausgezeichnet gefühlt, nachdem er mit Claudia minutenlang über den Ozean geflötet hatte …

Meller checkte per Google Maps den Stadtplan von Panama City und winkte Lo zu sich.

»Na bitte, da schau!«

Er reckte sich. Der Rücken tat ihm weh vom viel zu weichen Bett. Er hatte fast nicht geschlafen, es war mehr ein Vor-sich-hin-Dösen gewesen. Die Klimaanlage vertrug er nicht, und aufzustehen, um sie abzustellen, dafür war er zu erschöpft gewesen.

Ich werde alt. Meller seufzte innerlich und sah auf die Uhr.

Es war neun Uhr vorbei. Bis er sich der Zeitverschiebung angepasst hatte, würde es mehrere Tage dauern. Darunter hatte er schon beim letzten Rio-Trip gelitten. Dabei war das Klima in Rio wesentlich angenehmer als das subtropische Panama-Klima.

Verdammt, ich werde alt, wiederholte er gedanklich. Um acht Uhr war er aus dem Bett gekrochen, hatte sich in die Brause gesetzt und lauwarmes Wasser auf sich runterprasseln lassen wie einen Dschungelregen. Dabei war er eingeschlafen. Plötzlich wurde er von Lo wachgerüttelt. Bianco war putzmunter gewesen. Wie schaffte es der Kerl, so unverschämt jugendlich frisch drauf zu sein? Bei seinem unsteten Lebenswandel …

»Ich hab das Kaff gefunden, in dem dieser Gregor Schindler wohnen soll. Das werden wir uns jetzt näher anschauen.«

»Bitte? Bei dem Wetter?«, wehrte sich Lo Bianco dagegen.

»Ich wette mit dir, dass du nicht einen Fuß auf nasse Erde wirst setzen müssen«, lockte ihn Meller.

»Okay. Wenn doch, kündigst du sofort beim S-C-ONE und wir verbummeln auf deine Kosten ein Jahr in Rio.«

»Ist geritzt«, erwiderte Meller müde. »Und wenn *ich* gewinne?«

»Ich lass mir was einfallen … hehehe …«

Grinsend blieb ihm Bianco seinen Wetteinsatz schuldig.

Als sie aus der Tiefgarage des Hotels herausfuhren, hatten sie Mühe, sich in den Verkehr einzuordnen. Wie Heringe in die Dose gepresst, wurden sie von einem Megastau begrüßt.

Kein Leichtes für Lo Bianco, via Straßenkarte den Weg anzusagen, da es Meller beinahe unmöglich gemacht wurde, nötigenfalls die Fahrspur zu wechseln, obwohl sie mehr standen als vorwärtskamen. Immerhin musste Lo keinen Fuß ins Nasse setzen, denn so schnell es zu schütten begonnen hatte, so plötzlich war's mit dem Regen auch schon wieder vorbei.

Der Ort, den sie suchten, lag etwa fünfzehn Kilometer außerhalb von Panama City. Nach einer gefühlten Stunde spuckte der Stau sie aus und sie befanden sich hoch über dem Pazifik, auf der Puente de las Americas.

»Die Richtung stimmt«, beruhigte Lo seinen Freund, während die Metallstreben der gewaltigen Brücke an ihnen vorüberhuschten.

Meller nickte nur. Seine Gedanken beschäftigten sich mit dem Hinweis, den Schwarz auf dem USB-Stick hinterlassen hatte:

… *in Panama City als Gregor Schindler … sich unbedingt diesen Namen merken … sonst sterben müssen …*, wie das »böse Gesicht« prophezeit hatte.

Über eine nie enden wollende Asphaltpiste, die durch dichtes Dschungelgebiet führte, gelangten sie schließlich in das Nest, das sie suchten: Playa Venao.

»Zum Sterben zu einsam«, entfuhr es Lo, während sie auf einer Sandpiste die Häuserzeile entlangfuhren, die vor einem Restaurant namens Rancho Dayanis endete. Die Aussicht jedoch, die sich von hier aus auf den Pazifik bot, war grandios.

»Stelle ich mir aber vor, nach einem letzten Blick auf dieses Panorama die Augen für immer schließen zu müssen«, entgegnete Meller, der den Wagen zum Meer hin lenkte und den Motor abstellte, »immer noch schöner, als im Krankenhausbett bei Neonlicht an Schläuchen hängend seine Seele auszuhauchen.«

Minutenlang saßen sie schweigend im Auto und betrachteten das gewaltige Naturschauspiel. Kühn aufgetürmte Wolkenformationen fegten über den Himmel. Scharf wie mit einer Rasierklinge gezogen, zeichnete sich der Horizont ab. Heftiger Wind trieb, so schien es, weiße Schaumkronen vor sich her zum Strand hin. Vier vom Salz des Meeres angerostete Containerschiffe hoben sich wie kranke Farbflecken vom tiefen Blau des Pazifiks ab.

Lo war ausgestiegen und bediente seine Handykamera, um das fantastische Naturschauspiel einzufangen. Meller stieg ebenfalls aus, dehnte erst seinen Körper, streckte Arme und Beine von sich. Die hohe Luftfeuchtigkeit machte ihm zu schaffen.

Er fühlte sich matt.

Ein anregender Duft vom nahen Restaurant wehte zu ihnen herüber. Bianco hob schnuppernd die Nase in jene Richtung. Etwas essen gehen?, schien sein Blick zu fragen.

»Gehen wir erst unauffällig die paar Häuser ab«, entschied Meller. »Nummer zwölf müsste Schindlers Haus sein.«

»Unauffällig? Sieh dich um, wir sind die Einzigen …«

»Fotografier einfach weiter und gib dich touristisch.«

»Ich bin ein Tourist … schon vergessen?«

Bis zum ersten Haus waren es etwa zweihundert Meter.

»Schindlers Hütte«, flüsterte Meller im Vorübergehen Lo zu.

Eine verwitterte Messingtafel, auf einem Mauersockel montiert, trug die Ziffer zwölf. Darunter stand SCHINDLER.

Es war ein gestreckter, gelblicher Bungalow billiger Bauart. Das gesamte Anwesen machte einen vernachlässigten Eindruck. Es gab auch keine Abgrenzung zum Nachbargrundstück. Die drei Fenster waren vergittert, die Jalousien heruntergelassen. Das Haus schien unbewohnt zu sein.

Was war das? Meller war es augenblicklich, als hätte er durch eins der Fenster etwas reflektierend aufblitzen gesehen.

»Hast du das gesehen, Lo? Da ist jemand im Haus«, raunte er seinem Freund zu.

»Ich hab nix gesehen. Aber klopf an. Falls Jonny seinen Kopf rausstreckt, verhaftest ihn einfach«, riet ihm Lo.

»Naivling, wir sind in Panama und nicht daheim, Lo. Nein, wir gehen weiter und suchen eine Möglichkeit, auf die andere Seite des Hauses zu gelangen.

Zum nächsten Gebäude hin erstreckte sich ein großes, verwildertes Grundstück. Durch dieses die Rückseite des Hauses zu erreichen, wäre aufgefallen. Sie mussten an weiteren vier Häusern vorübergehen, bis sie zu einer Abzweigung kamen, von der ein ausgetretener Trampelpfad entlang der rückwärtigen Seite der Grundstücke führte.

Die Häuser schienen nicht bewohnt zu sein. Teilweise mit schweren Fenstergittern, manche mit Holzläden verschlossen, gaben sie den Anschein, eine Feriensiedlung zu sein.

Meller bückte sich, als würde er etwas vom Boden aufheben wollen. Währenddessen sah er sich verstohlen um – keine Menschenseele war zu sehen.

Als sie an der Rückseite der Grundstücke entlanggingen, öffnete sich plötzlich eins der Fenster des Hauses neben dem verwilderten Grundstück. Eine nackte Frau mit kastanienbraunen, halblangen Haaren sah erschrocken auf Meller und Bianco.

Ein Mann tauchte hinter ihr auf. Er schien ihr etwas zu sagen.

Da winkte Bianco den beiden zu. Die Frau schien irritiert zu sein, winkte jedoch zurück und schloss schnell das Fenster.

»Das war knapp«, meinte Meller trocken.

»Hab aber exzellent reagiert. Kannst mich für deine V-Gruppe engagieren«, witzelte Lo.

»Dachte, du wolltest aussteigen? Nix mehr arbeiten, Lo?«

»Na ja, so hin und wieder … wenn die Gage stimmt?«

»Dann bleib Grafiker, weil so viel wirst du beim S-C-ONE niemals abcashen. Außerdem – du und Claudia in einem Team? Danke! Ich bin Kriminalkommissar und kein Paartherapeut.«

Die restlichen Anwesen schienen tatsächlich unbewohnt zu sein. Beim unbebauten Grundstück zu Schindlers Haus hin angekommen, blieb Meller hinter einer Buschgruppe stehen.

»Ich geh vor«, sagte er zu Lo. »Du folgst mir erst, wenn ich dir ein Handzeichen gebe.«

Meller eilte gebückt über das verwilderte Grundstück auf die schmale Hausseite zu. Hinter zwei kleineren Fensterluken vermutete er die sanitären Räume.

Beinahe hätte er mehrere Holzpflöcke umgeworfen, die an die Hauswand angelehnt standen. Reflexartig griff er danach, erfasste sie rechtzeitig und lehnte sie geräuschlos an.

Das subtropische Klima raubte ihm den Atem. Er musste verschnaufen. Das Hemd war klatschnass geworden und klebte wie mit Honig beschmiert an seinem Rücken.

Er winkte zum Busch hin. Schon rannte Lo denselben Weg entlang. Bei Meller angekommen, fluchte er atemlos:

»Kein Wunder, dass hier die Kriminalitätsrate so hoch ist. Bei der Luftfeuchtigkeit erwischt man nie einen Gangster.«

»Pssst, Lo!« Meller hielt ihm den Mund zu. Er hatte etwas gehört. Ein unterdrückter Aufschrei?

Er deutete Bianco, auf ihn zu warten, er würde versuchen, zur Rückseite des Hauses zu gelangen. Dann schlich er gebückt davon, um die Lage zu checken.

Er sah eine betonierte Fläche, mehrere Korbstühle, ein Tischchen. Geräusche und Stimmen drangen gedämpft aus einer halb geöffneten Terrassentür.

Meller kauerte unter einem Fenster und überlegte fieberhaft, was er als Nächstes tun sollte. Er befand sich in einem fremden Land unerlaubt auf einem Grundstück, hatte keinerlei Befugnisse, eine polizeiliche Aktion zu starten – ja, er war nicht einmal bewaffnet. Aber er bekam das untrügliche Gefühl, dass hier gleich etwas geschehen würde, das er verhindern musste.

Weit und breit war niemand zu sehen. Das Grundstück an der Rückseite des Hauses wurde durch den schmalen Pfad begrenzt, auf dem sie gekommen waren. Daran anschließend ging es in ein Dschungelgebiet über. Das Gebäude hielt die kräftige Meeresbrise ab, es war beinahe windstill … Lediglich das Rauschen der fernen Brandung war zu vernehmen …

Da – ein Stöhnen … und eine weibliche Stimme.

Meller wagte es, einen Blick durchs Fenster zu werfen.

Was er durch die schlampig vorgezogenen Gardinen sah, ließ seinen Atem stocken. Blitzschnell überlegte er, dann huschte er zurück zu der Stelle, wo Lo auf ihn wartete.

»Was ist?«, flüsterte Bianco.

»Eine Frau, völlig nackt, filmt einen nackten Mann … Er steht auf einem Hocker … gefesselt, der Mund verklebt … Ein Strick vom Plafond um seinen Hals … Schnell, lauf zum Restaurant und hol Hilfe … Sie sollen auch die Polizei verständigen!«

Bianco nickte und lief davon.

Meller wusste, hier ging es um Sekunden. Doch Lo durfte er nicht gefährden, außerdem brauchte er schnellstens Verstärkung.

Mit der Frau würde er fertigwerden. Nackte trugen keine Waffen. Seine Waffen waren der Überraschungseffekt sowie ein handliches Stück Holz, das er aus den angelehnten Pfosten auswählte und mit dem er wieder zur Terrassentür schlich. Licht blitzte auf und reflektierte im Glas der Tür. Sie filmte tatsächlich den Mann, der in einem fort winselte und stöhnte.

Meller vernahm deutlich auf Deutsch:

»Jetzt genießt du den ultimativen Orgasmus!«

Die Frau lachte gehässig auf, während sie die Digitalkamera einstellte, die auf einem Stativ stand.

»Mehr Licht braucht dein Trip in die Ewigkeit …« Sie justierte die beiden Spots nach, die auf den Mann gerichtet waren, der am ganzen Körper zitterte. »… und: Action!«

Plötzlich hatte sie ein Messer in der Hand, mit dem sie auf ihn zuging. Mit der flachen Klinge klatschte sie auf seinen Penis.

»Das Einzige, womit ihr Scheißmänner angeben könnt. Bei zehn geht's ab in die Hölle. Eins ... zwei ... drei ...«

Das stoßweise Keuchen des Mannes schien sie sichtlich zu genießen. Sie stellte sich in Pose, drückte einen Fuß an den Schemel, um ihn bei »zehn« wegzustoßen.

»... vier ... fünf ... sechs ...«

Mit einem Schrei riss Meller die Terrassentür auf und stürzte in das Zimmer. Geistesgegenwärtig wich die Frau aus, stach mit dem Messer nach ihm und wollte den Schemel umstoßen. Es gelang ihr nicht, weil Meller sie wegdrängte. Da duckte sie sich blitzartig und ging erneut mit dem Messer auf ihn los.

Er zielte, um es ihr aus der Hand zu schlagen. Doch die Frau riss den Arm hoch und das Holz traf sie seitlich am Hals. Mit einem gurgelnden Laut fiel sie zu Boden.

Ein Zucken durchfuhr ihren Körper, dann lag sie still.

Der Mann auf dem Hocker wimmerte und schnaufte. Zitternd hatte er Mühe, die Balance zu halten. An seinen Beinen entlang rann Urin und bröckelte penetrant stinkende Kacke. In seiner Todesangst hatten sich Blase und Darm entleert.

»Nicht bewegen!«, rief Meller dem Mann zu. »Es ist vorbei!«

Das Messer! Verdammt! Wo war es? Sie hatte es in der Hand gehabt. Es musste ihr beim Sturz entglitten sein.

Bei einem der Scheinwerfer fand Meller es. Er hob es auf, schnappte sich einen Sessel, der in der Nähe stand, und ging auf den nackten Mann zu.

»Alles wird gut!«, beruhigte Meller ihn, stieg auf den Sessel und säbelte mit dem Messer an dem dünnen, straffen Seil, das sich – *verdammt noch mal* – nicht so ohne Weiteres durchtrennen ließ.

Endlich hatte er es geschafft.

Der Mann sackte zusammen und riss Meller mit zu Boden. Den Schemel schleuderte es davon – auf eine Frau zu, die plötzlich im Zimmer stand, eine Pistole in der Hand hielt und auf Meller zielte.

Aber das war doch …? Diese Frau war soeben noch neben ihm auf dem Boden gelegen?

Da lag sie auch. Nur hatte die, die auf ihn zielte, ein Kleid an. Bevor er sich erheben konnte, sah er etwas aufblitzen.

Ein Schlag auf die Brust schleuderte ihn zurück.

Ein Stich … ein wahnsinniges Brennen … Dunkelheit …

– – –

»Wohin gehen wir, Mama?«, fragte er.

»Sei nicht so neugierig, Bub. Es soll eine Überraschung sein.«

Sie hielt Mario an der Hand, während sie eine Häuserzeile entlangeilten. Er kannte die Gasse. Die Häuser, an denen sie vorübergingen, hatten gepflegte Vorgärten, geschmückt mit liebevoll angelegten Blumenbeeten. Aus einem der geöffneten Fenster war Klaviermusik zu hören. Mario kannte die Melodie.

»Das ist die Forelle von Franz Schubert«, sagte er mit sichtlichem Stolz und sah zu seiner Mutter hoch. Sie lächelte ihn an.

»Was du alles weißt, Mario«, erwiderte sie.

Es war ein sonniger Tag. Der süße Duft all der Blütenpracht wehte durch die Gassen. Die Luft über dem Asphalt flimmerte bereits. Genau das richtige Wetter für einen Geburtstag.

Mario war von einem unglaublichen Glücksgefühl berauscht. Übermütig ließ er ein Holzstaberl über einen Gartenzaun entlangstreifen.

Klack – klack – klack – klack … machte es.

Und wieder: *Klack – klack – klack – klack …*

Was für ein herrliches Leben! Seine Mama hatte ihm versprochen, dass es dieses Mal etwas ganz Besonderes geben würde.

Was war das für eine Vorfreude, was für ein wohliges, heimeliges Gefühl!

Die alte, schwedenrote Villa, an der sie soeben vorübergingen, kannte er. Eva wohnte hier.

»Eva möchte ich auch zu meinem Geburtstag einladen!«, kam es Mario spontan.

»Wenn du das willst? Läute sie heraus!«

Das ließ Mario sich nicht zwei Mal sagen. Schon stand er am Gartentor und drückte die Klingel.

Nichts rührte sich. Er wartete und läutete ein weiteres Mal.

Eine fremde Frau öffnete ein Fenster.

»Ist Eva da?«, rief Mario durch das Gitter des Gartentors.

»Welche Eva? Hier wohnt keine Eva! Und jetzt stör mich nicht, verschwinde!«, erwiderte sie barsch und schloss das Fenster.

»Die war jetzt aber gar nicht nett, Mama.«

»Nicht alle sind freundlich. Manche sind leider auch böse.«

»Ich wünsche mir, dass alle Menschen dieser Welt immer lieb und nett zueinander sind.«

Da hob ihn seine Mutter zu sich hoch und sah ihn ernst an.

»Das kann man sich zwar wünschen. Aber ob es in Erfüllung geht, das erfährst du, wenn du erwachsen bist, Mario. Und jetzt lass dir von dieser Frau deinen Geburtstag nicht vermiesen.«

»Dann wünsche ich mir, dass du immer bei mir bist. Solang ich lebe. Ich hab dich sooo lieb, Mama!«

»Ja, ja … solang du lebst«, erwiderte sie, ließ den Jungen wieder zu Boden und sah weg, weil sie Mario ihre Tränen nicht zeigen wollte …

Mario stand plötzlich allein in einer riesigen Halle, die in ein weißes Licht getaucht war. Er musste die Augen schließen, so sehr blendete es ihn. Doch von einer Glückswelle getragen, hatte er das Gefühl zu schweben, und eine unendliche Ruhe ergriff von ihm Besitz. Sphärische Klänge ließen ihm vor Freude und Rührung die Tränen kommen …

Es war so unbegreiflich schön, hier zu verweilen!

Er sah sich als Kind – war gerade sechs Jahre alt geworden – und war gleichzeitig erwachsen.

Da kamen Menschen auf ihn zu, umarmten ihn und gratulierten zum Geburtstag.

Er kannte sie nicht, und dennoch fühlte er sich mit allen innig verbunden. So viel Güte, Wärme und Herzlichkeit strahlten sie aus. Die Menschen geleiteten ihn in ihre Mitte und umringten ihn.

Als hätten alle nur eine Stimme, flüsterten sie auf ihn ein:

»Bleib bei uns, Mario … Alles wird gut … Die Ewigkeit ist das wahre Leben … Vergiss deine Welt …«

»Ich muss meine Mama suchen. Ich habe sie verloren!«, erwiderte Mario und begann zu weinen.

Da sah er seine Mutter auf sich zukommen. Sie lächelte ihn stumm an, nahm ihn an der Hand und führte ihn auf eine kleine Gruppe zu, die etwas abseits stand.

Mario erkannte sie sofort wieder: Lilian, Tante Henriette, Bella Fischer, Helmuth, Manuela … auch Marco war bei ihnen. Am meisten aber freute er sich, als er Papa sah.

»Papa?«, rief Mario überrascht, ließ sich von ihm in den Arm nehmen und drückte sich fest an ihn.

»Mario, mein geliebter Mario! Ich hab dich so sehr vermisst!«

»Ach, ich bin so glücklich, weil ihr alle da seid … Das ist mein schönstes Geburtstagsgeschenk!«

»Das ist nicht unser Geschenk, Mario … Das hier ist es!«

Der Vater gab ihm ein weißes Kuvert.

»Es ist ein Gutschein für eine Reise in die Ewigkeit.«

Dann zeigte er auf ein strahlend weißes Flugzeug, das durch raumhohe Glasscheiben auf der Abflugpiste zu sehen war. »Du hast die Wahl, Mario.«

Zu seiner Frau sagte er: »Komm, Patricia.«

Da ging die Mutter auf Mario zu und drückte ihn lang an sich.

»Wie du dich auch entscheidest, Mario, ich werde dich immer lieben«, flüsterte sie Mario ins Ohr und küsste ihn auf die Stirn.

Dann nahm der Vater seine Frau an der Hand und sie gingen durch die Passkontrolle.

»Mama! Papa! Ich fliege mit! Wartet auf mich, ich muss nur noch einchecken!«

Mario wollte das Kuvert aufreißen, um an den Gutschein zu gelangen. Doch die Hülle ließ sich nicht öffnen, so sehr er auch daran riss und zerrte.

Er suchte die Hosentaschen nach seinem Klappmesser ab. Er hatte stets eins eingesteckt! Doch da war kein Messer.

Das verdammte Kuvert muss doch aufzukriegen sein!, fluchte er, zerknüllte es jedoch mehr und mehr.

Da trat Lilian auf ihn zu und sagte:

»Bleib hier, Mario. Es ist besser so.«

»Aber Mama und Papa dürfen mich doch nicht allein zurücklassen!«

»Sie müssen dich verlassen, Mario.«

»Warum?« Mario standen die Tränen in den Augen.

Da kniete sich Lilian zu ihm nieder, um ihn zu trösten.

»Ach, Mario! Ich war so glücklich mit dir!«

»Dann bleib du bei mir. Bitte!«, flehte er.

Lilian schwieg und drückte ihm das Bündel, das sie die ganze Zeit getragen hatte, in die Hände.

»Schau – unser Kind.«

Mario sah auf das bleiche Babygesicht.

»Aber es ist doch tot!«, rief er entsetzt.

»Es schläft nur« erwiderte Lilian traurig, stand auf und nahm ihm das Bündel wieder weg.

Die anderen, Tante Henriette, Bella, Manuela, Helmuth und Marco, waren hinzugetreten.

»Wir müssen wieder fort, Mario«, sagte Bella und streichelte ihm über den Kopf. »Versprich mir, dass du Manuel ein guter Vater bist.«

»Ja, ja, ja ... das habe ich versprochen. Aber warum wollt ihr bloß alle weg?«

»Wir wollen nicht, wir müssen, Mario.«

»Aber ich will mitfliegen! Ich habe einen Gutschein für ein Ticket bekommen!«, schrie Mario jetzt in Panik, so dass die Leute in der Halle sich nach ihm umdrehten.

Aus dem gleißend weißen Licht wurde plötzlich ein düsteres Grau, die unendliche Ruhe wich einer drohenden Stimmung und die sphärischen Klänge verstummten.

»Ihr glaubt mir nicht?« schrie Mario die Leute an. »Da – seht her!« Er streckte das Kuvert in die Höhe. Da kam ein Junge gelaufen, riss es ihm aus der Hand und verschwand im dichten Gedränge.

»Hilfe!«, rief Mario verzweifelt. »Man hat mich bestohlen!«

Da schüttelte ihn Bella und sagte vorwurfsvoll:

»Mario, sei ehrlich. In Wahrheit willst du hierbleiben.«

Sie löste sich von ihm und ging zu den anderen, die nach und nach hinter der Passkontrolle verschwanden.

»Das stimmt nicht. Ich wollte mitfliegen!« rief er ihr nach.

Als sich Bella noch einmal umdrehte, sah er in ihr unendlich trauriges Gesicht.

»Warum verlässt du mich?«, sagte sie unter Tränen, dann war auch sie verschwunden.

Mario aber sank zu Boden und weinte herzzerreißend.

Ohne auf ihn zu achten, gingen Passanten an ihm vorüber oder stiegen über ihn hinweg …

– – –

»Er kommt zu sich!«, hörte er jemanden rufen.

Wer … kommt … zu … sich?, dachte sein Hirn verschwommen. Mühevoll hatte es die Frage für ihn formuliert.

»Was hat er gesagt?«, fragte jemand, dessen Stimme er nur zu gut kannte.

Meller öffnete die Augen, blinzelte und schloss sie wieder. Das grelle Licht schmerzte ebenso wie das einschneidende Gefühl um seinen Brustkorb. Sein Mund war ausgetrocknet, der Geschmack eklig, seine Zunge fühlte sich aufgequollen an und reizte zu einem Hustenanfall.

Verdammt, ich verschlucke meine Zunge!

»W-a … W-a-s-s-e-r!«, röchelte er, öffnete erneut die Augen und versuchte sie offenzuhalten. Sie fielen ihm wieder zu.

»Bitte … Wasser!«, gelang es Meller schon besser.

»Mensch, Claudia, gib ihm doch endlich, was er will!«, vernahm er jetzt deutlich Bianco.

»Ja, ja – ich mach ja schon!« Das war Claudias Stimme.

Bin ich tot? Wer tot ist, spürt nichts. Ich aber spüre jeden Knochen im Leib. Ich lebe!

Mit aller Kraft riss Meller die Augen auf und sah in Claudias ernstes Gesicht. Gleichzeitig spürte er etwas Feuchtes auf seinen Lippen. Gierig begann er zu lecken, zu saugen, zu schlucken.

»Nicht so hastig! Du verschluckst dich noch!«

Doch schon war es passiert. Meller bekam zu viel Wasser in die Kehle, verkutzte sich und sprühte eine feuchte Fontäne von sich. Ein Hustenanfall folgte und raubte Meller fast die Sinne, so sehr schmerzte sein Brustkorb.

Lo Bianco half Meller und richtete ihn vorsichtig auf.

»Nicht schon wieder abkratzen wollen, Mario! Einmal reicht!«

Bianco berichtete, was ab Mellers Blackout in Schindlers Haus geschehen war. Das war vor drei Tagen gewesen.

Lo war zum Restaurant gelaufen und hatte einem Riesen – in Mike Lehners Statur, nur stärker gebaut – halb deutsch, halb englisch, mit Händen gestikulierend zu erklären versucht, was sich im Nachbarhaus abspielte, und um rasche Hilfe gebeten.

»Police anrufen! ... Please come with me and help ... My friend have big troubles! Please call police ... anrufen schnell!«

Wer Biancos Art in Stresssituationen nicht kannte, musste glauben, von ihm nicht nur verbal angegriffen zu werden.

Daraufhin erklärte ihm der Riese auf Deutsch, dass er ihn auch in seiner Muttersprache verstehe.

Nachdem Lo in kurzen Worten berichtet hatte, waren der Mann und drei Gäste ähnlichen Kalibers mit Lo zu Schindlers Haus gerannt. Da waren auch schon drei Schüsse gefallen.

Wie Meller waren die Helfer durch die Terrassentür ins Haus eingedrungen. Eine Frau stand mit einer Pistole in der Hand vor ihnen. Vom Auftauchen der Männer völlig überrumpelt, ließ sie die Pistole fallen und wollte fliehen. Einer erwischte sie jedoch und riss sie zu Boden.

Erst dann sahen sie das Ausmaß der Tragödie.

Ein Mann lag nackt in Seitenlage auf dem Boden mit einer Seilschlinge um den Hals. Seine Hände waren auf den Rücken gebunden, die Beine gefesselt, der Mund mit einem Pflaster verklebt. Er lag in einer Blutlache, röchelte und stöhnte. Daneben lag Meller, er bewegte sich nicht. Aus seiner Brust pumpte es einen kleinen Blutstrom, der sich über das Hemd ausbreitete und auf eine nackte Frau tropfte, auf der er rücklings lag. An einem Haken baumelte ein Stück Seil von der Decke herab und es stank fürchterlich nach Kot, Urin, Schweiß und Blut …

»Sagenhaftes Glück hattest du, Mario«, sagte Lo ernst. »Zwei Zentimeter bloß und der eine Schuss hätte dich ins Jenseits geblasen. Die Ärzte haben dich wieder zusammengeflickt. Einmal bist du ihnen weggekippt. Weißt eh, durchgehender Piepton und so. Durch die Scheibe hab ich mitansehen müssen, wie sie dich zurückgeholt haben. Mir so was anzutun, Mario! Was hätten wir künftig ohne dich gemacht, ha?«

Bianco schwieg und bekam feuchte Augen.

»Dass mich ein Mann einmal zum Heulen bringt, hätt ich auch nie gedacht.« Er wischte sich die Augen trocken. »Du hast furchtbar viel Blut verloren. Jetzt fließt panamesisches – oder wie das Blut von den Leuten hier heißen mag – durch deine Adern. Spürst du schon, wie's in dir blubbert, dieses heiße, südländische Blut, das die Frauen ganz verrückt macht?«

»Halt deine blöde Klappe, Lo!«, schimpfte ihn Claudia, die neben Meller vorm Bett saß und ihn besorgt ansah …

Lo hatte sie angerufen und von Mellers kritischem Zustand berichtet. Da war Claudia sofort nach Panama City geflogen. Zuvor hatte sie Manuel bei Stoppl, Mike Lehners Noch-Ehefrau, untergebracht, ihr Sohn Tobias und Manuel waren ja beste Freunde.

Der S-C-ONE Chefin hatte Claudia erklärt, dass sie wegen etwas Ernstem eine ärztliche Untersuchung machen müsse, die nicht aufgeschoben werden dürfe. Ob Dr. Schaller diesen Termin nachkontrollierte, war ihr egal …

»Der Mann – hat er es überlebt?«, wollte Meller von Lo wissen. »Oder war mein Einsatz umsonst?«

»Ja, er hat überlebt. Er liegt auch hier im Spital. Mit einem Bauchschuss, den ihm die Frau verpasst hat, die auch dich beinahe weggepustet hätte …«

»Wer war sie? Sie sah aus wie die nackte Frau, die den Mann beim Strangulieren filmen wollte … Und – war es Jonathan Schwarz?«

»Schön der Reihe nach, Meller. Ich kann nur berichten, was bis jetzt herausgekommen ist … grausam ist es jedenfalls.«

»Jetzt erzähl endlich«, forderte ihn Meller ungeduldig auf. »Es wird mich schon nicht umhauen.«

»Also, es sind … es waren Zwillinge. Die Nackerte wurde von dir – ich sag's dezent – ins Jenseits befördert. Du musst sie so blöd am Hals getroffen haben, dass sie … na ja, Exitus und finito.«

»Jessas!«, entfuhr es Meller geschockt. »Aber ich musste sie doch abwehren, sonst wäre der Mann gestorben!«

»Mario, bitte bleib ruhig!«, mischte sich Claudia ein. »Du musst dich schonen!«

»Du wirst jedenfalls bewacht«, fuhr Bianco fort. »Draußen sitzt einer von der hiesigen Polizei. Erst muss geklärt werden, wie alles abgelaufen ist und wer die beteiligten Personen wirklich sind. Der Mann nämlich, der beinahe aufgehängt worden wäre, schwört, Jonathan Schwarz zu sein. Valerie Hübsch, die Frau, die auf dich geschossen hat – Jonny gegenüber nannte sie sich Melanie –, behauptet jedoch, dass er Gregor Schindler heiße und der Mann ihrer Schwester sei.«

»Klingelt da bei dir nicht was, Mario?«, fragte Claudia.

»Melanie? So hieß doch die Frau, die das Blockhaus in Puchenstuben gemietet hatte!«

»Du sagst es!«, rief Claudia. »Beruhigend, zu wissen, dass dein Hirn wieder voll da ist!«

»Ich hab ja keinen Hirnschuss abgekriegt und mit meinem Brustkorb muss ich nicht denken«, murrte Meller.

»Aber dein Herz steckt da drin und ein totes Herz hilft dem Hirn ebenso wenig.«

Claudia sah ihren Chef vorwurfsvoll an.

Ihr Männer, dachte sie wütend, was seid ihr manchmal für Flaschenköpfe. Schade um jede vergossene Träne …

Zwölf

Montag, 13. Dezember 2010

»Ich weiß nicht, wie ich Ihnen danken soll, Herr Kommissar. Sie ... Sie haben mir das Leben gerettet und wären dabei selbst beinahe umgekommen.« Gerührt geriet Jonathan Schwarz ins Stocken. »Mir fehlen einfach die rechten Worte ...«

Er schluckte ergriffen, während er Mellers Hand nicht losließ.

»Bitte, danke – bitte ... Es reicht, Herr Schwarz! Seien wir einfach beide nur froh, dass wir dieses Abenteuer heil überstanden haben. Sie und ich haben bestimmt daraus gelernt ...«

Meller wand sich aus dem Händedruck.

»Sie waren – daraus mache ich keinen Hehl – unser Verdächtiger. Doch dass ich Ihre seltsame Botschaft zu Gesicht bekommen habe, dafür danken Sie meiner Sekretärin Claudia Rotter. Sie war es, die mich auf Ihre Spur nach Panama gebracht hat. Und wenn Sie schon beim Danken sind, V-Agentin Esther Mensch hat Ihren USB-Stick gefunden. Unterm Schrank. Wie er dorthin geraten ist, können nur Sie beantworten, Herr Schwarz.«

»Ich weiß es beim besten Willen nicht, Herr Kommissar. Ich muss völlig zugedröhnt gewesen sein. In lichten Momenten habe ich meine Gedanken aufgeschrieben. Da ich wusste, dass mein Laptop kontrolliert wurde, habe ich dieses Dokument *Panama* nur auf dem Stick angelegt. Ich war viel zu schwach, mich gegen sie zu wehren … Eigentlich war sie ja lieb zu mir … zeitweise jedenfalls … Doch dann …«

Jonny Schwarz schwieg. Betroffen sah er den Kommissar an.

»Ach, vergessen Sie's«, erwiderte Meller. Aufmunternd klopfte er Schwarz auf die Schulter. »Wie geht's denn jetzt weiter? Mit Ihnen und Frau Hochleitner, meine ich?«

»Stefanie und ich haben uns getrennt. Das heißt, sie ist bereits in meiner Abwesenheit ausgezogen. Ihre Sachen stehen noch im Keller, bis sie eine endgültige Bleibe gefunden hat, stand auf dem Zettel, der in der Küche lag. Doch um sie ist es mir nicht leid. Ich wollte ohnehin … Aber lassen wir das Thema.«

Schwarz lachte verlegen auf.

»Um eins tut es mir jedenfalls leid: So sehr mir Stefanies Flaschenköpfe auf den Geist gegangen sind, jetzt gehen sie mir direkt ab. Überall ist es so leer …«

»… wie in manchen Flaschenköpfen«, ergänzte Meller.

Er grinste vielsagend, und mit einem symbolischen Blick auf die nicht vorhandene Armbanduhr sagte er:

»Herr Schwarz, ich hab noch zu tun. Claudia Rotter, meine Sekretärin, finden Sie zwei Türen weiter. Also, schönen Tag noch. Seien Sie künftig nicht so leichtgläubig. Weibliche Schönheiten hegen nicht immer ehrliche Absichten.«

Meller gab Schwarz ein letztes Mal die Hand. Dabei sah er einen Gedanken lang die nackte Juliane Schindler neben Jonny, der wimmernd auf dem Schemel stand …

Ich bin gemein, dachte Meller und lächelte hinterhältig. Sich selbst hatte er ja im eigenen Blut nicht liegen gesehen.

Bestimmt auch kein Bild für Götter, und erst der Gestank …

Meller nahm einen ersten Schluck vom Kaffee, den ihm Claudia wie gewohnt serviert hatte. Inzwischen war er kalt geworden. Dazu biss er herzhaft von der Topfengolatsche ab.

Wie gut das tat, wie köstlich. Ja, er war wieder daheim.

Dennoch – wie ein Fremder kam sich Meller an seinem ersten Arbeitstag seit über zwei Monaten vor.

Sichtliches Unbehagen beschlich ihn. Wieder hatte er sich an die Enge seines Büros, an die Leute, an die Geräusche im Haus, selbst an den typischen S-C-ONE Geruch zu gewöhnen.

Diesen Geruch mochte Meller ebenso wenig wie den von heißem Leberkäs in der Semmel oder den penetranten Fleisch-Knoblauch-Geruch, der manchmal das Zimmer verpestete, in dem Körner und Lehner saßen.

Doch die beiden V-Agenten saßen nicht mehr zusammen. Bei Mike Lehner hatte sich V-Agentin Esther Mensch einquartiert, was einen Vertrauensbruch zwischen Axel Körner und Menschesther zur Folge hatte. Nicht, dass es Körner etwas anginge, aber es fand es geschmacklos, dass Lehner sich die Kollegin gekrallt hatte. Was so auch wieder nicht stimmte.

Was war wohl in Mellers Abwesenheit alles passiert?

Das Übliche: Gangster wurden erwischt und ihrer Straftaten überführt. Das Außerübliche: Menschesther hatte sich in Mike Lehner verknallt und umgekehrt war es ebenso.

»Lehner ist ein Wiederholungstäter«, hatte Körner seine ehemalige Schulkollegin gewarnt. »Der Mann ist pervers. Zum Durchziehen schnappt er sich gleich große Frauen und fürs Zusammenleben sucht er sich die Kleinen, damit die immer zu ihm aufschauen müssen. Frag Stoppl, seine Noch-Ehefrau, die ist ihm auch auf den Leim gegangen. Lehners Lendenschurz-Story habe ich dir ja erzählt. Beklag dich also nicht eines Tages, ich hätte dich nicht gewarnt …«

»Axel«, war Esther ihm dazwischen gefahren, »denk an dein Elend mit der Sizilianerin. Bloß weil's bei euch Zores gibt, soll's mit Mike und mir nicht klappen?«

Körners süffisanter Grinser war ihr auf den Geist gegangen.

»Ich mein ja nur.«

»Ich auch«, hatte Esther wütend erwidert …

Meller hatte ebenfalls einige Wickel hinter sich.

Nach der Entlassung aus dem Hospital war bis zur Klärung des Vorfalls das Hotel in Panama City sein Dauerwohnsitz gewesen. Hausarrest, bis der Fall endgültig geklärt war.

Erst die Filmaufnahmen hatten ihn völlig entlastet. Bild und Ton waren ein eindeutiges Beweisstück, dass er richtig gehandelt hatte, allein schon zu seinem Schutz. Man konnte sehen und hören, wie die Frau den Mann umbringen wollte … wie Meller in den Raum stürzte, von ihr mit dem Messer angegriffen wurde und wie er in letzter Sekunde verhinderte, dass der Mann am Strick baumelte … wie dann plötzlich die zweite Frau aufgetaucht war, auf Meller und Schwarz geschossen hatte … wie Bianco und die zu Hilfe gerufenen Männer in den Raum gestürmt waren und die Frau überwältigt hatten …

Alles war aufgezeichnet worden. Ein Kriminalkommissar hätte sich kein perfekteres Beweismaterial wünschen können.

Besonders betroffen machte Meller jedoch die Tatsache, dass durch sein Handeln wiederum ein Mensch umgekommen war.

Sie hieß Juliane Schindler und war Gregor Schindlers Frau.

Wobei er der Meinung war, dass Juliane Schindler sich ihr Schicksal selbst zuzuschreiben hatte. Aber dennoch …

Der Tod ist mein ständiger Begleiter, kam es Meller düster.

Er sah zum Fenster hinaus. In aller Früh hatte es kräftig geschneit. Noch immer tänzelten vereinzelt Flocken hin und her, auf und ab, als würden sie ihn auslachen:

So ein Depp, kommt tatsächlich zurück! Will wohl noch eine Kugel verpasst bekommen? Wirf den Kram doch hin, Meller, und schieb stattdessen eine ruhige Kugel!

»Nix schieb ich«, murrte er halblaut, weil ihn die zwei Wunden in seiner Brust an die zwanzig Meter Gehsteig erinnerten, die er von der Schneelast befreit hatte, bevor er zum S-C-ONE schlitterte. Von Fahren konnte keine Rede sein, bei dem Schnee auf den Straßen! Das Schneeschippen hatte er selbst erledigen müssen, weil die vom Winterdienst nicht geräumt hatten. Er konnte es sich als Kriminalkommissar nicht leisten, mit schlechtem Beispiel voranzugehen. Wenn ein Passant auf seinen Gehsteigmetern stürzte, sich ein Bein brach, na danke.

Er dachte an Erika Hauser, die sich nach ihrem Oberschenkelhalsbruch hinkend durch die Villa schleppte und ziemlich schlecht drauf war.

Seine Verwundungen waren verheilt, die zwei Einschüsse schmerzten natürlich – wie vorhin beim morgendlichen Schneeschaufeln. Vor allem war es die weniger gefährliche Schusswunde, die ihm zu schaffen machte. Es war Muskelgewebe zerstört worden. Bei abrupten Bewegungen verpasste es ihm stets einen Stich in der Seite. *Mellers panamesisches Seitenstechen,* zog ihn Lo Bianco damit auf, wenn die Sprache darauf kam.

In Erinnerung an die Schießerei in Schindlers Haus wanderten seine Gedanken zum Geständnis von Melanie, die in Wahrheit Valerie Hübsch hieß.

Er hatte vor seinem Heimflug das Protokoll gelesen.

Neben ihrer kriminellen Handlungsweise hatten die Zwillinge auch rechtlich eine Lawine losgetreten. Laut Valeries Aussagen waren sie in der ehemaligen Tschechoslowakei geboren und als Kleinkinder den leiblichen Eltern weggenommen worden. Die Zwillingsschwestern bezweifelten auch, dass Valerie und Juliane ihre ursprünglichen Namen waren.

Valerie Hübsch war in der Nähe von Bratislava aufgewachsen. Ihre Eltern waren Parteibonzen auf höherer Ebene gewesen, dadurch war es Valerie möglich gemacht worden, beste Schulen im ehemaligen Osten zu besuchen. Sie begann ein Medizinstudium in Dresden, das sie jedoch abbrach. Kurz nach dem Mauerfall lernte sie einen Makler aus Frankfurt kennen, dem sie half, ein Immobilienbüro in Dresden aufzubauen. Sie verliebte sich in den um dreißig Jahre älteren Mann. Dank seiner finanziellen Unterstützung wurde das Büro bald zur Goldgrube. Sie konnte Immobilien billig erstehen und er teuer verkaufen. Ihr blieb die Arbeit, den Reibach machte er. Dadurch kam es bald zu Streitigkeiten. *Die doofe Ostschlampe* war doch nur fürs Bett gut, wie er ihr zuletzt an den Kopf warf. Dann habe er sie vergewaltigt. Und dafür gab es Zeugen. Ein angedrohter Prozess war ihre Chance gewesen, aus den Fängen dieses Ekels freizukommen. Der Makler erkaufte sich ihr Schweigen und verschwand.

Dann kam der Tag, der ihr bisheriges Leben – einfach alles – infrage stellte.

Es geschah bei einer Immobilienmesse in Berlin. Erst glaubte Valerie, sie ginge auf einen Spiegel zu – das gleiche Kleid, die gleiche Frisur – ihr Spiegelbild, eine Laune der Natur?

Sie hieß Juliane Schindler und war mit ihrem Mann, einem Immobilienmakler aus Budapest, angereist, um die Messe zu besuchen.

Stundenlang saßen sie später zusammen und erzählten einander aus ihren Leben, weinten, fluchten und schworen, für immer beisammen zu bleiben.

Ein DNA-Test bestätigte, was sie von der ersten Sekunde an spürten: Sie waren eineiige Zwillinge. Beiden war ein Leben lang verschwiegen worden, dass ihre Eltern nicht die leiblichen waren. Da begaben sie sich auf die Suche nach ihren wahren Wurzeln. Diese verlief jedoch im Sand.

Julianes vermeintliche Eltern – ebenfalls Parteibonzen, die in Bratislava wohnten – waren durch einen Verkehrsunfall ums Leben gekommen und mit ihnen war auch die Chance auf eine Klärung begraben worden.

In Valeries Elternhaus hatte sich der Vater – ein warmherziger Mensch, den sie sehr geliebt hatte – bei einer Dienstreise durch Nordkorea mit einem Virus infiziert, der ihn letztendlich dahingerafft hatte. Der letzte Streit mit ihrer unnahbaren, strengen Mutter war der logische Schritt zum endgültigen Bruch gewesen. Immerhin erfuhr Valerie dabei, dass Vater und Mutter Hübsch auf Wunsch eine Tochter per Beschluss erhalten hatten, weil's auf herkömmliche Weise nie geklappt hatte. Wer politisch ganz oben schwamm, bekam alles geregelt, und niemand hatte wissen wollen, woher das Baby tatsächlich stammte.

Da waren die Zwillinge Behörden, Ämtern und Politikern lästig. Lagen vielleicht irgendwo in Kellern noch Akten herum? Aber auch diese Suche war erfolglos, es gab keinerlei Aufzeichnungen mehr – das seinerzeitige Regime hatte ganze Arbeit geleistet. Diese Gewissheit warf Valerie und Juliane letztendlich aus ihren Lebensbahnen.

Der Staat, die Partei, Väter und Mütter hatten zwei Menschen in einem Lügenkonstrukt aufwachsen lassen. Bis zu jenem Tag in Berlin, wo sie aufeinander zugegangen waren.

Der Sinn nach Rache und nach Vergeltung begann in ihren Köpfen zu keimen, wie es Valerie Hübsch in ihrem Geständnis ausdrückte.

Julianes Mann – er war um zwanzig Jahre älter als sie – war wie Valeries ehemaliger Lebens- und Geschäftspartner ein Ekel. Das Unerträgliche war, Gregor schlug seine Frau regelmäßig, um sie gefügig zu machen.

Zwillingshaft gleich hatten sich die Schicksale und Lebenswege der beiden Frauen gestaltet. Auch ihre Gedanken und Wünsche waren zur etwa gleichen Zeit dieselben.

Das war Gregor Schindler unheimlich. Er bemerkte, wie sich seine Frau allmählich gegen ihn auflehnte. Schuld war natürlich der schlechte Einfluss ihrer Schwester.

Bei einem Besuch Valeries bei den Schindlers wies Gregor sie nach einem Streit aus dem Haus und untersagte Juliane jeglichen Kontakt zu ihr. Daraufhin riet Valerie Juliane, ihren Mann doch zu verlassen. Da gestand Juliane, dass Gregor sie wegen einer Betrügerei, die noch nicht verjährt war, in der Hand habe.

Auch wenn Gregor seiner Frau nachspionierte, es gelang den Zwillingen, sich in regelmäßigen Abständen heimlich in Budapest zu treffen. So geschah es über Jahre. Ihre seelische wie körperliche Nähe wuchs zu einer Obsession heran. Sie spürten, dass sie einzigartige Kräfte besaßen, dass sie Menschen in ihren Bann ziehen, sie manipulieren konnten.

Ihren Vorteil, als Zwillinge die Rollen zu tauschen, machten sie zur perfekten Strategie. Ebenso reifte auch ihr Plan, Gregor aus der Welt zu schaffen. Julianes Mann war sehr vermögend. Er besaß Zinshäuser in Budapest, ein Hotel am Plattensee, Ländereien in der Puszta-Ebene sowie ein Haus in Panama, in dem die Schindlers mehrmals im Jahr ihren Urlaub verbrachten.

Als Gregor sechzig wurde, begann er damit, seine Besitztümer in Ungarn zu verkaufen, um sich eines Tages in sein Refugium am Pazifik zurückzuziehen.

Juliane erzählte Valerie, dass Gregor auch ein Testament aufgesetzt hatte, bei dem sie leer ausging. Sie mussten schnell etwas unternehmen, um einerseits ein Testament mit Juliane als Alleinerbin zu bekommen und andererseits Gregor ein »freiwilliges Ableben« zu ermöglichen. In Panama starb schnell jemand, wenn der Preis stimmte.

Da spielte ihnen das Schicksal einen Mann zu, der ihr kriminelles Potenzial beflügelte.

Valerie, die immer wieder nach Wien reiste, lernte dort eines Tages Jonathan Schwarz kennen. Erst war sie irritiert, weil sie glaubte, Gregor würde auch sie beschatten. Doch was für ein Zufall, der Mann, der im Café Schwarzenberg saß, sah Gregor zum Verwechseln ähnlich – ihr Plan war geboren.

Sie sprach sich mit Juliane ab. Sie sollte ihren Mann überreden, nach Wien zu kommen. Valerie wusste, dass Gregor gern mit ihr ein Verhältnis angefangen hätte. Die Schindlers kamen, Valerie versöhnte sich mit Gregor und machte ihm Avancen. Als Überraschung boten die Zwillinge dem geilen Bock zur Versöhnung ein *unvergessliches Wochenende zu dritt* an.

Valerie mietete eine Almhütte in Puchenstuben. Dort trieb sie es mit Jonny, verarztete ihn, nachdem er sich den Fuß verstaucht hatte. Sie machte ihm ein ultimatives Abenteuer in einem exotischen Land schmackhaft – einfach verschwinden, egal, für wie lang.

Sie erzählte ihm von ihrem Haus in Panama City direkt am Pazifik. Jonny würde dort schreiben können, mit Blick aufs Meer, heiße Nächte verbringen. Außerdem würde sie ihn dank ihrer Beziehungen mit einem bekannten Verleger zusammenbringen.

Valerie hatte Jonny in der Hand und verschaffte ihm regelmäßig eine Dröhnung. Mit einer Drogenmischung, die labil und abhängig machte. Als ehemalige Medizinstudentin hatte sie die Kenntnis, ein solches Gebräu herzustellen.

Jonny sagte in seinem Dusel zu und gab Valerie sämtliche Informationen sowie die Schlüssel zu seinem Haus. Er sollte ja »verschwunden« sein. Dazu benötigte er seinen Pass, der sich daheim befand, und Geld, das in der Bank im Schließfach lag.

Sein Notgroschen fürs Abtauchen, denn eigentlich wollte er ja schon längst abhauen, hatte er Valerie verraten …

Noch während die beiden vor dem Kaminfeuer lagen, tauchte Juliane bei der Blockhütte auf. Sie hatte Gregor zuvor auf einen einsamen Waldpfad gelotst und Übelkeit vorgetäuscht. Als Gregor anhielt und ausstieg, hatte ihm Juliane hinterrücks ein Betäubungsmittel injiziert und den leblosen Körper in den Kofferraum gehievt. Die Spritze hatte ihr Valerie besorgt.

Gregor wurde in einem Verschlag neben der Blockhütte gefangengehalten, von Juliane gequält und immer wieder unter Drogen gesetzt. Juliane rächte sich an ihm für die vielen Erniedrigungen, die sie über Jahre hatte erdulden müssen, bevor sie ihn tötete und seine Leiche verbrannte. Es sollte allerdings nicht eruierbar sein, wer der Tote war. Als Tatverdächtiger sollte Jonathan Schwarz gelten, der unauffindbar war – nur sein Sakko nicht.

Jonny war zu dieser Zeit zugedröhnt. Sie legte ihm zur Last, er sei mit einem Mann in Streit geraten und habe ihn getötet. Um Jonny vor dem Knast zu schützen, habe Valerie die Leiche verbrannt. Sie bot ihm die Chance, in Panama unter anderem Namen ein neues Leben beginnen zu können. So wurde aus Jonathan Schwarz Gregor Schindler.

Valerie flog mit ihm über Frankfurt und Caracas nach Panama City. Da Jonny mit Gregors Pass unterwegs war, konnte er am Flughafen natürlich nicht erkannt und geschnappt werden. Juliane flog ebenfalls nach Panama.

Jonny, alias »Gregor Schindler«, ließ ein neues Testament zugunsten von Juliane aufsetzen und unterzeichnete es.

Da sich die Zwillinge Jonny nie gemeinsam zeigten, bekam er nicht mit, dass ihn zwei Frauen in ihrer Gewalt hatten – Valerie als die Gute, Juliane als die Böse …

Der Notario – Valerie hatte mit ihm ein Verhältnis begonnen – war jener Mann, den Bianco und Meller am Fenster von Schindlers Nachbarhaus hinter der barbusigen Frau stehen gesehen hatten. Die Nackte war Valerie Hübsch gewesen.

Der Mann wäre der Nächste gewesen, den die Frauen abgezockt hätten, vermutete Meller.

Da Jonny seinen Part erfüllt hatte, sollte auch er sterben. Juliane, die ihren extremen Hass auf Männer auskosten wollte, hatte in Jonathan Schwarz ein ideales Opfer gefunden.

Meller und Bianco kamen ihr jedoch zuvor …

– – –

Den Termin bei der S-C-ONE Chefin wünschte sich Meller so kurz, wie das Wasserlassen an der Pissoirmuschel dauerte.

»Ich freue mich, dass Sie Ihren selbst gewählten Einsatz überlebt haben, Herr Meller.« Dr. Schallers eisiger Miene sah man die aufrichtige Freude direkt an.

»Ich danke für Ihre große Anteilnahme.«

Der Kommissar blieb trotz ihres Handwinks, sich zu setzen, vor ihrem Schreibtisch stehen.

»Danke, nein«, lehnte er lächelnd ab. »Seit meiner Verwundung benötigen die Muskeln so viel Bewegung wie möglich.«

Er wollte nicht Platz nehmen. Das Nötigste war schnell gesagt und konnte auch im Stehen abgehandelt werden. Außerdem, diese stickige Luft im Raum, es roch – richtig, Dr. Schaller versprühte ein Odeur, das Meller noch nie gemocht hatte. Diesen üblen Duft nannte er Nobnut: *Nach oben bücken, nach unten treten*.

Kein Wunder, dass seine Sympathie für die S-C-ONE Chefin weniger als keine war.

»Scheint zwecklos zu sein, mit Ihnen Frieden schließen zu wollen«, kam es plötzlich über ihren Schreibtisch.

Der Kommissar überhörte ihre Feststellung. Weiterhin um einen freundlichen Ton bemüht, erwiderte er:

»Ich hoffe, meine Gruppe war Ihnen in meiner Abwesenheit eine große Hilfe.«

Claudia hatte ihm ja laufend berichtet, wie sich Dr. Schaller aufgeführt hatte und dass niemand mit ihr so recht konnte, außer Irene Schneider. Sie war der S-C-ONE Chefin regelrecht in den Arsch gekrochen.

Meller wusste, dass sich die Zentrale in Wien über seine Aktion in Panama nach außen hin äußerst bedeckt hielt. Intern jedoch waren die Wellen hochgegangen. Was Dr. Schaller sehr in den Kram passte, da sie in seiner Abwesenheit alles daran gesetzt hatte, seinen Alleingang als inakzeptabel hinzustellen. Ob seines Erfolgs aber musste sie sich nun positiv gestimmt zeigen. Die Medien hatten aus Meller einen Helden gebastelt:

Mörderzwillinge von Kriminalkommissar im Urlaub aufgespürt! Er entreißt ihnen unter Einsatz seines Lebens ihr Opfer!

In einer von Skandalen gebeutelten politischen Landschaft waren solche Meldungen wie Balsam fürs Volk: *Pflichtbewusster Kommissar setzt in seiner Freizeit sein Leben für andere ein!*

Meller war dieses Theater ein Gräuel gewesen. An seinem Krankenbett waren sie aufgetaucht und wollten die Story des Jahrhunderts haben. Geld spiele keine Rolle, sagten sie.

Spiele auch keine für ihn, sagte er und schwieg.

Da hatten die Journalisten über seinen Kopf hinweg eine schauderhafte Story zusammengebastelt, die von Übertreibungen nur so strotzte. Auch Chefredakteur Ewald Bacher von der *Neue-Süd* war auf den Zug aufgesprungen und hatte brühwarm denselben Zinnober verbreitet.

Die Rache ist mein, hatte Meller sich geschworen …

Vor einer Woche war er in Schwechat gelandet. Claudia und Bianco hatten Mühe gehabt, die Journalistenmeute von ihm fernzuhalten. Vorn weg Ewald Bacher, der ihm zugerufen hatte: »Ganz Mödling ist stolz auf Sie!« Um ihn lokale Politiker, die sich gern wegen jedes kleinen Furzes in der Zeitung sehen wollten.

Den Spaß hatte Meller ihnen verdorben: kein Gruppenfoto. Nur er mit Lo Bianco. Die Politiker waren nicht dabei gewesen, als er Jonny Schwarz das Leben gerettet hatte und von Valerie Hübsch niedergeknallt worden war …

Valerie Hübsch – Meller dachte an sie. Ihr Name war passend, hübsch war sie – und eine eiskalte Mörderin. Sie saß noch immer in Panama City im Gefängnis. Irgendwann würde sie an die österreichische Justiz überstellt werden.

Wer Gregor Schindler ermordet hatte, war nicht eindeutig zu klären gewesen. Juliane Schindler war tot und konnte nicht aussagen. Doch wer so eiskalt wie Valerie Hübsch den Kommissar umnieten wollte, und wer so brutal wie Juliane Schindler Jonathan Schwarz hängen sehen wollte – beiden war es zuzutrauen. Sofern das Urteil auf mehrfach lebenslänglich lauten würde, Meller war es recht …

Die S-C-ONE Chefin riss ihn aus seinen Gedanken.

»Ich darf Sie darauf aufmerksam machen, dass Sie die Spesen für Ihre Aktion selbst zu tragen haben … Das kommt nicht von mir – eine Entscheidung von ganz oben.«

»Ich werd's verschmerzen.«

»Dann ist ja alles gesagt. Ich habe die Anweisung, das Kommando für die Gruppe 4 wieder an Sie zu übergeben. Glauben Sie aber nicht, dass Sie sich nach diesem Rummel um Ihre Person alles rausnehmen können … Sie können wegtreten.«

Als Meller in Dr. Schallers frustrierte Miene sah, fiel ihm sein

Versprechen wieder ein: Er würde sich am 16. Juni 2012, seinem Geburtstag, vom S-C-ONE vertschüssen, damit er bis zum 21. Dezember 2012 – laut Maya-Kalender der Weltuntergang – Zeit fand, sich neu zu orientieren.

Das Leben war wahrlich kurz genug.

Bis dahin sollte Dr. Schaller seine Anwesenheit zur Freude gereichen, dachte er hämisch und ging aus dem Zimmer.

Außerdem hatte er noch immer einen wertvollen Fund in seiner Schreibtischlade liegen – jene Münzen aus dem Stollen. Die würden eine tolle Story geben, ohne Politiker im Hintergrund. Denn die Münzen hatte allein er gefunden.

Bin ich auch schon mediengeil geworden? Meller grinste …

– – –

»So eine egoistische Ziege … typisch Regina«, fluchte der Glatzköpfige. Er ließ das Handy in der steifen Winterjacke verschwinden und streifte die muffligen Fäustlinge wieder über.

Die Kleidungsstücke hatte er in einem der Kästen gefunden. Ob sie von seinem Vater stammten? Anzunehmen.

Otto Salcher hatte extra ein paar Tage frei nehmen müssen, um sich ums Ausräumen zu kümmern. Seine Schwester hatte natürlich keine Zeit finden können. Dabei war *sie* es immer gewesen, die den alten Kasten hatte behalten wollen.

»Die Villa wird nicht verkauft! Das war Mamas Wunsch, dem fühle ich mich verpflichtet. Ich zahle dich ohnehin aus. Oder willst du vor Gericht streiten? Außerdem will ich die Villa für die Familie erhalten. Also, je schneller die Villa ausgeräumt ist, desto schneller hast du dein Geld«, hatte sie ihm via Telefon aus Shanghai mitgeteilt. Haha, Familie! Was für eine Familie?

Der Vater war längst tot, die Mutter vor zwei Wochen gestorben. Sie lag immer noch in der Kühlkammer der Aufbahrungshalle des Mödlinger Friedhofs, weil die Schwester die Beerdigung verschieben hatte lassen. Dr. Regina Salchers Termine waren ja so wichtig, da ging's um Millionen. Neuerdings flog sie als Vorstandsmitglied in Sachen Konzernentscheidungen um die Welt. Da wurde ein Familienbegräbnis schnell hintangestellt.

Scheißregina! Scheißfamilie! Seit Jahrzehnten hatte die Mutter ihn gemieden, weil er die Villa verscherbeln wollte, um mit seinem Anteil die Firma aufzubauen. Auch dem Ungarn war es nicht gelungen, sie zum Verkauf zu bewegen. Aber was soll's – jetzt war sie tot und er bekam das Geld eben von Regina.

»Schäne große Mäbel auch kaputt mache, Chef?«, schallte eine Stimme vom Dachboden her.

Sein Freund hatte ihm den Mann vermittelt. Erst war der Typ zu spät gekommen, dann wollte er auch noch fünfzehn Euro die Stunde und nicht zehn wie vereinbart.

»Warte, Hassan, ich komme!«, rief Otto. »Auch so ein Scheißtyp!«, fluchte er, während er die Treppe zum Dachboden hochstieg.

Es war eine wuchtige Anrichte, die seitlich vom Fenster stand.

Otto erinnerte sich nicht, sie irgendwann in einem der Zimmer gesehen zu haben. Kurz überlegte er, fand aber auf die Schnelle keine Verwendung dafür.

Außerdem gefiel sie ihm nicht. Sie verkaufen? Die Anrichte war schwer. Sie über die enge Treppe runterschleppen müssen?

»Ich nehmen, wenn nicht gefallen«, sagte der stämmige, untersetzte Hassan und seine Augen blitzten listig.

Der soll andere über den Tisch ziehen, nicht mich. In den selben Slang verfallend, erwiderte Otto:

»Dann kosten hundert Euro.«

»Dann machen kaputt«, sagte Hassan enttäuscht.

»Fünfzig?«

»Nixe fumfzich. Zehn!«

»Dann mach kaputt«, entschied Otto verärgert.

Mit der alten Anrichte hätte er einen Teil seiner Ausgaben für den Ägypter bezahlen können. Salcher ging zum Fenster und starrte die mit einer Folie bespannte Fensteröffnung an.

Hier waren vor Monaten Tibor und der andere Typ aus dem Fenster gefallen, beide tot. Selber schuld, die beiden Trotteln. Abrupt drehte er sich um und sah Hassan an, der mit einer Axt in der Hand dastand und wartete.

Machen kaputt oder nicht?, schien seine Miene zu fragen.

Otto nickte – das Zeichen fürs Kaputtmachen.

Da hieb Hassan mit wuchtigen Schlägen auf die Anrichte ein.

»So schäne Mäbel! Schade, wenn kaputt!«, ächzte Hassan.

Otto ersparte sich den Anblick der Zerstörung. Missmutig verließ er den Dachboden.

Als der Ägypter die Anrichte endlich auseinandergenommen hatte, fiel ihm etwas in Plastik Eingewickeltes entgegen.

»Oh! Was habe gefunden?«

Hassan sah sich um. Niemand hatte ihn beobachtet. Er wog das Päckchen in der Hand ab. Es war schwer.

Ohne nachzuschauen, was es denn war, steckte er das Bündel flink in seine Sporttasche.

»Wenn Schatz, dann mein Schatz!«, murmelte er und grinste.

Epilog

So geschehen …

Danke …

Der Streit um einen Erbschaftsanteil, der Geschwister für ihr Leben lang auseinandergebracht hat, inspirierte den Autor zu diesem Krimi.

Ach ja, die Gier! Viele Menschen hängen sich diese wie zwei Satteltaschen um – eine hinten, eine vorn zu tragen.

Trageselähnlich.

In die vordere Tasche stopfen sie hinein, was sie unbedingt und sofort haben wollen. In die hintere, was sie nicht mehr brauchen, aber dennoch behalten wollen.

Die Taschen prall gefüllt, schlichtet der Gierige von vorn nach hinten und jammert, weil ihn sein reichhaltiges Leben ach so sehr belastet.

Auch für diesen Roman gilt: Es ist die wahre Geschichte unwahrer Begebenheiten. Sämtliche Ereignisse, Charakterbeschreibungen der Menschen, Tiere (bis auf Joe, Mellers Hund) und sonstiger Details, sind einzig und allein – wie ein Dieb aus dem Gefängnis – einem fantasievollen Hirn entsprungen und in Buchform gebracht worden.

Die schöne Babenbergerstadt Mödling samt Umgebung (sprich Rest der Welt) hat wieder tapfer herhalten müssen.

Danke, Eva und den lieben Freunden Gabi und Alex, die meine literarischen Ausschweifungen rigoros in das rechte Format gebracht haben …

Danke den fröhlichen Leuten der »Rentnergang« (siehe auch www.seniorkom.at), insbesondere Theres, Eva-Maria und Christine für ihre berührenden Erzählungen …

Danke dem kriminaltechnischen Berater Robert. Erneut unterstützte er mich mit seiner jahrelangen Erfahrung …

Danke, Mareike. Als Lektorin fegte sie gnadenlos mit professionellem Rotstift über das literarische Werk …

Danke auch wieder allen Menschen, die mich – verdient wie unverdient – dazu inspiriert haben, dieses oder jenes so zu schreiben, wie es zu lesen ist …

Danke, Joe Cocker, der manche Schreibstunde des Autors sinnvoll unterbrach, um beiden eine ausgiebige Bewegungsrunde zu gönnen …

Mellers siebter Fall wird …
Ja, wenn ich bloß wüsste, wie er beginnen soll?
Wie er endet, weiß ich längst …

kriminell
ironisch
spannend

BRÖSELBÄR
VERLAG

Klappenbroschur, 347 Seiten
ISBN 978-3-902578-01-3

KrimiRoman

Wolfgang Weiss
FRÜHLINGSROLLE – Mellers erster Fall

Eva Roth, die ausgeflippte und schwer verliebte Malerin, spaziert mit Mellers Hund Joe oft durch den Wienerwald, da der Kommissar weder Zeit für sie noch für Joe hat.
Eines Tages läuft der Cockerspaniel davon und schlägt sich auf dem Jennyberg in die Büsche. Atemlos hetzt sie dem Ausreißer hinterher und ertappt ihn, wie er eine vergrabene Teppichrolle freibuddelt.
Was Eva Roth sieht, lässt ihr das Blut in den Adern gefrieren …

Mit »Frühlingsrolle« beginnt Kommissar Mellers erster Fall. In der bezaubernden Babenbergerstadt Mödling …

Klappenbroschur, 355 Seiten
ISBN 978-3-902578-02-0

KrimiRoman

Wolfgang Weiss
TODESFÄLLE – Mellers zweiter Fall

Sandra Kramer ist endlich neunzehn und überglücklich. Da zerplatzt ihr Traum wie eine Seifenblase, weil er, dieser Feigling, es plötzlich mit der Angst zu tun bekommt. Ausgerechnet an ihrem Geburtstag!
Am nächsten Morgen liegt Sandra tot unter dem Aquädukt nahe dem Mödlingbach.
Eine verhängnisvolle Affäre, zerschellt auf kaltem Asphalt.
Ein Unglücksfall? Ein Selbstmord?
Oder war es gar …?

Dieser und weitere Todesfälle bringen Kommissar Mario Meller vom S-C-ONE im Zuge seiner Ermittlungen selbst in höchste Lebensgefahr …

KrimiRoman

Wolfgang Weiss

KAMPFGEISTER – Mellers dritter Fall

Am 7. 7. 2007 befindet sich die »Hochzeitsstadt Mödling« in einer Bombenstimmung. 77 Trauungen an einem Tag sowie zwei Explosionen, die frühmorgens die Bürger des bezaubernden Babenbergerstädtchens aus dem Schlaf reißen … Eine mysteriöse Gruppe bekennt sich zu den Anschlägen und kündigt weitere an. Der Beginn einer Terrorwelle?

Kommissar Mario Meller und sein Team vom S-C-ONE haben alle Hände voll zu tun, um diesem mörderischen Treiben ein Ende zu bereiten. Es ist ein Kampf gegen wirre Hitzköpfe und hinterhältige »Kampfgeister«.

Taschenbuch, 355 Seiten

ISBN 978-3-902578-03-7

KrimiRoman

Wolfgang Weiss

PUNSCHKILLER – Mellers vierter Fall

Dichtes Gedränge und Geschiebe, ein Anstoßen, ein Zuprosten und ein herzliches Wünschen von allem Möglichen … Es ist Advent, die stillste Zeit im Jahr! In der Mödlinger Altstadt rücken die Menschen wegen kommender Krisen und beißender Kälte näher zusammen. Da brodelt etwas in den Töpfen und greift verhängnisvoll um sich – erst als folgenschweres Unglück, doch schon bald aus mörderischer Absicht …

Schwere Zeiten für Kommissar Mario Meller vom S-C-ONE, dem auch privat das Schicksal übel mitspielt.

Taschenbuch, 353 Seiten

ISBN 978-3-902578-04-4

Klappenbroschur, 343 Seiten
ISBN 978-3-902578-05-1

KrimiRoman

Wolfgang Weiss
CANOSSAGANG – Mellers fünfter Fall

Zufälle bestimmen den Lauf des Lebens. So auch jenen der 82-jährigen Herta Hartauer. Sie wohnt in einem Hochhaus mit traumhafter Aussicht auf den nahen Wienerwald. Glücklich könnte sie sein, wäre da nicht die Einsamkeit, die ihr das Leben so schwer macht …
Der Unternehmer Jürgen Waldmüller weiß, wie man Menschen begeistert. Doch ein dunkles Geheimnis lastet schwer auf seiner Seele. Was hilft ihm all sein Geld, wenn unerwartet ein Zufall mit ihm ein grausames Spiel treibt …

Kommissar Meller und sein Team vom S-C-ONE hingegen verdanken einem Zufall die Aufklärung mysteriöser Todesfälle …

Klappenbroschur, 373 Seiten
ISBN 978-3-902578-06-8

KrimiRoman

Wolfgang Weiss
FLASCHENKÖPFE – Mellers sechster Fall

Grässliches geschieht im beschaulichen Mödling. Ein bis zur Unkenntlichkeit verbrannter Schädel hat sich im tief hängenden Geäst des Mödlingbachs verfangen …
Ein Barbesitzer wird mit einer ebenso grausamen wie bitteren Erkenntnis konfrontiert. Aus einem von ihm geheim gehaltenen unterirdischen Gang dringt plötzlich Verwesungsgeruch …

Kommissar Meller steht vor einem Rätsel und vor einem Berg privater Verwicklungen, die er sich in einer schwachen Stunde eingehandelt hat.
Wie soll er da unbeschadet rauskommen?

frech,
witzig,
fantasie-
voll

BRÖSELBÄR
VERLAG

Taschenbuch, 171 Seiten
ISBN 978-3-902578-11-2

JugendRoman

Wolfgang Weiss
BRÖSELBÄR LEBT! – Erstes Abenteuer

Das Leben von Florian Streber ist alles andere als schön. Er haust mit seinem alkoholkranken Vater in einer aufgelassenen Lackfabrik. Für Flo – wie er genannt wird – schlimm genug. Doch da gibt es noch Rüssel, Latte und Rosti, die ihm das Leben schwer machen.
Aber er kämpft verbissen – auch um Marli zu beeindrucken –, denn so leicht lässt sich Flo nicht unterkriegen.
Eines Tages werden ein geheimnisvoller Stein und ein Bär, der alles andere als ein Bär ist, seine Beschützer …

Mit »Bröselbär lebt!« beginnt eine Romanserie für Jugendliche ab 12 Jahren sowie für jung gebliebene Erwachsene.

Taschenbuch, 175 Seiten
ISBN 978-3-902578-12-9

JugendRoman

Wolfgang Weiss
BRÖSELBÄR BRENNT! – Zweites Abenteuer

Flo ist Schlagzeuger der Band URGEILE TÖNE geworden – dank Marli. Da greift die Wirtschaftskrise um sich.
Sogar die Band leidet darunter, denn sie steht von einem Tag auf den anderen ohne Proberaum da …
Flo hat mächtigen Ärger mit seinem Vater, und Bröselbär bekommt diesen eines Nachts brennend zu spüren.
Zum Glück springt Manni in letzter Sekunde rettend ein …
Plötzlich verschwindet Einstein spurlos und Flo ist völlig verzweifelt …

Ein weiteres Bröselbär-Abenteuer für Jugendliche ab 12 Jahren sowie für jung gebliebene Erwachsene.

Taschenbuch, 177 Seiten
ISBN 978-3-902578-13-6

JugendRoman

Wolfgang Weiss
BRÖSELBÄR MUSS WEG! – Drittes Abenteuer

Nichts ist mehr, wie es einmal war. Flo ist verzweifelt, da Einstein immer kleiner wird und Bröselbär sich äußerst seltsam verhält. Marlis Eltern lassen sich scheiden, und sie muss zu ihrem Vater nach Wien übersiedeln. Auch die Band droht auseinanderzubrechen. Der einzige Lichtblick ist Flos Vater, der ernsthaft versucht, vom Alkohol loszukommen. Da geschieht Verdächtiges auf dem Fabriksgelände, und eine Katastrophe kann gerade noch verhindert werden …

»Bröselbär muss weg!« – das dritte Bröselbär-Abenteuer für Jugendliche ab 12 Jahren sowie für jung gebliebene Erwachsene.

gefühlvoll,

berührend,

schicksals-

haft

BRÖSELBÄR

VERLAG

Taschenbuch, 552 Seiten
ISBN 978-3-902578-00-6

Biografie

Wolfgang Weiss
SECHSTER-SECHSTER-FÜNFZIG

Zu Tränen rührend, aber auch zum Lachen komisch. So waren die ersten Jahre von Wolfgang Weiss, seine Geschichten, Erlebnisse und Abenteuer. Als er und sein älterer Bruder Schlimmes auf einem Pflegeplatz in Tirol erlebten.

Erst die Jahre im SOS-Kinderdorf Altmünster machten aus den beiden wieder das, was sie schon immer sein wollten: glückliche Buben, die sich vor *nix und neamd* fürchten wollten.

Ein authentisches Schicksal.
Eine einzigartige Dokumentation.
Ein atemberaubender Roman, der sich in den Jahren von 1950 bis 1964 abspielt.